Ulrich Hefner

Der Sohn des Apothekers

Kriminalroman

LEDA

Anmerkung des Autors:

Den Handlungsort dieses Romanes, der kleine Ort Tennweide am Steinhuder Meer, gelegen zwischen Neustadt am Rübenberge und Mardorf, werden Sie, verehrte Leser, vergeblich auf der Landkarte suchen, denn der Ort entstammt der reinen Fiktion und der Fantasie des Autors. Dafür bitte ich um Ihr Verständnis, denn kein solch kleiner Ort wie der im Roman beschriebene verdient es, als Schauplatz eines derart grausamen Verbrechens Geschichte zu machen – noch nicht einmal in einem Kriminalroman.

der Autor

für Christiane und Benno

In der Ungewissheit ist die

Hoffnung

dein getreuer Begleiter

Prolog

September 1999, nahe des Steinhuder Meeres

Sie rannte immer tiefer hinein in den Wald, sie rannte und ihre Lungen schmerzten. Sie rannte um ihr Leben. Sie spürte, dass ihr der Verfolger dicht auf den Fersen war. Ihre Beine trugen sie voran, über das feuchte Moos, über herumliegende Äste, durch das niedere Gebüsch, und doch: Ihre Kraft ließ nach.

Immer noch hatte sie dieses Bild vor Augen … Melis Gesicht voller Blut. Blutig, weil sie nicht bereit war, sich diesem Ungeheuer zu fügen, weil sie sich gewehrt hatte, geschrien, gebissen und gekratzt. Dann war dieses Monster aufgesprungen und hatte wie wild auf sie eingeschlagen. Er hatte sie zu Boden geschlagen und schließlich zu einem Stein gegriffen. Es war wie ein böser Traum. Sie war zu keiner Bewegung fähig, nicht fähig, Meli zu helfen. Wie auch, was hätte sie denn tun sollen.

Dieses Ungeheuer war viel zu stark.

Und dann, dann hatte sich die Paralyse gelöst. Wie eine Katze war sie aufgesprungen, nur einen Gedanken im Sinn: Weg hier!

Das nahe Gehölz, dorthin wollte sie fliehen, doch ehe sie den Waldsaum erreichte, sah sie, dass er ihr folgte. Diese grausig entstellte Fratze, dieses vom Wahnsinn gezeichnete Gesicht. Ein einziger Alptraum, nur dass dieser Traum einfach nicht enden wollte.

Sie lief, sie hetzte, sie strauchelte, stolperte und stürzte, raffte sich wieder auf und hastete weiter. Doch als sie an einen Abhang kam, hielt sie inne. Ihr Herz raste wild und sie rang nach Atem. Ihr Blick blieb an einem alten Baumstumpf haften. Ein umgestürzter Baumstumpf, darunter eine Erdkuhle. Sie schwankte auf den Baumrest zu und kroch in die kleine Vertiefung unter dem Gehölz. Ein gutes Versteck, schoss es ihr durch den Kopf und sie war überrascht, dass sie überhaupt noch in der Lage war, einen Gedanken zu fassen. Langsam gewann sie auch die Kontrolle über ihre Lungen zurück. Leise, du musst leise sein, entspannt atmen, rief sie sich zur Ruhe.

Die Sekunden zogen sich endlos dahin. Angestrengt lauschte sie in das Halbdunkel der Dämmerung. Noch immer war es hell genug, um die Konturen der Büsche und Bäume zu erkennen. Er war irgendwo dort draußen und suchte nach ihr. Die Geräusche seiner Schritte drangen aus weiter Ferne zu ihr herüber. Hatte sie es geschafft, war sie entkommen, diesem puren Wahnsinn entkommen?

Wenn es nur endlich richtig dunkel würde, dachte sie, und wiederum wunderte sie sich über den Gedanken. War es früher nicht genau diese Dunkelheit gewesen, vor der sie immer Angst gehabt hatte? Nun wartete sie darauf, als brächte Dunkelheit die Erlösung.

Als es laut hinter ihr raschelte, fuhr sie erschrocken zusammen. Am liebsten hätte sie geschrien, doch sie verbiss sich den verräterischen Laut, erstickte das Bedürfnis, die Angst laut hinauszubrüllen.

»Ich fang dich, ich krieg dich!«, drang der Ruf dieses Ungeheuers durch den Wald, als sei dies alles ein Spiel. Sie schloss ihre Augen.

Es raschelte erneut. Diesmal viel näher als zuvor. Sie duckte sich tiefer und ihre Stirn berührte die kalte Erde. Plötzlich spürte sie einen stechenden Schmerz.

»Ich hab dich … hab dich … hab dich«, erklang plötzlich diese unheimliche und irrsinnige Stimme direkt in ihrem Rücken. Ein irres Kichern folgte. Der Schmerz wurde stärker. An den Haaren zog er sie hervor. »Komm schon«, flüsterte der Irre in ihr Ohr. Schon warf er sie zu Boden und riss ihr die Hose herunter. Sie war nicht mehr fähig, sich zu wehren. Erst als sie den Schmerz in ihrem Unterleib spürte, schlug sie ihre Augen wieder auf und blickte in diese verzerrte

Fratze. Rhythmisch wippte sein Schädel auf und ab, und immer wenn er sich nach unten neigte, wurde der Schmerz im Unterleib stärker. Sie schloss ihre Augen und fügte sich in ihr Schicksal. Sein Mund roch modrig und faulig, und als sie seine schmierigen und schleimigen Lippen auf ihren spürte, schmeckte sie die Ausdünstungen des Alkohols.

Irgendwann schwanden ihr die Sinne, doch zuvor merkte sie noch, dass dieses Fratzengesicht nicht der Einzige war, der sich auf sie legte und in sie eindrang.

Drei Jahre später in Tennweide am Steinhuder Meer

Als Justin Belfort seinen Wagen auf dem weitläufigen Dorfplatz mitten unter einer riesigen, jahrhundertealten Linde parkte und ausstieg, spürte er instinktiv, dass hier alles anders war als zu Hause. Er hob den Kopf in den Wind und witterte. Sogar die Rosensträucher, die den Platz säumten, verströmten einen anderen Duft, als er es von den drei kleinen Büschen im Vorgarten seines Reihenhauses in Hannover nahe der Universität gewohnt war. Ihn fröstelte, denn es war keine friedvolle Stille, es war das Schweigen eines Friedhofs.

Er wusste, dass eine schwere Aufgabe vor ihm lag, aber er hatte nicht vor, einfach aufzugeben, so wie es damals die Polizei getan hatte. Er hatte sich in das Foto verliebt, das in der alten Akte auf der ersten Seite eingeheftet worden war. Das blonde Mädchen auf diesem Bild hatte ihm den Kopf verdreht. Immer wenn er nicht darauf achtete, stahl es sich in sein Gehirn und flüsterte ihm zu. Flehentlich und leise.

»Hilf mir!«

Justin Belfort schloss die Wagentür und drehte sich langsam um. Der Ort war wie ausgestorben. Noch nicht einmal in dem Biergarten des großen Gasthauses vis-à-vis des Dorfplatzes, das sich an das Nachbargebäude schmiegte, sah man eine Menschenseele. *Zum Klosterkrug* stand auf einem schmiedeeisernen Schild über dem Eingang. Hier in diesem Ort hatte sich die Spur der Mädchen verloren. Niemand hatte je wieder etwas von ihnen gehört.

Die Polizei hatte Ermittlungen eingeleitet und sogar einen Verdächtigen festgenommen. Doch der vermeintliche Täter, ein debiler Junge aus dem Dorf, war kurz danach mangels Beweisen aus der Haft entlassen worden. Das einzige Indiz, das damals für eine Täterschaft sprach, war ein Kettchen, das zweifelsfrei einem der Mädchen gehörte und das der junge Mann – es sollte sich um den Sohn eines Apothekers gehandelt haben – in seinem Zimmer versteckt hatte und wie ein Schatz behütete.

Justin Belfort war Journalist. Das hannoversche Magazin *Direkt* hatte ihn wegen seiner im Volontariat überzeugenden Leistungen bei Ausbildungsabschluss fest angestellt, und inzwischen war er bekannt wegen seiner mehrseitigen, gut recherchierten Reportagen. Vor einigen Tagen hatte eine neue Entwicklung im Fall dieser beiden verschwundenen Mädchen ihn zu dem Entschluss gebracht, über ungeklärte Fälle vermisster Verbrechensopfer zu berichten, aber er hätte sich niemals träumen lassen, wie nahe ihm diese Reportage gehen würde. Die beiden Radfahrerinnen waren im Spätsommer des Jahres 1999 auf ihrem Trip von Hannover an die Nordseeküste spurlos verschwunden und nach bisherigen Erkenntnissen wohl einem Verbrechen zum Opfer gefallen. Besonders tragisch fand er, dass die Reisekosten ein Geschenk der Eltern zum Abitur gewesen waren. Die Spur der beiden hatte sich damals in dem kleinen Ort am Steinhuder Meer, zwischen Neustadt und Mardorf, verloren. Die Fahrräder hatte man knapp einen Kilometer vom Ort entfernt gefunden

Damals war der Fall durch alle Gazetten gegangen, Tageszeitungen, Magazine, sogar das Fernsehen hatte in der Landesschau darüber berichtet. Nach der Verhaftung des debilen Tatverdächtigen, bei dem das Kettchen gefunden worden war, waren die Diskussionen über den Umgang mit geistig nicht zurechnungsfähigen Tätern aufgeflammt. Größen aus Politik und Justiz hatten Stellung bezogen. Doch manchen, die sich vehement für eine Verschärfung des Unterbringungsgesetzes eingesetzt hatten, war sehr schnell der Wind aus den Segeln genommen worden, als Tage später der Rucksack eines Opfers auf einem knapp vierzig Kilometer entfernten Autobahnrastplatz an der A 7 unweit der Abfahrt Schwarmstedt aufgefunden worden war. Ein Unbekannter hatte am Rucksack eine DNA-Spur hinterlassen. Damit stürzte das fragile Konstrukt aus Indizien und Mutmaßungen gegen den Sohn des Apothekers in sich zusammen und er wurde wieder auf freien Fuß gesetzt.

Vor wenigen Tagen war dann unweit von Flensburg eine abgemagerte und schwer verletzte junge Frau aufgefunden worden, die vermutlich aus einem fahrenden Auto gestoßen worden war. Sie lag im Koma und die Ärzte befürchteten angesichts ihrer Verletzungen das Schlimmste. Sie hatte keinerlei Papiere bei sich und weder die Überprüfung der Vermisstenfälle über das Bundeskriminalamt noch überregionale Presseartikel hatten zur Identifikation beitragen können. Erst eine DNA-Analyse hatte die überraschende Wende gebracht. Die junge Frau, die an der B 200 unweit von Wassersleben mehr tot als lebendig aufgegriffen worden war, war jene Tanja Schaffrath aus Minden, die zusammen mit ihrer Freundin vor drei Jahren am Steinhuder Meer auf einer Radtour spurlos verschwunden war.

Doch wo war Melanie, ihre damalige Begleiterin, geblieben? War sie vielleicht sogar noch am Leben? Was war bei diesem kleinen Ort namens Tennweide am Steinhuder Meer vor drei Jahren wirklich passiert?

Um das herauszufinden, war Justin Belfort ans Steinhuder Meer gefahren und er würde nicht wieder abreisen, bevor er die Antworten gefunden hatte.

Erinnerung

1

Sande bei Wilhelmshaven

»Ich weiß nicht, ob ich es ohne diese kleine Erbschaft geschafft hätte«, sagte Martin Trevisan. »Ich verstehe auch gar nicht, wie Onkel Herbert darauf gekommen ist, mir das Geld zu vermachen. Ich hatte überhaupt keinen Kontakt mehr zu ihm. Es war mir beinahe peinlich, als ich beim Notar in Cuxhaven saß und bei Gott, wenn ich das Geld für Paulas Behandlung nicht so dringend gebraucht hätte, dann weiß ich nicht, ob ich das Erbe überhaupt angetreten hätte.«

»Dann wäre es an den Staat gefallen und niemand hätte mehr etwas davon gehabt«, antwortete Peter Koch, Trevisans Freund aus alten Tagen, den er seit beinahe vier Monaten nicht mehr gesehen hatte.

»Der Staat ... wenn ich sehe, wie er sich um seine Straftäter sorgt und wie er ihre Opfer behandelt, dann weiß ich nicht, wo hier die Gerechtigkeit bleibt«, sinnierte Trevisan bissig. »Ich bin froh, dass ich das Geld geerbt habe, sonst wüsste ich nicht, wie ich die Arztrechnungen bezahlen sollte. Außerdem hat er sich am Ende doch noch einen ganzen schönen Batzen geholt. Erbschaftssteuer nennt er diese halblegale Dieberei.«

Martin Trevisan hatte sich mit Peter Koch in der *Scharfen Ecke* in Sande getroffen, um über die alten Zeiten zu reden. Am heutigen Tage hatte er sein kleines Reihenhaus in Sande endgültig verkauft, denn dorthin würde er zusammen mit Paula ohnehin nie wieder zurückkehren. Nach seinem letzten Fall, bei dem seine Tochter in die Fänge eines Sektenführers geraten war, war nichts mehr so, wie es einmal war.

Die physischen Wunden, die er und seine Tochter erlitten

hatten, waren schnell verheilt, doch die Leiden der Seele hatten sich erst Wochen später bemerkbar gemacht. Paula hatte sich mehr und mehr zurückgezogen und er hatte seine ganze Kraft und Überredungskunst aufbieten müssen, damit sie überhaupt noch zur Schule ging.

Angela hatte ihm damals geraten, mit Paula zu einem Psychologen zu gehen. Zuerst hatte er sich dagegen gesträubt, hatte gedacht, dass die Abkapselung seiner Tochter nur eine vorübergehende Episode bleiben würde. Doch als Paula immer öfter in der Nacht von Alpträumen geplagt um Hilfe schrie, ahnte er, dass er falsch lag. Er bat Angela, zu ihm zu ziehen, sich um ihn und Paula zu kümmern, doch sein Bitten war vergebens, Angela hatte nur ihre Karriere im Kopf. So zerbrach seine Beziehung und auch ihn überforderte die Situation immer mehr.

Als er schließlich mit Paula in der psychiatrischen Tagesklinik vorsprach, stellten die Ärzte bei ihr eine posttraumatische Belastungsstörung einhergehend mit Angstattacken und einer depressiven Grundstimmungen fest, die unbedingt eine umgehende Behandlung erforderlich machte. Trevisan war geschockt, wie sollte er sich als alleinerziehender Vater um seine kranke Tochter kümmern und auch noch seinen Beruf ausüben können? Als er mit Grit, seiner Ex-Frau, darüber sprach, musste er sich nur Vorhaltungen und Beschimpfungen anhören, die ihn zusätzlich belasteten. Er und seine Arbeit wären schuld daran, dass es Paula so schlecht ginge. Trevisan legte einfach auf und kämpfte.

Es war nicht einfach für ihn. Die Krankenversicherung stellte sich quer, zahlte lediglich eine ambulante Therapie, und Tante Klara, deren Ehemann einen Schlaganfall erlitten hatte und die ihn zu Hause pflegte, war nicht mehr in der Lage, ihnen zu helfen. Zu Anfang versuchte er es mit einer Pflegerin, doch Paula ließ keine Fremde an sich heran. Glücklicherweise fanden sie einen Heilpraktiker, der mit unkonventionellen Methoden große Erfolge aufzuweisen hatte und der Zugang zu Paula fand. Trevisan reduzierte seine Arbeitszeit, um möglichst viel Zeit mit ihr zu Hause verbringen zu können, doch auch das war keine dauerhafte Lösung. Die Zuzahlungen zu Paulas Behandlung, die nicht von der Krankenkasse gedeckt war, fraßen sehr schnell seine Rücklagen auf.

An einem Donnerstag, vor mehr als einem halben Jahr, war Trevisan im Büro zusammengebrochen. Erst im Krankenhaus kam er wieder zu Bewusstsein. Organisch war er für sein Alter bei bester Gesundheit, doch auch sein Seelenleben war aus allen Fugen geraten. Burnout nannte man die Krankheit auf neudeutsch und die Ärzte rieten ihm, sein Leben neu einzurichten. Dazu kam, dass Paulas behandelnder Heilpraktiker empfahl, aus Sande wegzuziehen. Er sprach von einer Spezialklinik in Hannover, einer Institution, die an die Psychiatrie in Langenhagen angegliedert war und in der Kinder und Jugendliche untergebracht waren, die an den gleichen Symptomen litten wie Paula. Es war aufgebaut wie ein Internat und es fand sogar regulärer Unterricht statt, so dass Paula weiter an ihrem Abitur arbeiten könne.

Anfänglich stand Trevisan diesem Gedanken skeptisch gegenüber, doch nach dem er sich eingehend damit befasst hatte – er war zu dieser Zeit krankgeschrieben – freundete er sich mit dem Gedanken an, zumal die Klinik bei ihren Patienten mit ausgezeichneten Heilerfolgen aufwarten konnte. Einziges Manko an dieser Geschichte war, dass die Krankenkasse nur einen Teil der Behandlungskosten übernahm und er monatlich beinahe zweitausend Euro beisteuern musste.

Genau zu diesem Zeitpunkt starb Onkel Herbert, Trevisans Patenonkel, der in Cuxhaven gelebt hatte, alleinstehend gewesen war und es als Geschäftsführer und Inhaber einer Import-Export-Kette zu einem sehr ansehnlichen Guthaben gebracht hatte. Für Trevisan war dies ein Wink des Schicksals. Er bewarb sich um einen Platz für Paula in der Langenhagener Klinik und erhielt bald eine Zusage.

Es war ein tränenreicher Tag, als er Paula im Klinikgebäude, einem ehemaligen Bauernhof, ablieferte. Hinzu kam, dass er sie in der achtwöchigen Eingewöhnungsphase nicht besuchen und auch sonst keinen Kontakt zu ihr haben durfte.

Trevisan hatte diese Zeit gut genutzt. Er trat seine dreiwöchige Kur in Bad Bergzabern an und ersuchte seine Dienststelle um Abordnung nach Hannover. Kriminaloberrat Beck und die Kriminaldirektorin Schulte-Westerbeck setzten sich sehr für ihn ein, so dass er zunächst für ein Jahr zum Landeskriminalamt abgeordnet wurde. Sein neues Tätigkeitsfeld im Dezernat 32 umfasste die Ermittlungen nach Vermissten, die Identifizierung unbekannter Toter und die Überprüfung von ungelösten Fällen aus dem ganzen Land auf neue Anhaltspunkte und Ermittlungsansätze und war ein typischer Bürojob. Mittlerweile war er in eine Vierzimmerwohnung in Davenstedt gezogen, einem ruhigen Stadtteil von Hannover, wo er Paula nahe sein konnte. Schon die ersten Monate ihres Aufenthalts hatten eine Besserung ihres Zustandes zur Folge, so dass sie mittlerweile zweimal im Monat das Wochenende bei Trevisan verbringen durfte.

Heute war er nach Sande zurückgekehrt, um dieses Kapitel endgültig abzuschließen und das kleine Reihenhaus an eine junge Familie zu verkaufen, die sich für den fairen Preis und Trevisans Entgegenkommen nach dem Notartermin mit einem Essen revanchiert hatte. Aber der Abend sollte seinem langjährigen Freund Peter Koch vorbehalten bleiben, denn schon morgen würde er wieder nach Hannover zurückkehren, um seiner neuen Tätigkeit nachzugehen.

Peter hatte zwei weitere Biere bestellt und klopfte Trevisan aufmunternd auf die Schulter. »Du schaffst das schon«, sagte er. »Du hast schon ganz andere Dinge geschultert.«

Trevisan griff nach dem Bier und prostete Peter zu. »Dein Wort in Gottes Ohr.«

»Und wie läuft es bei der Arbeit?«

Trevisan lächelte. »Ich kann noch nicht viel dazu sagen. Ich bin vorerst nur vier Stunden im Büro und wurde durchs Haus geschickt, um die Abteilungen kennenzulernen. Berufliches Eingliederungs-Management nennt sich das. Soviel ich bislang mitbekommen habe, geht es in meiner neuen Abteilung hauptsächlich darum, Bilder von Vermissten auf Milchtüten zu kleben und auf die drei Birken im Hof zu achten, damit sie nicht weglaufen. Ich muss erst einmal die Leute dort richtig kennenlernen. Bislang bin ich in meiner neuen Abteilung nur auf eine junge, flippige Kollegin gestoßen, die sich den ganzen Tag ihre Fingernägel manikürt. Ich glaube, mir wird schon ein klein wenig die Arbeit auf der Straße fehlen.«

»Vielleicht ist das trotzdem ganz genau das Richtige für dich. Du hattest schließlich ein Burnout-Syndrom.«

»Ich komm schon wieder auf die Beine. War einfach alles zu viel. Paula, die Arbeit und die Sache mit Angela. Na ja, zumindest Paula kommt wieder langsam in Schwung. Sie hat in der letzten Mathearbeit eine glatte Eins geschrieben. Wenn sie so weitermacht, dann wird sie mir langsam unheimlich.«

»Hast du wieder mal was von Angela gehört?«

Trevisan nickte. »Sie hat vor drei Wochen angerufen.«

»Sie hat deine neue Nummer?«

»Auf dem Handy, sie ist in Kanada und jagt Grizzlybären mit der Kamera.«

»Wird das wieder mit euch beiden?«

Trevisan schüttelte nachdenklich den Kopf. »Ich glaube nicht, aber wir bleiben Freunde. Weißt du, wenn man in einer Partnerschaft lebt, auch wenn es eine lockere Beziehung ist, dann muss man zusammenstehen. Ich hätte damals eigentlich erwartet, dass Angela ihre Karriere ruhen lässt und zu uns zieht, um uns über diesen ... dieses Chaos hinwegzuhelfen, aber ihr war ihre Arbeit und ihre Freiheit wichtiger. Mit solch einem Menschen möchte ich nicht meine letzten Tage auf dieser Welt verbringen, auch wenn man ihr Verhalten vielleicht rational verstehen kann, weil Angela nie der Typ war, der sich in einer festen Bindung vereinnahmen lässt. Für mich sieht eine echte Partnerschaft anders aus.«

Peter prostete Trevisan zu. »Andere Mütter haben auch schöne Töchter.«

»Und ich habe die schönste Tochter der Welt«, entgegnete Trevisan.

*

Justin Belfort hatte sein Gepäck aus dem roten Audi geholt, das Fahrzeug verschlossen und in der kleinen Pension eingecheckt, in der ihn eine alte Dame mit grauem, zu einem Zopf gebundenen Haar hinter dem Tresen wortkarg empfangen hatte. Der *Klosterkrug* war Pension, Restaurant und Dorfkneipe zugleich. Über die Redaktion hatte er das Zimmer angemietet und sich angesichts des kalten Empfangs auf sein Zimmer zurückgezogen.

Die beiden Fahrräder der Mädchen waren unweit des Bannsees, einem Biotop im Wald, nördlich von Tennweide von einem Landwirt gefunden worden. Der Polizist, bei dem er es gemeldet hatte, wohnte hier in Tennweide. Er arbeitete in dem kleinen Polizeistützpunkt in Mardorf, der auch für Tennweide und die Umgebung zuständig war. Außerhalb der Saison verrichteten die Beamten des Polizeistützpunktes Mardorf auf der Polizeistation in Steinhude ihren Dienst. Genau dort würde Justin Belfort mit seinen Recherchen beginnen, doch heute wollte er noch das Tageslicht nutzen und dem Bannsee einen Besuch abstatten.

Er verstaute das Gepäck in seinem Zimmer, griff er nach seiner Kamera, schloss die Tür ab und ging hinunter zur Rezeption.

»Zwischen sechs und sieben Uhr gibt es Abendessen«, knurrte die Frau hinter dem Empfangspult.

»Können Sie mir sagen, wie ich hier am schnellsten an den Bannsee komme?«, fragte Justin.

Die Frau legte ihre Stirn in Falten. »Was wollen Sie denn dort?«

Justin hatte nicht vor, zu früh zu offenbaren, welche Gründe ihn nach Tennweide geführt hatten. »Ich will mich nur in der Gegend umsehen und ich hörte, dass es im Wald einen idyllischen Flecken geben soll, der Bannsee genannt wird.«

»Fahren Sie doch ans Steinhuder Meer«, antwortete die Wirtin. »Alle tun das.«

Justin Belfort grinste und bedankte sich. Er verließ den *Klosterkrug* und setzte sich in seinen Wagen. Das Navigationsgerät würde ihm schon den Weg weisen.

*

Magda Töngen, die alte Wirtin und Inhaberin des *Klosterkruges*, schaute dem jungen Mann nach, bis er mit seinem roten Audi in die Mardorfer Straße eingebogen war, und schüttelte den Kopf. Sie verließ die schummrige kleine Rezeption und betrat den Gastraum im linken Teil des Gebäudes. Drei Männer saßen in dem ansonsten leeren Raum an einem runden Tisch, tranken Bier und spielten Skat.

Sie trat an den Stammtisch und griff nach einem leeren Bierglas. »Noch eins?«

Der Mann mit den grauen Haaren, etwa Mitte fünfzig, schaute von seinen Karten auf und nickte.

Zögernd sagte die Wirtin: »Da ist wohl wieder so ein Spinner hier, der sich für den See und die verschwundenen Mädchen interessiert.«

»Wie kommst du darauf?«, fragte der Grauhaarige.

»Sein Zimmer hat irgendeine Zeitungsredaktion gebucht. Und jetzt hat er mich nach dem Weg zum Bannsee gefragt. Hört das denn nie auf …«

»Wie heißt der Kerl?«

»Er hat sich als Justin Belfort aus Hannover eingetragen«, antwortete die Wirtin. »Diese Kerle tauchen hier auf, stellen dumme Fragen und schnüffeln überall herum. Das macht uns allen das Geschäft kaputt.«

»Ich werde mich darum kümmern. Schreib mir mal auf, welche Adresse er angegeben hat«, antwortete der Gast, der Thomas Klein hieß und Leiter des kleinen Polizeistützpunktes in Mardorf war, in dessen Zuständigkeitsbereich Tennweide lag.

2

Donnerstag

Trevisan hatte das mehrstöckige Dienstgebäude in der Schützenstraße in Hannover gegen acht Uhr betreten. Mit dem Fahrstuhl fuhr er in den dritten Stock, in dem das Dezernat 32 untergebracht war. Sein Büro, das er mit Kollegin Kowalski teilen musste, war wie in den letzten Tagen verwaist. Hanna Kowalski war noch bis zum Ende der Woche in Urlaub. Lediglich die nach Trevisans Einschätzung etwas eigentümliche Oberkommissarin Lisa Winter saß gegenüber im Zimmer und winkte ihm zu. Ihre Haare, vor zwei Tagen noch tiefschwarz, waren heute grellrot gefärbt. Trevisan ahnte, warum man dieser jungen Frau einen Innendienstjob gegeben hatte. Er erwiderte ihren Gruß und öffnete die Tür zu seinem Büro.

»Hey, Kollege!«, tönte es in seinem Rücken schrill. »Sie sollen zum Teufel gehen.«

Trevisan warf ihr einen verwirrten Blick zu. »Was ist?«

»Der Teufel will Sie sehen. – Unser Boss, Sie verstehen?«, antwortete sie mit einem Augenzwinkern.

Der Leiter des Dezernates 32 war Kriminaloberrat Engel. Hier war Trevisan wohl in einer sehr einfallreichsreichen Abteilung gelandet. Er dachte daran, wie heimisch er sich in Wilhelmshaven gefühlt hatte und wie familiär es im FK 1 zugegangen war.

»Er ist im Büro und wartet«, sagte Lisa Winter.

»Okay.« Trevisan machte sich auf den Weg. Er klopfte an die Tür der Vorzimmerdame und eine Frauenstimme meldete sich. Trevisan öffnete und schaute in das lächelnde Gesicht der Angestellten.

»Ah, jetzt lerne ich auch endlich unseren neuen Mitarbeiter kennen. Ich bin Karin Fittkau«, empfing ihn die blonde

Frau und reichte ihm die Hand. Trevisan schätzte sie auf Mitte vierzig.

»Martin Trevisan. Ich hörte, der Chef will mich sehen.«

»Sie sind aus Wilhelmshaven zu uns gestoßen, nicht wahr?«

Trevisan nickte.

»Ich habe eine Schwester, die ist in Horumersiel verheiratet, eine schöne Gegend dort.«

Trevisan lächelte freundlich, aber er hatte auf eine Unterhaltung mit der zweifellos netten Dame keine Lust.

Frau Fittkau schien dies zu bemerken und umrundete ihren Schreibtisch. »Dann bringe ich Sie mal zum Chef.« Sie klopfte an der Zwischentür.

Dezernatsleiter Kurt Engel hatte die Ausstrahlung eines Buchhalters und empfing Trevisan mit Handschlag und leichter Verbeugung. »Ich begrüße Sie in meiner Abteilung«, sagte er steif und wies auf einen Stuhl.

Trevisan nahm Platz.

»Leider komme ich erst heute dazu, Sie willkommen zu heißen, am Montag war ich verhindert«, fuhr der Kriminaloberrat fort. »Sie befinden sich noch im Eingliederungsmanagement und sind bis zum Ende der Woche sechs Stunden bei uns?«

»Richtig«, bestätigte Trevisan verhalten.

»Sie hatten zwei Tage frei, wie ich hörte. Ich hoffe, Sie konnten die Zeit nutzen, um ihre privaten Dinge zu ordnen.«

Trevisan lächelte. »Ich hatte einen Notartermin in Wilhelmshaven.«

»Gut, in der letzten Woche haben Sie sich ja schon mit unserem Amt vertraut gemacht. Bei uns geht es ein klein wenig anders zu, als Sie es wahrscheinlich aus den Fachkommissariaten gewohnt sind. Wie ich hörte, haben Sie Frau Winter aus dem Dezernat bereits kennengelernt.«

»Ja, richtig.«

»Ich habe Ihrer Personalakte entnommen, dass Sie die Mordkommission der Wilhelmshavener Kriminalpolizei hervorragend geleitet haben und auch die leider tragischen

Entwicklungen mit Ihrer Tochter und Ihnen selbst sind mir zugetragen worden. Wie geht es Ihrer Tochter heute?«

»Es geht, Sie wird hervorragend betreut. Zurzeit macht sie mit ihrer Gruppe einen längeren Ausflug nach Irland. Ich hoffe, dass alles gut wird, aber es wird noch einige Zeit vergehen, bis sie gesund ist.«

»Ich verstehe«, entgegnete der Kriminaloberrat. »Und wie sieht es mit Ihrer Gesundheit aus? Nächste Woche läuft Ihre Eingliederung aus und Sie sind dann Vollzeit bei uns. Denken Sie, dass Sie schon wieder so weit sind?«

Trevisan nickte.

»Das ist sehr gut.« Engel wies auf einen Wäschekorb voller grauer, abgenutzter Aktenordner. »Es kommt nämlich viel Arbeit auf unsere Abteilung zu und wie Sie ja am Montag bereits bemerkten, sind wir derzeit knapp an Personal. Kollege Amann ist noch mindestens zwei Wochen krankgeschrieben und Kommissar Berger kommt erst Mitte des Monats von seinem Lehrgang zurück. Also werden Sie sich zusammen mit Frau Winter und Frau Kowalski, deren Urlaub am Montag endet, an die Arbeit machen. Ich bin froh, dass wir den Abgang des Kollegen Smisek durch Ihre Abordnung kompensieren konnten. Gerade im anstehenden Fall sind uns Ihre Fähigkeiten als Ermittler sehr willkommen.«

»Um was geht es?«, fragte Trevisan.

Der Kriminaloberrat erhob sich und entnahm dem Wäschekorb scheinbar wahllos einen grauen Ordner. »Dieses Kapitaldelikt ist ein Revisionsfall, den wir unter die Lupe nehmen müssen.«

Trevisan betrachtete den Korb. »Das muss ein aufwändiges Verfahren gewesen sein.«

»In der Tat«, bestätigte Engel. »Es geht um das zunächst spurlose Verschwinden zweier junger Frauen, beide achtzehn Jahre alt. Eine tragische Sache. Sie befanden sich auf einer Radtour von Minden an die Nordseeküste. Die Reise samt allen Kosten und einem ordentlichen Taschengeld war ihnen von ihren Eltern aufgrund ihres bestandenen Abiturs geschenkt worden. Ihre Spur verliert sich in der Nähe des Steinhuder Meeres.«

»Ich glaube, ich habe von der Sache gehört«, antwortete Trevisan. »Das ist zwei oder drei Jahre her.«

»Es war am 29. September 1999, einem Mittwoch. Die Mädchen starteten am frühen Morgen von Neustadt. Ihr Etappenziel war Nienburg, doch dort kamen sie nie an. Ihre Fahrräder wurden einen Tag später nahe der kleinen Gemeinde Tennweide bei Mardorf in einem Wald gefunden. Die Kripo der Inspektion Garbsen hat damals eine Soko gebildet. Sie hatten einen jungen geistig Behinderten in Verdacht, der sich nach Zeugenangaben am mutmaßlichen Tattag in den Wäldern bei Mardorf herumgetrieben hatte. Bei einer Hausdurchsuchung fanden sie in seinem Zimmer die Halskette eines der Mädchen und nahmen ihn fest. Doch eine Woche später mussten sie ihn wieder auf freien Fuß setzen. Der Rucksack eines Mädchens war knapp vierzig Kilometer entfernt an der A7 in Höhe des Walsroder Dreiecks in Fahrtrichtung Norden aufgefunden worden. Es gab ein DNA-Muster an dem Gepäckstück, das vermutlich vom Täter stammt, doch bislang waren alle Abgleiche mit den DNA-Dateien ergebnislos. Der Täter ist weder vor noch nach der Tat in Erscheinung getreten. Kurzum, die Soko wurde im Sommer 2000 aufgelöst und der Fall zu den Akten gelegt. Erst vor zwei Monaten fand eine erneute Überprüfung durch unsere Abteilung statt, aber es gab keine neuen Ansatzpunkte, wir haben die Revision erfolglos beendet. Turnusgemäß überprüfen wir Altfälle alle sechs Monate.«

»Und warum kommt dieser jetzt wieder auf den Tisch?«

»Weil eins der Mädchen offenbar wieder aufgetaucht ist«, erläuterte Engel. »Die damals achtzehnjährige Tanja Sommerlath.«

Trevisan runzelte die Stirn. »Aufgetaucht? Was heißt das?«

»Vor knapp zwei Wochen wurde eine junge abgemagerte und verwahrloste Frau auf der B 200 in der Nähe von Flensburg von Verkehrsteilnehmern schwer verletzt aufgefunden.

Den ersten Ermittlungen nach wurde sie wohl aus einem sehr schnell fahrenden Wagen geworfen. Es war reines Glück, dass sie überlebte. Da niemand die Frau kannte und auch in den Vermisstendateien keine ähnliche Person gespeichert ist, veranlassten die Kollegen aus Flensburg eine DNA-Analyse. Vorgestern kam das Ergebnis. Das genetische Muster stimmt mit unserer vermissten Tanja Sommerlath überein. Wir müssen davon ausgehen, dass die jungen Frauen vom Steinhuder Meer damals nicht getötet, sondern entführt wurden. Und wir müssen davon ausgehen, dass das zweite Mädchen, Melanie Reubold ist ihr Name, möglicherweise noch lebt.«

Trevisan kratzte sich am Kinn. »Ich verstehe, aber warum fragen wir diese Tanja nicht einfach?«

Engel fuhr sich mit der Zunge über die Unterlippe. »Das ist nicht so einfach, sie liegt im Koma.«

»Gibt es sonst noch irgendwelche Erkenntnisse über die junge Frau?«

Der Kriminaloberrat nahm gezielt einen Aktenordner aus dem Wäschekorb und schlug ihn auf. »Offenbar ist das Mädchen schwer drogenabhängig, das geht aus dem medizinischen Gutachten hervor. Weiterhin wurden ältere Verletzungen im Genitalbereich diagnostiziert. Sie scheint vergewaltigt worden zu sein.«

Trevisan fuhr sich über das Kinn. »Haben die Kollegen aus Flensburg eine Spur oder zumindest einen Ansatzpunkt?«

»Es konnten Fasern an der Kleidung des Opfers festgestellt werden, die derzeit analysiert werden. Man erhofft sich davon Rückschlüsse auf das Fahrzeug, in dem das Mädchen saß, bevor es auf die Straße gestoßen wurde. Außerdem mutmaßen die zuständigen Kollegen, dass das Mädchen sich im benachbarten Dänemark aufgehalten hat. Es gibt da eine dänische Rockergruppe in Padborg, die sich *Black Lions* nennt. Padborg ist nicht weit von der Grenze entfernt. Die Gruppe wurde vor ein paar Tagen ausgehoben, weil sie in Drogenhandel und Prostitution verstrickt ist. Sie hielten zwei Frauen aus Litauen gefangen, die sie zur Prostitution zwangen. Möglicherweise gibt es einen Zusammenhang. Aber das ist nur eine vage Spur.«

»Gut, im Grunde genommen stehen wir also am Anfang. Ich denke, ich werde mich erst einmal mit den Akten befassen.«

Der Kriminaloberrat druckste ein wenig herum. »Wissen Sie, normalerweise koordinieren wir Vermisstenfahndungen und unterstützen die Kollegen vor Ort bei ihrer Arbeit«, holte er aus. »Aber diesmal müssen wir unsere Arbeitsweise ein klein wenig ändern. Deswegen bin ich froh, dass Sie uns unterstützen, denn Sie sind ein Mann der Praxis und können unserer Abteilung mit neuen Impulsen helfen. Wir werden diesmal die Ermittlungen leiten.«

»Sie meinen, wir führen die Ermittlungen, wenn ich Sie richtig verstehe.«

Engel zog die Stirn kraus. »Auf uns lastet ein immenser Druck«, sagte er zögerlich. »Nicht nur die Presse sitzt uns im Nacken, auch die Mutter der noch immer verschwundenen Melanie Reubold hat sich an uns gewandt. Wir brauchen dringend Ergebnisse, und die polizeiliche Praxis, das gebe ich offen zu, ist nicht gerade unsere Paradedisziplin. Wir sind in erster Linie Service- und Koordinierungsstelle. Der Direktor erwartet, dass wir uns mit dem Fall intensiv auseinandersetzen. Er hat uns freie Hand gegeben. Ich könnte noch weitere Männer ...«

Trevisan hob beschwichtigend die Hände. »Ich denke, ich lese mich erst einmal in die Akten ein.«

»Gut. Sobald Sie wissen, welchen Kräfteansatz wir benötigen, melden Sie sich bei mir«, entgegnete der Kriminaloberrat. »Trevisan, ich verlasse mich in dieser Sache voll auf Ihre Fachkenntnisse. Sie leiten diese Untersuchung und wenn Sie etwas brauchen, dann sagen Sie einfach Bescheid.«

*

Als Justin Belfort nach einer unruhigen Nacht und einem kargen Frühstück den *Klosterkrug* verließ, schien dieser

Ort noch immer vom Leben ausgegrenzt zu sein. Auf dem weitläufigen Kirchplatz war trotz des blauen und strahlenden Himmels keine Menschenseele unterwegs. Noch nicht einmal die nahe Hauptstraße war befahren, und dabei war es die kürzeste Verbindung zwischen Neustadt und Mardorf.

Die Aufnahmen, die er gestern am Bannsee gemacht hatte, waren bereits an die Redaktion übermittelt. Aus den Polizeiakten wusste er, wo genau damals die Fahrräder der beiden Mädchen aufgefunden worden waren. Gute Kontakte zur Justiz und zur Polizei waren oftmals unbezahlbar. Ein Landwirt, der zu Waldarbeiten den engen Feldweg vom See in Richtung des Campingplatzes gefahren war, hatte die Räder entdeckt. Justin hatte sich die Adresse des Mannes notiert. Mit ihm wollte er heute als Erstes sprechen. Sein Gehöft lag am Ende des Wiesenweges, bevor aus dem schmalen, doch zumindest asphaltierten Weg eine mit Splitt aufgeschüttete Holperpiste wurde. Tjaden hieß der Mann und telefonisch hatte er sich mehrfach verleugnen lassen. Doch das war Justin Belfort gewohnt. Er wusste, wenn er etwas erreichen wollte, dann blieb ihm nicht viel anderes übrig, als bei den Leuten aufzutauchen und nicht mehr zu weichen, ehe er alles erfahren hatte, was er wissen musste.

Er holte seinen Schlüssel aus der Hosentasche, doch noch bevor er seinen Wagen aufgeschlossen hatte, heulte der Motor eines anderen Autos auf. Ein Streifenwagen bremste unmittelbar neben ihm. Ein uniformierter Beamter, Mitte fünfzig vielleicht und mit graumelierten Haaren, stieg aus. Der Polizist war alleine unterwegs.

»Guten Morgen, der Herr«, grüßte der Beamte. »Ich dürfte wohl einmal Ihre Papiere sehen.«

»Habe ich etwas angestellt?«, fragte Justin Belfort.

»Das weiß ich erst, wenn ich weiß, wer Sie sind.«

Justin Belfort holte seine Geldbörse aus der Hosentasche und entnahm seinen Personalausweis.

Der Beamte überflog den Ausweis und wies auf den Wagen. »Das ist Ihr Fahrzeug?«

Justin Belfort nickte.

»Dann haben Sie bestimmt auch einen Fahrzeugschein.«

»Sicher.« Justin öffnete die Wagentür und zog das Dokument hinter der Sonnenblende hervor.

Der Polizist musterte es und trat vor den Wagen, um das Kennzeichen im Schein mit dem des Fahrzeuges zu vergleichen.

»Hier steht *Direkt* Medien GmbH, Hannover«, sagte der Beamte spitz. »Ich dachte, das ist Ihr Wagen, aber Ihren Namen kann ich hier weit und breit nicht finden.«

»Das ist ein Dienstwagen, der mir zugeteilt ist. Ich arbeite für die Firma.«

»Und was tun Sie hier, Herr Belfort, wenn ich fragen darf?«

Justin Belfort steckte den Personalausweis wieder ein, den ihm der Polizist reichte. »Ich arbeite.«

»Gehört es zu Ihrer Arbeit, dass Sie hier herumstreunen und alles fotografieren, was Ihnen vor die Linse kommt? Eine sonderbare Arbeit, finden Sie nicht?«

»Hören Sie, Herr Kommissar…«

»Oberkommissar, bitte.«

»Okay, hören Sie, ich bin Journalist und recherchiere für ein Magazin. Ich mache nur meine Arbeit. Ich habe niemanden belästigt und auch niemanden fotografiert. Außerdem ist hier sowieso keine Menschenseele unterwegs. Also, das ist doch nicht verboten, oder?«

Unbeeindruckt umrundete der Polizist den Wagen, dessen Schmutzanhaftungen nicht zu übersehen waren. »Sie waren am See. Was wollen Sie hier?«

»Es geht um die verschwundenen Mädchen«, erklärte Justin Belfort. »Sie haben doch sicherlich gehört, dass eins von denen wieder aufgetaucht ist. Ich will eine Geschichte über ungelöste Kriminalfälle in Niedersachsen schreiben.«

»Da waren schon viele hier«, antwortete der Polizeibeamte. »Erst in den letzten Tagen trieben sich Ihre Kollegen im Ort herum, walzten alles nieder und hatten keinerlei Respekt vor fremdem Eigentum und vor der Natur.«

»Ich habe niemandem etwas getan.«

Der Polizist wies auf den schmutzigen Wagen. »Sie sind den Wiesenweg entlang bis zum See gefahren.«

»Und wenn schon«, antwortete Justin trotzig.

»Hinter dem Grubhof von Bauer Tjaden steht ein Sperrschild, aber das interessiert euch von der Presse ja nicht. Genauso wenig wie das Wohlergehen der Menschen hier in diesem Ort. Die Leute hier haben schon genug gelitten. Jeder x-beliebige Schreiberling meint, eine Story hier zu finden und den Ort durch den Dreck ziehen zu müssen. Hören Sie, hier wohnen anständige Bürger und Steuerzahler, die nichts anderes wollen als ihre Ruhe und Frieden. Sie wollen keine Artikel über ›den Ort des Grauens am Steinhuder Meer‹ lesen, wie es einer Ihrer Kollegen einmal in einem Artikel schrieb.«

»Was wollen Sie eigentlich von mir?«, fragte Justin Belfort unwirsch.

Der Polizist trat auf ihn zu. Auge in Auge blieb er vor ihm stehen. »Ich will, dass Sie die Leute und das Dorf hier in Ruhe lassen. Alles, was es zu dem Fall zu sagen gibt, können Sie der Presseerklärung der Inspektion in Garbsen entnehmen. Und außerdem will ich, dass Sie von hier verschwinden. Ich werde ein Auge auf Sie haben und für jeden Fehler, den Sie machen, werde ich Sie zur Rechenschaft ziehen. Schon der geringste Parkverstoß reicht aus. Und jetzt fangen wir gleich einmal an.«

»Was denn?«

Der Polizist trat hinter den Wagen und wies auf das verschmutzte Kennzeichen. »Nur damit wir uns verstehen, das kostet zehn Euro. Zahlen Sie gleich oder soll ich eine Verwarnung ausschreiben?«

Zähneknirschend zog Justin Belfort erneut seine Geldbörse hervor und reichte dem Polizisten einen Zehn-Euro-Schein.

»Ich weiß nicht, wie viel Geld Ihnen Ihr Käseblatt an Spesen mitgegeben hat, aber falls ich mich für Sie nicht klar genug ausgedrückt habe, sollten Sie Ihren Verleger anrufen, damit der Ihnen genügend überweist. Haben Sie mich verstanden?«

»Jedes Wort«, antwortete Justin Belfort.

3

Lisa Winter hatte sich einen zweiten Stuhl herangezogen und die Beine hochgelegt. Sie blickte lustlos auf ihren Computerbildschirm, doch als Trevisan ächzend und stöhnend den Gang entlangkam, bepackt mit dem Wäschekorb voller Akten, schaute sie interessiert auf.

»Da hat unser Teufelchen wohl etwas Ballast abgeladen und unseren Neuen mit reichlich Lesestoff eingedeckt«, bemerkte sie lakonisch. »Die Fälle der letzten hundert Jahre?«

»Irrtum, Kollegin, das sind die Akten zu unserem neuen Fall«, entgegnete Trevisan. »Prioritätsstufe eins.«

»Das ist ein Fall?« Sie erhob sich, umrundete ihren Schreibtisch und blieb vor dem Wäschekorb stehen.

»Was tun Sie eigentlich gerade?«

Lisa zuckte die Schultern. »Ich bin Lisa und ich werte Daten aus. So wie immer.«

»Und das heißt?«

»Ich gleiche Daten aus dem Pol-Info-System des BKA mit unserer landesweiten Vermisstendatei ab.«

Trevisan räusperte sich. »Gut, schon Erfolg gehabt?«

Lisa schüttelte den Kopf. »In diesem Jahr noch nicht, aber im letzten Jahr konnte ich eine unbekannte Tote aus der Leine identifizieren.«

»Enorm«, antwortete Trevisan spöttisch »Dann wird das BKA ja noch eine Weile warten können. Wir kümmern uns ab sofort ausschließlich um diesen einen Fall. Gibt es hier so etwas wie einen Konferenzraum?«

Lisa wies den Flur hinunter. »Wir haben einen Soko-Raum am Ende des Flures. Wir nutzen ihn als Abstellraum.«

Trevisan bückte sich und drückte ihr zwei Ordner in die Hand. »Soko-Raum hört sich gut an.« Er wies mit dem Kopf den Flur hinunter. Lisa stapfte voraus und öffnete die Tür. Trevisan folgte ihr mit dem Wäschekorb.

Der Raum erinnerte ihn an das Konferenzzimmer in

Wilhelmshaven. Zwei große Pinnwände standen an der Stirnseite, daneben eine Tafel. In der Mitte befand sich ein langer Tisch mit heller Arbeitsfläche, umringt von Stühlen. Zehn zählte Trevisan. Mitten auf dem Tisch standen mehrere Telefone und an der Wand gegenüber der Fensterreihe hingen Karten von Deutschland, Niedersachsen und aus der Region. Es gab zwei voll ausgestattete Computertische und einen Regalschrank. Standardausstattung für Räume, in denen Sonderkommissionen arbeiteten.

»Genau das, was wir für unsere Ermittlungen brauchen«, sagte Trevisan und platzierte den Wäschekorb auf dem Tisch. Dann nahm er Aktenordner nach Aktenordner heraus und stellte sie in den Regalschrank.

»Um was dreht es sich eigentlich in dem Fall?«, fragte Lisa, nachdem sie Trevisan eine Weile beobachtet hatte.

Er öffnete das Fenster, dann wies er auf einen Stuhl. Zögernd nahm Lisa Platz. Trevisan setzte sich neben sie und erzählte ihr, was er von Oberrat Engel über die verschwundenen Radfahrerinnen erfahren hatte.

Am Ende schluckte Lisa und schaute Trevisan mit großen Augen skeptisch an. »Und wir sollen die Ermittlungen führen?«

»Ja, genau, das werden wir in den nächsten Tagen und Wochen tun«, antwortete Trevisan bestimmt. »Und wenn wir eine Chance haben, dann werden wir den Fall auch lösen.«

»So etwas haben wir in dieser Abteilung noch nie gemacht. Das …«

»Wie lange bist du schon bei der Polizei?«

Lisa lächelte verlegen. »Ich bin seit acht Jahren hier. Direkt nach der Ausbildung. Sechs Jahre Kriminaltechnische Auswertung, dann zwei Jahre beim Lagezentrum. Seit letztem Jahr hier im Dezernat.«

»Du hast doch bestimmt schon einmal an einem Fall mitgearbeitet?«, fragte Trevisan.

»Ich war bei der daktyloskopischen Auswertung und später dann bei der DNA. Im Lagezentrum haben wir Mails und Berichte durch das ganze Land gesteuert.«

Trevisan legte den Kopf schräg und blickte ihr gedankenvoll ins Gesicht. »Also gut, wenn das so ist. Dann ist das eben unser erster Fall.«

»Und wo fangen wir an?«

Er deutete auf die Aktenordner. »Wir werden uns jetzt erst einmal in die Ermittlungsergebnisse der damaligen Sonderkommission einarbeiten. Wir sondieren das Material, legen eine Spurendatei an, sichten die Fotos und die Berichte und übertragen alles in den PC, damit wir einen schnellen Zugriff haben. Dann erstellen wir ein Tatortprofil, markieren und überprüfen die Route der beiden Mädchen und verfassen ein Schlagwortverzeichnis, für gezielte Recherchen. Wenn wir das alles eingerichtet haben, machen wir uns an die eigentliche Arbeit.«

»Das klingt aufregend … Ich habe so etwas noch nie gemacht«, stotterte Lisa.

»Aber ich, außerdem gibt es dazu Vorlagen.« Er schaute auf die Uhr. »Hast du heute noch etwas vor?«

Lisa zuckte mit der Schulter.

Trevisan erhob sich. »Das ist gut, ich ebenfalls nicht. Und richte dich in den nächsten Tagen darauf ein, dass wir ein paar Überstunden machen werden. Denn ohne wird es wohl nicht gehen, schätze ich.«

*

Der Grubhof von Bauer Tjaden lag am nördlichen Ende des Dorfes am Wiesenweg, der durch den angrenzenden Wald vorbei an den Mooren zum Bannsee führte. Dort hatte der Bauer damals die Fahrräder der verschollenen Mädchen aufgefunden. Justin Belfort lenkte seinen Wagen von der Straße in das weitläufige Gehöft und hielt an. Ein schwarzer Mischlingshund an der Kette vollführte lauthals bellend wilde Kapriolen vor seiner Hütte. Justin schaute sich um. Niemand war zu sehen, doch aus einer offenen Scheunentür drang das ohrenbetäubende Kreischen einer Kreissäge.

Justin ging auf die Scheune zu, in der zwei Männer, ein

junger und ein älterer, damit beschäftigt waren, Meterstücke Holz zu zersägen. Als der Jüngere, Justin schätzte ihn auf knapp zwanzig, ihn sah, gab er dem alten Mann in blauer Arbeitskluft ein Zeichen, doch der ließ sich nicht beirren. Erneut fegte das laute Jaulen der Säge über den Hof und erst, als das Holz zersägt war, schaltete der Alte sie aus und wandte sich zu Justin um.

»Ja?«

»Sind Sie der Besitzer dieses Hofes, Herr Tjaden?«, fragte Justin.

»Ganz recht.« Er wandte sich seinem jungen Gehilfen zu. »Bring die Stücke in das Lager, du kannst schon den Spalter richten.«

Der junge Mann nickte kurz und verschwand durch eine Seitentür.

»Was wollen Sie?«, fragte Tjaden mürrisch.

»Mein Name ist Justin Belfort, ich arbeite für das *Direkt-Magazin* und will mit Ihnen reden.«

Der Mann in blauer Arbeitskluft zeigte überrascht auf die eigene Brust. »Mit mir? Warum das?«

»Es geht um die Geschichte der verschwundenen Radfahrerinnen«, erklärte Justin. »Meinen Informationen nach haben Sie damals in der Nähe des Bannsees die Räder entdeckt.«

»Kann schon sein.«

»Haben Sie schon gehört, dass eines der Mädchen wieder aufgetaucht ist?« Justin holte einen Notizblock und einen Kugelschreiber aus seiner Hemdtasche.

Tjaden zuckte mit der Schulter. »Meinetwegen.«

Justin stutzte. »Es muss Sie doch interessieren, schließlich waren Sie damals auch irgendwie an dem Fall beteiligt.«

Tjaden, Justin schätzte ihn auf etwa sechzig, machte einen Schritt auf ihn zu. »Hören Sie, damals tauchten reihenweise Reporter hier auf meinem Hof auf und brachten alles nur durcheinander. Jeder wollte wissen, was ich gesehen habe und ob ich etwas Verdächtiges bemerkt hätte. Sogar mitten in der Nacht klingelten sie an meiner Tür. Man kam gar nicht zur Ruhe. Und am Ende nannten die Zeitungen unseren Ort das Dorf des Grauens. Ich habe keine Lust mehr auf den Zinnober. Ich bin mit dem Trecker einfach nur einen Weg entlanggefahren, da lagen zwei Räder im Gebüsch. Ich habe den Polizisten in Mardorf Bescheid gegeben und mehr war da nicht. Ich wusste nicht einmal, dass da ein paar Mädchen verschwunden waren, ich dachte, da hat jemand seinen Müll in meinen Wald geworfen, und das kann man sich doch nicht bieten lassen.«

»Und Sie haben niemanden dort draußen bemerkt?«

»Ich bin noch nicht mal vom Trecker abgestiegen. Ich habe der Polizei den Weg beschrieben. Erst einen Tag später erfuhr ich davon, dass da jemand verschwunden sein soll. Das habe ich damals zu Protokoll gegeben und jetzt geht es wieder von vorne los. Sie sind schon der Vierte, der hier bei mir auftaucht und wieder die gleichen Fragen stellt wie damals. Ich will meine Ruhe haben, das ist doch nicht zu viel verlangt.«

Justin nickte. »Das kann ich verstehen. Aber Sie müssen doch zugeben, dass es ungewöhnlich ist, dass hier zwei Mädchen vor drei Jahren verschwanden und nun eines davon bei Flensburg wieder auftaucht.«

»Das geht mich nichts an, fragen Sie doch das Mädchen.«

Justin überging Tjadens Antwort. »Damals fand eine große Suchaktion statt. Haben Sie auch mitgeholfen?«

Tjaden schüttelte den Kopf. »Keine Zeit, war im Sommer zur Erntezeit.«

Justin Belfort zeigte auf den jungen Mann, der wieder aufgetaucht war und die gesägten Holzstücke zusammensammelte. »Und er, wohl ihr Sohn, hat er bei der Suche geholfen?«

»Ist mein Enkel. Der wohnt in Eckernförde. Hauke ist nur ab und zu hier, wenn Semesterferien sind. Studiert in Kiel und will Meeresbiologe werden.«

Justin schaute sich um. »Das ist ein großer Hof, Sie haben doch sicher jemanden, der hier Ihnen hilft?«

»Meine Frau und ich.«

»War Ihr Enkel damals auch hier auf dem Hof, als es passierte?«

»Nein, damals ist mir der Robert zur Hand gegangen. Ist aber gestorben. Letztes Frühjahr. Verdammter Krebs.«

Justin Belfort notierte Tjadens Angaben in seinem Notizbuch. »Robert?«, fragte er neugierig nach.

»Ja, Krauthoff hieß er. Ist aus dem Dorf, war alleine und hat früher mal als Schreiner gearbeitet. Hat gut mit angepackt und war ein ganz feiner Kerl. Aber ist ja nun nicht mehr. War Mitte fünfzig, noch kein Alter zum Sterben.«

»Ja, Sie haben recht, ist noch kein Alter zum Sterben. Gibt es sonst noch jemanden, der mir etwas über das Verschwinden der Mädchen sagen kann?«

»Unseren Dorfpolizisten können Sie fragen, der wohnt hier in Tennweide. Da war ganz schön was los. Sogar der Hubschrauber ist stundenlang über den Feldern und dem Wald gekreist.«

Justin Belfort schmunzelte, als er an die unschöne Begegnung vorhin dachte. »Mitte fünfzig, graue Haare und etwa einen Kopf größer als ich?«

Tjaden kratzte sich am Kinn. »Muss er wohl sein, fährt oft hier im Dorf Streife und er verscheucht das Ungeziefer.« Der Bauer grinste provokant.

»Es ist nicht alles Ungeziefer, was sich für das damalige Geschehen interessiert«, widersprach Justin.

»Aber die meisten interessieren sich gar nicht für die Geschichte der Mädchen, die wollen doch nur Geld verdienen und die Auflagen steigern. Sie drehen dir das Wort im Mund herum. Da war so einer, Anfang der Woche, wenn der nicht gegangen wäre, hätte ich Hasso auf ihn gehetzt.«

Justin warf dem gefährlich dreinblickenden Mischlingshund einen Blick zu und zwinkerte mit dem Auge. »Da bin ich ja froh, dass Sie mich ein klein wenig besser leiden können.«

»Kann ich gar nicht, aber ihr seid wie die Kartoffelkäfer, kommt immer wieder, solange es noch was zu beißen gibt.

Da sag ich lieber gleich, was ich weiß, dann seid ihr zufrieden und ich hab meine Ruhe.«

»Eine Frage hätte ich noch«, sagte Justin. »Gab es damals, als die Mädchen verschwanden, viele Touristen in der Gegend?«

»Da war schon Spätsommer, ein paar Touristen waren wohl noch da, aber die sind meistens am See, der ist in der anderen Richtung.«

»Ich hörte, dass es damals eine Festnahme gab, ein Junge aus dem Dorf. Aber er wurde nach kurzer Zeit wieder freigelassen.«

Tjaden nickte eifrig. »Ja, der Sven. Aber der war es nicht, der hat nur was gefunden, das einem der Mädchen gehörte. Der ist ein bisschen bekloppt, aber der tut niemandem was. Ich hab gleich gesagt, so ein Blödsinn, zu glauben, der hätte was damit zu tun. Der ist lammfromm. Trieb sich damals oft im Wald herum und hat dort gespielt, aber ein Mörder ist das nicht, das ist klar.«

»Lebt Sven noch hier im Ort?«

Tjaden schüttelte den Kopf. »Ist jetzt im Heim. Sein Vater ist Apotheker in Mardorf, der wohnt noch hier.«

Justin Belfort bedankte sich. Seine Recherchen hatten ergeben, dass Sven Thiele seit dem Vorfall in der geschlossenen Pflegeanstalt der Psychiatrischen Klinik Langenhagen lebte und Rudolf Thiele nach wie vor in Tennweide wohnte. Justin schickte sich an, zu seinem Wagen zu gehen, wandte sich aber noch einmal um. »Können Sie mir genau sagen, wo Sie die Fahrräder damals gefunden haben?«

Bauer Tjaden zeigte in Richtung des Waldes.

»Moment, ich habe eine Karte im Wagen.« Justin eilte zu seinem Audi. Der alte Mann folgte ihm. Als Justin die Radwanderkarte auf der Motorhaube auseinandergefaltet hatte, beugte sich Tjaden darüber. Nach kurzer Suche fand er Tennweide und den Wiesenweg, den er mit seinem Finger entlangfuhr, bis kurz vor dem Bannsee ein kleiner Weg nach rechts abzweigte. »Hier, etwa einhundert Meter nach der

Abzweigung. Der Wald gehört mir. Da steht ein Gebüsch. Hagebutten sind das. Darin lagen die Räder, aber man konnte sie gut sehen.«

»Also wurden sie nicht versteckt«, murmelte Justin.

»Weiß ich nicht.«

»Sie sagen, man konnte sie sehen, also sind sie nicht versteckt worden, oder derjenige, der sie dort hingebracht hat, wurde gestört.«

»Gestört, wie meinen Sie das?«

»Spaziergänger, Waldarbeiter oder ...«

Der alte Mann kratzte sich am Kopf. »Jetzt, wo Sie das sagen«, brummte er.

»Was?«

»Damals war ich jeden Tag da draußen, da hatte ich eine Aufforstung, die zu reinigen war. Die ganze Woche bin ich rausgefahren. In der Frühe raus und dann, wenn es dunkel wurde, wieder zurück.«

»Die Mädchen verschwanden am Mittwoch, das war der 29. September 1999.«

»Kann gut gewesen sein, genau weiß ich das nicht mehr. Aber Ende September wird es wohl so um die neun Uhr dunkel.«

Justin machte Notizen in seinem Notizbuch. »Sehen Sie, jetzt haben wir doch noch etwas herausgefunden, was für den Fall vielleicht wichtig ist.«

Tjaden wirkte ein wenig erschrocken. »Da bin ich vielleicht vorbeigefahren und hinter dem Gebüsch war der Mörder, was? Mein Gott, was da hätte alles passieren können.«

»Vielleicht«, bestätigte Justin Belfort, raffte seine Karte zusammen und verabschiedete sich.

Vom Grubhof fuhr er die gesperrte Straße zum Bannsee entlang bis zu der Feldwegabzweigung, die ihm Bauer Tjaden auf der Karte gezeigt hatte. Der Weg war derart zugewuchert, dass er seinen Wagen stehen lassen musste. Zu Fuß ging er weiter, bis er an das beschriebene Hagebuttengebüsch kam, das sich am Weg entlangrankte. Er suchte es ab, doch mehr als eine weggeworfene Bierflasche, eine alte Plastiktüte und einen leeren Tetrapack fand er nicht. Sicherlich hatte damals die Polizei das Gebüsch und den angrenzenden Wald ohnehin akribisch untersucht. Er machte ein paar Fotos und setzte seinen Weg fort, der ihn zum nahegelegenen Campingplatz führte.

Eine Frau mittleren Alters empfing ihn im Büro, doch als er nach den verschwundenen Mädchen fragte, brach sie das Gespräch unwirsch ab. »Nicht schon wieder ...! - Ich habe den Platz vor zwei Jahren übernommen. Der Vorgänger ist verstorben, da werden Sie kein Glück haben.«

Als Justin nach Tennweide zurückkehrte und seinen Audi vor dem *Klosterkrug* parkte, fielen ihm zwei Wagen auf, die mitten auf dem Kirchplatz standen. Drei junge Männer lehnten an dem einen, einem schwarzen Golf. Jeder hatte eine Bierflasche in der Hand. Im anderen Wagen, einem blauen Honda, saßen zwei Mädchen. Justin schätzte alle fünf auf Anfang zwanzig. Wohl die Dorfjugend, die sich hier versammelte.

Im *Klosterkrug* lief ihm die Wirtin über den Weg. »Na, hatten Sie Erfolg?«, fragte sie spitz.

»Erfolg?«

Die Wirtin zeigte auf den Fotoapparat. »Haben Sie schöne Bilder gemacht?«

»Ach so«, antwortete Justin. »Ja, sicher.«

4

Trevisan war gegen vier Uhr eingeschlafen. Als ihn der Wecker um acht unsanft aus dem Tiefschlaf riss, brauchte er eine Weile, um sich zurechtzufinden. Gestern Abend hatte er beinahe eine Stunde lang mit Paula telefoniert, die in Irland mit ihrer Therapiegruppe auf dem Shannon eine Bootstour machte und gegen Abend Banagher, das erste Etappenziel, erreicht hatte. Sie fühlte sich wohl. Trevisan hatte aufgeatmet, denn zu Beginn der Woche hatte sie sich noch traurig angehört. Diesmal hingegen hatte sie beschwingt geklungen und sogar gescherzt.

Nach dem Telefonat hatte er sich ein einfaches Mahl zubereitet und sich dann die drei Ordner angesehen, die er aus dem Büro mitgenommen hatte. Kriminaloberrat Volkmar Dittel, der Leiter der Sonderkommission, war im Jahr 2001 pensioniert worden, doch er lebte noch immer in der Nähe von Hannover. Trevisan hatte sich die Adresse aus dem Telefonbuch notiert. Ein Gespräch mit dem Mann würde nicht schaden. Trevisan lümmelte sich auf die Couch, hatte eine CD mit klassischer Musik eingelegt und arbeitete sich Blatt für Blatt durch die Ordner mit den Ermittlungsergebnissen der Soko Radtour. Er hatte einen Notizblock bereitgelegt, um auftauchende Fragen oder Unklarheiten zu notieren. Als er sich todmüde in sein Bett schleppte, war dieser Block vollgeschrieben mit Unstimmigkeiten und Rätseln.

Natürlich waren die Ermittler damals davon ausgegangen, dass die beiden Mädchen unweit des Bannsees ermordet und ihre Leichen irgendwo in der Umgebung versteckt worden waren. Es gab am Steinhuder Meer zahlreiche Moore, Wasserläufe und Tümpel. Doch der Fund des Rucksacks bei Walsrode hatte damals diese Theorie erschüttert. Das Auftauchen der jungen Frau in der Nähe von Flensburg hatte nun alles durcheinandergebracht und sämtliche Vermutungen der Ermittler von damals über den Haufen geworfen. Jetzt erschienen manche Dinge in einem ganz anderen Licht und warfen neue Fragen auf.

Ausgestattet mit den drei Ordnern betrat Trevisan gegen zehn Uhr die Dienststelle in der Schützenstraße und fuhr mit dem Fahrstuhl in den dritten Stock. Lisa saß bereits am Computer im Soko-Raum und übertrug Daten in die Datenbank.

»Guten Morgen, Chef.« Sie blickte nur kurz auf, bevor sie weiter auf die Tastatur tippte.

»Was machst du gerade?«, fragte Trevisan.

»Spur Nummer 64«, murmelte sie. »Antragungsspuren am Fahrrad des Opfers Sommerlath, bestehend aus Torf und feuchter Erde, Lage Pedal rechts, unten.«

»Ich sehe, du hast dich mit dem Programm schon angefreundet«, scherzte Trevisan.

»Es fehlen drei Ordner.«

Trevisan trat neben sie und stellte die Ordner auf dem langen Konferenztisch ab. »Ich frage mich, wieso die Täter die Räder neben einem Waldweg sichtbar liegen ließen. Sie hätten sie doch einfach nur in eine Torfgrube werfen müssen. Und wenn sie überhaupt keine Spuren hinterlassen wollten, dann wäre es doch auch möglich gewesen, sie einfach mitzunehmen.«

»Mitzunehmen?«, wiederholte Lisa ungläubig.

»Es ist eine Sache, jemanden umzubringen und die Leiche abzutransportieren – auch zwei Leichen lassen sich gut in einem Kofferraum unterbringen. Aber wenn ich zwei Menschen entführen will, die sich das bestimmt nicht gefallen lassen, dann muss ich ausreichend Manpower und Platz haben.«

Lisa dachte angestrengt nach. »Zwei Täter und ein Bus, ein Transporter oder so ähnlich«, folgerte sie nach einem Moment.

»Das wäre eine Möglichkeit und da könnte ich auch die Räder entsorgen und müsste sie nicht auf einem Waldweg in Tatortnähe liegen lassen.«

»Woher willst du wissen, dass die Räder in Tatortnähe lagen?«, fragte Lisa.

»Das Kettchen eines der Mädchen«, antwortete Trevisan. »Der debile Sohn des Apothekers hat die damaligen Ermittler an eine Stelle geführt, die an einer kleinen Lichtung liegt, Luftlinie etwa dreihundert Meter südlich des Bannsees. Und in der Nähe lagen auch die Räder in einem Gebüsch neben einem unwegsamen Waldweg, den man nur mit einem Schlepper befahren kann und wo sie ein Landwirt fand.«

»Das ist doch einfach. Es waren zwei Täter. Einer bleibt beim Wagen und bewacht die Opfer und der andere bringt die Räder weg.«

»Wie oft bist du schon Rad gefahren?«, fragte Trevisan.

»Als Kind sehr oft.«

»Es ist nicht leicht für eine einzelne Person, zwei Räder über unwegsames Gelände zu schieben«, antwortete Trevisan. »Es war noch nicht dunkel und ganz in der Nähe ist ein Campingplatz, der damals gut belegt war. Das ist ein hohes Risiko, wenn man jemanden entführen will.«

»Woher weißt du, dass es hell gewesen ist?«, fragte Lisa, während Trevisan die graue Stellwand zurechtrückte und darauf eine topographische Karte von der Gegend um den Bannsee hängte.

»Der Bauer sagte aus, dass er die Räder bei Anbruch der Dämmerung fand«, erklärte Trevisan. »Gestartet sind die Mädchen an diesem Tag gegen elf Uhr in Neustadt, das liegt hier.« Er zeigte auf die Karte. »Knapp acht Kilometer, das schafft man innerhalb einer halben Stunde. Also gehen wir davon aus, dass sie etwa um 11.30 Uhr in der Nähe von Tennweide waren. Nienburg war ihr nächstes Etappenziel, bis dahin braucht man mit einem Rad etwa drei Stunden. Sie hatten für alle ihre Unterkünfte Abendessen gegen sieben Uhr vereinbart, so war es in Hagenburg im Hotel *Schneevoigt* und auch in Neustadt im *Maro*. Auch für den *Posthof* galt diese Vereinbarung, aber dort sind sie nie angekommen.«

»Wahrscheinlich waren sie am Steinhuder Meer baden, schließlich war das eine Vergnügungstour«, warf Lisa ein.

»Das glaube ich auch. Sie hatten Badeanzüge dabei und eine Bedienstete vom *Maro* in Neustadt hat ausgesagt, dass sie nach einem Trockenraum gefragt haben. Ich glaube sogar, dass sie darüber die Zeit vergessen hatten und deshalb über die Waldwege in Richtung Nienburg fuhren.«

»Wie kommst du zu der Annahme?«

»Man hätte auch über Tennweide und Mardorf nach Nienburg fahren können. Die Strecke ist gut fünf Kilometer weiter. Aber sie fuhren durch den Wald, obwohl man sich dort auch gut verirren kann. Ich denke, sie hatten es eilig, nach Nienburg zu kommen, deswegen wählten sie die kürzere Route. Das könnte bedeuten, dass sie zwischen 16 und 18 Uhr auf ihre Entführer trafen.«

»Das mag schon sein, aber wie bringt uns das weiter?«, fragte Lisa mit verwirrtem Blick.

Trevisan lächelte. »Die Tatzeit einzugrenzen, ist sehr wichtig. Denn wenn wir einen Verdächtigen haben, dann ist so ein Zeitfenster für die weiteren Ermittlungen von Bedeutung.«

Lisa schlug sich mit der flachen Hand gegen die Stirn. »Ja, sicher, das Alibi.«

»Das Alibi!«, bestätigte Trevisan und griff nach einem Edding-Stift. *16-18 Uhr* schrieb er neben die Karte auf die Tafel.

Lisa wandte sich wieder dem Computer zu.

»Wie weit bist du?«

»Es fehlen noch 264 Spuren«, antwortete sie.

»Heute Mittag ist Zeit dazu. Wir treffen uns in einer halben Stunde mit einem Pensionär und ich hätte dich gerne dabei.«

Lisa sprang von ihrem Stuhl auf. »Gerne. Ich war noch nie im Außendienst.«

*

Justin Belfort hatte lange geschlafen und beinahe das Frühstück verpasst. Nach mehren Tassen Kaffee, Buttertoast und Marmelade verschwand er wieder auf sein Zimmer. Er überspielte die Fotos des gestrigen Tages auf seinen Laptop und fasste stichwortartig die Aussagen von Bauer Tjaden in einem Script zusammen. Anschließend suchte er in seinem Notizbuch nach der Adresse der *Klosterapotheke* in Mardorf, die Rudolf Thiele leitete. Er hatte sich vorgenommen, heute das Gespräch mit dem Mann zu suchen und wusste, dass es nicht leicht werden würde. Svens Vater hatte bislang alle Gespräche mit Journalisten abgeblockt. Justin hatte sich eine Strategie zurechtgelegt, in der er Sven die Opferrolle zudachte und das damalige Fehlverhalten der Polizei in den Vordergrund rückte. Es musste ihm einfach gelingen, den Apotheker zu überzeugen, denn ohne dessen Einverständnis würde er nicht einmal in Svens Nähe kommen. Also bereitete er sich akribisch auf das Gespräch mit Rudolf Thiele vor und ging noch einmal alle Fakten durch, die ihm hilfreich erschienen.

Kurz nach elf schnappte er sich seinen Fotoapparat und das kleine Aufnahmegerät und gab an der Rezeption seinen Schlüssel ab. Diesmal stand eine Angestellte hinter dem Empfangspult, der er bislang noch nicht begegnet war.

»Einen schönen Tag«, rief ihm die junge Frau hinterher, als er den *Klosterkrug* verließ und zu seinem Auto ging.

Bereits von Weitem bemerkte er, dass etwas nicht stimmte. Der Wagen neigte sich nach links. Als er näher kam, erkannte er den Grund dafür. Der vordere Reifen war luftleer. Er fluchte. Vielleicht war er gestern auf dem Waldweg in einen Nagel gefahren? Er umrundete das Auto und blieb verdutzt stehen. Auch im hinteren Reifen fehlte Luft.

»So eine verfluchte Scheiße!«, brüllte er. Deutlich waren die Einstiche in der Wandung des Reifens zu erkennen.

»Etwas nicht in Ordnung?«, ertönte eine Stimme hinter ihm.

Justin Belfort fuhr herum und schaute in das fragende Gesicht des Polizisten, der ihn am Vortag kontrolliert hatte. Er zeigte auf den Reifen. »Finden Sie das etwa in Ordnung?«

»Das kommt davon, wenn man gesperrte Wege fährt …«

»Hören Sie, Oberkommissar Klein – das ist doch Ihr Name,

oder? Das sieht ein Blinder mit einem Krückstock, dass hier jemand mit einem Messer am Werk war. Ich glaube nicht, dass Sie als Gesetzeshüter so etwas billigen können. Das geht entschieden zu weit.«

»Sie haben recht, das geht wirklich zu weit, aber Sie gehen hier manchen Leuten auf den Geist«, erklärte Oberkommissar Klein. »Viele leben davon, ihre Ferienwohnungen im Sommer an Touristen zu vermieten. Die haben kein Interesse daran, den Mordfall wieder in den Schlagzeilen zu sehen. Wissen Sie, damals, nachdem das Verbrechen bekannt wurde, standen beinahe die Hälfte aller Ferienwohnungen leer. Sogar auf dem Campingplatz reisten besorgte Gäste ab, weil hier ein Mädchenmörder sein Unwesen trieb. Das kommt bei den Leuten, die hier leben und ihr Geld sauer verdienen müssen, nicht besonders gut an. Und jetzt, wo halbwegs Gras über die Sache gewachsen ist, kommen Sie daher und wühlen alles wieder auf. Da kommen solche Dinge schon mal vor.« Klein zeigte auf die beiden Reifen.

»Haben Sie schon mal was von Pressefreiheit gehört? Ich glaube nicht, dass ich in einem Land leben und arbeiten will, in dem man die Arbeit der Presse unterdrückt. Und ich glaube auch, dass die Öffentlichkeit ein Recht darauf hat, zu erfahren, was damals hier passiert ist.«

»›Ein Recht darauf‹«, wiederholte der Polizist verächtlich. »Eine Sonderkommission hat monatelang ermittelt, über hundert Leute waren im Einsatz. Die ganze Gegend wurde mehrfach durchsucht. Sogar ein Düsenjet der Bundeswehr ist über das Gebiet geflogen. Sie haben Aufnahmen mit einer hochauflösenden Spezialkamera gemacht, aber von den Mädchen gab es keine Spur. Und jetzt, nachdem eins davon über zweihundert Kilometer von hier wieder aufgetaucht ist, muss doch wohl auch Ihnen klar sein, dass niemand im Ort mit der Sache zu tun hat. Wissen Sie, was ich glaube? Das Ganze war ein großer Zufall. Da sind ein paar Rocker zufällig durch unsere Gegend gefahren und haben sie einfach so mitgenommen. Niemand aus diesem Ort und niemand aus der Gegend hat etwas mit der Sache zu tun. Das war einfach nur Schicksal. Und deshalb sind Sie hier auch an der falschen Adresse. Fahren Sie nach Dänemark, dort sind Sie richtig, denn ...«

»Wie kommen Sie auf Dänemark?«, fragte Justin Belfort.

Klein lächelte ungläubig. »Kommen Sie, Sie haben doch sicherlich auch schon von diesen Rockern bei Padborg gehört, die ein paar Frauen festhielten und zur Prostitution zwangen. Es gibt nicht wenige aus unseren Reihen, die da einen Zusammenhang vermuten. Das Mädchen, das man in Flensburg aufgegriffen hat, war übrigens hochgradig süchtig, wussten Sie das?«

»Und wenn schon.«

»Mann, sehen Sie das nicht?! Diese Rocker fahren zufällig hier durch und zwei junge Mädchen laufen ihnen über den Weg. Mitten im Wald, mitten in der Einsamkeit. Die Kerle sind absolut skrupellos. Sie schlagen zu, entführen die beiden und halten sie gefangen. Sie zwingen sie zur Prostitution und machen sie süchtig, damit sie nicht weglaufen können. Diese Leute sind abartig. Ihnen liegt nichts an einem Menschenleben. Und dann gelingt es einem der Mädchen zu entkommen. Dabei springt sie aus einem fahrenden Wagen. Für mich klingt das absolut plausibel.«

Justin Belfort rieb sich über das Kinn. »So könnte es gewesen sein«, murmelte er.

»Was ist jetzt mit der Anzeige?«, fragte Klein und zog einen Kugelschreiber aus seiner Hemdtasche. Er zeigte auf die zerstochenen Reifen des Wagens.

»Das bringt doch sowieso nichts«, entgegnete Justin.

Oberkommissar Klein steckte seinen Kugelschreiber wieder ein und nickte kurz. »Einen Reifenhändler gibt es in Neustadt.«

Justin atmete tief ein. »Danke«, sagte er und machte sich auf den Weg zurück in den *Klosterkrug*.

5

Kriminaloberrat a. D. Volkmar Dittel war ein Beamter vom alten Schlag. Er empfing Trevisan und seine Kollegin Lisa Winter in seinem Wintergarten und trug eine dunkle Stoffhose, ein weißes Hemd, eine beige Weste und darunter eine absolut korrekt sitzende Krawatte, die farblich auf seine Kleidung abgestimmt war. Seine grauen Haare waren zu einem Seitenscheitel gekämmt, so dass er wie ein gestrenger Oberlehrer eines kirchlichen Internats aus dem vorigen Jahrhundert wirkte.

Er bot Trevisan einen Platz an, während er Lisa eher missbilligend beäugte und – wohl wegen ihres schrillen Aussehens – nur mit einem abweisenden Nicken bedachte. Trevisan kannte diesen Menschenschlag, lange genug hatte er unter Kollegen mit preußischem Gedankengut gearbeitet. Er schob den Stuhl neben sich ein klein wenig in Lisas Richtung und wartete, bis seine neue Kollegin sich gesetzt hatte, ehe er auch er Platz nahm.

»Sie sind neu beim LKA«, stellte der Pensionär distanziert und überaus sachlich fest.

»Da haben Sie recht, ich habe zuvor bei der Kripo in Wilhelmshaven gearbeitet«, antwortete Trevisan wahrheitsgemäß

»Ich bin zwar schon ein paar Tage in Pension, aber noch kenne ich die meisten Kollegen«, fuhr Dittel fort, der wohl gewohnt war, in solchen Unterhaltungen das Wort zu führen. »Sie arbeiten im Dezernat 32, sagen Sie? Ich kenne Kriminaloberrat Engel noch aus seiner Anwärterzeit, ich hoffe, es geht ihm gut.«

»Ich denke schon«, antwortete Trevisan. »Wir haben Ihren Fall auf den Tisch bekommen. Es haben sich neue Umstände ergeben, aber das wissen Sie ja wohl bereits.« Er hatte sich schon gedacht, dass dieser Kollege trotz Pensionierung noch lange nicht mit dem Polizeiberuf abgeschlossen hatte.

»Ich habe davon gehört«, bemerkte Dittel mit gespielter

Beiläufigkeit. »Jetzt ist mir auch klar, warum unsere Suche damals erfolglos blieb. Wir haben alles versucht, sogar das Militär wurde von mir um Unterstützung ersucht. Ich kenne General Friedmann von der Luftwaffe sehr gut …«

»Ich habe die Akten gelesen«, fiel ihm Trevisan ins Wort.

Dittel räusperte sich. »Davon gehe ich aus, und deswegen frage ich mich auch, was ich noch für Sie tun könnte. Wir haben uns nichts vorzuwerfen, wir haben alles unternommen.«

»Das steht außer Frage«, antwortete Trevisan, der gegen den Eindruck anging, Dittels Arbeit bewerten zu wollen. Schließlich hoffte er, von dem Mann noch Dinge zu erfahren, die er nicht aus den Akten entnehmen konnte. »Mich interessieren vor allem Ihre Überlegungen und Mutmaßungen. Ich kenne die Art und Weise, wie Polizeiakten angelegt werden. Am Ende fliegt alles heraus, das nicht benötigt wird, und dadurch geht so mancher Ansatzpunkt verloren, der erst einmal im Sande verlief. Aber eine gewisse Zeit später, aus einem anderen Blickwinkel, könnte es durchaus lohnend sein, dieser Spur zu folgen, auch wenn sie noch so vage klingt.«

Dittel lehnte sich in seinem Stuhl zurück. »Trevisan ist Ihr Name? Ich glaube, ich habe schon von Ihnen gehört. Waren Sie im Ermittlungsdienst tätig?«

»Beim FK1 in Wilhelmshaven, ich habe mehrere Jahre das Kommissariat geleitet.«

»Gut, das dachte ich mir schon, sonst hätten Sie mir die Frage nicht gestellt«, antwortete der pensionierte Polizist nachdenklich. »Ich war beinahe dreißig Jahre im Ermittlungsdienst und weiß, was Sie meinen. Meinem Gefühl nach sind beide Mädchen tot. Sie sind dort im Wald ihrem Mörder begegnet. Zufällig, glaube ich. Ich denke noch immer, dass es der Junge war, dieser Apothekersohn. Und er hatte Hilfe. Nicht bei der Tat, aber anschließend, beim Verschleiern der Spuren und beim Beseitigen der Leichen. Bei diesem Mädchen, das oben im Norden aufgetaucht ist, kann es sich nicht um unser Tatopfer handeln. Da liegt sicherlich eine Verwechslung vor.«

»Das DNA-Muster ist identisch«, warf Trevisan ein. »Wissenschaftlich gesehen gibt es keine Zweifel.«

Kriminaloberrat a. D. Dittel rümpfte die Nase. »Das eine ist die Wissenschaft, das andere ist mein Gefühl.«

»Was glauben Sie, ist da draußen am Bannsee passiert?«, fragte Trevisan.

Dittel richtete sich auf. »Sie fuhren mit ihren Rädern auf dem Waldweg bis zur Lichtung und dort ist es passiert. Sie liefen diesem Apothekersohn in die Arme und der ist ausgerastet. Der klassische Fall.«

»Wer könnte ihm geholfen haben, die Leichen und die Spuren zu beseitigen?«, fragte Lisa.

»Er hat einen Vater, fragen Sie doch den.«

»In den Akten steht, dass der Vater ein Alibi hat«, wandte Trevisan ein. »Er kam erst zurück in den Ort, als die Suche bereits …«

»Fragen Sie mich nicht, wie er das geschafft hat«, fiel ihm Dittel ins Wort. »Blut ist dicker als Wasser. Uns ist es nicht gelungen, sein Alibi zu erschüttern. Er hielt einen Vortrag in Hamburg, aber das wissen Sie ja bereits.«

»Was macht Sie so sicher, dass es der Junge war?«, fragte Trevisan.

»Wir hatten Zeugen, die ihn etwa zur angenommenen Tatzeit am Waldrand unweit von diesem Gehöft gesehen haben«, erklärte Dittel. »Ich habe einen Beschluss erwirkt und sein Zimmer durchsucht. Er hatte die Kette eines der Mädchen dort versteckt und rastete aus, als wir sie fanden und ihm wegnahmen. Zu viert mussten wir ihn bändigen, der hatte Bärenkräfte. Ein riesiger und jähzorniger Kerl mit dem Verstand eines kleinen Kindes, was glauben Sie, was der alles anrichten kann. Es war unverantwortlich, ihn einfach so herumlaufen zu lassen.«

Trevisan lächelte. »Der Psychiater, der den Jungen damals untersuchte, ist da ganz anderer Auffassung.«

Dittel wischte Trevisans Einwand mit einer Handbewegung fort. »Er schleicht dort im Wald herum und trifft auf die Mädchen und sie geraten in Streit, dann passiert es und ehe sich die Mädchen versehen, sind sie tot. Irgendwie informiert er seinen Vater, der die Leichen beseitigt, doch die Kette übersieht er. Anschließend schnappt sich der Vater den Rucksack eines der Opfer und wirft ihn weit entfernt von Tennweide auf einem Rastplatz an der Autobahn in ein Gebüsch, damit er gefunden wird und alle glauben, der Täter stammt nicht aus dem Ort. Danach kehrt er in den Ort zurück und tischt uns die Geschichte von diesem Seminar auf. Sagen Sie selbst, Herr … Herr …, das klingt doch plausibel. Ich konnte ihm nur nicht nachweisen, dass er das Seminar bereits vor siebzehn Uhr verlassen hat. Sie glauben gar nicht, wie sehr mich das beschäftigt.«

»Trevisan«, antwortete Trevisan. »Trevisan ist mein Name und ich bin ehrlich gesagt nicht Ihrer Meinung. Außerdem gibt es da eine DNA-Spur am Rucksack …«

»… die nichts mit dem Fall zu tun haben muss«, schnitt ihm Dittel abermals das Wort ab. »Wer weiß, wie lange der Rucksack dort schon lag und wie viele neugierige Passanten da schon dran waren. Nein, ich bin felsenfest davon überzeugt, der Junge war es und der Vater hat die Drecksarbeit übernommen, damit sein Sohn nicht in eine geschlossene Anstalt muss. Und es hat ja auch geklappt. Die Justiz ließ ihn wieder laufen, nachdem ich einen Unterbringungsbefehl gegen ihn erwirkte.«

»Sie haben recht, die DNA-Spur muss nicht zwangsläufig vom Täter stammen«, stimmte Trevisan zu. »Aber die Lage der Spur zwischen den Trageriemen spricht nicht unbedingt für eine flüchtige Berührung. Außerdem lag der Rucksack in der Nähe des Walsroder Kreuzes. Erklären Sie mir, wie hätte der debile Junge den dort ablegen können? Er war nicht mobil und sein Vater war an diesem Tag in Hamburg.«

»Ich weiß nicht, wer ihm geholfen hat, aber für mich steht fest, dass es der Junge war. Der Richter hatte Bedenken und ließ ihn wieder laufen, weil ein Gutachter zur Auffassung kam, dass der Apothekersohn zu koordiniertem Handeln nicht in der Lage ist. Und ich hatte nur das Kettchen in der Hand. Das war dem Richter zu wenig.«

Trevisan schüttelte den Kopf. Dieser Mann hatte sich in seine Geschichte verrannt und es war sinnlos, mit ihm weiter darüber zu sprechen. Er erhob sich und lächelte freundlich.

Lisa räusperte sich. »Sie halten wohl nicht viel von moderner Forensik und wissenschaftlichen Methoden.«

»Wir ließen damals umgehend ein DNA-Profil der Mädchen erstellen«, entgegnete Dittel bissig. »Ich war selbst dabei, als wir die persönlichen Gegenstände der Mädchen bei den Eltern abholten. Ich sperre mich also überhaupt nicht gegen moderne Ermittlungsmethoden, ich behaupte nur, dass Wattestäbchen und Reagenzgläser keine echte Ermittlungsarbeit ersetzen können.«

»Es wurden mittlerweile sehr viele Altfälle durch wissenschaftliche Methoden geklärt«, widersprach Lisa.

»Ach, Mädchen«, antwortete Dittel hochmütig. »Ich war über vierzig Jahre im Ermittlungsdienst tätig. Ich habe Dinge erlebt, die Sie mir kaum glauben werden. Ich vertraue nur einem.«

»Und das wäre?«, fragte Trevisan.

Dittel fasst sich an seine Nasenspitze. »Meinem kriminalistischen Spürsinn«, antwortete er.

Trevisan kratzte sich an der Stirn. Er zog eine Visitenkarte aus seiner Jackentasche, die er dem ehemaligen Polizisten reichte. »Vielen Dank, Sie haben uns sehr geholfen«, sagte er mit gespielter Freundlichkeit. »Falls Ihnen doch noch etwas einfällt …«

»Eine schöne Floskel«, antwortete der Kriminaloberrat. »Wenn Sie ehrlich wären, dann würden Sie zugeben, dass ich Sie eher verwirrt habe, als Ihnen Klarheit zu verschaffen. Aber grüßen Sie mir Ihren Dezernatsleiter, ich wusste schon damals, dass er es weit bringen wird.«

»Sicher«, entgegnete Trevisan und reichte Dittel die Hand.

*

Justin Belfort hatte über seine Redaktion einen Notfallservice verständigen lassen, der die zerstochenen Reifen vor Ort austauschte. In der Zwischenzeit hatte er seine Redaktionsassistentin angewiesen, über Padborg und die ominöse Rockergruppe Erkundigungen einzuziehen. Vielleicht hatte dieser Dorfpolizist recht und die Entführung der jungen Frauen vor drei Jahren hatte etwas mit der Sache zu tun.

In der Zwischenzeit lehnte er am Geländer und schaute dem Reifenmonteur zu.

»Das war saubere Arbeit«, verkündete der Mechaniker, seinem Teint nach ein Südländer.

»Zerstochen, oder?«, fragte Justin.

»Hundert Prozent«, bestätigter der Monteur. »Beide, war wohl ein Stilett oder so was.«

Justin nickte. Sein Handy klingelte und Sina Stühr, seine Redaktionsassistentin, war am Apparat.

»Vor fünf Tagen wurden tatsächlich sieben Rocker in Padborg von der dänischen Polizei verhaftet«, erzählte sie. »Die Gruppierung nennt sich *Black Lions*. Sie hausten in einem Anwesen vor der Stadt. Es gab Hinweise auf einen Drogendeal. Die Polizei stürmte das Anwesen und fand beinahe ein Kilo Heroin. Bei der Durchsuchung stießen sie auf einen Gewölbekeller, in dem die Kerle zwei junge Frauen eingesperrt hatten. Es waren Russinnen, die von den Rockern festgehalten und zum Sex gezwungen worden waren. Die Kerle sitzen jetzt im Gefängnis und werden wohl so schnell nicht mehr herauskommen. Sie haben auf die Polizei gefeuert und zwei Beamte des Einsatzkommandos verletzt. Einer der Rocker wurde bei dem Feuergefecht getroffen und erlag im Krankenhaus seinen Verletzungen.«

»Du musst herausfinden, wer die Ermittlungen leitet«, sagte Justin. »Vielleicht hängt das mit dieser Sache hier zusammen.«

»Ich habe meine Fühler bereits ausgestreckt«, antwortete Sina. »Schließlich arbeite ich schon lange genug für dich.«

»Dann sag Monika, dass ich nach Padborg muss, wenn ich hier fertig bin.«

»Bleibst du noch lange?«

»Ich fahre morgen zurück. Ich will sehen, ob ich an den Vater des Jungen herankomme, den die Polizei damals verhaftet hat. Aber die Leute hier sind nicht gerade nett zu mir, ich komme mir vor wie eine Pestbeule und einen Bullen habe ich auch ständig am Hals.«

»Pass auf dich auf!«

»Mir passiert schon nichts.«

»Vergiss die zerstochenen Reifen nicht. Monika ist ganz schön sauer und meint, das ist ein Anschlag auf die Pressefreiheit. Sie will, dass du Anzeige erstattest und wir einen Bericht darüber bringen.«

Justin nahm das Telefon ans andere Ohr und schaute zu, wie der Mechaniker den Wagenheber absenkte. »Wenn ich darüber im Magazin berichte und Anschuldigungen gegen die Leute hier erhebe, dann kann ich gleich abreisen. Hier macht sowieso keiner den Mund auf, bis auf den Bauern, mit dem ich gestern redete, ich glaube sogar, es hat ihm gefallen, auch wenn er sich etwas abweisend verhielt.«

»Kann ich sonst noch etwas für dich tun?«, fragte Sina Stühr.

»Ja, ruf beim LKA an und frage, wer die Ermittlungen leitet. Und mach einen Termin aus. Bleib beharrlich und lass dich nicht einfach abweisen, du weißt: Die Öffentlichkeit hat ein Recht drauf, Pressefreiheit, Informationspflicht und so weiter.«

»Ich tue, was ich kann.«

»Davon gehe ich aus«, antwortete Justin und beendete das Gespräch. Der Mechaniker kam auf ihn zu.

Er hielt ihm einen Quittungsblock unter die Nase. »Zwei Reifen, vor Ort montiert, ich brauche eine Unterschrift.«

Justin kritzelte seinen Namen auf die Quittung, schließlich drückte er dem Mechaniker einen Zehner in die Hand. »Bin ich noch was schuldig?«

Der Mann schüttelte den Kopf. »Die Rechnung geht an die Redaktion und danke für den Auftrag.«

»Bitte, bitte, aber darauf hätte ich gerne verzichtet«,

scherzte Justin und wartete, bis der Mechaniker mit seinem Service-Wagen wegfuhr, bevor er selbst in seinen Audi stieg.

*

»Was hat das jetzt gebracht?«, fragte Lisa, nachdem Trevisan den Wagen gestartet hatte und den Wagen aus der Einfahrt lenkte.

»Was glaubst du?«

Lisa zuckte mit der Schulter und legte den Gurt an. »Viele Neuigkeiten hatte der nicht gerade auf Lager. Im Gegenteil, er ist ein verbohrter alter Mann.«

»Da magst du recht haben, aber es ging mir nicht um Neuigkeiten. Es ging mir um sein Gefühl, seine Empfindungen, verstehst du?«, antwortete Trevisan.

Lisa schüttelte den Kopf. »Ehrlich gesagt weiß ich nicht, was du meinst.«

Trevisan blinkte und bog in die Hauptstraße ab. »Wenn ein schlimmes Verbrechen geschieht und du wirst gerufen, dann ist der Fall noch heiß. Du stolperst mitten hinein in den Schmerz, in die Grausamkeit und in die Trauer. Du nimmst alles mit deinen Sinnen auf. Nicht nur die Worte und das, was du siehst, auch die Regungen, die Stimmungen der Menschen, denen du begegnest, mit denen du sprichst. Das Verbrechen ist präsent, es umgibt dich, den Tatort, es ist wie eine Aura. Und der erfahrene Ermittler, der saugt alles in sich auf und das ergibt ein Gesamtbild, eine Komposition des Schreckens, verstehst du?«

Lisa schüttelte den Kopf.

»Okay, dann anders … – Hast du schon mal auf eine heiße Herdplatte gefasst?«

Lisa nickte.

»Und was hast du empfunden?«

»Blöde Frage! Es hat furchtbar wehgetan, was sonst«, entgegnete Lisa.

»Eben, es tat weh, du konntest den Schmerz spüren und die verbrannte Haut riechen. Ganz anders als auf einer kalten Herdplatte, von der du weißt, dass sie dir sehr wehtun kann, wenn sie heiß ist. Aber sie ist es eben nicht, deswegen arbeitet hier nur dein Verstand und dein Gefühl hat Pause. Verstehst du es jetzt?«

Lisa nickte und fuhr erschrocken zusammen, als Trevisan scharf bremsen musste, weil er zu spät erkannt hatte, dass der Wagen vor ihm anhielt.

Als er wieder losfuhr, entspannte sich Lisa. »Und der Fall ist kalt.«

»So kalt wie ein Eisbecher beim Italiener«, bestätigte Trevisan. »Und wir müssen den Fall wieder anheizen, damit wir nicht nur mit dem Verstand arbeiten, sondern auch mit unserem Gefühl.«

Lisa legte ihren Zeigefinger gegen die Stirn. »Ich hab's kapiert. Du bist bestimmt ein guter Ermittler, aber ein verdammt schlechter Autofahrer.«

»Ich weiß«, antwortete Trevisan. »Und Dittel war jetzt auch nicht unbedingt ein gutes Beispiel für einen Mann, der mit Herz und Verstand ermittelt. Aber zumindest weiß ich jetzt, was ich von ihm und seiner Arbeit zu halten habe.«

Eine Weile schwiegen sie, ehe Lisa wieder das Wort ergriff. »Was machen wir als Nächstes?«

»Wir reden mit den Eltern der Mädchen, besser gesagt mit den Reubolds. Die Sommerlaths sind im letzten Jahr auf der Autobahn bei Venedig tödlich verunglückt.«

Lisa blickte betreten zu Boden. »Ja, ich habe den Aktenvermerk gelesen. Das ist schon verrückt. Sie sind gestorben, ohne zu wissen, dass ihre Tochter noch am Leben ist. Das arme Mädchen hat nun überhaupt niemanden mehr …«

»Das ist nicht ganz richtig«, fiel ihr Trevisan ins Wort. »Es gibt noch eine Tante in Florida.«

»Ja, aber ich meine hier, in Deutschland. Wenn ich im Koma liegen würde, hätte ich gerne jemanden an meinem Bett sitzen.«

Trevisan bog in Richtung Schützenstraße ab und stoppte vor der Zufahrt der Tiefgarage. »Wir machen jetzt mit den Spuren weiter und steigen morgen richtig ein.«

»Morgen ist Samstag«, entgegnete Lisa.

»Ich weiß. Aber wir arbeiten an einem Mordfall, da gibt es keine Wochenenden.«

»Willst du morgen zu den Reubolds?«

Trevisan nickte.

»Muss ich da mit? ich weiß nicht … Da habe ich kein so gutes Gefühl. Diese Leute gehen bestimmt gerade durch die Hölle.«

Trevisan verstand, was Lisa meinte. »Wenn du nicht willst, musst du nicht.«

»Danke.«

»Fein, dann ran an den PC, bis heute Abend haben wir alle Daten geordnet und übertragen. Du wirst sehen, wie hilfreich ein systematisch aufgebautes und geordnetes Nachschlagewerk ist.«

6

In der *Klosterapotheke* in Mardorf herrschte Hochbetrieb. Neben zwei Helferinnen stand auch der groß gewachsene Apotheker im Stress. Erst in der letzten Woche hatte Justin in einem Bericht gelesen, dass Allergien auf dem Vormarsch waren. Schaute man in die Gesichter der Kunden mit ihren verschwollenen und geröteten Augen, sah man deutlich, dass die Reportage nicht aus der Luft gegriffen gewesen war. Justin Belfort stellte sich in eine Ecke und wartete geduldig, bis sich der Verkaufsraum leerte.

Er musste lange warten, denn für jeden Kunden, der ging, betrat ein weiterer die Apotheke. Beinahe eine Stunde verging. Mehrmals wurde Justin von einer Angestellten nach seinen Wünschen gefragt, doch wenn er auf den Apotheker zeigte und sagte, dass er mit Herrn Thiele sprechen wolle, wurde er vertröstet. Er hatte Geduld, schließlich blieb ihm nichts weiter übrig, denn zu Hause würde ihn der Apotheker bestimmt nicht empfangen. Doch hier konnte er Justin nicht ausweichen.

Als nur noch zwei Kunden im Verkaufsraum waren, wagte er einen Vorstoß. Der Apotheker stand hinter der Ladentheke und füllte ein Formular aus, als er an ihn herantrat.

»Guten Tag, Herr Thiele, hätten Sie einen Augenblick Zeit für mich?«, fragte Justin freundlich.

Ebenso freundlich blickte der Apotheker auf. »Sicherlich, womit kann ich Ihnen helfen?«

Justin Belfort zückte seinen Presseausweis. »Ich würde mich gerne mit Ihnen unterhalten. Nur ein paar Fragen, ich fasse mich kurz. Ich finde das nämlich eine ganz schwache Leistung der Polizei und ich denke, Ihnen sollte Gelegenheit gegeben werden, so manches geradezurücken.«

Die Gesichtszüge des Apothekers waren plötzlich wie versteinert, das Lächeln aus seinem Gesicht verschwunden. Er beugte sich vor. »Verschwinden Sie!«, zischte er leise. »Verschwinden Sie, bevor ich die Polizei rufe.«

Justin hob beschwichtigend die Hände. »Ich bin nicht von einem Klatschblatt, ich komme vom *Direkt-Magazin* aus Hannover und ich mache eine Reportage über ungelöste Kriminalfälle und Justizirrtümer. Deswegen bin ich hier. Sie haben doch sicherlich gehört, dass es eine überraschende Wendung im vermeintlichen Mordfall von Tennweide gegeben hat. Eines der Mädchen ist wieder ausgetaucht, lebend. Es ist mir ein Anliegen, den Fall der beiden Radfahrerinnen in meiner Reportage aufzubereiten, denn ich finde, es wurde viel zu wenig getan, um das Verbrechen aufzuklären. Schauen Sie sich unser Rechtssystem doch einmal an, es fehlt an allem, es gibt zu wenig Polizisten und auch die Kriminaltechnik hinkt der Entwicklung weit hinterher. Über die Justiz und ihre teilweise weltfremden Entscheidungen möchte ich gar nicht reden.«

Thiele runzelte die Stirn und seine abweisende Haltung lockerte sich ein wenig.

»Nur eine halbe Stunde Ihrer Zeit«, bat Justin. »Mehr nicht. Hören Sie mich bitte an, und wenn Sie dann immer noch der Meinung sind, dass Sie nicht über die Sache reden wollen, dann verschwinde ich und Sie sind mich los. Falls aber doch, dann könnten Sie den anderen Reportern, die angesichts der Wendung in diesem Kriminalfall sicherlich noch auftauchen werden, einfach sagen, dass Sie exklusiv mit dem *Direkt-Magazin* zusammenarbeiten. Wie wäre das?«

»Das mit dem Mädchen stimmt wirklich?«, fragte Thiele.

»Ja, es steht mittlerweile fest«, antwortete Justin. »Es gab einen DNA-Vergleich. Glauben Sie mir, ich spiele mit offenen Karten. Das *Direkt-Magazin* ist ein seriöses Blatt. Wir haben es nicht nötig, die Leute hinters Licht zu führen.«

Thiele überlegte, schließlich nickte er. »Gut, zwanzig Minuten. Kommen Sie mit nach hinten.«

Lächelnd folgte Justin Belfort dem Apotheker.

*

Kabel und Messsonden führten von dem reglosen Körper zu den Apparaten neben dem Bett auf der Intensivmedizinischen Station der Flensburger Diako-Kliniken. Der behandelnde Arzt betrachtete die Krankenakte. Die junge Frau lag im Koma. Bei ihrem vermeintlichen Unfall hatte sie mehrere Knochenbrüche und innere Verletzungen davongetragen, besonders gravierend waren die Kopfverletzungen. Eine Schädigung des Gehirns konnte man nicht ausschließen. Es blieb nicht viel mehr, als abzuwarten, ob der ausgemergelte Körper den Kampf ums Überleben gewinnen oder verlieren würde.

Hauptkommissar Freddy Seelmann vom Flensburger K 1 stand vor dem Bett und musterte den Arzt fragend.

»Ich kann wirklich nicht sagen, wie lange es noch dauern wird, bis Sie mit ihr reden können«, sagte der Mediziner. »Wenn Sie überhaupt noch einmal zu Bewusstsein kommt. Medizinisch gesehen ist sie derzeit stabil, aber für eine Prognose ist es noch viel zu früh.«

»Sie könnte in der Vergangenheit vergewaltigt worden sein, steht im Bericht des Rechtsmediziners«, zitierte Freddy Seelmann aus seinem Notizbuch.

»Das kann gut sein. Sie hat Verletzungen im Vaginalbereich, die darauf schließen lassen. Aber die sind durchweg älter. Außerdem gibt es Hautveränderungen an den Handgelenken. Ich bin zwar kein Spezialist, aber sie könnten von einer Fesselung herrühren. Sicher bin ich mir da nicht, es könnten auch andere Gründe zur Vernarbung des Gewebes geführt haben.«

Da die junge Frau derzeit nicht geschäftsfähig war, hatte das zuständige Gericht der Sozialstelle der Stadt die Vormundschaft übertragen und eine Pflegerin bestellt, die das Krankenhaus und sämtliche behandelnde Ärzte von der Schweigepflicht entbunden hatte. Außerdem war über die Staatsanwaltschaft ein gerichtsmedizinisches Gutachten beantragt worden, das inzwischen auf Freddys Schreibtisch gelandet war. Nun war er ins Krankenhaus gefahren, um darüber mit dem Arzt zu sprechen.

»Und hochgradig süchtig ist sie«, fügte der Arzt hinzu, »was in ihrem Zustand natürlich für den Heilungsprozess nicht förderlich ist. Die Entgiftung ist noch nicht abgeschlossen.«

»Heroin, steht in meinen Unterlagen«, antwortete Freddy Seelmann.

Der Arzt legte das Krankenblatt der jungen Frau auf den Beistelltisch, auf dem inzwischen der Name Tanja Sommerlath vermerkt worden war. »Das deckt sich mit unseren Untersuchungen. Sind Sie schon einen Schritt weitergekommen?«

Freddy schüttelte den Kopf. »Außer Frage steht, dass sie bei hoher Geschwindigkeit aus einem Wagen auf die Straße stürzte. Der Rechtsmediziner hat ein Verletzungsmuster rekonstruiert, das den Verdacht aufwirft, dass sie hinausgestoßen wurde. Wir vermuten einen Bus oder einen Van mit Schiebetüren, denn bei dem angenommenen Tempobereich kriegen Sie eine herkömmliche Tür kaum auf. Wir gehen von einem Mordversuch aus, denn jeder kann sich vorstellen, was mit einem Körper geschieht, der bei einer derart hohen Geschwindigkeit auf die Straße geworfen wird. Da wird der Tod billigend in Kauf genommen.«

»Ich hoffe, dass Sie die Kerle kriegen, die das getan haben«, entgegnete der Arzt.

»Eine Frage noch, Herr Doktor. Gibt es Anzeichen dafür, dass man sie in einem Kellerverlies festgehalten hat?«

»Anzeichen?«, wiederholte der Arzt fragend. »Was für Anzeichen meinen Sie?«

»Keime, Bakterien, ich bin kein Fachmann«, entgegnete Freddy Seelmann. »Ich dachte nur, ein modriges und verschimmeltes Kellerverlies hinterlässt irgendwelche Spuren. Vielleicht in den Atemwegen oder der Lunge oder auch unter den Fingernägeln.«

Der Arzt nickte. »Ich verstehe, aber da muss ich leider passen. Ich kann nur sagen, dass sie im Allgemeinen in einem sehr schlechten gesundheitlichen Zustand ist und es wohl auch vor dem Vorfall nicht zum Besten mit der Hygiene stand. Außerdem ist sie auffallend blass, was durchaus dafür spricht, dass sie nicht viel Sonne zu sehen bekam.«

Freddy nickte. »Danke, und falls ich noch Fragen habe …«

»Sie können mich jederzeit anrufen, das ist kein Problem. Ich helfe gerne, wenn ich kann.«

*

»Bingo!«, rief Lisa und schaute vielsagend auf den Computerbildschirm.

»Was hast du denn?«, fragte Trevisan, der gegenüber Platz genommen hatte und ebenfalls auf den Bildschirm starrte.

»Spur 156«, sagte Lisa. »Die Aussage eines Gemischtwarenhändlers namens Staufert und der Wirtin einer Pension in Tennweide. Beide haben am Tattag einen langsam durch den Ort fahrenden VW-Bus gesehen. Einen alten, teils verrosteten Bus mit weißer Lackierung, der möglicherweise ein dänisches Kennzeichen hatte. GA und dann folgten vier oder fünf Zahlen, die Farbkombination könnte tatsächlich dänisch gewesen sein.«

Trevisan rief auf seinem Bildschirm die Spur 156 auf und las die Auszüge der beiden Zeugenaussagen, die ihre Angaben unabhängig voneinander gemacht hatten. »Hm«, brummte er, »ein dänischer Bus, das könnte passen.«

»Das meine ich aber auch«, triumphierte Lisa.

»Du hast schnell dazugelernt. Du siehst also, wie hilfreich dieses Programm ist. Damit man die Dinge zusammenführen kann und den Überblick behält.«

Lisa kam zu Trevisans Schreibtisch und setzte sich locker auf die Schreibtischkante. »Wenn der Hintergrund nicht so traurig wäre, dann würde es mir sogar richtig Spaß machen. Das ist ja wie Rätselraten.«

Trevisan legte den Kopf schräg. »Mein Gott, ich frage mich, was ihr die ganze Zeit über in dieser Abteilung getrieben habt.«

»Ich sagte doch schon, wir haben Bilder von Vermissten auf Milchtüten geklebt.«

»Im Ernst?«

»Natürlich nicht. Aber Fahndungsplakate, Fahndungshinweise und die ganze Öffentlichkeitsarbeit, das war schon ein wesentlicher Teil unserer Arbeit.«

»Das ist gar nicht schlecht.« Trevisan kratzte sich am Kinn. »In der Akte steht, dass damals die Öffentlichkeitsfahndung nach den beiden Mädchen von der Staatsanwaltschaft angeordnet wurde, und diese Anordnung ist bislang nicht widerrufen. Im Gegenteil, es erging ein neuer Ermittlungsauftrag, das heißt, alle früheren Maßnahmen im Zusammenhang mit diesem Fall leben wieder auf. Deshalb will ich, dass du zwei Hochglanzfotos der Mädchen zu einem Fahndungsplakat zusammenstellst. Wir fragen, ob die Mädchen nach ihrem Verschwinden irgendwo gesehen worden sind. Vielleicht meldet sich auch jemand, der jetzt etwas zu sagen hat und damals schwieg, aus welchem Grund auch immer. Zusätzlich Berichte in den örtlichen Medien und im Raum Flensburg. Auch das dänische Grenzgebiet und Padborg müssen wir mit einbeziehen. Kümmere dich bitte gleich morgen früh darum, wenn ich zu den Reubolds fahre.«

»Aber ist das nicht eine Zumutung für die Familien der Vermissten?«, wandte Lisa ein. »Ich meine, da kommt doch alles wieder hoch und die alten Wunden werden erneut aufgerissen.«

»Denkst du, die Eltern kommen jemals über den Verlust ihrer Kinder hinweg?«, fragte Trevisan. »Glaub mir, es ist ein Schmerz, der ewig in dir bohrt. Solange du lebst, wirst du ihn nie vergessen. Und ich weiß, wovon ich rede.«

»Entschuldige, ich habe nicht daran gedacht.«

»An was hast du nicht gedacht?«

»Deine Tochter«, antwortete Lisa. »Ich weiß, was euch damals passiert ist und … und es tut mir leid.«

»Schon gut«, entgegnete Trevisan, ein kurzer Gedanke galt Paula, doch er wischte das Bild weg. Er wusste, es ging ihr gut und er brauchte jetzt alle Konzentration für diesen Fall. »Manchmal tut es auch gut, wenn man sich kümmert. Vergiss nicht, die Leichen wurden nie gefunden und jetzt taucht plötzlich eines der Mädchen wieder auf. Was, glaubst du, geht gerade in den Köpfen der Eltern von Melanie vor? Ich kann es dir sagen: Die Hölle ist für sie zurückgekehrt, viel schlimmer noch als zuvor, alles andere würde mich wundern. Vielleicht hilft es ihnen wenigstens ein klein wenig, wenn sie merken, dass wir das Schicksal der beiden nicht vergessen und abgeheftet haben.«

Lisa knabberte an einem Kugelschreiber. »Wenn ich daran denke, läuft es mir eiskalt den Rücken herunter. Vielleicht sitzt jetzt gerade ein Mädchen irgendwo in einem kalten Verlies, vergewaltigt und geschunden, und wartet darauf, dass wir ihr helfen.«

»Leider sind die Eltern von Tanja bei einem Autounfall ums Leben gekommen«, fuhr Trevisan fort. »Wenn sie jemals wieder auf die Beine kommt, dann wartet schon der nächste Schicksalsschlag auf sie. Also, machen wir uns an die Arbeit. Kümmere dich bitte um die Plakate, ich muss telefonieren.«

»So, mit wem denn?«

»Du bist ganz schön neugierig«, feixte Trevisan. Die jugendliche Unbekümmertheit seiner neuen Kollegin tat ihm gut. »Ich kenne da jemanden in Dänemark, der uns vielleicht bei Spur 156 weiterhelfen kann.«

Lisa warf ihren Stift auf den Schreibtisch. »Die Plakate … Din A4 oder Din A3?«

»Am besten beide Formate. Aber die Bilder müssen groß sein, ich will, dass sie mindestens siebzig Prozent des Plakats ausmachen.«

Lisa salutierte. »Aye, Käpt'n, wird gemacht.«

7

Rudolf Thiele, der Apotheker von Mardorf, zog den Vorhang des kleinen Fensters im Nebenraum zu und warf einen skeptischen Blick aus dem Fenster.

»Nehmen Sie Platz!«, forderte er Justin Belfort auf. »Ich werde Ihnen erzählen, wie es war und ich möchte, dass Sie sich ein Bild von meinem Sohn Sven machen können. Glauben Sie mir, diese Polizisten hatten überhaupt kein Interesse, den Fall zu lösen. Das war eine einzige Hexenjagd. Sie hatten ihn zum Sündenbock abgestempelt, weil er sich nicht wehren konnte.«

Thiele atmete tief ein. »Wissen Sie, in einem kleinen Dorf zu leben, ist nicht leicht, wenn man ein Außenseiter ist. Da verschwanden zwei Mädchen, das ist schlimm genug, die Behörden standen unter Druck und hatten nichts, rein gar nichts in der Hand. Da liegt es ja nahe, dass man sich das schwächste Opfer sucht und unter Mordverdacht stellt. Es ging sogar so weit, dass man mich verdächtigte, die Spuren des Verbrechens beseitigt zu haben. Es wurde nie ausgesprochen, aber ich wusste, was die Polizisten dachten. Allen voran unser Dorfpolizist, der war am schlimmsten. Er würde dem Sven diese Tat zutrauen, hat er behauptet. Dabei ist Sven der sanftmütigste und sensibelste Mensch, den ich kenne. Ich sage das nicht, weil er mein Sohn ist, ich sage es, weil es die Wahrheit ist.«

Justin Belfort hörte aufmerksam zu und machte sich Notizen auf seinem Block. »Ihr Sohn ist von Geburt an behindert?«

»Ja, er ist schwer intelligenzgemindert. Er ist jetzt zweiundzwanzig Jahre alt und hat den Verstand eines kleinen Kindes, aber er ist kein Ungeheuer.«

»Wie kam es, dass er sich an diesem Tag im Wald aufhielt, war er oft dort draußen?«

»Sven liebt die Natur und er weiß, dass er auf den Wegen

bleiben und sich vom Moor fernhalten muss«, antwortete Thiele. »Wissen Sie, ich bin den ganzen Tag in der Apotheke und meine Frau war damals schwer krank. Sie ist vor zwei Jahren gestorben. Wir hatten jemanden, der auf ihn aufpasst, nur eben nicht rund um die Uhr. Aber wir konnten ihn doch nicht einfach einsperren. Er hat sich auch nie weiter als bis zum Bannsee von zu Hause entfernt. Er hat gewusst, dass wir das nicht wollen und er hat sich daran gehalten.«

»Das heißt, er war an diesem Tag im Wald?«

»Ich war nicht zu Hause, ich hatte zu tun. Aber ich sagte schon, er war viel da draußen unterwegs und wir hielten ihn auch nicht zurück.«

»Es wurde ein Kettchen bei ihm gefunden, das einem der Mädchen gehörte.«

»Es war ein Anhänger mit dem Symbol eines Schutzengels, *Melanie* war auf der Rückseite eingraviert. Die Eltern haben es erkannt. Aber Sven weiß nicht, woher er es hat. Er ist ein Sammler, er sammelt alles, was er auf dem Weg findet. Vom Kronkorken bis zu glitzernden Steinen. Vor allem, wenn es glänzt. Das sind seine Schätze, verstehen Sie. Ich habe einmal den Fehler begangen, als er mit zwei Kronkorken und einer verbeulten Getränkedose nach Hause kam, und ihm die Sachen weggenommen. Deswegen hat er alles vor mir versteckt. Wie er zu dem Kettchen kam, kann ich nicht sagen.«

»Ich denke, Ihr Sohn hat die Polizisten in den Wald geführt und gezeigt, wo er das Kettchen fand?«

»Sie haben ihn unter Druck gesetzt. Ich kenne meinen Sohn. Er hätte alles getan, was sie von ihm verlangten. Ich würde aber nicht darauf wetten, dass es tatsächlich die Stelle war, an der die Kette lag.«

»Hat man Sie jemals mit dem Vorwurf konfrontiert, an der Tat beteiligt gewesen zu sein? – Zumindest beim Verstecken der Opfer, denn dazu wäre Sven wohl alleine nicht in der Lage gewesen, oder?«

»Ich sagte doch, den Vorwurf selbst hat man nie ausgesprochen, immer nur angedeutet, aber er war deutlich zu spüren. Auch im Dorf hat man mich geschnitten, Sie glauben gar nicht, wie das ist.«

Rudolf Thiele schlug die Hände vor das Gesicht. Für einen kurzen Augenblick schwieg er, ehe er sich wieder aufraffte und weitererzählte. »Jahrelang leben Sie mit den Menschen in einem Ort zusammen und plötzlich wird man ausgestoßen, nur weil die Behörden einen Erfolg vorweisen müssen. Niemand redet mehr mit einem, sie wenden ihre Blicke ab und schauen zu Boden. Es ist die Hölle.«

»Warum sind Sie nicht weggezogen?«

»In Tennweide steht mein Haus, in Tennweide wurde ich geboren und dort bin ich aufgewachsen«, konterte der Apotheker. »Ich werfe nicht die Flinte ins Korn. Ich lasse mich nicht so einfach vertreiben. Tennweide ist zwar nicht der Nabel der Welt, aber es ist meine Heimat.«

»Ich verstehe«, antwortete Justin. »Und wie ist das Verhältnis heute?«

Der Apotheker zeigte auf die Tür. »Die Menschen in Tennweide sind mir inzwischen egal. Ich bin die meiste Zeit hier in meiner Apotheke. Und die Leute kommen jetzt wieder. Damals war ich schon kurz davor, schließen zu müssen. Wenn die Feriengäste nicht gewesen wären, hätte ich keine andere Wahl gehabt. Es war eine lange Durststrecke und dann starb auch noch meine Frau. Sie hatte eine Lebensversicherung. Ich konnte meine Apotheke retten und für Sven ein anständiges Pflegeheim finden. Im Dorf konnte er nicht mehr bleiben.«

»Sie haben sicherlich gehört, dass eines der Mädchen vor ein paar Tagen in der Nähe der dänischen Grenze wieder auftauchte. Sie wurde möglicherweise aus einem fahrenden Wagen geworfen. Können Sie sich einen Reim darauf machen?«

Rudolf Thiele schüttelte den Kopf. »Ich habe davon gehört, nur: Ich will nicht, dass sich das Ganze deshalb jetzt wiederholt. Die Polizei soll die Mörder endlich zur Strecke bringen, damit ein für alle Mal Ruhe herrscht. Sie können mir glauben, wenn einmal so ein Gerücht die Runde macht, dann wird man diesen Makel nie mehr los. Es sei denn, das Verbrechen wird endlich restlos aufgeklärt.«

»Ich verstehe.« Justin packte seinen Block ein. »Wäre es möglich, mit Ihrem Sohn zu sprechen?«

Der Apotheker hob abwehrend die Hand. »Nein, das auf keinen Fall. Sven hat die Sache damals stark mitgenommen. Ich bin froh, dass er einigermaßen darüber hinweg ist.«

»Danke, Herr Thiele, Sie haben mir sehr geholfen.«

Der Apotheker reichte Justin die Hand. »Bitte, und schreiben Sie, dass wir nichts, rein gar nichts mit der Sache zu tun haben und jeden Tag dafür beten, dass die Verbrecher endlich gefasst werden.«

»Das werde ich tun«, sagte er und folgte dem Apotheker zur Tür.

Als Justin Belfort in seinen Wagen stieg, den er auf dem Parkplatz der Apotheke abgestellt hatte, befiel ihn das eigenartige Gefühl, dass er beobachtet wurde. Er blickte sich um, doch außer zwei Radwanderern, die gegenüber der Apotheke standen und eine Straßenkarte studierten, war niemand zu sehen. Justin schüttelte das bedrückende Gefühl ab und ließ sich in seinen Fahrersitz fallen. Kurz blickte er in den Rückspiegel, doch die Straße war frei. Er schnallte sich an und startete den Wagen.

*

Trevisan zog sich in sein Büro zurück und holte sein Notizbuch aus der Schreibtischschublade. Er blätterte, bis er auf die Nummer der Kommissarin Holt von der Polizei in Arhus stieß. Bedächtig wählte er die Telefonnummer, nachdem er einen Blick auf seine Armbanduhr geworfen hatte. Es dauerte eine Weile, bis sich Kristina Holt meldete.

»Hallo, hier ist Martin Trevisan aus Deutschland.«

»Hallo, Martin, wie geht es dir«, antwortete die dänische Kollegin, die er kennengelernt hatte, als er gegen den Sektenführer ermittelt hatte.

»Den Umständen entsprechend«, antwortete Trevisan. »Ich

bin derzeit beim Landeskriminalamt in Hannover, nachdem es mich erwischt hat.«

»Was heißt erwischt?«, fragte Kommissarin Holt.

Trevisan erzählte ihr seine Geschichte. Schließlich hatte er ihr sein Leben zu verdanken, nachdem der Mann damals versucht hatte, Paula und ihn zu töten.

»Das tut mir leid. Ich hoffe, dass es deiner Tochter bald wieder besser geht. Und natürlich auch dir.«

Trevisan nickte. »Ich komme eigentlich schon wieder ganz gut zurecht. – Ich habe da eine Sache, wo ich deine Hilfe bräuchte. Es geht um eine Geschichte, die schon ein paar Jahre zurückliegt. Wir suchen einen alten weißen VW-Bus, ich denke, ein T3- oder T4-Modell, mit einem dänischen Kennzeichen. Möglicherweise wurden zwei deutsche Mädchen hier in der Nähe von Hannover entführt und nach Dänemark verschleppt. Es könnte eine Rockerbande dahinterstecken, die kürzlich bei Padborg verhaftet wurde.«

»Padborg«, wiederholte Holt. »Das ist im Grenzland, da ist das Polizeiamt in Esbjerg zuständig. Hast du Details?«

»Ich würde sie dir zusenden, außerdem noch das Teilkennzeichen. Es ist, wie gesagt, schon eine Weile her.«

»Martin, du weißt, für meine Freunde tue ich, was ich kann. Schick es mir per E-Mail, meine Adresse hast du ja bestimmt noch. Ich rufe dich zurück, sobald ich ein Ergebnis habe. Und grüße Paula von mir, wünsch ihr alles Gute. Sie muss einfach stark sein.«

»Ich weiß, aber das Gefühl spielt unserem Verstand allzu oft einen Streich, und schon gerät man aus dem Gleichgewicht.«

»Ich weiß, aber trotzdem alles Gute und vielleicht sehen wir uns bald einmal wieder.«

»Möglicherweise schneller, als du denkst«, antwortete Trevisan. »Dann lade ich dich auf einen Kaffee ein.«

»Ich nehme dich beim Wort.«

Trevisan ging zurück zu Lisa, die vor dem Computer saß und einen ersten Entwurf eines Fahndungsplakates erstellt hatte.

»Was hältst du davon?«, fragte sie.

»Sieht gar nicht schlecht aus, nur die Fotos sollten noch ein klein wenig größer sein. Ich will, dass die Leute in die Augen der Mädchen sehen, das macht Eindruck.«

»Fotos größer, alles klar.« Lisa griff nach der Maus.

Trevisan legte seine Hand auf ihre Schulter. »Okay, lass gut sein, das reicht für heute. Es ist schon nach sechs, wir machen morgen weiter.«

Lisa schaute auf und lächelte ihn an. »Das ist gut. Ich dachte schon, ich versäume heute Abend das Konzert.«

»Du gehst ins Konzert?«

»Na ja, nicht direkt ein Konzert. Es ist eine Rockband. Mein Freund spielt dort Gitarre.«

Trevisan trat einen Schritt zur Seite. »Also dann, los geht's, worauf wartest du noch.«

*

Nachdem Lisa das Büro verlassen hatte, setzte sich Trevisan noch einmal an seinen Schreibtisch. Aufmerksam blätterte er in den Akten. Schließlich rief er im Computer das Datenverwaltungsprogramm auf, das nun alle wichtigen Details enthielt. Im Startfenster wählte er die Spurenkarten an und blätterte Spur um Spur durch, geordnet nach objektiver Spur, wie Gegenstand, Fußabdruck oder DNA-Muster, oder subjektiver Spur, wie Zeugenvernehmungen oder Anhörungen. Insgesamt 344 Spuren und Hinweise waren erfasst. Manche dieser Spurenkarten waren mit einer Ergebnisnotiz versehen, bei anderen war das Ergebnis noch offen.

Angenommen, die Mädchen waren tatsächlich in einem Bus mit dänischem Kennzeichen entführt worden, dann würde der Fund des Rucksacks von Melanie Reubold an der A7 Richtung Norden sogar einen Sinn ergeben. Die dort gesicherte DNA-Spur war interessant. Er fragte sich, ob seine dänische Kollegin etwas damit anfangen konnte, denn möglicherweise waren die in Padborg verhafteten Rocker an der Entführung beteiligt gewesen. Eine Überprüfung schadete nicht, deswegen kopierte er den Befund und fügte ihn in die E-Mail an Kristina Holt ein. Die anderen erforderlichen Dokumente waren bereits in die Gesamtakte eingescannt, so hatte er es leichter. Als er auf *senden* drückte, dauerte es beinahe zehn Minuten, bis die Daten verschickt worden waren.

Er war hungrig, als er das LKA verließ und mit seinem Wagen nach Davenstedt fuhr. Zu Hause bereitete er sich eine Tiefkühlpizza zu, die er gerade aus dem Ofen holte, als das Telefon klingelte. Er nahm ab, Paula war am Apparat.

»Hallo, Liebes, wie geht es dir?«, fragte Trevisan erfreut.

»Gut, es geht mir gut, wirklich. Wir machen gerade Station, morgen in aller Frühe geht es weiter. Es ist herrlich hier. Die Landschaft, die Wiesen und die Natur ... alles ist so friedlich, ganz anders als bei uns.«

»Das freut mich, dass du dich wohlfühlst, aber ich freue mich auch schon wieder darauf, dass du zurückkommst. Ich habe ein Eiscafé in der Innenstadt entdeckt, das Eis dort ist sagenhaft, da müssen wir unbedingt mal zusammen hingehen.«

»Ja, gerne, aber hier ist es auch toll. Schade, dass du nicht dabei bist.«

Trevisan unterhielt sich beinahe noch eine Stunde mit seiner Tochter, ehe Paula das Gespräch beendete. Von seinen Ermittlungen erzählte er nichts. Als er zurück in die Küche ging, fand er seine Pizza erkaltet vor. Nach dem ersten Bissen warf er den Rest in den Mülleimer. Das harte Toastbrot war keine schöne Alternative, aber was blieb ihm weiter übrig. Sein Magen knurrte, als er zu Bett ging. Draußen hatte es zu regnen begonnen.

8

Trevisan hatte bis acht Uhr geschlafen und war nach der Morgentoilette und einem ausgedehnten Frühstück ins Büro gefahren. Ein schwerer Gang lag heute vor ihm, er hatte einen Termin bei den Reubolds in Minden ausgemacht. Der Vater der verschwundenen Melanie war nicht begeistert gewesen, als Trevisan angerufen und um ein Gespräch gebeten hatte.

»Na ja, dann kommen Sie eben, es ändert ja sowieso nichts«, hatte Robert Reubold schließlich eingelenkt.

Trevisan hatte die Mutlosigkeit und die Verzweiflung aus seiner Stimme herausgehört. Er dachte an damals, als er erfahren hatte, dass seine Tochter Paula entführt worden war, das Gefühl war ihm nicht unbekannt.

Im Büro schaute er noch bei Lisa vorbei, die vor ihrem Computer saß und die Pressemeldung für die örtlichen und überregionalen Zeitungen schrieb. Trevisan setzte sich kurz zu ihr und kritzelte auf einen Notizzettel, welche Fragen sie ausformulieren sollte und welche Details von Nutzen waren und der Presse bekannt gegeben werden konnten.

»Wenn du fertig bist, dann schicke alles gleich an die Pressestelle«, sagte Trevisan.

»Willst du nicht vorher noch mal drüberschauen?«, fragte Lisa ungläubig.

»Du hast mehr Erfahrung in solchen Sachen«, antwortete Trevisan. »Oder hast du damit ein Problem?«

»Smisek wollte alles sehen und abzeichnen. Nichts verließ die Abteilung, bevor er nicht seinen Haken darunter gemacht hatte. Und meistens war er mit nichts zufrieden und wir bekamen die Berichte rot gefärbt wieder zurück.«

Trevisan lächelte. »Hatte wohl den falschen Beruf, hätte Lehrer werden sollen.« Er klopfte Lisa auf die Schulter. »Ich geh dann mal, Robert Reubold wartet auf mich.«

Er fuhr mit dem Fahrstuhl in die Tiefgarage und schnappte sich den Dienstwagen des Dezernats, einen blauen VW Passat. Die Fahrt nach Minden über die Bundesstraße dauerte länger als angenommen. Mit dichtem Verkehr hatte Trevisan an diesem Samstagvormittag nicht gerechnet.

In Minden suchte er die Goethestraße auf dem Ortsplan, den er sich ausgedruckt und entsprechend markiert hatte. Vor dem Mehrfamilienhaus parkte er am Straßenrand. Die Reubolds wohnten in dritten Stock. Einen Aufzug gab es nicht, so dass Trevisan erst einmal durchatmete, als er an der Wohnungstür ankam. Er klingelte und wartete geduldig, bis ein Mann öffnete, unrasiert und in Jogginghose und Unterhemd. Die nackenlangen, grauen und ungepflegten Haare hingen ihm wirr ins Gesicht.

»Robert Reubold?«, fragte Trevisan.

»Ja, das bin ich.«

Trevisan schätzte ihn auf Anfang fünfzig. »Ich bin Martin Trevisan vom Landeskriminalamt wir haben miteinander telefoniert.«

Robert Reubold nickte nur, ließ die Wohnungstür offen und verschwand im dunklen Gang. Trevisan folgte ihm. Schuhe standen kreuz und quer und Kleidungsstücke lagen herum. Staub hatte sich auf der kleinen Kommode abgesetzt. Trevisan folgte dem Mann in die Küche, wo sich schmutziges Geschirr auf der Spüle türmte. Robert Reubold zeigte auf einen Stuhl und ließ sich mit einem Seufzer auf der Eckbank nieder. Zwei leere Bierflaschen standen auf dem Tisch.

»Ich bin noch nicht zum Aufräumen gekommen«, sagte er knurrig, als Trevisan den Raum gemustert und eine Armada von weiteren leeren Bierflaschen hinter der Tür entdeckt hatte.

»Ist Ihre Frau ebenfalls hier?«, fragte Trevisan.

Reubold schüttelte den Kopf. »Als sie von Tanja erfuhr, ist sie sofort nach Flensburg gefahren.«

Trevisan nickte. »Das kann ich verstehen, aber Tanja liegt im Koma. Die Ärzte meinen, es kann Wochen, sogar Monate dauern, bis sie wieder zu sich kommt.« Den Rest verschwieg Trevisan. Es war durchaus möglich, dass Tanja überhaupt nicht mehr aufwachen würde. Aber er war nicht hierher gekommen, um Hoffnungen zu zerstören.

»Das ist meiner Frau egal, sie lässt sich nicht davon abbringen. Sie tut, was sie will.«

»Und was haben Sie gedacht, als Sie hörten, dass Tanja aufgetaucht ist?«

Der Mann fuhr sich über seine fettigen Haare. »Ich glaube nicht, dass es Tanja ist, ich glaube, sie ist genauso tot wie meine Meli. Wenn ich dieses Schwein erwische, dann schlage ich es mit eigenen Händen tot.« Robert Reubold biss sich auf die Lippen und versuchte, seine starke Erregung zu unterdrücken.

»Gab es denn seit ihrem Verschwinden irgendwelche ungewöhnlichen Vorfälle? Anrufe, ohne dass sich jemand meldete, irgendetwas dieser Art?«

Reubold zog die Nase hoch. »Nachdem sie meine Meli geholt hatten, gab es ständig Anrufe, diese Presseheinis ließen uns keinen Tag in Ruhe und auch die Polizisten. Wissen Sie, an diesem Tag habe ich aufgehört zu leben. Und bei Elsa ist auch alles kaputtgegangen.«

»Elsa ist Ihre Frau?«

»Ja, wir sind verheiratet, aber sie ist nicht mehr meine Frau. Sie ist nur noch hier, weil ihr die Energie fehlt, die Koffer zu packen. Seit dem Tag, als Meli verschwand, ist alles zwischen uns kaputt. Da ist nur noch … Leere.« Robert Reubold zeigte auf die Bierflaschen. »Das ist das Einzige, was mir geblieben ist.«

»Arbeiten Sie noch im Verwaltungsamt?«, fragte Trevisan, um die Situation ein klein wenig zu entspannen, doch offenbar war dies die falsche Frage gewesen. Robert Reubold legte den Kopf auf seine auf dem Tisch verschränkten Arme und begann hemmungslos zu schluchzen.

»Zweimal war ich schon auf Entzug«, stammelte er. »Ein drittes Mal wird es nicht geben. Sie streben die Verrentung an, ich bin seit über zwei Jahren arbeitsunfähig, aber danach fragt kein Mensch. Diese Schweine haben mir meine Tochter gestohlen und mein ganzes Leben zerstört.«

Trevisan schluckte und schwieg, bis sich Robert Reubold langsam beruhigt hatte. Schließlich wischte sich der Mann mit dem Unterarm die Tränen weg und schaute auf. »Weshalb sind Sie eigentlich hier?«

»Ich wollte mit Ihnen sprechen und mir ein Bild machen, außerdem wollte ich Sie zu Tanja befragen. Ihre Eltern sind leider bei einem Unfall …«

»Ich weiß, sie haben es besser gemacht als Elsa und ich. Sie haben einen Schlussstrich gezogen.«

»Sie glauben, sie haben sich umgebracht?«

»Ich weiß es«, antwortete Robert Reubold trocken. »Meli und Tanja kannten sich seit der fünften Klasse, sie sind zusammen aufgewachsen. Sie wohnte ein paar Blocks weiter. Sie haben alles gemeinsam gemacht, sie sagten sogar, dass sie gemeinsam Medizin studieren wollten und dann kam diese Radtour, diese gottverdammte Radtour. Ich war von Anfang an dagegen, aber wenn sich die Mädels etwas in den Kopf gesetzt hatten … Ich hätte sie aufhalten müssen.«

»Sie konnten nichts tun«, versuchte Trevisan zu beruhigen, denn schon wieder kullerten Tränen über Reubolds Wange.

»Wir haben alle zusammen die Tour bis ins Kleinste geplant. Die Übernachtungen, die Tourenpläne … Sie hätten längst schon fast in Nienburg sein müssen, als es passierte.«

»Woher wissen Sie, wann es passiert ist?«, fragte Trevisan.

»Es weiß niemand genau, aber ein Polizist meinte, es soll nach drei Uhr mittags gewesen sein. Das Abendessen in Nienburg war bestellt, sie hätten es nicht mehr rechtzeitig dorthin geschafft. Sie müssen aufgehalten worden sein.«

»Oder sie haben die Zeit vergessen.«

»Sie haben abgekürzt, die Route sah nur Hauptstraßen vor. Ich wollte nicht, dass sie durch unbelebte Gegenden fuhren. Ich wollte, dass sie dort bleiben, wo es genügend Menschen gibt. Man weiß ja nie, welchen Spinnern man begegnet.«

Trevisan nickte. »Das kann ich verstehen. Gibt es eigentlich noch jemanden hier im Ort, der Tanja nahestand?«

Robert Reubold schaute Trevisan fragend an. »Wie meinen Sie das?«

Trevisan fuhr sich mit der Zunge über die Lippen. »Ich meine, wenn Tanja aufwacht. Ihre Eltern sind tot und es gibt nur noch eine Tante, die in Amerika lebt. Ich meine eine Vertrauensperson, die Tanja wiedererkennen könnte, damit sie wenigstens ein bekanntes Gesicht sieht, falls sie jemals wieder zu sich kommt.«

Robert Reubold nickte. »Ich verstehe. Die einzige Bezugsperson dürfte Elsa sein, meine Frau. Die Sommerlaths hatten nur wenig Kontakt hier.«

Trevisan erhob sich und streckte Reubold seine Hand entgegen. »Ich wünsche Ihnen, dass Sie das Leben wieder in den Griff kriegen und auch mit Ihrer Frau wieder zusammenkommen, mehr bleibt einem nicht im Leben. Und ich verspreche Ihnen, dass ich alles tun werde, was in meiner Macht steht, um Ihre Meli zu finden.«

Robert Reubold winkte ab. »Das hat Ihr Vorgänger auch versprochen. Aber ich habe nie mehr von ihm gehört.«

Trevisan nickte. »Ich finde schon hinaus«, sagte er, als Reubold sich erheben wollte.

*

»Sie sitzen in U-Haft und wurden auf verschiedene Gefängnisse verteilt«, berichtete Sina. »Drei sitzen im Staatsgefängnis von Horsens, zwei in Ringe und der Haupttäter im Sicherheitstrakt von Nyborg, das ist am anderen Ende von Dänemark.«

»Im Staatsgefängnis, sagst du?«, fragte Justin. »Weißt du, wer die Ermittlungen führt?«

Sina blätterte ihren Notizblock um. »Die Reichspolizei ist da federführend. Ein Chefinspektor Mats Brandstrup ist der Ermittlungsführer und ein Polizeimeister Will Viksom taucht in den Akten auf. Die Polizei in Esbjerg ist daran nicht beteiligt. Für die regionale Polizei ist die Sache wohl zu heiß und die Fäden werden direkt in Kopenhagen gezogen. Man befürchtet Aktionen, es gibt offenbar noch weitere Splittergruppen, die über ganz Dänemark verstreut sind.«

Justin schlug mit der flachen Hand auf den Tisch. »Verdammt, die Reichspolizei, da kommen wir nicht ran. In Esbjerg kenne ich jemanden, der bei der zuständigen Stelle für den Bezirk Syd- or Sonderjyllands arbeitet. Aber bei der Reichspolizei beißt man sich die Zähne aus, da wird es gleich politisch. Hast du sonst noch was für mich?«

Sina erhob sich und trat von hinten an Justin heran. Sanft streichelte sie ihm über das blonde, wellige Haar. »Wenn du brav bist.«

Justin ergriff ihre Hand und schob sie beiseite. »Sina, wir sollten Arbeit und Privatleben trennen.«

»Was soll man trennen?«, fragte eine dunkle Frauenstimme. Justin fuhr zusammen und Sina zog blitzschnell ihre Hand zurück. Monika Keppler, die Chefredakteurin, hatte den Raum betreten.

»Die Verbrecher«, antwortete Justin, während Sina sich abwandte und zu ihrem Platz zurückkehrte. »Die Rocker. Sie sitzen in unterschiedlichen Gefängnissen und die Reichspolizei leitet die Untersuchung.«

Monika Keppler, die scherzhaft von der Belegschaft der Redaktion Alices Schwester genannt wurde, in Anlehnung an Alice Schwarzer, verzog ihre Mundwinkel. »Da haben wir keine Chance«, sagte sie mit ihrer tiefen, maskulinen Stimme.

»Ich habe noch die Adresse, wo die Mädchen festgehalten wurden«, berichtete Sina kleinlaut. »Lejvejen 5 in Padborg, das ist ein altes Gehöft und steht nun leer.«

Justin erhob sich. »Immerhin etwas. Ich fahre morgen hin.«

»Du bleibst!«, befahl Monika Keppler. »Du kümmerst dich weiter um dieses Dorf. Nina und Henry übernehmen Padborg. Sie sollen ein paar Nachbarn fragen und ein paar Bilder machen. Mehr ist in Dänemark sowieso nicht zu holen. Aber ich will, dass du mit diesem debilen Jungen Kontakt aufnimmst und ein paar schöne Fotos machst. Ich habe deine

Notizen gelesen und halte die Aussage dieses Apothekers für sehr wichtig. Das mit dem Behördenirrtum sollte der Kern der Reportage werden, meinst du nicht auch, Justin?«

Justin zuckte mit den Schultern. »Ich weiß nicht.«

Monika Keppler lächelte. »Deswegen habt ihr mich«, sagte sie, ehe sie sich umwandte und den Raum verließ.

»Verdammte Scheiße«, fluchte Justin. »Das ist meine Geschichte!«

Sina lächelte. »Jetzt wohl nicht mehr«, sagte sie schnippisch.

9

Montag

Trevisan hatte versucht, am Sonntag auszuspannen, doch es war ihm nur leidlich gelungen. Das Schicksal der beiden verschwundenen Mädchen und das Gespräch mit Robert Reubold am gestrigen Samstag hatten ihn zu sehr beschäftigt. Er hatte an Paulas Entführung vor über einem Jahr gedacht und daran, dass er sie quasi in letzter Sekunde aus den Fängen eines Wahnsinnigen retten konnte, der ihren Tod bereits beschlossen hatte. Was, wenn er damals zu spät gekommen wäre? Wäre er wie Robert Reubold geworden, wäre auch ihm das Leben angesichts dieses schweren Schicksalsschlags entglitten?

Er hatte die Notizen hervorgeholt, die er sich mit nach Hause genommen hatte. Zwei Theorien standen im Raum und er musste sich endlich darüber klar werden, in welche Richtung er die Ermittlungen vorantreiben wollte. Für die Entführung und die Verschleppung nach Dänemark sprachen das Auftauchen von Tanja Sommerlath bei Flensburg, die Aussage zweier Zeugen, die einen VW-Bus mit dänischem Kennzeichen kurz vor dem Verschwinden der Mädchen in der Nähe von Tennweide gesehen hatten und natürlich die Festnahme der Rockerbande unweit von Padborg und die Befreiung zweier junger osteuropäischer Frauen, die auf dem Anwesen der Bande gefangen gehalten worden waren. Hatten sie die Mädchen entführt, nach Dänemark verschleppt, süchtig gemacht und als Sexsklavinnen gehalten? Und hatten sie Tanja aus dem Wagen geworfen, um sie loszuwerden?

Wo war Melanie Reubold geblieben? War sie längst schon tot oder wurde sie noch immer irgendwo in Dänemark gefangen gehalten? Diese Bande hatte den Ermittlungen der dänischen Reichspolizei nach in Viborg, in Aalborg, in

Varberg und in Hjörring weitere Anwesen angemietet gehabt, die gestern zeitgleich gestürmt worden waren. Außer ein paar Waffen, ein paar Pfund Cannabis und siebzig Gramm Heroin hatten die Reichspolizisten dort aber nichts gefunden. Nichts hatte auf eine weitere Entführung hingedeutet, hatte es in dem Telex geheißen, das Trevisan gestern Nachmittag auf seinem Schreibtisch vorgefunden hatte.

Sein Gefühl sagte ihm, dass etwas an der Theorie nicht stimmte, nicht schlüssig war. Er konnte nicht sagen, was ihn an der Vorstellung einer Entführung störte, aber er vertraute dem Bauchgefühl, das ihn in all den Jahren der Ermittlungsarbeit an vorderster Front nicht im Stich gelassen hatte. Objektiv gab es nach dem derzeitigen Kenntnisstand keine vernünftigen Gründe, an der Entführung der Mädchen zu zweifeln.

Der Fall ließ ihn den ganzen Tag nicht in Ruhe und er dachte bis spät in die Nacht darüber nach, bis ihn kurz nach Mitternacht der Schlaf übermannte.

Am Montag um zehn Uhr betrat Trevisan die Dienststelle und ging den Flur entlang. Lisas Tür stand offen, sie saß hinter ihrem Schreibtisch.

»Guten Morgen, wohl gut geschlafen«, begrüßte sie ihn. »Ich habe die Plakate schon in Auftrag gegeben und die Pressemeldungen sind auch rausgegangen.«

»Das hast du sehr gut gemacht«, lobte Trevisan und schickte sich an, weiterzugehen.

»Hanna ist heute wieder da, sie hat deine Sachen in Smiseks Büro geräumt«, beeilte sich Lisa zu sagen. Trevisan blieb stehen. Lisa erhob sich, umrundete den Schreibtisch und zeigte den Flur hinunter. »Hanna meint, dass dir Smiseks Büro zusteht und wir das Zimmer nicht leer stehen lassen sollten.«

»Wo ist diese Hanna, die sich so viele Sorgen um mich macht?«, fragte Trevisan mürrisch.

Lisa zeigte auf das Büro, das Trevisan die ganze Zeit über genutzt hatte und in dem zwei Arbeitsplätze eingerichtet waren. Trevisan nickte kurz. Ohne anzuklopfen trat er ein.

Hanna Kowalski, die bei seiner Zuversetzung in Urlaub gewesen war und die er nur vom Hörensagen kannte, saß rittlings auf einem Stuhl und hielt eine Kaffeetasse in der Hand. Rund um den Stuhl hatte sie aufgeschlagene Aktenordner verteilt, die sie studierte. Sie kehrte Trevisan den Rücken zu.

»Ich habe gehört, dass hier umgeräumt wurde«, bemerkte Trevisan spitz.

Hanna Kowalski wandte sich um, und für einen Augenblick war Trevisan wie elektrisiert. Sie erhob sich und stellte ihre Tasse auf den Schreibtisch.

»Ich dachte, das ist okay«, sagte die schlanke, großgewachsene junge Frau mit den langen, blonden Haaren und der Figur eines Fotomodells. Bei ihrem Anblick verschlug es ihm einen Moment die Sprache. Trevisan schätzte seine neue Kollegin auf Mitte dreißig.

»Normalerweise bestimme ich selbst, wo ich arbeite«, antwortete er in deutlich entspannterem Ton.

Hanna streifte sich eine Strähne aus der Stirn. »Engel hat mit mir gesprochen und gesagt, dass du jetzt die Abteilung leitest und bei uns bleibst. Deswegen steht dir Smiseks Büro zu. Er fand es in Ordnung, dass wir die Zimmerbelegung neu ordnen. Du bist doch nicht verärgert, oder?«

»Dazu habe ich keine Zeit«, wechselte Trevisan das Thema. »Wir haben einen Fall zugeteilt bekommen.«

»Ich weiß, oder glaubst du, ich suche nach neuen Kochrezepten«, antwortete Hanna Kowalski scharf und wies auf die Aktenordner. »Ich habe mich schon eingelesen. Das ist keine einfache Sache. Glaubst du, das andere Mädchen lebt noch?«

Trevisan schüttelte den Kopf. »Nein, das glaube ich nicht, aber trotzdem müssen wir es in Erwägung ziehen. Ich würde sagen, in einer Stunde treffen wir uns im Konferenzraum. Ich muss noch ein paar Telefonate führen.«

Hanna nickte und lächelte. »Okay. Also dann, bis später.«

*

Justin Belfort war am Mittag in den *Klosterkrug* zurückgekehrt.

Die Wirtin hatte ihn misstrauisch gemustert, als er die Gaststätte betrat und nach dem Zimmerschlüssel verlangte. »Leider kann ich Ihnen keinen Nachlass geben, obwohl Sie das Zimmer in der letzten Nacht nicht benutzt haben.«

»Ich brauche das Zimmer noch für eine weitere Woche«, antwortete er. »Meine Redaktion überweist den Betrag.« Ohne auf eine Antwort zu warten, setzte er den Weg zur Treppe fort.

Mit offenem Mund schaute die Wirtin ihrem Gast nach, der die Treppe hinaufging und hinter der Ecke verschwand. Schließlich schüttelte sie den Kopf, umrundete das Empfangspult und betrat den Gastraum, wo drei Gäste am Stammtisch zu Mittag aßen. Oberkommissar Klein war einer von ihnen, die beiden anderen waren der Unternehmer Stolz und der Mardorfer Arzt Dr. Rosenberg. Sie wohnten allesamt in Tennweide und nahmen meist gemeinsam das Mittagessen im *Klosterkrug* ein.

»Der Reporter ist wieder da.« Sie trat an den Tisch. »Er will noch bleiben, eine Woche.«

Stolz schaute Klein fragend an. »Was will er noch hier?«

»Er forscht nach«, antwortete Dr. Rosenberg. »Er gehört zu *Direkt*, habe ich gehört. Die sind für ihre Reportagen bekannt. Die kratzen nicht nur an der Oberfläche.«

»Aber hier wird er nichts finden«, sagte die Wirtin.

»Wer weiß«, antwortete der Arzt geheimnisvoll.

»Die anderen Reporter sind hier aufgetaucht, haben ein paar Fotos gemacht und sind sofort wieder verschwunden, nachdem ihnen klar war, dass niemand mit ihnen reden will, aber der Kerl ist anders. Ich habe gehört, dass er in Mardorf in der Apotheke war und mit Thiele gesprochen hat.«

Stolz schaute den Polizisten ungläubig an. »Thiele hat noch nie mit einem von der Presse gesprochen.«

»Er soll beinahe eine Stunde in der Apotheke gewesen sein und Thiele ist mit ihm ins Hinterzimmer gegangen.«

»Wer sagt das?«, fragte Stolz.

»Ich habe meine Quellen«, antwortete Klein.

»Egal«, mischte sich die Wirtin ein. »Mir ist der Kerl nicht geheuer.«

»Du hättest ihm einfach nur das Zimmer verweigern müssen«, scherzte der Arzt.

Magda Tanges gab einen abfälligen Zischlaut von sich. »Ich lebe davon und bis zur Saison vergehen noch ein paar Tage. Ich muss sehen, wo ich bleibe. Außerdem würde er in Mardorf sofort eine andere Übernachtung finden. Dann wäre er auch jeden Tag hier.« Sie wandte sich um und stapfte davon.

»Wenn's um Geld geht, versteht die Magda keinen Spaß«, scherzte der Arzt und zuckte mit der Schulter.

»Egal, der Kerl verbreitet überall nur Unruhe«, sagte Stolz, der ein großes Bauunternehmen leitete. »Wir müssen aufpassen, dass er unser Geschäft nicht kaputtmacht. Erinnert euch: Damals, als die Sache mit den Mädchen in der Presse breitgetreten wurde, ging die Zahl der Übernachtungen um über vierzig Prozent zurück.«

»Ich werde ein Auge auf ihn haben«, entgegnete Oberkommissar Klein.

*

Hanna Kowalski saß alleine am langgestreckten Tisch, der Platz für gut zwölf Personen gehabt hätte, und hatte einen Laptop auf ihrem Schoß. Als Trevisan den Raum betrat, schaute sie nur kurz auf.

»Wo ist Lisa?«, fragte Trevisan.

»Teufelchen hat sie zu sich bestellt«, antwortete Hanna. »Es geht da um irgendwelche Plakate.«

Trevisan nickte und zog sich einen Stuhl heran. »Was hältst du von der Sache?«

Hanna klappte den Computer zu und platzierte ihn vor sich auf dem Tisch. »Das ist eine ganz schön verworrene Geschichte. – Ich habe gesehen, ihr habt das meiste schon in das Spuran-Programm eingearbeitet.«

»Wir waren eben fleißig«

»Und die Plakate?«

Trevisan räusperte sich. »Wir legen neue Fahndungsplakate auf und stellen gezielte Fragen zu dem Fall. Vielleicht erinnert sich noch jemand an die Sache und hat irgendeinen ungewöhnlichen Vorgang beobachtet.«

»Das ist aber schon drei Jahre her«, gab Hanna zu bedenken.

»Trotzdem«, konterte Trevisan. »Es gibt Zeugen, die sich erst nach einigen Jahren melden, weil sie kurz nach der Tat denken, ihre Beobachtungen wären nicht so wichtig. Aber wenn man noch mal an sie herantritt, dann sprudelt es manchmal nur so aus ihnen heraus. Vielleicht haben wir ja Glück und es ist etwas Verwertbares dabei.«

»Du warst in Wilhelmshaven beim FK 1, habe ich gehört.« Hanna musterte Trevisan von oben bis unten.

»Am Ende war ich Leiter des FK 1, stimmt.«

»Es wird erzählt, dass Verbrecher deine Tochter entführt hätten und umbringen wollten«, hakte Hanna nach.

»Ja, auch das ist richtig, wir konnten sie in letzter Sekunde retten. Ein halbes Jahr später ist meine Tochter zusammengebrochen und auch mich hat es erwischt, Burnout nennt man das.«

»Deine Tochter ist in Langenhagen?«

»In einer Außenstelle für PTBS-Erkrankte, aber sie macht sehr gute Fortschritte. Zurzeit ist sie in Irland. Und du bist alleinerziehend und hast einen Sohn?«

Hanna nickte. »Aha, ich sehe, auch du hast deine Hausaufgaben gemacht. Ja, mein Sohn ist sechzehn, ein schwieriges Alter.«

»Meine Tochter ist im gleichen Alter, das ist nicht immer einfach. Aber lass uns nun wieder auf den Fall zurückkommen. Man lernt sich am besten kennen, wenn man miteinander arbeitet. Du warst schon im Ermittlungsdienst, habe ich gehört.«

»Sieben Jahre bei der Sitte in Oldenburg, das hat gereicht.

Der Job hier ist weitaus angenehmer. Smisek hat uns immer als Zuarbeiter bezeichnet.«

»Diesmal ist das anders, diesmal führen wir die Ermittlungen. Deswegen musst du mir sagen, ob du die Möglichkeit hast, dich zu Hause für ein paar Tage oder Wochen auszuklinken. Es sollte jemand nach Flensburg fahren, um mit den Kollegen dort über Tanja Sommerlath zu reden, und dabei dachte ich an dich.«

Hanna zupfte ihre langen Haare zurecht. »Max ist die nächsten Tage auf einer Studienreise mit seiner Klasse.«

»Das trifft sich gut«, sagte Trevisan. »Dann fährst du mit Lisa nach Flensburg und nach Kopenhagen und ich schaue mich am Steinhuder Meer um.«

Noch bevor Hanna antworten konnte, wurde die Tür aufgestoßen und Oberrat Engel betrat den Raum. Lisa war in seiner Begleitung, sie schaute geknickt drein.

»Kollege Trevisan, können wir uns einmal kurz unterhalten?«, fragte Engel mit leicht unterwürfigem Ton. »Unter vier Augen.«

»Wenn es um den Fall geht, dann sollten alle zuhören, die es betrifft.« Trevisan drückte Hanna, die sich erheben wollte, an den Schultern auf ihren Stuhl zurück.

Engel schaute ihn an und erkannte offenbar, dass er wohl keine andere Möglichkeit hatte, wollte er sein Anliegen vorbringen.

»Kollege Trevisan«, holte der Oberrat förmlich aus. »Ihre etwas unorthodoxe Art, an die Dinge heranzugehen, wirkt ein klein wenig befremdend auf mich. Wissen Sie, die Sache mit den Fahndungsplakaten und den Pressemitteilungen hätten Sie mit mir absprechen müssen. Ich denke, als Leiter …«

»Herr Engel«, fiel ihm Trevisan ins Wort. »Sie haben mir diesen Fall übertragen und, wenn ich mich noch richtig erinnere, freie Hand gegeben. Wenn ich Sie richtig verstanden habe, dann sollen wir die Tat aufklären und nicht verwalten. Aber wenn Sie glauben, dass Sie die Ermittlungen vor Ort leiten sollten, dann ist es mir auch recht. Mit Flensburg und

Kopenhagen ist alles abgesprochen, Sie müssen nur noch fahren. Man erwartet Sie dort.«

»Nein, ich dachte ... So meine ich das nicht ... Ich«, stammelte Engel.

»Ich hörte schon«, unterbrach ihn Trevisan, »dass Kollege Smisek eine andere Auffassung von Ermittlungsarbeit in dieser Abteilung hatte, als ich sie habe. Ich bin gewohnt, die Dinge offensiv anzugehen. Aber wenn dies nicht gewünscht ist – die Akten stehen in meinem Büro, ich bringe sie Ihnen gerne wieder zurück.«

Engel wirkte verwirrt. Abwehrend hob er die Hände. »Nein, nein, ich bin froh, dass Sie ... Aber Sie hätten mir nur kurz Bescheid geben sollen.«

Trevisan schnappte sich den Laptop von Hannas Schoß und stellte ihn vor dem Kriminaloberrat auf den Tisch. »Sie kennen doch sicher das Programm, es wurde im letzten Jahr flächendeckend für die Ermittlungsdienste eingeführt.«

Engel wurde noch unsicherer und zuckte mit der Schulter.

»Es heißt Spuran und ist sehr nützlich, das ist die Abkürzung von Spuren- und Analyse-Programm. Darin wird alles erfasst, was mit dem Fall zu tun hat. Es hat ein Schlagwortverzeichnis für eine gezielte Suche und ist außerdem sehr übersichtlich.«

»Ich verstehe nicht«, gab Engel kleinlaut von sich.

»Sehen Sie, es gibt ein Register hier oben«, Trevisan zeigte auf den Bildschirm. »Unter der Rubrik *Maßnahme* können Sie alles sehen, was läuft. Und wenn Sie auf *Ergebniskontrolle* klicken, dann sehen Sie auf einen Blick, wie weit unsere Ermittlungen gediehen sind und welchen Erfolg einzelne Überprüfungen hatten. Hier sind die Plakat-Aktion und die Pressemitteilung vermerkt, Sie hätten also nur schauen müssen.«

»Ja«, seufzte Engel, »ja, gut. Und wo finde ich das?«

»Die ganze Abteilung wurde von der DV-Abteilung zum Zugriff ermächtigt. Geben Sie einfach im Programm *Radwandern* in die Suchmaske ein und schon sind Sie drinnen.«

Engel wirkte in die Enge getrieben. Diese Art der Unterhaltung schien er nicht gewohnt. Aber Trevisan wollte ein für alle Mal für klare Verhältnisse sorgen.

Zögernd richtete Engel sich auf. »Gut, gut, dann machen Sie weiter«, lenkte er schließlich ein und wandte sich um.

»Ich habe also freie Hand?«, rief ihm Trevisan nach.

»Tun Sie, was Sie für das Richtige halten, aber vergessen Sie nicht, mich darüber zu informieren«, antwortete der Kriminaloberrat, ehe er den Raum verließ und die Tür schloss.

Hanna und Lisa sahen sich einen Augenblick an, ehe sie geradeheraus lachten. »Dem hast du es aber gegeben«, feixte Hanna, »der hat nämlich von Basisarbeit keinen Schimmer.«

»Dafür hat er jetzt mich«, antwortete Trevisan.

10

Justin Belfort hatte sich von Sina die alten Berichte über das Verbrechen von Tennweide aus den Archiven sämtlicher regionaler und auch überörtlicher Zeitungen heraussuchen lassen. Auf vier weitere Namen war er hierbei gestoßen, die damals in Presseartikeln erwähnt worden waren. Mit ihnen würde er noch einmal das Gespräch suchen. Neben dem Verwaltungsvorsteher des Ortes, Paul Herrmann, und dem Besitzer des Elektro- und Gemischtwarenladens Peter Staufert war auch der Sohn eines Arztes namens Carsten Rosenberg in einigen Zeitungen zitiert worden.

Paul Herrmann hatte zu dem Fall selbst nichts ausgesagt, jedoch die Auswirkungen auf den kleinen Ferienort am Steinhuder Meer in blumigen Worten beschrieben. Die Aussage von Staufert, der einen älteren VW-Bus aus dem Wald rund um den Bannsee kommend gesehen haben wollte, klang da schon viel interessanter. Auch die Wirtin des *Klosterkrug*es war erwähnt worden, der ebenfalls dieser ominöse Bus im kleinen Ort Tennweide aufgefallen war. Ein Bus, der möglicherweise ein dänisches Kennzeichen gehabt hatte, von dem beide lediglich die Anfangsbuchstaben GA abgelesen hatten. Das würde zu der Theorie einer Entführung nach Dänemark passen und bestimmt war die Polizei schon längst damit beschäftigt, dieser Spur nachzugehen.

Er ließ seinen Wagen vor dem *Klosterkrug* stehen, um die wenigen Schritte über den Kirchplatz zu Fuß zu gehen. Der kleine Ort schien wieder mal menschenleer, nur über die Mardorfer Straße, die hindurchführte, donnerten mehrere Lastwagen.

Elektrohandel Staufert stand an der Fassade des kleinen, weiß getünchten Hauses. Im großen Schaufenster standen neben ein paar Radios, einem Röhrenfernseher und einer Stereoanlage auch Schuhe, Taschen und Mützen. Das Sortiment war erweitert worden und der Laden zum Gemischtwarenladen mutiert.

Als Justin durch die Glastür neben dem Schaufenster hineinging, ertönte ein harmonischer Dreiklang. Im Laden war niemand und es verstrichen ein paar Minuten, bis ein untersetzter, glatzköpfiger Mann, wohl an die sechzig Jahre alt, in einer mit einem Vorhang abgehängten Tür erschien. Er lächelte freundlich und fragte Justin, was er denn für ihn tun könne. Justin Belfort zog seinen Presseausweis aus der Jacke und stellte sich vor.

»Herr Staufert, ich würde gerne mit Ihnen über das Verbrechen reden, das sich vor drei Jahren in der Nähe des Bannsees ereignet hat«, erklärte er. »Sie haben damals ein Presseinterview für die *HAZ* gegeben und berichtet, dass sie an dem betreffenden Tag einen weißen VW-Bus gesehen haben, der etwa zur Tatzeit aus dem Wald kam.«

»Ja, das ist richtig«, bestätigte Staufert. »Der Polizei habe ich das auch erzählt, doch offenbar kam da nichts bei raus. Ich habe nie mehr was davon gehört.«

»Sie beschrieben den Bus als alt und teilweise verrostet, außerdem soll er ein dänisches Kennzeichen gehabt haben.«

»Das ist richtig«, wiederholte der alte Ladeninhaber.

»Wie kamen Sie darauf, dass es ein dänischer Bus sein könnte? Sie haben doch nur Teile des Kennzeichens abgelesen.«

Der alte Mann umrundete den Tresen und blieb neben Justin stehen. »Eigentlich habe ich beschlossen, mit niemandem mehr darüber zu reden und vor allem mit der Presse nicht mehr. Sie müssen wissen, damals war die Hölle hier los. Diese armen Mädchen! Aber das, was manche über unser Dorf berichtet haben, war so nicht in Ordnung. Ihre Kollegen haben unser schönes Dorf als Ort des Grauens beschrieben. Und als dann auch noch der arme Sven verhaftet wurde, da stellte man unser Dorf dar, als würden hier nur Mörder und Vergewaltiger wohnen. Sie können sich vorstellen, was hier los war. Kein Tourist will dort Urlaub machen, wo Mädchen spurlos verschwinden. Beinahe alle Pensionen und Fremdenzimmer blieben in dem Sommer leer.«

Justin nickte. »Ich weiß, und das finde ich von meinen Kollegen auch nicht in Ordnung. Aber ich bin hierhergekommen, um über genau diese Missstände zu berichten. Außerdem hat sich die Polizei damals auch nicht mit Ruhm bekleckert.«

Staufert wandte sich um und blickte zum Schaufenster hinaus. »Der Sven war das nicht, das wusste jeder im Dorf.«

»Nun ist eines der Mädchen in Flensburg aufgetaucht, doch leider ist es schwer verletzt und liegt im Koma. Die Sache mit dem dänischen Bus rückt deshalb immer mehr in den Fokus, verstehen Sie?«

»Sie meinen, weil die beiden damals möglicherweise entführt wurden?«

»Genau, und in Dänemark wurde eine Rockerbande ausgehoben, die zwei junge Frauen in einem Verlies gefangen hielt.«

»Ich kenne mich mit Kennzeichen aus, außerdem steht die Länderkennung bei den dänischen Kennzeichen vorne auf dem Nummernschild. Und da stand ganz deutlich DK, das steht für Dänemark. GA waren die Buchstaben, die Zahlen konnte ich mir nicht merken.«

»Noch nicht mal eine Idee?«, fragte Justin.

»Ich war damals auf dem Wiesenweg unterwegs und führte meinen Hund aus«, erklärte der alte Mann. »Kurz hinter Tjadens Hof ließ ich ihn laufen, da kam der Bus aus dem Wald herausgefahren. Es war ein weißer Bus mit seitlichen Schiebetüren, die am unteren Rand verrostet waren. Auf dem Dach hatte er einen Aufbau, so wie diese Campingbusse.«

»Es könnte also ein Wohnmobil gewesen sein?«, fragte Justin.

»Ja, das wäre möglich, und es war nicht der runde VW-Bus, es war das eckige Modell. Das hat mir nie so recht gefallen.«

»Erinnern Sie sich noch an die Uhrzeit?«, fragte Justin.

Staufert überlegte und strich sich über das Kinn. »Ich sagte damals schon, dass ich es nicht genau sagen kann, aber es war zwischen vier und sechs Uhr. Ich meine, kurz nach fünf, wenn ich mich nicht täusche.«

»Die Wirtin des *Klosterkruges* sah den Wagen etwa eine Stunde zuvor im Dorf«, bemerkte Justin.

»Ja, so war es wohl, aber ich kann Ihnen beim besten Willen nicht sagen, wie viele Leute drinnen saßen. Ich war da schon ein Stück auf die Wiese gegangen, deswegen konnte ich nicht reinschauen und die Seitenscheiben waren abgedunkelt.«

»Gab es sonst noch etwas Ungewöhnliches?«

Staufert schüttelte den Kopf. »Nicht, dass ich wüsste, übrigens habe ich genau dies der Polizei erklärt.«

Justin lächelte. »Darf ich Sie zitieren?«

»Von mir aus, aber wenn Sie wieder über unser Dorf herziehen ...«

»Keine Angst«, beeilte sich Justin zu versichern. »Ich schreibe einen fairen und ausgewogenen Bericht. Ich bin kein Richter und stelle niemanden an den Pranger, ich will nur herausfinden, was damals wirklich geschehen ist.«

»Dann schreiben Sie, dass hier niemand etwas für die Sache kann. Und dass wir die, wenn wir könnten, am liebsten ungeschehen machen würden.«

Justin reichte dem alten Mann die Hand und bedankte sich für seine Offenheit, bevor er den Laden verließ.

*

Trevisan hatte sich dafür entschieden, zunächst einmal inkognito nach Tennweide zu reisen und sich im Ort umzusehen. Er war mit seinem privaten Ford an das Steinhuder Meer gefahren und hatte sich per Internet ein kleines Fremdenzimmer in einem Privathaus in der Nähe des Kirchplatzes gemietet. Zuvor hatte er Kommissarin Holt in Arhus angerufen und auf das Kommen seiner Kollegin Hanna und der etwas schrillen Lisa vorbereitet. Kommissarin Holt hatte ihn darüber informiert, dass es bislang keine weiteren Erkenntnisse bezüglich der *Black Lions* und einer Verbindung zu dem Verbrechen von Tennweide gab.

Schon als Trevisan aus Richtung Neustadt nach Tennweide fuhr, wirkte der Ort wie ausgestorben. Auf den Straßen und dem ausladenden Platz um die Kirche war niemand zu sehen.

Tennweide war ein kleiner Ort, entlang der Landstraße

nach Mardorf gelegen. Auf der Karte suchte er die Adresse seiner Unterkunft, ließ die Kirche rechts liegen und bog an der nächsten Einmündung in die Höhingstraße ab. Das verklinkerte kleine Wohnhaus mit der Nummer 11 war in einen Hang gebaut worden. Es stammte wohl aus den sechziger Jahren und schien schon eine ganze Weile nicht mehr renoviert worden zu sein. Ein kleiner Garten lag zur Straße hin. Es gab drei Eingangstüren im Kellergeschoss und dazwischen eine Treppe, die zum eigentlichen Zugang des höher gelegenen Erdgeschosses führte.

Trevisan parkte gegenüber auf der Straße und stieg aus. Ein schwarzer Wagen fuhr in Schrittgeschwindigkeit vorüber, bevor der Fahrer beschleunigte und an der nächsten Einmündung verschwand. Trevisan überquerte die Straße und ging die Treppe zwischen Haus und Terrasse hinauf. Die ehemalige ebenerdige Doppelgarage hatte man zu einer weiteren Wohneinheit umgebaut. Dafür gab es auf der Westseite des Hauses einen freien Platz, auf dem drei Fertiggaragen direkt an das Haus gestellt worden waren. Das Gebäude war sichtlich auf Feriengäste ausgerichtet worden und Trevisan fand die Unterkunft dem günstigen Preis angemessen.

Als Trevisan am Ende der Treppe ankam, atmete er erst einmal durch. *Meierling* stand auf einem goldenen Türschild neben der Klingel. Er klingelte und kurz darauf öffnete eine rothaarige Frau, etwa Mitte vierzig, die Tür.

»Ah, Sie sind bestimmt Herr Trevisan«, sagte sie freundlich.

Er nickte. »Richtig. Sie sind Frau Meierling?«

»Nennen Sie mich Rosi.« Sie ging einen Schritt zur Seite, um ihn vorbeizulassen. »Ich habe die Wohnung Nummer drei für Sie gerichtet. Frühstück gibt es hier oben, zwischen acht und neun. Und wenn Sie Abendessen wollen, dann geben Sie mir beim Frühstück einfach Bescheid. Ansonsten haben wir hier im Ort den *Klosterkrug* direkt am Kirchplatz und die *Alte Post*, da sind Sie ja vorbeigefahren. Der *Klosterkrug* bietet auch Mittagstisch.«

Rosi Meierling fasste in einen Schlüsselkasten und holte einen Schlüsselbund hervor, den sie Trevisan reichte.

»Das Appartement ist bis zum nächsten Montag bezahlt«, sagte sie. »Wenn Sie verlängern wollen, dann bitte rechtzeitig. Zurzeit dürfte es noch kein Problem sein, aber in drei Wochen beginnt die Saison, da habe ich schon ein paar Buchungen.«

Trevisan nickte und griff nach dem Schlüsselbund, doch Rosi Meierling zog ihn ein kleines Stück zurück. »Sie müssen erst noch den Anmeldezettel ausfüllen und ich muss Ihren Ausweis oder den Führerschein überprüfen. Das ist Vorschrift.«

Trevisan kramte in seiner Hosentasche und zog den Führerschein hervor.

»Sie sind aus Wilhelmshaven«, fragte Rosi Meierling, nachdem sie einen Blick darauf geworfen hatte. »Ich hoffe, dass Ihnen der Aufenthalt hier gefällt.«

»Ich will nur ein klein wenig ausspannen«, antwortete Trevisan. »Ruhe, Erholung und ein paar ausgedehnte Spaziergänge.«

»Da sind Sie hier genau richtig. Bis zum See sind es eineinhalb Kilometer und auf der anderen Seite des Ortes gibt es genügend Wanderwege. Sollten Sie dort spazieren gehen, dann bleiben Sie auf dem Weg, so manche Torfgruben sind tückisch und wenn Sie da mal hineingeraten, dann kommen Sie ohne Hilfe nicht mehr heraus.«

»Gut, und heute Abend würde ich gerne hier essen, wenn es nichts ausmacht.«

Rosi Meierling lächelte. »Alles klar, dann erwarte ich Sie gegen achtzehn Uhr, kommen Sie einfach hoch und klingeln Sie.«

»Mein Wagen steht gegenüber, kann ich ihn dort stehen lassen?«

»Sie können auch gerne eine Garage mieten, das macht fünf Euro pro Tag.«

»Nein, das geht schon«, antwortete Trevisan und füllte das

Anmeldeformular aus. Kurz darauf verließ er die Wohnung. Er wollte den angebrochenen Tag nutzen, um sich im Ort umzusehen.

*

Hanna Kowalski und Lisa Winter fuhren mit dem Dienstwagen nach Flensburg. Im Dienstgebäude der Polizeidirektion waren sie mit Hauptkommissar Seelmann verabredet. Auf der Autobahn herrschte dichter Verkehr. Hanna lenkte den Wagen, während Lisa auf dem Beifahrersitz saß und die Aussicht genoss.

»Das hätte ich mir mal nicht träumen lassen«, murmelte sie und streckte ihre Arme aus. Sie hatte ein wenig geruht.

»Was?«, fragte Hanna.

»Außendienst. Ich komme mir vor wie eine Ermittlerin«, antwortete Lisa. »Ich glaube, dass Trevisan einen ganz neuen Wind in unsere Abteilung bringt. Es wurde langsam Zeit, dass Smisek die Segel streicht. Und wie Trevisan mit Teufelchen gesprochen hat ... – Ich glaube, der versteht sein Handwerk.«

Hanna blickte eher skeptisch drein. »Ich lass das erst einmal auf mich zukommen. Ehrlich gesagt war das mit Smisek gar nicht so schlecht. Zumindest hatten wir immer pünktlich Feierabend. Ermittlungsarbeit kann nämlich auch ganz schön anstrengend sein.«

Lisa ließ Hannas Einwand kalt. Sie freute sich über die Abwechslung. »Wo sind wir?«, fragte sie.

»Noch etwa dreißig Kilometer bis Flensburg.«

»Glaubst du, dass wir die Verbrecher schnappen?«

Hanna setzte den Blinker und überholte einen Lastwagen. »Ich weiß nicht, die Tat liegt schon ganz schön lange zurück. Und wenn das Mädchen, diese Tanja, nicht wieder zu sich kommt, dann werden wir nie erfahren, wo man sie gefangen gehalten hat.«

»Ja, ich denke die ganze Zeit daran«, antwortete Lisa nachdenklich. »Sie muss die Hölle durchgemacht haben. Drei Jahre lang gefangen und missbraucht. Süchtig gemacht.

Ich glaube, ich hätte mir spätestens nach einer Woche etwas angetan.«

Hanna scherte nach dem Überholvorgang wieder ein. »Wir werden es ja sehen. Seelmann wird uns ins Krankenhaus mitnehmen, dann können wir uns selbst ein Bild machen. Bislang sieht die Sache nicht erfolgversprechend aus. Die Spurenlage ist einfach zu dünn. Die Fasern, die man an der Kleidung des Mädchens gefunden hat, lassen sich nicht eindeutig einem Fahrzeugtyp zuordnen, und beobachtet hat auch niemand etwas.«

»Ich verstehe das nicht. Das war doch eine Bundesstraße, auf der man sie fand!«

»Es war nur wenig Verkehr.«

»Mir geht das Bild ihrer Freundin nicht mehr aus dem Kopf, dieser Melanie. Ich muss immer daran denken, dass sie noch irgendwo in einem Verlies sitzt und auf Rettung wartet. Wir müssen einfach herausfinden, was passiert ist. Wir sind es den beiden Mädchen schuldig.«

Als Hanna in die Abfahrt einbog, bremste sie den Wagen ab. Eine kleine Schlange hatte sich an der Einmündung gebildet und sie mussten warten.

»Weißt du, das Dumme an der Ermittlungsarbeit ist, dass vieles, was wir tun, völlig umsonst ist«, sagte sie. »Und wenn wir nicht mehr herausfinden, dann bleibt dieser Fall ungelöst. Das ist eben das Schicksal eines Ermittlers.« Die Einmündung war frei und Hanna bog in Richtung Flensburg ab.

»Ich verstehe nicht, warum du damals dein Dezernat verlassen hast und in das LKA gewechselt bist«, sagte Lisa nach einer Weile des Schweigens. »Diese Arbeit ist doch viel interessanter, als den ganzen Tag vor dem Computer zu sitzen und Dateien zu vergleichen. Warum wolltest du in den Innendienst?«

Hanna legte den Kopf leicht schräg und schaute in den Rückspiegel. »Weißt du, wenn du lange genug im Schmutz gewühlt hast, dann reicht es irgendwann. Außerdem war die Stelle beim LKA besser dotiert. So ist es oft bei der Polizei. Der Ermittlungsdienst ist anstrengend und belastend. Man schlägt sich so manche Nacht um die Ohren, oftmals umsonst, und man kriegt das gleiche Geld wie die Kollegen, die Tag um Tag im Warmen sitzen. Und am Ende arbeitet man sich auf, nimmt seine Leichen mit nach Hause, bis sie einen nicht mehr in Ruhe lassen. Aber keiner fragt danach, als Ermittler musst du funktionieren, verstehst du?«

Vor einer Ampel mussten sie stoppen. Hanna betrachtete nachdenklich das Rotlicht. »Vielleicht gibt man irgendwann auch auf, weil man oft genug nichts erreicht und am Ende die Verbrecher lachend aus dem Gerichtssaal marschieren«, murmelte sie. »Das Schicksal ist eben grausam und die Welt ungerecht. Wir können da nicht viel daran ändern.«

11

Rudolf Thiele, der Apotheker, hatte mit der Betreuerin seines Sohnes gesprochen und sie hatte einem Treffen mit Sven zugestimmt. Natürlich nur in ihrem Beisein und nicht mehr als zwanzig Minuten, denn der Junge sei äußerst sensibel. Ein paar Fotos und einen Eindruck, zu mehr würde es nicht kommen. Das war zwar weitaus weniger, als Justin erwartet hatte, aber es war zumindest ein Anfang.

Er verließ sein Zimmer und ging die Treppe hinab. Im Foyer stand die Wirtin des *Klosterkrug*es hinter dem Empfangspult und sortierte Schlüsselanhänger. Justin verzögerte seinen Schritt und blieb stehen. »Frau Töngens, hätten Sie kurz Zeit?«

»Ja, bitte?« Sie zog eine Schublade auf und legte die Schlüsselanhänger hinein.

»Ich habe mit Herrn Staufert gesprochen. Wegen der Sache, damals, dem Verschwinden der beiden Mädchen.«

Magda Töngens schaute Justin herausfordernd an. »Und?«

»Sie hatten damals der Polizei gegenüber geäußert, dass Sie einen VW-Bus hier im Ort gesehen hatten, möglicherweise einen dänischen Bus, wenn ich richtig informiert bin.«

Magda Töngens nickte gleichgültig. »Ja, hab ich.«

»Könnten Sie mir erzählen, wo Sie den Bus …«

»Na, da draußen!« Sie zeigte durch das Fenster hinaus auf den Kirchplatz. »Da fuhr er langsam um den Baum, hielt kurz an. Ausgestiegen ist niemand. Der Bus stand da wohl mindestens fünf Minuten, dann ist er weitergefahren, zurück auf die Hauptstraße in Richtung Mardorf.«

»Ein weißer VW-Bus mit rostiger Seitentür?«

»Stimmt, und auf dem Kennzeichen stand GA, die Zahlen habe ich mir nicht gemerkt.«

»Und es war sicher ein Däne?«

»Das weiß ich nicht. Staufert meinte, es ist dänisch, daraufhin zeigte mir die Polizei ein dänisches Kennzeichen und es sah genauso aus wie das auf dem Bus.«

»Können Sie sich noch daran erinnern, wann das war?«

»Die Kirchturmuhr schlug viermal, als der VW-Bus weitergefahren ist, deswegen kann ich das ganz genau sagen, es war um vier.«

»Vielen Dank.« Justin legte seinen Zimmerschlüssel auf den Tresen. »Ich komme erst heute Abend wieder, es kann spät werden.«

»Was heißt spät?«, fragte Magda Töngens.

»Nach Mitternacht.«

»Da bin ich noch wach«, antwortete sie.

Justin ging zu seinem Wagen. Den Laptop trug er bei sich. Er umrundete den Audi, doch diesmal schien alles in Ordnung. Justin schloss auf und wollte einsteigen, da sah er einen Fetzen Papier, der hinter dem Scheibenwischer auf der Fahrerseite klemmte. Justin griff nach dem Zettel und blickte sich aufmerksam um, doch außer einer Frau mit einem weißen Hund vor der Kirche und einem Mann mittleren Alters, der den Baum inmitten des Kirchplatzes betrachtete, war niemand zu sehen. Justin ließ sich auf den Fahrersitz sinken und faltete die Nachricht auseinander.

Wenn du wissen willst, was passiert ist, dann treffen wir uns heute um Mitternacht, und halte dein Handy bereit. Komm alleine und zu niemand ein Wort, sonst wird nichts daraus, dann wirst du nie erfahren, was damals passiert ist.

Justin schluckte. Er fuhr sich über das Kinn. Schließlich stieg er wieder aus und ging zurück in den Gasthof. Der Zettel, ein abgerissener Teil eines linierten DIN-A4-Blattes, war mit einem Computer geschrieben. Justin überlegte, was er tun sollte.

»Da sind Sie ja wieder«, sagte Frau Töngens, als er erneut vor dem Empfangspult stand.

»Ja … ja«, stotterte Justin. »Ich muss noch mal … Ich brauche meinen Schlüssel.«

Die Wirtin reichte ihn Justin und blickte ihm verständnislos nach, als er einfach wortlos weiterging. »Was ist denn mit dem los?«, murmelte sie und schüttelte den Kopf.

*

Martin Trevisan deponierte seinen Koffer in der kleinen Einliegerwohnung im Erdgeschoss und verließ das Haus, um den Ort zu erkunden. Er lief die Höhingstraße in Richtung Kirchplatz entlang. Kleine verklinkerte Häuschen mit sauberen Vorgärten säumten den Straßenrand. Die Sonne schien und nur wenige Wolken bedeckten den ansonsten blauen Himmel. Die letzten Tage im April waren warm und trocken gewesen und der Mai stand vor der Tür. Die Meteorologen hatten für die nächsten Tage weiteren Sonnenschein versprochen, erst gegen Ende der Woche war wechselhaftes Wetter vorausgesagt.

Er bog auf den Kirchplatz ab, auf dem in der Mitte eine große Linde stand. Darunter standen zwei Bänke im Schatten des Baumes und daneben war ein Brunnen, in dem von Zeit zu Zeit eine kleine Wasserfontäne in die Höhe schoss. Vor der Telefonzelle unweit der Kirche blieb er stehen. Die Kirchturmuhr schlug zwölfmal. Er hatte Hunger. Eine Frau ging an ihm vorüber, die einen weißen Pudel an der Leine ausführte. Kurz blieb Trevisan stehen. Gegenüber parkte ein roter Wagen vor einer Gaststätte. Ein junger Mann war in den Wagen eingestiegen, um kurz darauf wieder auszusteigen und in dem Wirtshaus zu verschwinden. *Klosterkrug* stand auf einer Werbetafel über der Tür. Ein kleiner Imbiss wäre jetzt genau das Richtige.

Einen alten Fall neu aufzurollen, war schwierig, denn inzwischen hatte sich das Vergessen über das Szenario gelegt, dennoch hoffte Trevisan, dass er irgendwo auf einen Hinweis stieß. Doch um ihn herum war nichts weiter als sonnenwarme Luft. Die Frau mit dem Hund ging erneut an ihm vorüber, aber diesmal führte sie zwei Hunde mit sich. Zu dem weißen Pudel hatte sich ein zweiter gesellt.

Trevisan beschleunigte seinen Schritt und hielt auf das Gasthaus zu. Als er am Brunnen und den beiden Bänken vorüberging, fielen ihm die Bierflaschen in einem Mülleimer direkt unter dem Baum auf. Zehn waren es bestimmt, schätzte er.

Eine Treppe mit drei Stufen führte zum Eingang des *Klosterkruges*. Als er an dem roten Pkw vorbeiging, schaute er auf das Kennzeichen. Der Wagen, ein Audi, stammte aus Hannover.

Trevisan betrat die Gaststätte. Eine Tür mit der Aufschrift Gastraum zweigte rechts des Flures ab, in gerader Richtung stand ein Empfangspult, hinter dem ein Schlüsselbrett hing. Trevisan öffnete die Tür zum Gastraum. Die meisten Plätze waren frei, nur am Stammtisch neben dem Tresen saßen drei Männer mittleren Alters.

Trevisan suchte sich einen Tisch aus, von dem er den Tresen wie auch den Stammtisch beobachten konnte. Eine Frau, Trevisan schätze sie auf etwa sechzig, tauchte hinter dem Tresen auf und trug zwei Teller zum Stammtisch. Es roch angenehm nach Braten.

Nachdem die Frau die Teller aufgetragen hatte, wandte sie sich Trevisan freundlich zu. »Guten Tag. Darf es etwas zu trinken sein?«

Trevisan bestellte sich ein Bier. Die Frau verschwand und kehrte nach einer Weile mit einem Bier und der Speisekarte zurück. »Heute haben wir Rinderbraten mit Gemüse und Kartoffeln auf der Mittagskarte.«

Trevisan nickte und schob die Karte zurück. »Sehr gerne«, antwortete er.

Der Mann, der aus dem roten Audi gestiegen war, befand sich nicht unter den Männern am Stammtisch, die sich angeregt unterhielten. Trevisan versuchte ein paar Wortfetzen zu erhaschen, doch sie sprachen leise.

Er musste nicht lange warten, bis die Wirtin das Essen servierte. »Guten Appetit«, wünschte sie, als sie den Teller vor ihm platzierte. »Sie machen hier wohl Ferien?«

»Ganz recht«, antwortete Trevisan. »Ein klein wenig ausspannen.«

»Haben Sie schon eine Unterkunft?«

»Ja, ganz in der Nähe.«

»Gut, dann lassen Sie es sich schmecken und noch einen schönen Aufenthalt in unserer Gegend«, sagte die Wirtin.

»Ist der Reporter noch immer da?«, rief ihr einer der Stammtischler hinterher.

Die Frau wandte sich zu ihm um. »Noch die ganze Woche.«

Der Mann mit den dunklen Haaren und der Brille beugte sich verschwörerisch vor und sagte etwas zu seinem Tischgenossen, das Trevisan nicht verstehen konnte. Er widmete sich seinem Teller und aß. Das Essen war geschmacklich akzeptabel und vor allem war der Teller reichlich gefüllt.

Noch bevor Trevisan fertig war, betrat ein großer, schlanker Mann mit graumelierten Haaren den Gastraum und setzte sich zu den anderen an den Stammtisch. Unter seiner beigen Jacke schaute ein gelbes Hemd hervor, dazu trug er Jeans.

»Na, Thomas, Feierabend?«, begrüßte ihn die Wirtin.

»Es reicht jetzt, heute Mittag muss ich nach Neustadt mit dem Wagen, Kundendienst«, antwortete der Graumelierte, dessen Hemd Trevisan an eine Polizeiuniform erinnerte.

Ein Mann am Stammtisch, ebenso groß wie der Grauhaarige, jedoch eine ganze Spur kräftiger, mit pechschwarzen Haaren, die sich um eine Stirnglatze rankten, erhob sich. »Ich muss zurück in die Praxis«, sagte er und ging hinüber zum Tresen.

Ein weiterer Gast in grauem Anzug und rosafarbenem Hemd tat es ihm nach. »Heute Nachmittag habe ich Stress, eine Betriebsprüfung steht an.«

»Ha, Dieter, da werden sie dich wohl endlich mal drankriegen«, scherzte der Grauhaarige.

»Keine Chance«, antwortete Dieter. »Bei mir stimmt alles. Aber du solltest dich endlich um den Schnüffler kümmern, das tut nicht gut, wenn der hier herumstreift.«

»Wir sind ein freies Land«, antwortete der Grauhaarige.

Trevisan aß seinen Teller leer und trank sein Bier. Als die Wirtin das Geschirr abräumte, zahlte er. »Wo geht es hier denn zum Bannsee?«, fragte er die Frau.

Am Stammtisch erstarben die Gespräche und die beiden verbliebenen Männer wandten Trevisan für einen Augenblick die Köpfe zu.

»Raus, rechts und dann immer der Straße nach«, antwortete die Frau. »Aber zum Steinhuder Meer geht es die andere Richtung.«

»Ich will mir mal die Gegend um den Bannsee anschauen«, antwortete Trevisan.

»Dort gibt es aber nichts zu sehen, was einen Wanderer interessieren könnte.«

»Es soll dort ein paar Torfgruben geben«, antwortete Trevisan

»Ja, da gibt es ein paar, aber bleiben Sie auf dem Weg«, rief ihm der graumelierte Mann vom Stammtisch zu. »Wäre nicht das erste Mal, dass jemand da reingerät und wir ausrücken müssen, um ihn herauszuholen.«

»Sie sind Feuerwehrmann?«, fragte Trevisan.

Der Grauhaarige schüttelte den Kopf. »Ich bin Polizist in Mardorf. Kann ich Ihnen helfen?«

Trevisan schüttelte den Kopf. »Nein, ich will hier nur ein paar Tage ausspannen und wandern. Ein Verwandter von mir verdingte sich ein paar Jahre als Torfstecher, deshalb möchte ich mal sehen, wie so eine Grube aussieht.«

Der Polizist nickte. »Ach so. Aber wie gesagt, passen Sie auf. Wenn Sie vom Weg abkommen, kann es gefährlich werden. Die Gruben sind aufgeweicht und manche voller Schlamm, da kann man leicht drin versinken.«

Trevisan lächelte freundlich. »Vielen Dank, ich werde Ihren Rat beherzigen.«

*

Lisa wandte sich ab und fuhr sich über die feuchten Augen. Das Mädchen, das hinter der Glassscheibe regungslos im Bett lag, mit zerschundenem Körper und verschwollenem Gesicht, sah bemitleidenswert aus. Schläuche und Kabel führten von ihrem Körper zu Geräten und Monitoren.

»Wir sind noch keinen Schritt weiter«, seufzte Hauptkommissar Seelmann.

»Wie steht es mit den Ermittlungen in Dänemark, gibt es da etwas Neues?«, fragte Hanna.

»Es sieht schlecht aus«, berichtete Seelmann. »Die Mädchen, die man in Padborg aus den Fängen dieser Verbrecher befreit hat, waren schon an ein Bordell in Holland vermittelt. Es sieht so aus, als wäre die Gruppe in den Menschenhandel von Ost nach West verwickelt. Es gibt Verbindungen zu den Rotlichtvierteln in Holland, Deutschland und Schweden. Die Kerle hatten das gut organisiert. Die Mädchen wurden über eine Arbeitsvermittlung in der Ukraine angeworben und dachten, sie würden in Deutschland als Haushälterinnen und Wirtschafterinnen arbeiten. Aber in Wirklichkeit nahm man ihnen die Pässe ab, hielt sie gefangen und machte sie gefügig. Später sollten sie in den Rotlichtbezirken arbeiten, wo man ihnen versprach, wenn sie zwei Jahre ordentlich anschafften, bekämen sie ihre Pässe zurück und könnten wieder abreisen oder auch hier bleiben. Die gekidnappten Mädchen vom Steinhuder Meer passen da überhaupt nicht in das Muster, deshalb müssen wir davon ausgehen, dass eure Radfahrerinnen nicht unbedingt mit den Rockern zu tun haben.«

»Das würde bedeuten, dass wir auf einer völlig falschen Spur sind«, antwortete Hanna. »Aber es gibt einen Hinweis auf einen dänischen VW-Bus.«

»Ich weiß, ich kenne die Aktenlage«, antwortete Seelmann. »Deswegen laufen die Ermittlungen mit Dänemark auch noch, aber es ist schwierig, mit der Reichspolizei vernünftig zusammenzuarbeiten. Die benehmen sich manchmal wie ein Geheimdienst und geben nicht alle Details preis.«

Hanna fasste Lisa an der Schulter. »Ist alles in Ordnung?«

Lisa schüttelte den Kopf und wischte sich eine Träne von der Wange.

»Erstes Gebot im Ermittlungsdienst: nichts an sich heranlassen«, flüsterte Hanna Lisa ins Ohr. »Das ist unser Beruf und wir müssen objektiv arbeiten können. Unsere

Empfindungen dürfen keine Rolle spielen. Meinst du, du schaffst es?«

Lisa atmete tief ein, schließlich nickte sie. Gemeinsam verließen sie die Intensivstation. Als sich die grüne Tür hinter ihnen schloss, sprang eine Frau von einem Stuhl auf und eilte auf Hauptkommissar Seelmann zu.

»Ist sie wach, hat sie etwas gesagt?«, fragte die Frau, die wohl Anfang fünfzig war und ihre Haare zu einem Zopf zusammengebunden hatte. Sie wirkte ausgezehrt und kraftlos.

Seelmann schüttelte den Kopf. »Aber sobald sich etwas ändert, sage ich Bescheid, versprochen.«

Die Frau nickte. Enttäuschung stand deutlich in ihr Gesicht geschrieben, als sie sich umwandte und zurück zu ihrem Stuhl ging, der neben einem Blumenkübel stand. Ohne weitere Worte setzte sie sich nieder und blickte zu Boden.

»Wer ist das?«, fragte Hanna.

»Das ist die Mutter von Melanie Reubold«, erklärte Seelmann. »Sie ist hier, seit bekannt wurde, dass man Tanja aufgriff. Sie hat das Mädchen dort drinnen sofort wiedererkannt. Seitdem sitzt sie den ganzen Tag auf diesem Stuhl und wartet darauf, dass Tanja wieder zu sich kommt, um sie zu fragen, wo ihre Tochter ist.«

»Das ist schlimm, sehr schlimm«, stöhnte Hanna.

»Das ist alles, was sie hat«, entgegnete Seelmann. »Ein kleines Stück Hoffnung, mehr hält das Schicksal im Augenblick wohl nicht für sie bereit.«

12

Trevisan verließ den *Klosterkrug* und bog nach rechts ab. Vorbei an der Arztpraxis ging er Richtung Norden, den Wiesenweg entlang. Auf einer Radwanderkarte hatte er alles für den Fall Relevante eingezeichnet. Er ließ den Autohändler rechts liegen, schlenderte am Grubhof vorbei, wo Bauer Tjaden wohnte, und ging in Richtung Waldrand. Ausgedehnte Wiesen und Obstbaumgrundstücke säumten seinen Weg. Ein kleines Hinweisschild an einem Baum wies den Weg zum Bannsee. Der Streckenangabe nach war er noch drei Kilometer entfernt.

Am Waldrand zog Trevisan seine Karte hervor und orientierte sich. Er fragte sich, ob die Mädchen damals diesen Weg gefahren waren, verwarf aber den Gedanken, da von Neustadt ein weitaus kürzerer Weg schätzungsweise zwei Kilometer weiter östlich in den Wald führte. Wahrscheinlich hatten sie damals den anderen Weg genommen, denn laut Aktenlage waren niemandem im Ort die Mädchen aufgefallen.

Trevisan schnaufte ordentlich, als er an die Weggabelung kam, wo der Wiesenweg mit dem von Neustadt kommenden Weg zusammentraf. Er blieb stehen und betrachtete die Umgebung. An einem Baumstamm entdeckte er ein Schild in Form eines Pfeils, das auf den Bannsee hinwies, eine weitere Hinweistafel zeigte den Weg zum Campingplatz und in die Nachbargemeinde Schneeren. Trevisan ging weiter nach Westen und folgte der angegebenen Richtung zum Bannsee.

Nach einem weiteren Kilometer warf er wieder einen Blick auf seine Karte. Eine Lichtung tat sich rechts des Weges auf. Dort gab es eine Feuerstelle aus lose zusammengelegten Steinen. Ein paar angesengte Äste lagen darin. Trevisan trat näher und musterte die Umgebung. Er untersuchte die Feuerstelle und fand einige angesengte Kronkorken der gleichen Biersorte, die er auch im Abfalleimer auf dem Kirchplatz von Tennweide gesehen hatte. Wahrscheinlich nutzten die

Jugendliche aus dem Ort diesen Platz, um ungestört feiern und trinken zu können.

Er fasste in seine Hosentasche und zog die Fotos hervor, die damals vom möglichen Tatort und dem Umfeld gemacht worden waren. Zwar hatte sich einiges verändert, doch im Groben entsprachen die Fotografien noch immer der tatsächlichen Umgebung. Unweit dieses Platzes hatte der junge Apothekersohn laut Akten die Halskette eines der Mädchen gefunden. Trevisan betrachtete das Polizeifoto der Lichtung, die beiden großen Bäume waren augenfällig und dienten ihm als Orientierung. Alles passte, sogar die Feuerstelle, die sich damals allerdings etwas näher am Weg befunden hatte.

Trevisan ging auf dem Waldweg Richtung Bannsee weiter, der sich wohl knapp einen Kilometer weiter westlich befinden musste. Nach weiteren dreihundert Metern traf er auf eine Kreuzung. Ein Waldweg zweigte nach Süden ab, ein weiterer führte nach Norden. Er blickte sich um, dichter Wald umgab ihn. Undurchdringliches Gestrüpp mit dornigen Ästen säumte die beiden abzweigenden Wege. Hier hinein würde wohl kaum jemand seine Opfer zerren, es kam also nur die kleine Lichtung als Tatort in Frage. Nach den Fotografien musste hier die Stelle sein, an der Sven Thiele, der Apothekersohn, die Halskette gefunden hatte.

Trevisan ging wieder zurück zur Lichtung, die sich schlauchförmig in den Wald erstreckte, bis dichtes Buschwerk sie im Norden begrenzte.

»Ja, hier … hier könnte es gewesen sein«, murmelte er. Ruhig, abgeschieden, dichter Baumbestand und ein von Buschwerk umsäumter Platz, zweifellos ein idealer Ort für einen Überfall.

Trevisan orientierte sich erneut auf seiner Karte und lief weiter nach Westen. Er passierte die Feldwegkreuzung und setzte seinen Weg zum Bannsee fort, bis wieder ein Weg nach Süden abzweigte. Er folgte ihm und suchte nach der Stelle, wo Bauer Tjaden die Räder gefunden hatte.

Beinahe hätte er den fast zugewucherten Weg übersehen,

der von Sträuchern und Farnen eingerahmt wurde und weiter in Richtung Westen führte. Auch auf den Polizeifotos von damals war er nur schwer zu erkennen, lediglich zwei Fahrspuren führten durch das Gestrüpp ins Dickicht. Offenbar hatte sich die Natur in den letzten drei Jahren Stück um Stück der Fahrspur wieder zurückgeholt.

Trevisan schlug sich in die Büsche und folgte den überwucherten Spuren. Nur langsam kam er voran, denn die Vegetation wurde immer üppiger. Damals war der Weg den Fotos nach in einem besseren Zustand gewesen. Etwa fünfzig Schritte kämpfte er sich voran, dann überwucherte dichtes Dornengestrüpp die Fahrspuren. An für sich war dieser Platz kein schlechtes Versteck. Wenn nicht zufällig Bauer Tjaden hier mit seinem Traktor unterwegs gewesen wäre, dann hätten die Räder wohl noch eine ganze Weile hier unentdeckt gelegen.

Tjaden hatte damals ausgesagt, dass die Räder gut sichtbar direkt neben dem Gebüsch abgelegt worden waren. Einerseits sprach das dafür, dass sich die Täter wohl keine sonderliche Mühe gegeben hatten, sie verschwinden zu lassen. Andererseits, angesichts der üppigen Vegetation, die den Weg säumte, konnte es auch reiner Zufall gewesen sein. Vielleicht hatten die Täter nicht damit gerechnet, dass dieser Weg überhaupt befahren wurde.

Bis auf den gleichförmigen Singsang einiger Vögel war es vollkommen still. Trevisan schaute auf seine Uhr, beinahe eineinhalb Stunden waren vergangen und noch immer war er keiner Menschenseele begegnet. Er setzte sich auf einen alten Baumstumpf und grübelte eine Weile. Dann verließ er die Lichtung und folgte dem Weg bis zum Bannsee.

Er war überrascht, denn mit einem See hatte dieses ausgetrocknete Stück Stein und Staub nichts zu tun. Lediglich ein kleines Biotop innerhalb einer Baumgruppe mit brackigem Wasser gab es hier zu bewundern und die Luft war von einem fauligen, modrigen Gestank erfüllt. Er ging zurück auf den Weg. *Campingplatz 1,5 km*, hieß es auf einem weiteren

Schild, das an einen Baum genagelt worden war und in Richtung Westen zeigte.

Trevisan kehrte um, er hatte genug gesehen. Für ihn stand fest, dass in erster Linie die vom Bannsee knapp zwei Kilometer entfernte Lichtung als Tatort in Frage kam. Er ging zurück ins Dorf. Als er in der Ferienwohnung ankam, war er vollkommen durchgeschwitzt. Seine Schuhe waren von einer dicken Schicht Schlamm überzogen. Vor dem Haus zog er sie aus und ärgerte sich, dass er kein zweites Paar eingepackt hatte. Er war müde und seine Glieder schmerzten, doch eine warme Dusche schaffte Abhilfe. Es wurde Zeit fürs Abendessen. Noch bevor er sich wieder angezogen hatte, klingelte sein Handy.

*

Hanna und Lisa waren mit Hauptkommissar Seelmann auf die Flensburger Dienstelle gefahren, und er wies sie in die aktuelle Aktenlage ein. Leider gab es noch immer keine neuen Erkenntnisse.

»Wir wissen, dass Tanja aus einem fahrenden Wagen gestoßen wurde, wir wissen, dass sie stark heroinabhängig ist und wir wissen durch den DNA-Test, dass es sich um die verschwundene Tanja Sommerlath handelt. Außerdem konnten wir den Tatort ermitteln und haben ein paar Faserspuren sichergestellt, die zu Autositzen der Marken, VW, Audi, Seat, Fiat, Lada, Renault, Dacia und Peugeot passen. Mehr wissen wir derzeit leider nicht.«

»Und es ist ausgeschlossen, dass sie selbst aus dem Wagen gesprungen ist?«, fragte Hanna.

»Wir gehen davon aus, dass sie herausgeworfen wurde«, entgegnete Seelmann. »Der Rechtsmediziner hat das Mädchen untersucht und Druckstellen festgestellt, die dafür sprechen, dass sie jemand an ihren Armen festhielt. Außerdem befanden sich Hämatome an ihrem Oberbauch, die nicht vom Sturz stammen und darauf hindeuten, dass sie getreten wurde. Wir haben mal versucht, eine Wagentür bei hundert Stundenkilometern zu öffnen. Das ist gar nicht leicht, deswegen nehmen wir an, dass ein Bus im Spiel war, der über Schiebetüren verfügt. Da passt euer VW-Bus wieder ins Bild. Und Dänemark wäre ja auch nicht weit entfernt, wenngleich die Ermittlungen der dänischen Reichspolizei gegen die Rockerbande unsere Theorie eher entkräften.«

»Mal angenommen, jemand will das Mädchen ein für alle Mal loswerden«, überlegte Lisa laut. »Da gäbe es doch ganz andere Methoden. Außerdem muss der Täter ja damit rechnen, dass die Ermittlungsmaschine wieder auf vollen Touren anläuft.«

»Verbrecher begehen nun einmal Fehler«, entgegnete Seelmann. »Es könnte im Affekt geschehen sein, ein Streit oder so etwas. Leider ist die Hinweislage sehr dünn und ich habe überhaupt keine Ahnung, wie wir weiterkommen sollen.«

Hanna trank einen Schluck Kaffee und blickte nachdenklich auf die Straßenkarte, die an einer Tafel aufgehängt war und mit einem roten Pfeil den vermeintlichen Tatort zeigte. »Wie viele Kilometer sind es noch bis Dänemark?«

Seelmann erhob sich und zeigte auf die Karte. »Keine zwanzig Kilometer und Grenzkontrollen braucht man nicht zu fürchten, die wurden ja abgeschafft in unserem grenzenlosen Europa.«

»Vereinigte Staaten von Europa, Paradies für reisende Verbrecher«, sinnierte Lisa. »Wenn nur die Zusammenarbeit zwischen den Ländern besser klappen würde!«

Seelmann nickte eifrig. »Mit den Esbjerger Kollegen gibt es keine Probleme, aber mit der Reichspolizei ist es da schon anders, die halten sich oft bedeckt.«

»Und manche Anfragen dauern Jahre«, bekräftigte Hanna.

»Eine andere Frage«, lenkte Seelmann die Unterhaltung auf den Fall der verschwundenen Mädchen zurück: »Wenn ich mich richtig erinnere, wurde der Rucksack der verschwundenen Melanie Reubold an einem Autobahnparkplatz aufgefunden und da wurde eine DNA-Spur gesichert. Habt ihr schon mit den dänischen Kollegen …«

»Unser neuer Boss hat das schon in die Wege geleitet«,

entgegnete Lisa »Er kennt jemanden bei der Polizei in Esbjerg, aber bislang haben die sich nicht gemeldet. Auch die Recherche nach dem Kennzeichen des Busses ist bislang noch am Laufen.«

»Haben das damals die Kollegen von der Soko vergessen?«

Hanna schüttelte den Kopf. »Nachdem sie einen Verdächtigen aus dem Ort verhaftet hatten, war es ihnen wohl nicht mehr so wichtig. Die Anfrage wurde damals über das BKA an die dänische Verkehrsbehörde gestellt, doch von dort aus teilte man lapidar mit, dass alle Fahrzeuge über 2,8 Tonnen mit einem G-Kennzeichen ausgestattet und noch nicht alle im Zentralen Verkehrssystem erfasst sind. Offenbar hat dann niemand von der Soko mehr danach gefragt.«

»Obwohl sie den Falschen verhaftet hatten«, wandte Seelmann ein.

»Der Leiter der damaligen Soko ist mittlerweile pensioniert«, erklärte Lisa. »Wir haben mit ihm gesprochen. Er glaubt immer noch, dass der junge Apothekersohn der Mörder ist und ihm sein Vater bei der Beseitigung der Leichen geholfen hat.«

»Und jetzt leitet Martin Trevisan aus Wilhelmshaven eure Abteilung.«

»Sie kennen ihn?«, fragte Hanna.

»Ich hatte mal mit ihm zu tun«, entgegnete Seelmann. »Ich glaube, es gibt keinen, der gründlichere Arbeit abliefert. Er war jahrelang Leiter der Mordkommission in Wilhelmshaven und hatte einige spektakuläre Fälle.«

»Er bringt frischen Wind in unsere Abteilung«, antwortete Hanna. »Und ich hoffe, dass wir die Kerle schnappen, die den Mädchen das angetan haben.«

»Das hoffe ich auch.«

*

Justin Belfort hatte schon mehr als einmal den Zettel hervorgekramt und nachdenklich betrachtet. Sollte er tatsächlich zu dem Treffen erscheinen? Er haderte mit sich. Was, wenn das eine Falle war? Die Reifen hatte man ihm ja schon zerstochen. Hatte es der Absender dieser Nachricht jetzt auf ihn abgesehen?

Er rief in der Redaktion an, wo sich Sina meldete. Von ihr erfuhr er, dass Nina und Henry nach Padborg gefahren waren, um dort vor Ort zu recherchieren. Monika Keppler war nach Düsseldorf zu einer Redaktionskonferenz gefahren. Einen Augenblick lang dachte er darüber nach, sie auf dem Handy anzurufen, doch er verwarf den Gedanken.

Sollte er die Polizei einschalten? Doch was wäre, wenn er seinen unbekannten Informanten für immer verscheuchen würde? Er solle alleine kommen, ansonsten würde er nie erfahren, was sich dort im Wald vor drei Jahren zugetragen hatte – das war eigentlich eindeutig. In Gedanken erörterte er das Für und Wider. Als es draußen dunkel wurde, verließ er den *Klosterkrug* und betrat den Laden von Peter Staufert, wo er sich eine ordentliche Taschenlampe kaufte.

Gegen zehn klingelte sein Handy und eine tiefe, verzerrte Stimme meldete sich. »Komm alleine, wir treffen uns am Bannsee, du weißt, wo das ist. Komm pünktlich, sonst verschwinde ich und du wirst nie erfahren, was damals passiert ist.«

»Wer sind Sie und woher haben Sie diese Nummer?«, fragte Justin, doch das Knacken in der Leitung verriet ihm, dass der Teilnehmer aufgelegt hatte.

Verdammt, diese Chance konnte er sich nicht entgehen lassen. In seinem Wagen lag eine Schreckschusspistole und außerdem hatte er immer noch das Handy. Das würde schon für seinen Schutz reichen. Außerdem würde er vorsichtig sein, aber er konnte diese Chance nicht ungenutzt verstreichen lassen. Er ging zurück in den *Klosterkrug* und wartete. Zwischendurch rief er noch einmal in der Redaktion an, doch dort meldete sich niemand mehr. Wahrscheinlich war auch Sina längst nach Hause gegangen. Er hinterließ eine Nachricht auf dem Anrufbeantworter. Ungeduldig wartete er, bis es endlich Zeit wurde, als das Telefon erneut klingelte.

»Ja?«, meldete er sich.

Erneut drang die verzerrte tiefe Stimme aus dem Lautsprecher. »Ich weiß, was damals passiert ist, und ich weiß auch, wer es war. Aber es ist nicht umsonst, es kostet ein Kleinigkeit. Zehntausend will ich dafür.«

»Ich … ich habe kein Geld hier, außerdem: Wer sagt mir, dass dies keine Falle ist?«

»Das ist dein Risiko, aber gut, wir können es auch sein lassen.«

»Nein, nein«, beeilte sich Justin zu widersprechen. »Aber ich brauche Beweise, schließlich sind zehntausend Euro eine Menge Geld. Und so viel kann ich jetzt auch nicht mehr auftreiben. Und jetzt sagen Sie mir, woher Sie meine Telefonnummer haben.«

»Sie machen es einem nicht besonders schwer, ein Klick genügt.«

»Also, was wollen Sie und was kriege ich dafür?«

Eine Weile herrschte Schweigen. Justin warf einen Blick auf das Display seines Handys, doch eine Nummer wurde nicht angezeigt.

»Fünfhundert wirst du wohl auftreiben können. Dafür gibt es einen kleinen Vorgeschmack, dann kannst du dich selbst davon überzeugen, dass ich keinen Blödsinn daherrede.«

»Wer bist du und wie kann ich dich erreichen, wenn dein kleiner Vorgeschmack Lust auf mehr macht?«, fragte Justin.

»Ich melde mich wieder.« Erneut knackte es in der Leitung.

Er steckte sein Handy ein und setzte sich auf das Bett. Schließlich atmete er tief ein und erhob sich. Er packte seinen Rucksack, griff nach der Taschenlampe, steckte seine Pistole in den Hosenbund und nahm den Laptop mit, der mit einer Webcam ausgestattet war und den er auf der Hutablage platzieren würde. Nun musste es ihm nur noch gelingen, den Informanten an das Heck des Wagens zu bugsieren. Zwar würde es dort draußen verdammt dunkel sein, aber was konnte der Fremde schon tun, wenn er zufällig von der Taschenlampe angestrahlt werden würde? Henry, der Produktionsfotograf, war ein Computerfreak, der würde schon dafür sorgen, dass ein ausreichend gutes und brauchbares Bild entstehen würde, mit man den Kerl später identifizieren konnte.

13

Trevisans Handy klingelte, Kristina Holt war am Telefon.

»Hallo, Martin. Ich bin leider noch nicht weitergekommen, die DNA-Überprüfung dauert noch an. Dafür habe ich aber zwei weiße VW-Busse ausfindig gemacht, die deiner Beschreibung entsprechen. Einer läuft noch in Kopenhagen und der andere wurde im letzten Jahr abgemeldet. An die Besitzer bin ich bislang noch nicht rangetreten. Der Bus aus Kopenhagen wird von einem Arzt gefahren, der stillgelegte Bus gehörte einem verheirateten Ingenieur aus Nordby. Beide sind bislang polizeilich nicht auffällig geworden.«

»Vielleicht kommen wir jetzt endlich einen Schritt voran«, antwortete Trevisan. »Hanna und Lisa sind in Flensburg, sie fahren morgen weiter zu dir. Vielleicht könntet ihr gemeinsam …«

»Ohne offizielles Ersuchen ist das schwierig, du kennst die Vorschriften«, entgegnete Kristina.

»Ein offizielles Ersuchen wurde schon damals über das BKA an die Verkehrsverwaltung gerichtet, es blieb aber ergebnislos. Nicht alle Fahrzeuge wären EDV-erfasst, hieß es damals.«

»Die Dateien sind erst 2001 zentralisiert worden, zuvor war es eine kommunale Aufgabe, das war ein großer Ermittlungsaufwand. Leider konnten sich eure Zeugen keine Zahlenkombination merken, das hat die Sache natürlich kompliziert. Aber ich werde sehen, was ich tun kann.«

»Es wäre natürlich möglich, dass der Wagen überhaupt nichts mit dem Verschwinden der Mädchen zu tun hat, aber vielleicht haben die Insassen etwas beobachtet, das wichtig für uns sein könnte.«

»Wir werden mal vorsichtig auf den Busch klopfen.«

Trevisan bedankte sich und beendete das Gespräch. Vielleicht hatten sie ja Glück. Er zog sich an und ging nach oben, wo Rosemarie Meierling das Abendessen im Esszimmer gerichtet hatte. Auf seine dreckigen Schuhe verzichtete er, er ging in Strümpfen.

»Hallo, Herr Trevisan«, begrüßte sie ihren Feriengast. »Zurück von Ihrem Spaziergang? Sie werden Hunger haben.«

Trevisan nickte und setzte sich auf die Eckbank.

Sie warf einen Blick auf seine weißen Tennissocken, dann trug sie Brot, Butter, Wurst, Käse und Gurken auf. »Es stört Sie doch nicht, wenn ich mich mit an den Tisch setze? Außerdem sollten Sie sich ein Paar Schuhe anziehen, man erkältet sich leicht auf den Fliesen, am Abend kühlt es schon ganz schön ab.«

»Leider habe ich meine Schuhe heute bei meinem Spaziergang ruiniert und vergessen, ein zweites Paar einzupacken.«

Rosi Meierling warf einen Blick auf seine Füße. »Vierundvierzig«, schätzte sie und verschwand im Flur, um kurz darauf mit einem Paar Turnschuhe aufzutauchen.

»Gehörten meinem Mann«, sagte sie und stellte sie vor Trevisans Füßen ab.

»Aber ich kann doch nicht …«

»Nehmen Sie sie ruhig, sie sind noch so gut wie neu. Haben Sie etwas dagegen, wenn ich Ihnen Gesellschaft leiste?«

»Ganz im Gegenteil«, antwortete Trevisan und schlüpfte in die Schuhe. Sie passten wie angegossen.

»Was wollen Sie trinken?«

»Haben Sie Wein?«

»Rot oder weiß?«

»Rotwein, bitte.«

Rosi Meierling verschwand in der Küche und kehrte kurz darauf mit zwei gefüllten Gläsern zurück. »Ich hoffe, er schmeckt«, sagte sie und stellte ein Glas vor Trevisan ab. »Greifen Sie zu!«

Trevisan hob das Glas und prostete Rosi Meierling zu.

»Sie leben hier alleine?«, fragte er.

»Ja, leider ist mein Mann vor ein paar Jahren gestorben. Ab und zu wohnt meine Tochter noch im Haus, aber die meiste Zeit bin ich hier alleine.«

»Ist das nicht ein klein wenig gefährlich, wenn Sie fremde Leute beherbergen und bei sich verköstigen?«

»Ach, wissen Sie, Herr Trevisan, ich mache das schon, seit wir dieses Haus geerbt haben. Die Einliegerwohnung haben wir damals extra aufteilen und mit separaten Eingängen versehen lassen. Mein Mann starb bei einem Unfall, er war Mitte vierzig, Sie können sich vorstellen, was die Rentenversicherung zahlt. Da blieb mir nichts anderes übrig, als mit den Vermietungen weiterzumachen. Über die Jahre bekommt man einen Blick für die Menschen und ich schaue mir meine Mieter an, bevor ich sie in meine Wohnung lasse.«

Trevisan griff nach einem Brot und nahm eine Scheibe vom westfälischen Schinken.

»Haben Sie sich schon in der Gegend umgeschaut? Der See ist um diese Jahreszeit noch ruhig und beschaulich, aber in drei Wochen sind Ferien, dann wimmelt es hier nur so vor Touristen.«

»Ich bin in die andere Richtung gegangen, Richtung Bannsee«, erklärte Trevisan.

»Wieso, da gibt es doch nur stinkende Torfgruben?«

»Ich gehe gerne im Wald spazieren«, antwortete Trevisan, der nicht zu früh sein dienstliches Interesse am Bannsee offenbaren wollte. »Ihre Tochter studiert?«

Rosi Meierling schüttelte den Kopf. »Sie besucht eine Hotelfachschule im Allgäu.«

»Wie alt ist sie denn?«

»Sie ist einundzwanzig. Ich bin ganz froh, dass sie ein klein wenig Abstand zu all dem hier gewonnen hat und recht selbständig geworden ist. Das Leben hier in einem kleinen Dorf ist nicht immer angenehm, vor allem, wenn man seiner Tochter nicht viel bieten kann. Da geraten manche schnell auf die schiefe Bahn, wenn das Umfeld nicht stimmt.«

Trevisan neigte den Kopf ein Stück zur Seite. »Und ich dachte, gerade auf dem Land ist die Welt noch in Ordnung.«

»Na ja, es gibt schon ein paar Rabauken hier, die einem das Leben schwer machen können. Die feiern bis spät in die

Nacht, trinken Alkohol und – Sie wissen schon, das ist kein ideales Umfeld. Aber das hat Sarah nun hinter sich. Wenn sie ihre Ausbildung abgeschlossen hat, dann will sie in eines der großen Hotels im Ausland. Aber ich will Sie nicht mit meiner Familiengeschichte langweilen. Haben Sie auch Kinder?«

Trevisan nickte. Sie plauderten noch eine Weile und tranken ein zweites Glas Wein, ehe sich Trevisan auf sein Zimmer zurückzog. Auf alle Fälle, so dachte er, würde es sich lohnen, noch etwas mehr über die Menschen und den Ort zu erfahren.

*

Justin Belfort war nach Neustadt zur Bank gefahren und hatte fünfhundert Euro von seinem Konto abgehoben. Dann fuhr er zurück und über den Wiesenweg hinaus zum Bannsee. Den Wagen stellte er in der Nähe ab und schlug sich in die Büsche. Er hatte sich eine warme Decke mitgenommen, denn abends fielen die Temperaturen noch immer unter zehn Grad.

Er suchte sich einen Ort, von dem aus er trotz der Dunkelheit den Wagen beobachten konnte, bei dem er die Parkleuchte eingeschaltet ließ. Justin breitete die Decke aus und legte sich auf den weichen Boden. Die Pistole hielt er griffbereit. Die Webcam war ausgerichtet und eingeschaltet, nun konnte der unbekannte Hinweisgeber ruhig kommen.

Der aufkommende Wind rauschte in den Baumwipfeln. Ab und an ließ ihn das Knacken eines Zweiges oder ein Rascheln im Gebüsch zusammenfahren. Angespannt lauschte er in die Dunkelheit und langsam breitete sich in der Kühle der Nacht die Feuchtigkeit auf dem Waldboden aus. Ein Blick auf seine Armbanduhr verriet, dass es kurz vor Mitternacht war, als er Motorengeräusch vernahm, das sich langsam näherte und plötzlich verstummte. Kein Zweifel, jemand war im Anmarsch, die Nachricht war kein Scherz gewesen. Justin hob den Kopf ein Stück und versuchte einen Blick auf den Weg zu erhaschen, doch die Dunkelheit und das Buschwerk verwehrten ihm die Sicht.

Er wartete und lauschte. Das Messer lag in seiner rechten Hand, die Schreckschusspistole hatte er griffbereit neben sich gelegt. Er zuckte zusammen, als er Schritte hörte. Leise, gedämpfte Schritte, dann ein Knacken. Jemand näherte sich und benutzte nicht den Weg, sondern kam durch den Wald. Der Strahl einer Taschenlampe schälte sich aus der Finsternis. Weit entfernt noch, doch der Fremde kam direkt auf Justin zu.

Justin drückte sich tief auf die Decke und vermied jegliches Geräusch. Er beobachtete, wie der Strahl der Taschenlampe immer näher kam. Er wagte es nicht zu atmen, als der Fremde kaum vier Schritte entfernt vorüberstapfte. Der Mann verließ den Wald und ging mit schnellen Schritten auf den Wagen zu. Justin folgte der schemenhaften Gestalt mit den Augen. Schließlich umrundete der Fremde den Wagen und versuchte, die Fahrertür zu öffnen, doch Justin hatte abgeschlossen. Der Mann blieb stehen und ließ den Strahl seiner Taschenlampe über den Waldrand streifen. Justin duckte sich und wartete einfach nur ab. Die Taschenlampe erlosch.

»Hallo, wo sind Sie?«, flüsterte die dunkle Stimme in die Nacht.

Justin wollte erst sichergehen, dass der Fremde alleine war, und ließ den Schatten nicht mehr aus den Augen. Der war knapp einen halben Kopf größer als er selbst und erschien schlank. Da er nur flüsterte, ließ sich die Stimmlage nicht genau einordnen, doch auf alle Fälle war es ein Mann.

»Hallo!«

Justin drehte den Kopf und musterte die Umgebung. Niemand anders war zu sehen, nichts war zu hören. Er war mit dieser dunklen Gestalt alleine hier im Wald.

»Hallo, kommen Sie schon oder interessiert es Sie nicht, was ich Ihnen zu sagen habe?«, flüsterte der Fremde erneut, der leichte Wind wehte die Worte zu Justin herüber.

Justin überlegte. Sollte er aufstehen und sich zu erkennen geben oder sollte er einfach abwarten?

»Gut, wenn Sie nicht wollen, dann eben nicht!«, flüsterte

die Gestalt erneut und knipste die Taschenlampe wieder an. »Das ist die letzte Chance.« Die Taschenlampe bewegte sich auf den Waldweg zu. Der Fremde wollte gehen.

Justin holte tief Luft. »Was haben Sie für mich?«, fragte er.

Die Gestalt blieb stehen, der Strahl der Taschenlampe wanderte in seine Richtung, doch Justin blieb in seiner Deckung liegen und duckte sich tief auf die Decke.

»Verdammt, was soll das Spielchen, wo sind Sie?!«

»Sagen Sie mir, was Sie für mich haben!«, rief Justin.

Der Fremde zog einen Umschlag aus seiner Jacke und leuchtet ihn an. »Das könnte Sie interessieren, aber ich sagte schon, es ist nicht umsonst.«

»Was soll das sein?«

»Darin befindet sich ein Tonband, das sicherlich interessant für Ihr Käseblatt ist.«

»Was wollen Sie dafür?«

»Fünfhundert, das sagte ich bereits.«

»Glauben Sie, ich nehme so viel Geld mit in den Wald? Und außerdem, warum treffen wir uns nicht einfach bei Tag?«

Justin hörte ein Knacken hinter sich. Blitzschnell wandte er sich um und schaute in den gleißend hellen Strahl einer Taschenlampe. Er riss die linke Hand hoch und versuchte sich zu erheben. »Was soll …«

Das letzte Wort verklang in einem dumpfen Schlag. Es war, als würde sein Kopf zerspringen, bevor es dunkel und still um ihn wurde.

*

Sina hatte zum vierten Mal vergeblich versucht, Justin über das Handy zu erreichen. Als sie heute Morgen in die Redaktion gekommen war, hatte sie auf dem Display des Redaktionstelefons gesehen, dass Justin am gestrigen Abend mehrfach angerufen hatte.

Außerdem hatte er eine Nachricht auf dem Anrufbeantworter hinterlassen, die das Gerät etwa um 20 Uhr aufgezeichnet hatte. »Hallo, Sina, gib Monika Bescheid, hier hat sich etwas ergeben. Ich treffe mich heute Nacht mit einem Informanten, ich bin gespannt, was er zu erzählen hat.«

Sie spielte die Nachricht erneut ab und wählte nochmals die Handynummer von Justin Belfort – vergeblich.

Die Tür wurde geöffnet und Monika Keppler betrat die Redaktion. Sie hielt eine Ausgabe der *HAZ* in der Hand und warf sie vor Sina auf den Schreibtisch. »Hast du das schon gelesen?«

Sina griff nach der Zeitung. Unter den Bildern der beiden verschwundenen Mädchen von Tennweide hieß es: *Verschollenes Mädchen bei Flensburg wieder aufgetaucht.*

»Die Polizei sucht erneut nach Zeugen, die Angaben zum Verschwinden der Mädchen machen können«, erklärte Monika Keppler. »Offenbar sind die endlich aufgewacht. Das heißt, wir müssen unseren Zeitplan ändern und die Reportage vorziehen. Hast du Justin schon erreicht?«

»Ich habe es mehrmals versucht, aber er meldet sich nicht.«

»Was soll das heißen?«

»Ich weiß es nicht, aber er hat gestern gegen acht angerufen und auf den AB gesprochen. Er sagte, dass er einen Informanten treffen will.«

»Wann hast du zuletzt mit ihm gesprochen?«

»Gestern, so gegen Mittag«, antwortete Sina. »Er wollte mit dir sprechen.«

»Er hat mich aber nicht angerufen.«

»Ich habe ihm erklärt, dass du in Düsseldorf bist.«

Monika Keppler griff nach der Zeitung und schaute auf ihre Armbanduhr. Es war kurz nach zehn. »Du musst ihn unbedingt erreichen. Nina und Henry kommen heute Abend zurück, sie haben mit ein paar Nachbarn dieser Rockerbande gesprochen und Bilder vom Anwesen geschossen. Wir treffen uns heute Abend um acht zur Konferenz. Nachdem sämtliche Zeitungen über den Fall berichten, läuft uns die Zeit davon. Niemand liest die Reportage noch, wenn es der Polizei gelingt, den Fall aufzuklären.«

Sina nickte und griff erneut nach dem Telefon. Sie wählte Justins Nummer, doch ihr Versuch blieb erfolglos.

»Versuch es weiter, ich möchte, dass er heute Abend hier ist, klar?«

»Klar!«, bestätigte Sina.

14

Trevisan war nach dem Frühstück zunächst zum See gegangen. Frau Meierling war nach Neustadt zum Einkaufen gefahren. Zuvor hatte sie sich Trevisans Schuhe vorgenommen und sie wenigstens einigermaßen vom Schlamm befreit. Als er wieder zurück nach Tennweide kam und über den Kirchplatz, sah er eines der Fahndungsplakate im Schaufenster des Friseurladens hängen. Er betrachtete es eine Weile, schließlich ging er weiter und betrat den Laden von Peter Staufert.

Ein glatzköpfiger, untersetzter Mann war damit beschäftigt, Illustrierte in einen Zeitungsständer zu räumen und begrüßte ihn mit einem »Guten Morgen«.

Trevisan schaute sich im Laden um, wo neben Elektroartikeln unter anderem Zeitungen, Brötchen und diverse Lebensmittel angeboten wurden. Staufert hatte aus seinem ehemaligen Elektrogeschäft einen richtigen Gemischtwarenladen gemacht und war konkurrenzlos in dem kleinen Ort am Ufer des Steinhuder Meeres.

»Womit kann ich dienen?«, fragte Staufert.

»Ich brauche Batterien für meinen Fotoapparat«, sagte Trevisan und warf einen Blick auf die Zeitung, wo die Konterfeis der beiden verschwundenen Mädchen zu sehen waren. Trevisan griff nach einem Exemplar und überflog die Zeilen. »Das ist ja hier passiert«, sagte er und versuchte, überrascht zu klingen.

Der Geschäftmann ging hinter dem Tresen und legte ein paar Batterien für Trevisan zurecht. »Ja, das war hier, dort hinten im Wald.« Der Mann zeigte in Richtung Norden. »Das ist jetzt beinahe drei Jahre her. Wahrscheinlich wurden die Mädchen entführt. Eines ist vor zwei Wochen wieder aufgetaucht.«

»Hier?«

»Nein, oben im Norden, an der dänischen Grenze. Die Polizei geht davon aus, dass eine Rockerbande aus Dänemark die Mädchen verschleppte. Ich habe damals sogar den VW-Bus gesehen. Ein dänischer VW-Bus, so ein Campingwagen, verstehen Sie.«

»Das haben Sie aber der Polizei gesagt, oder?«

»Selbstverständlich«, antwortete der Glatzköpfige. »Aber kam wohl nichts bei raus.«

Trevisan zuckte mit der Schulter.

»Sie sind nicht von hier?«, stellte der Ladenbesitzer fest.

»Ich mache ein paar Tage Urlaub«, erzählte Trevisan. »Ich wohne bei Frau Meierling, gleich um die Ecke, und versuche ein paar Tage auszuspannen.«

»Ach, bei der Rosi. Das ist schön, die kann das Geld gut brauchen.«

»Ja.«

»Da sind Sie ganz gut aufgehoben. Und sie hat es nicht einfach. Muss sich alleine durchschlagen, die Arme, mit all den Problemen, die ihr die Kinder machen. Ihr Mann ist gestorben, saß im Rollstuhl und wollte über die Straße. Der Laster hat ihn einfach umgefahren. Wird immer rücksichtsloser, unsere Welt.«

»Ist das Ihr Laden?«, fragte Trevisan, um vom Thema abzulenken und endlich wieder zur Sache zu kommen.

»Die Rosi hatte wirklich Pech, zuerst verliert der Johannes beide Beine im Betrieb und dann, kaum zwei Jahre später, wird er vom Laster überrollt. Und was zahlen die Versicherungen? Einen feuchten Kehricht, sage ich Ihnen. Eigenverschulden, sagen sie. Wenn man zahlt, ist man gut genug, aber wenn man Hilfe braucht, dann steht man alleine da. Na ja, bei der Rosi geht es Ihnen sicher gut. Genießen Sie die Tage, hier ist eine sehr schöne Gegend rund um den See. Ich würde auch am liebsten mal für ein paar Tage ausspannen, aber wer kümmert sich dann um das Geschäft? Die Jugend interessiert das nicht mehr, die wollen fort, in die Stadt, was erleben, verstehen Sie.«

Trevisan nickte ungeduldig. »Das ist also Ihr Laden«, stellte er noch einmal fest.

»Ja, ich bin der Besitzer.«

»Draußen steht *Elektro-Staufert*, aber Sie verkaufen hier allerlei andere Dinge.« Trevisan ließ seinen Blick über die Regale schweifen.

»Ja, wissen Sie, das mit den Elektroartikeln geht nicht mehr so wie früher«, erklärte Staufert. »Mittlerweile gibt es überall große Märkte und mit den Preisen kann kein Einzelhändler konkurrieren, deswegen habe ich meine Palette erweitert. Schließlich muss man ja irgendwie überleben.«

»Und die Mädchen verschwanden hier am See«, lenkte Trevisan das Gespräch wieder auf das Thema.

»Nein, hinter dem Dorf im Wald am Bannsee, das ist ein kleiner, meist ausgetrockneter Tümpel. Da habe ich auch das Auto gesehen. Leider habe ich mir das Kennzeichen nicht gemerkt, aber es war dänisch, da kenne ich mich aus.«

Trevisan zeigte auf die Batterien.

»Vier Euro«, sagte der Ladenbesitzer.

Trevisan zahlte und verabschiedete sich. Nachdem er den Laden verlassen hatte, schaute er auf seine Armbanduhr. Es war kurz vor Mittag, er ging am *Klosterkrug* vorbei und zögerte einen Augenblick. Auf dem Schild vor dem Gasthaus wurden Rouladen als Tagesessen angeboten. Das Frühstück lag schon einige Zeit zurück und sein Magen meldete sich mit einem Grummeln.

*

»… alles stand in Flammen und der Kerl stand mit erhobenem Schwert direkt vor Trevisan und seiner Tochter«, erzählte Kristina Holt. »Ich habe einfach nur abgedrückt.«

»Dann haben Sie ihm und seiner Tochter das Leben gerettet«, stellte Hanna fest.

»Ja, so war das wohl.« Kristina lenkte den Saab in den kleinen Feldweg und schaltete in den zweiten Gang.

»Und hier in dieser Einsamkeit wohnen tatsächlich noch Menschen?«, bemerkte Lisa, als die dänische Kommissarin den Wagen über die holperige und staubige Piste zum Waldrand lenkte.

»Diese Häuser am Waldrand sind sehr begehrt«, erklärte sie. »Es gibt viele, die in der Stadt arbeiten und auf dem Land wohnen. Die Fahrten nehmen sie in Kauf. Manche haben auch ein kleines Zimmer in der Stadt oder eben ein Wohnmobil, so wie Berglund.«

»Ich bin gespannt, was uns erwartet«, sagte Hanna.

Kristinas uniformierter Kollege, der auf dem Beifahrersitz saß und für die Gegend hier zuständig war, räusperte sich. »Berglund wohnt hier mit seiner Frau und drei Hunden. Es ist nett und freundlich. Seit ich ihn kenne, fährt er schon seine Busse. Er arbeitet in Esbjerg für die Stromgesellschaft und ist Ingenieur. Seine Frau leitet den Kinderhort im Dorf.«

»Ein ganz normaler Staatsbürger«, bemerkte Kristina Holt. »Er hat nichts auf dem Kerbholz, zahlt pünktlich seine Steuern und zu den Rockern gibt es unseren Ermittlungen nach keine Verbindung.«

»Er hat letztes Jahr einen neuen Bus gekauft, weil der alte einen Motorschaden hatte«, fügte Malt, der uniformierte Polizist, hinzu. »War ja auch schon ein paar Jahre alt.«

Als sie die Steigung hinter sich gebracht hatten und sich dem Waldrand näherten, tauchten mehrere Gebäude vor ihnen auf. Das geräumige Haupthaus war hell getüncht, die roten Fensterläden bildeten einen reizvollen Kontrast. Zwischen den Nebengebäuden stand ein roter Campingbus, daneben ein dunkler Kleinwagen.

Lisa staunte. »Ich habe eigentlich eher so etwas wie eine Hütte erwartet, aber das ist ja ein richtig schnuckeliges Haus.«

»Er ist zu Hause.« Malt wies auf die offene Tür am Schuppen. Eine Dogge lag vor dem Haus und hob neugierig den Kopf.

Kristina stoppte den Wagen direkt vor der Zufahrt und hupte. Es dauerte ein paar Sekunden, bis ein großgewachsener, gut gebauter Mann in weißem Baumwollhemd und blonden, zu einem Zopf gebundenen Haaren aus dem Schuppen kam. Hanna schätze ihn auf Ende dreißig.

»Das ist Berglund«, bemerkte Malt.

»Überlassen Sie mir das Reden.« Kristina kurbelte die Scheibe herunter. »Hey, wir sind von der Polizei, können wir mit Ihnen sprechen, Herr Berglund?«, rief sie ihm auf Dänisch zu.

Inzwischen war eine zweite Dogge aufgetaucht, die sich vor Berglunds Beinen niederlegte, während der andere Hund aufgeregt den Wagen beobachtete.

»Ist etwas passiert?«

»Nein, wir haben nur ein paar Fragen.«

Berglund nickte, nahm die beiden Hunde und sperrte sie in den Schuppen. Kristina und die anderen stiegen aus. Sie präsentierte ihre Polizeimarke. Eine Frau mit langen blonden Haaren in einem langen, hellen Baumwollkleid kam aus dem Haus und gesellte sich zu Berglund.

»Ich bin Kristina Holt vom Kommissariat Arhus und Malt kennen Sie ja. Das sind zwei Kolleginnen aus Deutschland. Wir hätten ein paar Fragen an Sie.«

Berglund öffnete die Gartentür und trat einen Schritt zur Seite. »Kommen Sie. Das ist meine Frau Myra.«

Er führte seine Besucher zur Terrasse, wo er ihnen einen Platz anbot. Die Frau verschwand im Haus und kehrte mit Gläsern und einer Karaffe zurück, in der sich Limonade befand.

Kristina eröffnete das Gespräch auf Dänisch.

»Wir können auch Deutsch sprechen«, fiel ihr Berglund ins Wort.

»Schön, dann verstehen uns auch unsere deutschen Gäste«, sagte Kristina. »Kurzum, Sie hatten bis vor einem Jahr einen weißen VW-Bus mit dem Kennzeichen GA 12846. Wo ist der Wagen jetzt?«

Berglund zeigte auf den roten Campingbus, der genau das gleiche Kennzeichen trug. »Verschrottet, Motorschaden. Der Bus war beinahe dreißig Jahre alt. Ich habe ihn abgemeldet und den Ford dafür angeschafft.«

»Es geht um einen Vorfall, der beinahe drei Jahre zurückliegt«, erklärte Kristina. »Im September, am Steinhuder Meer, das liegt in der Nähe von Hannover.«

Myra Berglund setzte sich an den Tisch. »Wir fahren jedes Jahr in den Süden. Nach Deutschland oder nach Italien.«

»Es war in einem kleinen Ort namens Tennweide«, sagte Hanna und fing sich einen missbilligenden Blick von Kristina ein. »Damals wurde im Dorf ein weißer Bus mit dänischem Kennzeichen beobachtet, der zunächst im Ort vor einer Kirche hielt und ein paar Stunden später auf einem Waldweg in der Nähe des gleichen Dorfes herumfuhr. Ist es möglich, dass Sie das gewesen sind?«

»Vor drei Jahren«, murmelte Berglund und fuhr sich über das unrasierte Kinn. »Letztes Jahr waren wir in der Toskana, ein Jahr zuvor sind wir nach Österreich gefahren. Vor drei Jahren, ja, das könnte schon sein. Warum wollen Sie das wissen?«

»Damals verschwanden dort zwei junge Frauen«, erklärte Kristina. »Genau in dem Waldstück, aus dem der Bus kam. Meine beiden Kolleginnen wollen in Erfahrung bringen, ob der Wagen mit dem Verbrechen in Verbindung steht oder sich nur zufällig dort aufhielt.«

Myra beugte sich vor. »Ich glaube, das könnten wir schon gewesen sein.« Sie tippte ihrem Mann an die Schulter. »Da sind wir doch ins Allgäu gefahren, bei Mittenwald. Aber das Wetter war so schlecht, dass wir nach einer Woche wieder abgereist sind. Auf der Rückfahrt haben wir uns entschlossen, noch ein paar Tage Urlaub in Deutschland dranzuhängen. Dieser große See in der Nähe von Hannover, dahin wollten wir, aber wir sind dann doch weitergefahren, weil uns der Campingplatz nicht zusagte. Wir waren dann noch ein paar Tage in der Nähe von Hamburg.«

»Ja, stimmt«, sagte Berglund. »Ich erinnere mich. Zuerst haben wir uns verfahren, als wir nach dem Campingplatz suchten, und hielten in dem kleinen Ort. Und auf der Rückfahrt mussten wir unsere Hunde rauslassen, deswegen sind wir durch den Wald gefahren. Da war ein ausgetrockneter See oder so etwas, da haben wir sie springen lassen.«

»Dann waren Sie es definitiv«, stellte Hanna voller Überzeugung fest.

»Das könnte schon sein, aber den Ort selbst kenne ich nicht mehr. Wir haben noch immer die Landkarte«, sagte Berglund und erhob sich. Er ging zu seinem neuen Campingbus und kehrte nach kurzer Zeit mit einem Straßenatlas zurück. Nach kurzem Blättern schlug er die Seite rund um das Steinhuder Meer auf. Er beugte sich vor und zeigte mit dem Finger auf das Nordufer des Sees. »Dort ungefähr waren wir.«

Hanna schaute sich die Stelle unweit von Mardorf an. Tennweide selbst war nicht eingezeichnet, doch dort, wo Berglunds Finger lag, durfte sich der Ort befinden. »Wissen Sie noch, in welcher Zeit Sie sich dort aufgehalten haben?«

»Das war am Nachmittag, so zwischen drei, vier Uhr. Wir haben uns den Campingplatz angesehen und sind dann durch den Wald wieder zurück zur Autobahn gefahren. So zwei bis drei Stunden werden es wohl gewesen sein.«

»Haben Sie etwas Ungewöhnliches bemerkt, als sie dort durch den Wald zurückfuhren?«, fragte sie. »Personen, Fahrzeuge oder abgestellte Fahrräder?«

Berglund schüttelte den Kopf. »Wir haben dort niemanden gesehen, auch keine Fahrzeuge oder Fahrräder, aber ... Moment – kurz bevor wir den Ort erreichten, lief dort ein Mann mit einem Hund über die Wiesen, deswegen haben unsere Doggen ein ganz schönes Spektakel im Wagen veranstaltet. Aber mehr war da nicht.«

»Das Feuer«, wandte Myra ein. »Das Feuer auf der kleinen Lichtung in der Nähe des Dorfes.«

»Welches Feuer?«, fragte Lisa.

»Ach ja, richtig«, sagte Berglund. »Als wir durch den Wald fuhren, kamen wir an einer Lichtung vorbei, wo es eine Feuerstelle gab. Leute waren dort nicht, aber das Feuer hat dort gebrannt, zumindest hat es noch geraucht. Wir dachten, dass es wahrscheinlich nicht richtig gelöscht geworden war.«

»Wissen Sie noch, wo sich diese Lichtung etwa befand?«

Berglund schaute auf die Karte und fuhr mit dem Finger

eine schwarze Linie entlang, die durch den Wald führte. »Das muss der Weg durch den Wald sein, den wir damals gefahren sind. Diese Lichtung lag direkt am Weg, der Tümpel, an dem wir unsere Hunde laufen ließen, war nicht weit davon entfernt.«

»Wir sind dann wieder zurück auf die Autobahn gefahren und haben noch eine Woche Urlaub in Friesland verbracht. Das waren sehr schöne Tage bei herrlichem Spätsommerwetter«, fügte Myra Berglund hinzu.

Kristina warf Hanna einen fragenden Blick zu. Hanna nickte kurz. »Vielen Dank, Herr Berglund. Womöglich haben Sie uns sehr geholfen.«

»Sie sagten, dass dort zwei Mädchen verschwunden sind«, fragte Berglund. »Heißt das, sie wurden ermordet?«

»Wir stecken noch mitten in den Ermittlungen«, antwortete Hanna. »Aber vielen Dank erst mal. Vielleicht müssen wir noch einmal auf Ihre Aussage zurückkommen.«

»Jederzeit«, antwortete Berglund und nahm seine Frau in den Arm. »Wir helfen gerne, wenn wir können.«

*

Sina war der Verzweiflung nahe. Seit über vier Stunden versuchte sie Justin telefonisch zu erreichen. Sogar in der Pension hatte sie angerufen, doch der Journalist, so berichtete die Wirtin, sei nicht auf seinem Zimmer. Der Wagen wie auch die Zimmerschlüssel fehlten.

Nach einem weiteren erfolglosen Versuch wählte sie Monika Kepplers Nummer. »Justin meldet sich nicht, ich habe es jetzt die ganze Zeit über versucht. Er ist auch nicht in der Pension.«

»Was heißt das?«, blaffte die Chefredakteurin.

»Ich mache mir langsam Sorgen. Das ist ungewöhnlich, dass er nicht zu erreichen ist«, jammerte Sina.

»Wer weiß, wo er wieder steckt«, antwortete Monika Keppler erbost. »Diese Alleingänge sehen ihm ähnlich. Versuchen Sie es weiter, er kann ja nicht den ganzen Tag von der Bildfläche verschwinden.«

»Und wenn ihm etwas zugestoßen ist?«

Monika Keppler zischte abfällig. »Bestimmt treibt er sich wieder irgendwo herum. Ich habe ihm schon ein paar Mal gesagt, dass er solche Dinge mit uns absprechen soll. Wo kommen wir da hin, wenn jeder das macht, was ihm gerade einfällt. Wir arbeiten im Team und brauchen keine Solotänzer. Außerdem ist er am Steinhuder Meer und nicht in Chicago. Versuch es weiter und wenn du ihn erreichst, dann sage ihm, dass er sich sofort hier melden soll. Ich werde ihm seine Eskapaden schon austreiben.«

Sina legte auf. Sie erhob sich und trat an das Fenster. Draußen schien die Sonne und die noch jungen Blätter der Birken wiegten sich im Wind. Sie machte sich ernsthaft Sorgen um Justin. Was, wenn ihm etwas zugestoßen war?

Sie setzte sich wieder an den Schreibtisch und versuchte erneut, ihn zu erreichen. Nach dem zehnten Versuch gab sie auf.

15

Martin Trevisan faltete die Zeitung zusammen und legte sie neben sich auf die Bank. »Eine schreckliche Sache, die hier im Ort passiert ist.«

Rosi Meierling zog die Augenbrauen hoch. »Was meinen Sie?«

»Die Sache mit den beiden verschwundenen Mädchen im Spätsommer 1999, haben Sie den Bericht nicht gelesen?« Er griff nach der Zeitung und präsentierte Rosi Meierling den Artikel.

»Ich lese keine Zeitung, da stehen in letzter Zeit nur noch schlechte Nachrichten drinnen. Aber Sie haben recht, das war damals für uns alle ein Schock. Und für uns Vermieter war es ein ganz schlechtes Spätjahr – die Herbstwanderer blieben aus, nur weil irgendeine Zeitung Tennweide als Ort des Grauens titulierte. Dabei sollen die Mädchen, so erzählt man, nach Dänemark verschleppt worden sein.«

Trevisan legte die Zeitung auf die Bank zurück. »Damals ging man davon aus, dass sie ermordet wurden. Es wurde sogar ein Junge aus dem Ort verhaftet, steht da drinnen.«

»Ja, ich weiß«, seufzte Rosi Meierling. »Das war der Sven, der Sohn unseres Apothekers. Der Sven ist geistig behindert und trotz seines Alters noch immer wie ein Kleinkind. Aber der war das nicht, das wussten wir damals alle. Nur die Polizei war davon überzeugt, weil sie einen schnellen Erfolg vorweisen musste.«

»Der Junge wurde wieder freigelassen?«, fragte Trevisan.

»Ja, nach sieben Tagen. Man hatte ihn in eine geschlossene Anstalt eingewiesen. Seine Mutter starb kurz darauf und heute ist er im Heim, weil er die Haft nicht verkraftete und sich sein Vater nicht mehr alleine um ihn kümmern kann.«

»Sie kennen den Jungen wohl gut«, mutmaßte Trevisan.

»Als damals seine Mutter an Krebs erkrankte, habe ich mich eine Zeit lang um ihn gekümmert. Ich glaube, diese sieben

Tage in Haft haben ihm sein freundliches und offenes Wesen geraubt. Er hat es nicht verkraftet und blieb verschlossen und stumm, ganz anders als vorher.«

»Man fand ein Kettchen bei ihm, das einem der Mädchen gehörte«, zitierte Trevisan aus dem Zeitungsbericht.

»Er hat es wahrscheinlich gefunden.«

Trevisan horchte auf. »Zufällig, meinen Sie?«

»Ich weiß es nicht«, antwortete Rosi Meierling. »Aber der Sven tut niemanden was zuleide, das ist ein braver Kerl.«

»Im Bericht steht, dass er der Polizei die Stelle im Wald zeigte, wo er das Kettchen fand. Das war wohl in der Nähe einer Lichtung.«

»Er hätte denen alles gezeigt, was sie sehen wollten, und er hätte ihnen auch alles erzählt, was sie von ihm hören wollten. Ich kenne Sven.«

»Das klingt, als habe ihn die Polizei unter Druck gesetzt.«

»Hören Sie, Herr Trevisan, die Sache geht mich zwar nichts an, aber die Polizei hat sich wirklich nicht mit Ruhm bekleckert«, entgegnete Rosi Meierling. »Und unser Dorfpolizist war am schlimmsten von allen. Dabei hätte der am ehesten vor der eigenen Haustür kehren sollen. Egal, wahrscheinlich hat Sven das Kettchen tatsächlich im Wald gefunden, denn wie es scheint, soll ja eine dänische Rockerbande die Mädchen entführt haben. Sven war oft draußen unterwegs. Damals hieß es im Ort, dass die armen Mädchen wohl umgebracht und in irgendeiner ausgedienten Torfgrube verscharrt worden waren. Und da gäbe es schon welche hier im Ort, denen ich so etwas zutrauen würde. Warum, glauben Sie, bin ich froh, dass meine Sarah weit, weit weg ist von hier. Es kann mir gar nicht weit genug sein.«

»Sie halten wohl nicht viel von den Leuten hier im Ort?«

»Tennweide ist ein kleines Dorf, Herr Trevisan«, sagte Rosi Meierling. »Nachdem mein Mann starb und ich meine Tochter alleine großziehen musste, war es nicht einfach für uns. Sie wissen doch, es gibt immer ein paar, die meinen, weil sie Geld oder Macht besitzen, können sie sich alles erlauben.«

Trevisan zuckte mit der Schulter. »Ich verstehe nicht, was Sie meinen.«

»So manche Forscher haben recht, wenn sie behaupten, dass Menschen nichts anderes sind als Tiere mit einem Gehirn. Je kleiner der Ort, umso strenger ist die Hackordnung.« Rosi Meierling lächelte wehmütig. »Aber ich will Ihnen nicht den Abend verderben, Sie sollen sich hier bei mir und in unserem Ort wohlfühlen, Herr Trevisan«, schob sie nach, ehe sie sich erhob und in der Küche verschwand.

Trevisan aß kalten Braten und trank ein Glas Wein dazu. Seine Gedanken kreisten um das, was Rosi Meierling gerade erzählt hatte. Irgendetwas stimmte hier nicht. Und er wurde das Gefühl nicht los, dass er hier im Ort und bei Rosi Meierling genau an der richtigen Adresse war, um mit seinen Nachforschungen zu beginnen.

*

Monika Keppler klopfte nervös mit ihren Fingern auf die Tischplatte. Alle hatten sich um den Konferenztisch in der Redaktion versammelt, doch ein Stuhl blieb leer: der von Justin Belfort.

»Wir sollten die Polizei informieren«, gab Nina Bartel zu bedenken.

Monika Keppler fuhr sich nervös durch die Haare.

»Verdammt, wir müssen etwas unternehmen, wir können doch nicht untätig hier herumsitzen«, klagte Sina mit Tränen in den Augen.

»Ich weiß nicht ... Wir sollten bis morgen warten«, entgegnete Henry Blatter, der Fotograf. »Vielleicht ist er einer Sache auf der Spur und hat einfach nur keinen Handy-Empfang. Wenn wir die Pferde unnötig scheu machen ...«

Sina schoss in die Höhe, so dass der Stuhl hinter ihr umkippte. Provokativ warf sie ihr Handy auf den Tisch. »Ihr könnt euch selbst überzeugen, ich habe über zweihundertmal versucht, ihn zu erreichen. Da ist etwas passiert und wenn ihr die Polizei nicht verständigt, dann werde ich es tun.«

»Machst du dir Sorgen um einen Kollegen oder um einen Lover?«, fragte Monika Keppler ruhig.

Sina schaute sie ungläubig an.

»Du glaubst wohl, wir wissen nicht, dass ihr beide ein Verhältnis habt«, sagte die Chefredakteurin. »Sobald die Reportage im Kasten ist, hätte ich sowieso mit euch gesprochen. Es gibt klare Richtlinien und ein Verhältnis in der gleichen Abteilung, das geht nicht, da kommt die Arbeit zu kurz.«

»Justin wollte gestern Abend einen Informanten treffen«, erwiderte Sina. »Und jetzt ist er verschwunden. Da stimmt etwas nicht. Und das Bett in dieser Absteige ist unberührt. Glaubst du allen Ernstes, dass er einfach so verschwindet?«

Nina Bartel nickte. »Ich glaube Sina hat recht, außerdem: Was riskieren wir, wenn es sich als Fehlalarm herausstellt?!«

»Ich werde Toni informieren, er soll entscheiden«, antwortete Monika nach kurzer Überlegung. »Schließlich ist er der Boss.«

*

Hanna streckte und dehnte sich, nachdem sie den Dienstwagen in der Tiefgarage des LKA geparkt hatte und ausgestiegen war. Lisa hatte beinahe die gesamte Fahrt über geschlafen und brauchte eine Weile, bis sie zu sich kam. Sie hatten versucht, Trevisan zu erreichen und ihm die Neuigkeiten zu übermitteln, doch weder Hannas noch Lisas Handy hatte in Dänemark ein Netz gehabt, da sie vergessen hatten, eine Auslandsfreischaltung zu beantragen. Später, in der Nähe der Grenze, hatte sie es noch einmal probiert, doch Trevisan hatte sich nicht gemeldet. Wahrscheinlich schlief er bereits, dachte Hanna.

Zumindest konnte nach ihrer Fahrt nach Dänemark eine Beteiligung des dänischen VW-Busses an dem Verbrechen ausgeschlossen werden. Was gab es noch, das für eine Entführung der Mädchen durch eine dänische Rockerbande sprach? Nicht viel mehr als der Umstand, dass die verschollene Tanja in der Nähe von Flensburg aufgetaucht war. Blieben noch die Räder und der Rucksack sowie die Kette eines der Mädchen, als einzige verwertbare Spuren übrig. Der Fall wurde immer mysteriöser.

Lisa streckte sich und schaute auf die Uhr, es war kurz nach elf, mitten in der Nacht. »Ich bin hundemüde«, stöhnte sie.

»Wir gehen jetzt nach Hause und machen morgen weiter«, antwortete Hanna entschlossen. »Morgen früh um acht. Dann werden wir Trevisan schon erreichen. Ich bin gespannt, was er dazu sagen wird.«

16

Sie fuhren zum Polizeirevier in der Fuhrberger Straße. Das mehrstöckige Gebäude aus rotem Klinker lag an der Straße, die zur Medizinischen Hochschule führte. Ein Polizeibus parkte auf dem Parkplatz davor, der Besucherparkplatz war leer. Nur wenige Menschen waren noch unterwegs, als sie durch die Eingangstür das Revier betraten und in einer Sicherheitsschleuse landeten. Ein uniformierter Polizist mit den Körpermaßen eines Sumo-Ringers saß hinter der Panzerglasscheibe und blickte kurz auf. Auf der Bank gegenüber wartete ein junges Pärchen, eng umschlungen.

Monika Keppler trat an die Glasscheibe und klopfte. Den Polizisten schien die Anwesenheit von Besuchern im Vorraum nicht sonderlich zu interessieren. Er zeigte nur kurz mit dem Kugelschreiber auf die Bank und schrieb weiter in ein dickes Buch. Monika klopfte erneut.

»Warten Sie bitte, bis Sie dran sind!«, sagte der Polizist, ohne aufzuschauen. Der Lautsprecher in der Schleuse verlieh seiner Stimme ein metallisches Timbre. Monika wandte sich um und ging zur Bank, Sina folgte ihr.

Nach beinahe zehn Minuten wurde die Schleusentür geöffnet und ein dunkelhaariger, drahtiger Polizist streckte seinen Kopf durch den Türspalt. »Wer ist das mit dem Handtaschendiebstahl?«

Die junge Frau hob die Hand.

Monika Keppler erhob sich und ging auf den Polizisten zu. »Hören Sie, wir sind hier, um eine Vermisstenanzeige zu machen …«

Der junge Beamte zeigte auf die Bank. »Setzen Sie sich, der Kollege kommt gleich.«

Das junge Pärchen erhob sich und der Polizist trat einen

Schritt zur Seite und ließ es eintreten. Die Tür fiel mit einem lauten Schlag ins Schloss. Monika nahm wieder Platz. »Das ist unerhört, wie man hier behandelt wird«, seufzte sie.

Weitere fünf Minuten später kam ein kleiner, untersetzter Polizist mit einer Stirnglatze. Er öffnete die Schleusentür und schob seinen Körper durch den Spalt, ohne die Tür wieder zufallen zu lassen. »Sie gehören zusammen?«, fragte er.

»Ja, und wir warten schon eine ganze Weile«, antwortete Monika Keppler scharf. Sie erhoben sich und traten vor den Beamten, der die beiden Frauen freundlich musterte.

»Was ist Ihr Problem?«

Sina wischte sich eine Träne von der Wange. »Wir vermissen einen unserer Mitarbeiter«, sagte sie mit brüchiger Stimme.

»Einen Mitarbeiter?«, wiederholte der Beamte. »Seit wann?«

Monika Keppler legte ihre Hand an den Türgriff. »Hören Sie, wir wollen eine Vermisstenanzeige erstatten, aber nicht zwischen Tür und Angel.«

Die Miene des Beamten verfinsterte sich. »Sie müssen schon mir überlassen, wie und wo ich mit Ihnen spreche, werte Dame.«

»Er ist gestern Abend verschwunden«, berichtete Sina. »Er ist Journalist und arbeitet in unserem Verlag. Er ist im Auftrag des Magazins am Steinhuder Meer zur Recherche für eine Reportage. Ich habe heute den ganzen Tag vergeblich versucht, ihn zu erreichen, sogar in seinem Hotel habe ich angerufen, aber da war er nicht, das Bett war unbenutzt.«

»Wie alt ist der Mann?«, fragte der Polizist nüchtern.

»Er ist dreißig.«

»Hatte er Probleme, hat er einen Selbstmord angekündigt?«

Monika Keppler war knapp davor, aus der Haut zu fahren. »Ich wusste, dass es eine Schnapsidee ist«, mäkelte sie. »Hören Sie, Herr Polizist, unser Kollege recherchiert für eine Reportage, die in Kürze in unserem Magazin erscheinen wird. Es geht um einen ungeklärten Kriminalfall, der sich vor knapp drei Jahren am Steinhuder Meer zutrug. Im Mittelpunkt steht das Verschwinden von zwei jungen Frauen und die Unfähigkeit der Ermittlungsbehörden. Wenn Sie wollen, nehmen wir das hier gleich in unsere Reportage auf. Also, wie ist Ihr Name und wo ist Ihr Chef?«

»Er wollte gestern Abend einen Informanten treffen und seitdem ist er verschwunden«, fügte Sina hinzu.

Der Beamte wurde unsicher. »Wissen Sie, bei Erwachsenen ist eine polizeiliche Suche nicht so einfach. Verfolgt werden nur Anzeigen von nahen Angehörigen und auch nur, wenn eine hilflose Lage vorliegt oder Anhaltspunkte für einen Suizid vorhanden sind. Wissen Sie, manche Leute verschwinden einfach, weil sie die Nase voll haben, und wollen weder gefunden werden noch wollen sie, dass überhaupt nach ihnen gesucht wird. Schließlich gilt in Deutschland das Grundgesetz und jeder kann tun und lassen was er will, solange er nicht gegen Gesetze verstößt.«

»Reden Sie keinen Blödsinn!«, blaffte Monika Keppler. »Sie glauben doch nicht, dass mein Mitarbeiter, der übrigens bei uns einen gut bezahlten Job hat und außerdem mitten in einer Auftragsarbeit steckt, so einfach verschwindet. Sie sind ganz schön weltfremd, Herr Beamter.«

Die Adern an den Schläfen des Polizisten schwollen an. Doch bevor er antworten konnte, schob sich Sina an der Chefredakteurin vorbei und faltete bittend die Hände. »Bitte, Sie müssen uns helfen, ich spüre, dass da etwas passiert ist, bitte, bitte.«

Die Anspannung des Polizisten verflog, als Sina die Tränen über die Wangen kullerten. Schließlich atmete er tief ein und schob die Tür auf. »Also gut, kommen Sie herein.«

*

Es klingelte. Trevisan schnaubte kurz und drehte sich im Bett um, doch das Klingeln wollte nicht enden. Er öffnete die Augen und richtete sich auf. Ein müder Blick auf den Nachttisch und er erhaschte gerade noch den Moment, als sein Mobiltelefon herunterfiel. Dennoch gab es keine Ruhe.

Er beugte sich aus dem Bett, griff nach dem Handy und meldete sich.

»Guten Morgen, Kollege«, drang eine weibliche Stimme aus dem Apparat.

»Lisa?«

»Nein, Hanna hier, aber wir werden uns noch aneinander gewöhnen. Wir kamen gestern erst spät zurück und von Dänemark konnten wir nicht telefonieren. Es hat sich einiges ergeben.«

Trevisan war sofort hellwach. »Was denn, heraus damit.«

»Nicht so stürmisch, Herr Kollege«, scherzte Hanna. »Also gut, wir haben mit dem Fahrer des dänischen VW-Busses gesprochen. Es gibt keine Zweifel, dass es sich um den Fahrer des Busses handelt, der zur fraglichen Zeit in Tennweide war. Ein harmloser und unbescholtener Ingenieur, der bei den Stadtwerken in Esbjerg arbeitet. Er war mit seiner Frau auf der Rückfahrt aus Österreich und wollte noch ein paar Tage Deutschland dranghängen. Doch der Campingplatz behagte ihnen nicht, deswegen sind sie weitergefahren. Auf der Rückfahrt vom Campingplatz fuhren sie durch den Wald, um ihre Doggen Gassi gehen zu lassen.«

»Haben Sie irgendjemanden gesehen, die Radfahrerinnen oder jemand anderes?« Trevisans Jagdfieber erwachte. Er hüpfte aus dem Bett.

»Nein, niemanden. Nichts gehört, nichts gesehen, bis auf einen Mann, der durch die Wiesen stapfte und einen Hund ausführte. Aber da waren sie schon wieder kurz vor dem Dorf.«

Trevisan fuhr sich nachdenklich über die Stirn. »Ich glaube, dieser Ladenbesitzer Staufert hat ausgesagt, dass er den Weg am Grubhof entlanglief, als er den dänischen Wagen sah.«

»Dann dürfte das somit passen«, antwortete Hanna. »Außerdem sind das ganz normale Leute, die bislang nicht polizeilich in Erscheinung getreten sind und sich in verschiedenen sozialen Organisationen engagieren.«

»Sonst noch etwas?«

»Ja, da ist noch was«, antwortete Hanna. »Die Frau glaubt, dass sie auf einer Lichtung im Wald, kurz vor diesem ausgetrockneten Tümpel, in einer Feuerstelle noch Rauch aufsteigen sah.«

»Ich komme zurück, wir treffen uns in einer Stunde im Büro«, sagte Trevisan und beendete das Gespräch.

Er ging unter die Dusche und drehte das warme Wasser auf. Die Spur nach Dänemark war also erkaltet. Irgendwie hatte er von Anfang an nicht an eine Entführung durch dänische Rocker geglaubt, doch was war dann geschehen? Die Fahrräder und das Kettchen sprachen dafür, dass sich der Tatort im Umfeld von Tennweide befinden musste. Der Rucksack hingegen war nahe des Walsroder Dreiecks auf einem Parkplatz gefunden worden. Eigentlich ein ganz normaler Fall, bis auf die Tatsache, dass Tanja Sommerlath vor knapp zwei Wochen in Flensburg aufgetaucht war.

Er drehte den Wasserhahn zu und trocknete sich ab. Verdammt, in dieser Geschichte gab es eine Menge Ungereimtheiten. Was zum Teufel hatte er übersehen? Der Fall wurde immer verworrener.

*

Oberkommissar Klein parkte seinen Dienstwagen direkt vor dem *Klosterkrug* und betrat den Gasthof, wo die Wirtin Magda Töngens vor dem Empfangspult stand und den Fußboden kehrte. Als sie Klein sah, warf sie einen Blick auf die Uhr, die neben dem Eingang hing. Es war kurz nach zehn.

»Du bist zu früh«, sagte sie. »Du weißt doch, Mittagstisch ab halb zwölf.«

Klein blieb vor ihr stehen. »Ich bin dienstlich hier. Ich suche nach dem Presseschnüffler. Er hat doch noch ein Zimmer bei dir?«

»Bezahlt bis zum Wochenende, aber gesehen habe ich ihn nicht. Außerdem hat sein Verlag gestern ein paarmal angerufen. Ich bin raufgegangen, er hat das Zimmer in der Nacht nicht benutzt.«

»Kann ich es sehen?«

»Was?«

»Das Zimmer.«

»Ja, darf dich denn einfach reinlassen?«, fragte Magda Töngens.

»Es liegt eine Vermisstenanzeige vor, die Verlagsleute wissen nicht, wo er ist.«

»Das Zimmer ist zwar bis zum Wochenende gebucht, aber er hat auch am Samstag nicht hier übernachtet. Wahrscheinlich sucht er noch immer nach den Mördern der Mädchen.«

»Ich werfe einen kurzen Blick rein und gebe den Kollegen aus Hannover Bescheid. Weißt du, wann er weggegangen ist?«

»Vorgestern, irgendwann gegen Abend«, antwortete Frau Töngens. »Er muss spät weggefahren sein. Um neun stand sein Wagen noch draußen, am Morgen war er weg. Ich bin gegen sieben rausgegangen, um die Brötchen reinzuholen.«

»Und seither hat er sich nicht mehr gemeldet?«

»Nein, nur die vom Verlag wollten, dass ich nachschaue, ob er da ist.«

»Okay gut, zeig mir das Zimmer!«

Magda Töngens lehnte den Besen gegen die Wand, umrundete den Tresen und holte ihren Universalschlüssel aus der Schublade. Schließlich stiegen sie die Treppen hinauf.

»Den Schlüssel hat er auch mitgenommen«, murmelte die Wirtin, als sie aufschloss. Es war ein einfaches Einzelzimmer mit Duschbad. Ein Schreibtisch stand in der Ecke, ein grün bezogener Stuhl davor. Das Bett war unberührt. Oberkommissar Klein schaute in das Bad, wo Zahnbürste, Zahncreme, Deo und Duschgel standen. Ein Bademantel und ein benutztes Handtuch hingen an einem Haken. Klein öffnete den Kleidschrank. Darin stand ein kleiner Koffer, der Unterwäsche, eine Hose und zwei Hemden enthielt. In einem Plastikbeutel neben dem Koffer lagen verschmutzte Kleidung und Unterwäsche. Klein ging hinüber zum Schreibtisch. Ein Kabel schlängelte sich über den Boden. Er griff danach und zog einen kleinen schwarzen Kasten unter dem Schreibtisch hervor.

»Was ist denn das?«, fragte Magda Töngens.

Klein zuckte mit der Schulter. »Ich glaube, das gehört zu einem Laptop.«

»Du siehst selbst, er war nicht hier, hat aber seine Sachen dagelassen. Der wird schon noch kommen.«

»Na ja, vielleicht ist er ja wirklich nach Dänemark gefahren«, murmelte der Oberkommissar.

Frau Töngens fasste sich an die Stirn. »Ja, klar, du hast recht. Bevor er verschwunden ist, war er bei Peter im Laden und hat nach dem Bus aus Dänemark gefragt, den der damals gesehen hat. Mich hat er auch gefragt. Ich glaube, er hat irgendetwas von Dänemark gefaselt.«

Oberkommissar Klein grinste. »Siehst du, es klärt sich doch alles auf. Was gibt es heute?«

»Du weißt doch, Königsberger Klöspe, Kartoffeln und Gemüse.«

»Ich komme kurz nach zwölf«, antwortete der Polizist und ging die Treppe hinunter. »Jetzt gebe ich erst mal in Hannover Bescheid.«

17

Als Trevisan gegen zehn Uhr auf der Dienststelle ankam, saßen Hanna und Lisa bereits im Konferenzzimmer und sondierten die Hinweise, die nach der erneuten Presseveröffentlichung über den polizeilichen Meldeweg die Dienststelle erreicht hatten. Sie unterrichteten Trevisan bis ins Detail über ihre Dänemark-Erkenntnisse und übermittelten herzliche Grüße von Kristina Holt. Anschließend widmeten sie sich wieder ihrer Arbeit.

Trevisan nahm am großen Tisch Platz und beobachtete seine beiden Mitarbeiterinnen. Einige der Hinweise waren anonym eingegangen, andere widersprachen jeglicher Logik. So hatte zum Beispiel eine Frau aus Steinhude mitgeteilt, dass sie in ihrem Sommerurlaub auf Mallorca im Robinsonclub eine Animateurin getroffen habe, die der verschollenen Tanja Sommerlath bis in die Haarspitzen glich. Ein anderer Zeuge, anonym, glaubte bei einem Besuch in einem Bordell in Hamburg auf die verschwundene Melanie getroffen zu sein. Wieder eine andere Hinweisgeberin – welcher Sorte, war augenfällig – meinte am Tag der Tat ein seltsames Licht über dem Ort gesehen zu haben. Sie habe sich am See aufgehalten, als eine leuchtende Scheibe plötzlich steil in den Himmel aufgestiegen und in den Wolken verschwunden sei. Und eine Frau aus Minden stellte sich als Medium zur Verfügung. Sie sei mit übersinnlichen Fähigkeiten ausgestattet und würde eine Seance abhalten, wenn man ihr persönliche Gegenstände der verschwunden Mädchen zukommen ließe.

»Was machen wir jetzt mit all dem Mist?«, fragte Lisa und warf den Telex-Ausdruck achtlos auf den Tisch.

Trevisan ging zu einem Rollschrank, in dem verschiedenfarbige Ablagekörbe standen. Er nahm fünf heraus und stellte sie auf den Tisch. »Jemand muss die Meldungen sortieren. Was sachdienlich klingt, in den schwarzen Korb; rot wird alles, was plausibel klingt, aber noch weiterer Überprüfung bedarf. In den grünen Korb legen wir alle Untersuchungsaufträge für andere Dienststellen. Gelb ist für die fraglichen Hinweise und weiß wird der Ausschuss, also das, was wir von vornherein ausschließen können.«

»Und an wen hast du beim Überprüfen der Meldungen gedacht?«, fragte Hanna.

»An Lisa und dich, man braucht polizeiliche Erfahrung dabei«, antwortete Trevisan. »Außerdem ist das im Augenblick alles, was wir tun können, nachdem wir den dänischen Bus von der Liste streichen müssen.«

Hanna verzog ihr Gesicht. Mürrisch sagte sie: »Und was machst du, während wir hier ... sortieren?«

»Wir sind ein Team«, antwortete Trevisan. »Gute Ermittlungsarbeit funktioniert nur im Team. Und schließlich haben wir ja schon ein paar Fortschritte gemacht.«

»Ich habe aber das Gefühl, dass wir keinen Schritt vorwärts kommen«, wandte Lisa ein. »Im Gegenteil, wir drehen uns eher im Kreis.«

Trevisan trat vor die Tafel mit den Tatortaufnahmen und den wichtigsten Notizen. Nachdenklich betrachtete er die Bilder. Ein neues Foto zeigte Tanja Sommerlath in ihrem Krankenbett in Flensburg, mit all den Kabeln und Schläuchen, die zu den zahlreichen Apparaturen führten. »Irgendetwas stimmt hier nicht«, murmelte er und zeigte auf das neue Bild. »Das Mädchen in Flensburg ergibt überhaupt keinen Sinn. Wir müssen da was übersehen haben.«

Hanna schaute auf. »Was stimmt nicht, was meinst du damit?«

»Entführung oder Mord«, antwortete Trevisan. »Wenn die Mädchen tatsächlich entführt wurden und der Täter will sich seines Opfers entledigen, dann wirft er es doch nicht mitten auf eine Straße, wo es gefunden wird. Er muss doch damit rechnen, dass die Ermittlungen wieder aufgenommen werden.«

Hanna seufzte. »Genau das geht mir auch ständig durch den Kopf.«

»Wie war das mit der DNA-Spur?«

Lisa zog die Tastatur des Computers zu sich und rief die Ermittlungsdatei auf. »Der Rucksack wurde zwölf Tage später aufgefunden«, las sie vor. »Die SOKO hatte damals eine DNA-Überprüfung der männlichen Einwohner von Tennweide und der Region angeregt. Aber die Staatsanwaltschaft hat den Antrag verworfen, da sie aufgrund des Fundortes davon ausgingen, dass ein reisender Täter in Frage kommt, der zufällig in der Gegend war und keinen Bezug dazu hat. Ein zu großer Eingriff in die Persönlichkeitsrechte Unschuldiger, war die Begründung des Gerichts.«

»Und freiwillig?«

»Erinnere dich, damals gab es das DNA-Gesetz noch nicht und alles lief nur über den Verdächtigtenstatus«, wandte Hanna ein.

»Der Rucksack kann auch von jemandem aus dem Dorf dort abgelegt worden sein, um den Eindruck zu erwecken, dass der Täter nur auf der Durchreise war. Und vielleicht war damit auch beabsichtigt, eine DNA-Überprüfung im Ort zu verhindern.«

»An wen denkst du bei deiner Spekulation?«, fragte Lisa.

Trevisan zuckte mit der Schulter.

»Fest steht, dass eines der Opfer wieder aufgetaucht ist, und damit müssen wir von einer Entführung ausgehen«, widersprach Hanna.

»Bleiben die Rocker«, fügte Lisa hinzu.

Hanna lehnte sich zurück und fuhr sich über ihre langen blonden Haare. »Was machen wir jetzt?«

»Ich gehe zurück nach Tennweide und schnüffle dort noch etwas herum«, sagte Trevisan. »Ihr sondiert die eingehenden Mitteilungen. Vielleicht ist ja etwas Verwertbares darunter, dass uns weiterbringen könnte.«

Hanna schüttelte den Kopf. »Davon verspreche ich mir nichts.« Hanna und Lisa blickten beide mutlos drein.

Trevisan setzte sich auf einen Stuhl. »Hey, wir geben noch nicht auf. Manchmal hat man eben etwas Leerlauf – wer das

Geschäft lange genug gemacht hat, der weiß, dass es solche Phasen gibt. Aber meistens geht es weiter und ihr werdet sehen, wir sind noch lange nicht am Ende.«

Das Telefon klingelte. Lisa nahm den Hörer ab und meldete sich. Das Telefonat war kurz. Sie blickte auf. »Teufelchen will dich sehen.«

Trevisan atmete tief ein. »Okay, ab in die Höhle des Löwen«, schmunzelte er. Als er an Lisa vorüberging, klopfte er ihr auf die Schulter. »Auf geht's, wir schaffen das!«

*

Die beiden uniformierten Beamten standen im Foyer des Verlagshauses und warteten ungeduldig, bis Monika Keppler aus dem Aufzug stieg und auf sie zukam.

»Frau Keppler?«, fragte der ältere der zwei.

»Ja, richtig«, antwortete die Chefredakteurin.

»Sie haben gestern Abend Vermisstenanzeige erstattet und suchen Ihren Mitarbeiter?«

Monika Keppler war die Besorgnis anzusehen. »Ist ihm etwas zugestoßen?«, fragte sie unsicher.

Der Beamte schüttelte den Kopf. »Wir haben die Kollegen aus Mardorf verständigt, die heute Morgen in der Pension *Klosterkrug* Ermittlungen durchgeführt haben. Herr Belfort wurde dort nicht angetroffen ...«

»Ja, das wissen wir, deswegen waren wir ja bei der Polizei«, fiel ihm Monika Keppler ungeduldig ins Wort.

»Sie müssen mich schon ausreden lassen«, fuhr der Beamte missmutig fort. »Der Kollege konnte in Erfahrung bringen, dass Ihr Vermisster offensichtlich nach Dänemark gereist ist.«

Monika schüttelte den Kopf. »Das ist doch Blödsinn«, fuhr sie den Beamten an. »Er weiß doch, dass wir ein Team nach Dänemark zur Recherche geschickt haben, das war doch alles abgesprochen.«

»Vielleicht wollte er einfach selbst ...«

»Blödsinn!«, blaffte Monika Keppler. »Das hätte er nie gemacht, ohne es mit mir abzusprechen. Außerdem hatte er einen Termin zu einem Interview. Dort ist er nicht aufgetaucht. Ich sage Ihnen, da ist etwas passiert!«

»Wie ich den Akten entnehme, ist er ein erwachsener Mann, außerdem liegt weder eine hilflose Lage …«

»Das hat uns Ihr Kollege gestern schon erklärt. Hören Sie, Justin Belfort hat an einer Sache gearbeitet, bei der zwei Mädchen verschwunden sind. Wahrscheinlich wurden sie entführt. Er ist einer unserer besten Reporter und er ist absolut verlässlich. Es war abgesprochen, dass er sich um die Vor-Ort-Recherche kümmert, und dass nach Dänemark ein weiteres Team fährt. Außerdem hatte er einen Interviewtermin mit einer Schlüsselfigur in diesem Fall verpasst – glauben Sie mir, Justin Belfort würde ein solches Treffen niemals platzen lassen.«

»Das verstehe ich nicht.«

»Er hatte einen Interviewtermin mit einem jungen Mann, der in Langenhagen in der Psychiatrie sitzt. Glauben Sie, so ein Termin ist einfach zu kriegen?! Erst mal musste er den Vater und die behandelnde Psychiaterin davon überzeugen, dass es gut für den jungen Mann wäre, wenn er mit uns spricht. Glauben Sie allen Ernstes, dass er so eine Sache aufs Spiel setzt?«

»Vielleicht hat er sich nur verspätet und ist bereits auf dem Weg dorthin«, wandte der jüngere Beamte ein.

»Der Termin war heute Morgen«, sagte Monika Keppler. »Der Vater des Jungen hat hier angerufen und war ganz schön erbost. Er fragte, ob das ein schlechter Scherz sei. Und langsam frage ich mich, ob sich die Polizei ebenfalls einen schlechten Scherz mit uns erlaubt.«

»Hören Sie, Frau … Frau …«

»Keppler, K E P P L E R ist mein Name!«

»Hören Sie, Frau Keppler«, sagte der ältere Kollege. »Uns sind leider die Hände gebunden. Wir können nicht mehr für Sie tun. Er könnte persönliche Gründe haben, Schulden, ein Verhältnis oder so etwas in der Art, das ihn dazu veranlasste, einfach zu verschwinden. Solange er keine Straftaten begeht und sich nichts antut, können wir nicht eingreifen.«

Monika Keppler winkte ab und wandte sich erbost um. Ohne weitere Worte lief sie auf den Fahrstuhl zu. Plötzlich verlangsamte sie ihren Schritt.

»Warten Sie!«, rief sie den Beamten zu, die gerade im Begriff waren, das Gebäude zu verlassen. »Sie müssen nach ihm suchen, das ist Ihre Pflicht.«

Mürrisch drehte sich der Ältere um. »Wir haben Ihnen doch erklärt ...«

Monika Keppler blieb vor dem Polizisten stehen und grinste. Mit einer einfachen Handbewegung brachte sie den Polizisten zum Schweigen. »Der Wagen!«, sagte sie so laut, dass der Pförtner in der Loge sich umwandte.

»Wie bitte?«, fragte der Polizist.

»Es mag ja sein, dass wir kein Recht haben, jemanden daran zu hindern, dass er einfach verschwindet, aber dieser Jemand hat kein Recht, es mit unserem Wagen zu tun.«

»Was?«

»Justin Belfort fährt einen Dienstwagen und dieser Wagen gehört dem Verlag und ich glaube kaum, dass er das Recht hat, mit diesem Wagen zu verschwinden, aber der fehlt ebenfalls.«

Der junge Beamte griff in seine Jackentasche und holte eine Kopie der Vermisstenanzeige heraus. »Audi A4, rot, amtliches Kennzeichen H-DV 2099?«

»Ja, zugelassen auf die *Direkt* Medien AG, Hannover«, antwortete Monika Keppler.

»Das könnte ein unbefugter Gebrauch eines Kraftfahrzeugs oder eine Unterschlagung sein«, murmelte der Jüngere seinem älteren Kollegen zu.

Der Ältere war darüber sichtlich erbost. Mit griesgrämigem Blick wandte er sich der Chefredakteurin zu. »Stellen Sie auch Strafantrag? Das ist nämlich zwingend notwendig in so einem Fall.«

»Wenn es hilft, dass Sie endlich Ihre Arbeit machen, dann ja. Ich möchte Justin Belfort anzeigen!«

*

Der lange, in bläuliches Licht getauchte Flur schien schier endlos und als Trevisan um die Ecke kam, sah er gerade noch, wie der Pressechef des LKA durch eine Seitentür verschwand. Er war aus dem Büro von Engel gekommen. Trevisan beschleunigte seinen Schritt und ging an der Tür der Vorzimmerdame vorbei direkt auf Engels Büro zu. Er klopfte und öffnete, ohne auf Antwort zu warten.

»Mensch, Trevisan«, seufzte Engel, »wo haben Sie sich nur die ganze Zeit über herumgetrieben?«

»Ich führte Ermittlungen durch, schon vergessen?«, antwortet er trocken und schloss die Tür hinter sich.

»Hier ist die Hölle los, Sie können sich gar nicht vorstellen, was hier vor sich geht. Anfragen über Anfragen. Gerade war Kriminaldirektor Blessing hier, der Präsident ist genervt, er fragt, was wir eigentlich die ganze Zeit tun und was dieser erneute Presseaufruf soll.«

»Dann sagen Sie ihm, wir versuchen, einen Mörder zu fangen«, antwortete Trevisan gereizt. »Ich weiß nicht, was sich diese Schreibtisch-Strategen unter Ermittlungsarbeit vorstellen, aber ein Fall, der drei Jahre zurückliegt und wegen fehlender Spurenlage eingestellt werden musste, den löst man nicht an einem Tag. Vieles hat sich geändert, vieles muss neu untersucht werden. Sehen Sie, die Sache mit dem dänischen VW-Bus hat sich geklärt. Die Insassen, ein unbescholtenes Paar, haben absolut nichts mit dem Fall zu tun. Sie haben nur einen Campingplatz gesucht.«

»Ist das wahr?«

»Ermittelt und verifiziert.«

»Aber das würde ja bedeuten, dass …«

»… dass es keine zwingende Verbindung nach Dänemark gibt«, vervollständigte Trevisan Engels Satz.

»Aber dann …«

»Ja, genau, wir stehen mit den Ermittlungen wieder am Anfang«, erklärte Trevisan.

Engel ließ sich niedergeschlagen auf seinen Sessel fallen. »Was machen wir jetzt?«

Trevisan zog sich einen Stuhl an den Schreibtisch. »Wissen Sie, Kollege Engel, der Fall ist kalt, eiskalt. Es gibt sehr viele Ungereimtheiten und ich glaube, die Kollegen haben damals den Fehler gemacht und sich allzu früh auf einen Tatverdächtigen fixiert. Aus diesem Grund haben sie manche Spuren nicht weiter verfolgt oder sich mit lapidaren Phrasen abspeisen lassen. Wir müssen dafür sorgen, dass wieder Bewegung in die Sache kommt. Wir müssen Staub aufwirbeln. Nur wenn es uns gelingt, die Tage von damals in den Köpfen der Leute wieder aufleben zu lassen, wird es uns gelingen, die Täter zu verunsichern.«

»Was können wir tun?«

»Zunächst möchte ich mit dem Jungen sprechen«, antwortete Trevisan. »Er ist in Langenhagen untergebracht, aber er ist ein Zeuge. Wir bräuchten nötigenfalls einen Beschluss zur richterlichen Vernehmung.«

Engel kratzte sich an der Stirn. »Das wird aber nicht leicht werden, er steht unter Betreuung.«

»Wir müssen es versuchen. Es sind polizeiliche Ermittlungen und nötigenfalls müssen wir das zuständige Gericht über den Beschluss entscheiden lassen.«

»Ich werde sehen, was ich tun kann«, antwortete Engel.

»Außerdem werde ich Ihnen einen Antrag auf eine DNA-Reihenuntersuchung zukommen lassen, Sie müssen den zuständigen Staatsanwalt von der Dringlichkeit überzeugen. Darüber hinaus werden wir jetzt schon einen Presseartikel über die Reihenuntersuchung in den örtlichen Medien verbreiten, das sorgt für Verunsicherung.«

Engel wurde blass um die Nase. »Einen Massen-Gentest … Aber das wurde doch schon damals verworfen, weil der Fundort des Rucksacks nicht mit dem Tatort korrespondiert, deswegen war der Staatsanwalt der Ansicht, es fehlen ausreichende Verdachtsmomente.«

»Dann überzeugen Sie den Staatsanwalt, dass dies unser einziges Mittel ist und er den Antrag unbedingt beim zuständigen Gericht stellen muss. Die Begründung ist einfach:

Wir gehen davon aus, dass der Rucksack bewusst dort deponiert wurde, um vom Tatort und dem möglichen Täter abzulenken.«

Engel bekam große Augen. »Ja, Trevisan, haben Sie denn einen konkreten Verdacht?«

Trevisan lächelte. »Nein, aber ein Gefühl und das hat mich bislang noch nie getrogen.«

Engel überlegte, schließlich stimmte er zu. »Und was machen wir, wenn es nicht klappt?«

»Ich mache erst einmal Urlaub in Tennweide – inkognito, versteht sich. Es sollte jemand dort sein, wenn wir auf den Busch klopfen, damit man sehen kann, welche Blätter es von den Ästen weht.«

»Wenn das nur gut geht ... Der Chef macht mir die Hölle heiß.«

»In der Ungewissheit ist die Hoffnung ein getreuer Begleiter«, sagte Trevisan.

»Wie bitte?«

»Nichts. Aber ich verlasse mich auf Sie. Wir müssen da durch und zwar schnell, wenn wir vorankommen wollen.«

18

Tennweide lag friedlich in der untergehenden Sonne eines verklingenden Frühlingstages. Der Mai hatte begonnen und die Temperaturen kletterten auf angenehme fünfundzwanzig Grad.

Trevisan war in den Ort zurückgekehrt und Frau Meierling hatte ihn nach dem Abendessen zu einem Glas Wein auf der Terrasse eingeladen. Auf die Frage, ob er denn einen erholsamen Tag gehabt hätte, war er ausgewichen und hatte das Gespräch auf den Ort und die Einwohner von Tennweide gelenkt. Begonnen hatte er damit, sich zu wundern, dass er nur wenige Menschen auf den Straßen sehe – und natürlich über den etwas sonderbaren Gemischtwarenladen, der sich *Elektro-Staufert* nannte. Das Essen im *Klosterkrug* hatte er gelobt und auch die schöne Umgebung gewürdigt, wobei er wieder bei den verschwundenen Mädchen gelandet war, denn überall hingen inzwischen Fahndungsplakate in den Schaufenstern.

»Die Polizei muss wohl sehr verzweifelt sein, wenn sie nach so langer Zeit versucht, Zeugen zu finden«, bemerkte er.

Rosi Meierling schenkte sein Weinglas noch einmal voll. »Ach, wissen Sie, Herr Trevisan, wenn Sie mich fragen, dann haben die es von Anfang an falsch angepackt und sich viel zu früh auf den armen Sven gestürzt. Dabei gäbe es genügend andere hier im Ort, denen ich so etwas eher zutrauen würde. Aber Gott sei dank ist der Täter ja nicht aus Tennweide, wie man hört.«

»So wie das in der Zeitung steht, ist das aber nicht mehr so klar.«

»Na ja, die Zeitungen, da weiß man ja nie, ob es stimmt oder nicht. Aber lassen Sie uns von etwas anderem reden. Sie leben in Hannover und sind Beamter?« Rosi Meierling hob ihr Weinglas und prostete Trevisan zu.

»Richtig«, antwortete Trevisan, ohne näher darauf einzugehen. »Der Wein ist wirklich gut.«

»Ja, ein edler Tropfen. Ich habe ihn von einer Bekannten, die im Frankenland wohnt und bei mir Stammgast ist. Sie bringt mir immer mal eine Kiste mit.«

Sie saßen noch eine ganze Weile auf der Terrasse, bis es langsam dunkel wurde, und redeten über dies und das. Trevisan erzählte von seiner Tochter, von seinem Leben in Wilhelmshaven und der Nordsee und musste sich darauf konzentrieren, nicht zu viel zu verraten. Rosi Meierling erzählte von ihrem Leben als alleinstehende Frau in diesem kleinen Ort und berichtete von den Nachstellungen so mancher männlicher Zeitgenossen, die sie für Freiwild hielten.

»… und eines habe ich mir geschworen«, sagte sie. »Keinen aus dem Ort!«

Noch bevor sie ausgesprochen hatte, drang ein lautes, basslastiges und rhythmisches Wummern durch die anbrechende Dämmerung, begleitet von einem Motorengeräusch. Immer lauter wurde der Lärm und dann schoss ein dunkler Wagen mit voll aufgedrehten Boxen und einer Geschwindigkeit weit über dem Erlaubten über die Straße. Trevisan schaute ihm nach, aber so schnell konnte er weder Kennzeichen noch Typ erkennen, bevor der Wagen in Richtung Wiesenweg verschwand. Noch eine geraume Zeit waren das Wummern der Musik und der Lärm des hochtourigen Motors zu hören.

»Das ist ganz schön unvernünftig«, bemerkte Trevisan. »Da braucht nur jemand über die Straße zu gehen, schon ist es passiert.«

»Das sieht ihm wieder ähnlich«, antwortete Rosi Meierling. »Ich dachte, wir hätten erst wieder am Wochenende das Vergnügen.«

»Sie kennen ihn?«

Rosi Meierling nickte bedrückt. »Ja, leider viel zu gut … Manche können sich eben alles erlauben. Das ist Kevin, normalerweise ist er nur am Wochenende hier. Er ist zurzeit bei der Bundeswehr. Ein ganz übles Früchtchen, kann ich Ihnen sagen.«

»Oh, Sie kennen ihn aber genau.«

»Und ob. Ist der Sohn unseres Dorfpolizisten. Ein ganz schön verzogenes Bürschchen. Er ist mit ein Grund, dass ich froh bin, dass Sarah weit weg von hier ist.«

Trevisan nahm einen Schluck Wein. »Sein Vater hat die Zügel wohl etwas schleifen lassen.«

»Zügel? Es gab keine Zügel«, antwortete Rosi Meierling. »Die Mutter ist gestorben, als Kevin zehn war. Sein Vater hat ihn erzogen oder besser gesagt, verzogen. Ich glaube, wenn er nicht wäre, dann säße Kevin längst schon in einem Gefängnis. Was hat der nicht schon alles angestellt! Er war sechzehn, als er einen Traktor klaute und ihn zu Schrott fuhr. Aber der Vater hat es geregelt. Mit Geld selbstverständlich. Ich glaube, er hat Kevin nie Grenzen gesetzt. Aber die beiden sind eine verschworene Gemeinschaft, da kommt niemand dazwischen, das können Sie mir glauben.«

»Sie kennen offenbar beide gut?«

Rosi Meierling schaute etwas verträumt auf ihr Weinglas. »Ja, es gab eine Zeit, da dachte ich, es könne etwas werden mit mir und Thomas, Kevins Vater, aber das war ein Irrtum. Wissen Sie, nachdem mein Mann starb, war es nicht leicht und es gab Momente, in denen ich gerne einen Mann im Haus gehabt hätte. Thomas war allein. Aber es ging nur ein paar Wochen gut, der Junge hat alles kaputt gemacht. Er wollte seinen Vater mit niemandem teilen und Thomas hat zu ihm gehalten.«

»Das tut mir leid«, sagte Trevisan einfühlsam.

»Das muss Ihnen nicht leid tun«, sagte die Frau mit bitterem Unterton. »Es ist besser so, dieser jähzornige und unausstehliche Junge hätte mir gerade noch gefehlt. Und beinahe hätte er meine Tochter kaputt gemacht. Sie war sechzehn und dieser Kerl hätte sie in den Abgrund gerissen.«

»Hat er ihr etwas angetan?«

»Ja, das hat er«, sagte Rosi Meierling kalt. »Oder wie würden Sie es nennen, wenn Sie Ihre Tochter mit sechzehn Jahren betrunken und wahrscheinlich auch bekifft halbnackt aus dem Wald abholen müssten, weil sie sich den Magen aus dem Leib kotzt und hinterher zwei Tage auf der Intensivstation verbringen muss.«

Trevisan zeigte in Richtung des Waldes. »Ach ja, die Lichtung«, sagte er. »Ich sah dort eine Feuerstelle und Kronkorken liegen.«

»Ja, da feiern die Kerle öfter, Kevin und seine Kumpels, der Sohn von unserem Baulöwen Stolz und noch ein paar andere aus dem Ort. Ich war nahe dran, die Sache zu melden, aber der saubere Herr Polizist hat alles heruntergespielt und mir sogar gedroht, dass, falls ich eine Anzeige machen würde, auch meine Aufsichtpflichten genau unter die Lupe genommen werden würden. Noch einen Schluck Wein?«

Trevisan trank sein Glas leer. »Nein, es reicht.«

Die Dunkelheit hatte sich längst über den kleinen Ort am Steinhuder Meer gelegt.

*

Donnerstag

Hanna Kowalski hatte die verschiedenfarbigen Ablagefächer vor sich aufgestellt und ordnete die eingegangenen Meldungen, so wie es Trevisan vorgeschlagen hatte. Es gab schon sonderbare Menschen. Von Außerirdischen über Prostituierte in Hamburg auf dem illegalen Straßenstrich bis zum Teufel erstreckte sich das Spektrum der Eingaben so mancher durchgeknallter Mitbürger. Dennoch waren diese Meldungen am einfachsten zu bearbeiten, denn Hanna musste nicht mehr tun, als sie im weißen Fach zu platzieren. Viel schlimmer waren die Hinweise, dass eines der Mädchen irgendwo am Ende der Welt gesehen worden war. Auch hier erstreckte sich das Spektrum beinahe ins Unfassbare. So hatte eine vermeintliche Zeugin mitgeteilt, dass sie die jetzt schwerverletzte Tanja Sommerlath vor einem halben Jahr bei einem Guru in Westindien getroffen habe. Sie habe damals zu den Jüngern des ehrwürdigen Wailung Singh gehört und habe auf sie einen glücklichen Eindruck gemacht, so dass eine Entführung eher unwahrscheinlich sei. Das Mädchen sei wahrscheinlich einfach nur ausgestiegen. Weitere Zeugen wollten Tanja in den USA, auf Mallorca und im Outback Australiens gesehen haben.

Hanna Kowalski rümpfte die Nase. Lisa streckte den Kopf herein. »Anruf aus Dänemark«, sagte sie. »Die DNA-Überprüfung, die Trevisan bei den verhafteten Rockern veranlasst hat, ist negativ verlaufen. Es gab keine Übereinstimmung. Meinst du, ich sollte ihn anrufen?«

Hanna winkte ab. »Nein, ich glaube, er hat Dänemark sowieso längst abgehakt. Viel wichtiger sind die Amtshilfeersuchen. Ich habe hier weitere sieben Hinweise zur Tat.«

Lisa nahm aus dem roten Fach das obenauf liegende Blatt heraus. Sie überflog die Angaben. »Indien, wie soll ich in Indien ermitteln?«

Hanna zuckte mit der Schulter. »Frag nicht mich, frag ihn, wenn er kommt.«

Lisa schaute auf das komplett leere schwarze Fach. »Schön wäre es, wenn jetzt jemand anrufen und sagen würde, ich kenne die Täter und das verschwundene Mädchen wird in seinem Haus festgehalten. Aber das passiert wohl nicht.«

»Ich glaube nicht«, antwortete Hanna. »Und selbst wenn, dann müsste der Hinweis ins rote Fach, weil wir ihn erst verifizieren müssten, bevor wir die Kavallerie rufen und die Bude stürmen. Wie weit bist du?«

»Noch drei Ersuchen«, antwortete Lisa. »Eines für das BKA, das zweite an das LKA Baden-Württemberg und die dritte Sache ist eine Überprüfung für die Kollegen aus Minden.«

»Also dann, weiter geht's.« Hanna griff zum nächsten Papier. Ein Telex. Lisa hatte sich längst umgewandt und war im Begriff, das Zimmer zu verlassen.

»Das ist eine Fahndung, was hat die hier verloren?«, fragte Hanna nachdenklich.

Lisa blieb stehen. »Soll ich den Irrläufer gleich mitnehmen? Ich muss sowieso auf die Poststelle.«

Hanna antwortete nicht, ihre Augen flogen über den Text, schließlich pfiff sie durch die Zähne.

»Soll ich?«, versuchte Lisa ihr Ansinnen zu wiederholen.

»Das ist kein Irrläufer, es wurde an uns geschickt, weil wir in Tennweide ermitteln. Da wird ein Journalist gesucht, der vor zwei Tagen noch in Tennweide war und dort für eine Reportage über unseren Fall recherchierte. Er hat wohl das Auto des Verlages unterschlagen. Der Sachbearbeiter meint, es könnte für uns von Bedeutung sein.«

Lisa zog die Mundwinkel hoch. »Das verstehe ich nicht.«

»Ich weiß zwar auch nicht, was ein unterschlagener Wagen mit unserem Fall zu tun hat, aber ich glaube, Trevisan sollte davon erfahren«, sagte Hanna und griff zum Telefon.

*

Trevisan fuhr nach dem Frühstück nach Mardorf. Er fand einen Parkplatz unmittelbar vor der Apotheke. Thiele stand vor einem Regal und füllte Kosmetikartikel auf, als Trevisan hereinkam. Ansonsten war niemand zugegen. Der Apotheker wandte sich um und lächelte freundlich. »Guten Tag, ich komme gleich.«

Trevisan trat an seine Seite. »Herr Thiele, kann ich mit Ihnen reden?«

Der Apotheker schüttelte den Kopf. »Wenn Sie von der Zeitung sind, dann richten Sie Ihrem Kollegen aus, dass es kein zweites Mal geben wird. Ich lasse mich doch nicht für dumm verkaufen. Es war alles abgesprochen und die Ärztin war ebenfalls einverstanden, aber so nicht. Ich dachte wirklich, dass Sie uns die Chance geben, unseren Sven so zu zeigen, wie er wirklich ist, und was die Behörden durch ihre Einfältigkeit aus ihm gemacht haben. Wissen Sie, damals nach der Festnahme hat die gesamte Presse meinen Sohn als Ungeheuer dargestellt, aber als er dann wieder freigelassen wurde, gab es darüber nicht viel mehr als Randnotizen, irgendwo im Regionalteil, wo es keinen Menschen interessiert. Aber jetzt können Sie es vergessen. Sagen Sie das Ihrem sauberen Kollegen.«

Trevisan zog die Stirne kraus. »Ich verstehe nicht, was Sie meinen.«

Der Apotheker fasste in die Tasche seines weißen Mantels und zog eine Visitenkarte heraus. »Sind Sie etwa nicht von dem Magazin?«

»Ich bin von keinem Magazin«, antwortete Trevisan. »Ich bin von der Polizei und ich würde gerne mit Ihrem Sohn sprechen.«

Die Gesichtszüge des Apothekers entgleisten förmlich. »Sie glauben wohl, die Polizei kann sich alles erlauben. Was fällt Ihnen ein, nach all dem, was Sie meinem Sohn angetan haben?! Er war es nicht, verdammt! Lassen Sie ihn in Ruhe!«

Trevisan hob abwehrend die Hände. »Ich weiß, dass er es nicht war, aber ich denke, dass er uns weiterhelfen könnte.«

»Helfen? Was ist das für eine miese Masche?!«

»Ich verstehe, dass Sie ungehalten sind, nach all dem, was damals passiert ist, aber ich kann es nicht ungeschehen machen. Ich halte Ihren Sohn für einen wichtigen Zeugen und ich würde gerne mit ihm sprechen. Das geht nur mit Ihrem Einverständnis oder über eine richterliche Verfügung. Ich denke, wir sollten es nicht so kompliziert machen.«

»Vergessen Sie es«, antwortete der Apotheker barsch. »Ich werde mit allen Mitteln verhindern, dass Sie meinen Sohn jemals zu Gesicht bekommen. Man hat ihn damals kaputtgemacht und ihm auch noch seinen letzten Halt genommen. Was glauben Sie, wie fühlt sich ein Sechsjähriger, wenn man ihn einsperrt?! Ich habe einen guten Anwalt und Sie können sich schon einmal auf einen langen Rechtsstreit einstellen.«

»Herr Thiele, Ihr Sohn war damals nicht in einer Zelle, sondern in einer geschlossenen Anstalt untergebracht, wo man ihn betreute. Das ist etwas anderes. Aber es war nicht richtig, da stimme ich Ihnen zu. Nur müssen Sie auch verstehen, dass die Kollegen aufgrund der damaligen Beweislage nicht anders konnten.«

»Er mag vom Alter her ein Jugendlicher gewesen sein, aber in seinem Geist war er nicht älter als ein Sechsjähriger und diese Tage haben ihn kaputtgemacht. Verlassen Sie bitte meine Apotheke. Guten Tag!«

Trevisan fühlte, dass er bei diesem Mann auf Granit biss. Ihm blieb nichts anderes übrig, als einen Richter zu bemühen, wenn er damit auch kostbare Zeit verlor. Er nahm eine Visitenkarte aus seiner Geldbörse und bemerkte, dass sie noch auf seine Dienststelle in Wilhelmshaven ausgestellt war. »Haben Sie einen Kugelschreiber?«, fragte er.

Der Apotheker hatte sich längst wieder seinem Regal zugewandt. »Verschwinden Sie!«

Trevisan erspähte einen Kugelschreiber auf der Theke, trat heran und schrieb auf die Rückseite die Telefonnummer seiner neuen Dienststelle. Die Wilhelmshavener Adresse strich er durch und ließ die Karte einfach liegen. »Falls Sie es sich doch noch anders überlegen«, brummte er, ehe er die Apotheke verließ.

Als er vor dem Wagen stand, klingelte sein Handy. Er drückte den grünen Knopf. »Trevisan.«

»Ich habe hier ein Fahndungsersuchen der Polizei Hannover«, erzählte Hanna. »Da ist ein Journalist untergetaucht, in Tennweide, Pension *Klosterkrug* war seine letzte Adresse. Er hat offenbar den Wagen des Verlages unterschlagen und ist spurlos verschwunden. Gesucht wird ein roter Audi mit Hannoveraner Kennzeichen.«

Trevisan ließ das Handy sinken. Er erinnerte sich an den roten Wagen, der bei seinem Besuch vor dem *Klosterkrug* geparkt hatte. Für einen Augenblick herrschte Stille. Schließlich nahm Trevisan das Telefon wieder an das Ohr. »Erkundige dich bei den Kollegen, was da genau vorliegt. Ich bin in einer Stunde bei euch.«

19

Trevisan hatte sich beeilt und es in weniger als fünfzig Minuten auf die Dienststelle geschafft. Hanna und Lisa erwarteten ihn bereits. Hanna hatte auf dem zuständigen Polizeirevier angerufen und zufällig war auch der Kollege im Dienst gewesen, bei dem die Chefredakteurin des *Direkt*-Verlages die Vermisstenanzeige erstattet hatte.

»Er ist erwachsen und kann tun und lassen, was er will«, hatte ihr der Kollege erklärt. »Nach Dänemark soll er gefahren sein, haben die Kollegen aus Mardorf ermittelt, aber die Verlagsleiterin will das nicht glauben. Die Sache mit dem PKW-Diebstahl beziehungsweise der Unterschlagung ist eine Finte, eigentlich will diese Frau nur, dass wir ihn suchen.«

Hanna hatte ihm die Faxnummer gegeben und ihn gebeten, ihnen die Anzeige zu schicken. Als Trevisan auf der Dienststelle eintraf, lief sie gerade aus dem Faxgerät. Hanna gab sie an Trevisan weiter. Er setzte sich auf einen Stuhl und stützte sein Kinn auf. Nachdenklich überflog er die Strafanzeige wegen Fahrzeugdiebstahls gegen Justin Belfort.

Schließlich seufzte er. »Ich habe ihn gesehen, gleich bei meinem ersten Besuch in Tennweide. Der rote Wagen parkte vor der Gaststätte. Ein blonder junger Mann.«

»Oberkommissar Klein von der Mardorfer Polizei hat ermittelt, dass er nach Dänemark wollte«, sagte Hanna. »Es liegt eine Aktennotiz bei.«

»Und worauf stützt er diese These?«

»Er hatte vor dem Verschwinden mit ihm gesprochen und außerdem hat die Wirtin des *Klosterkrug*es die Annahme bestätigt.«

Trevisan runzelte die Stirn. Schließlich schlug er mit der flachen Hand auf den Tisch. »Vielleicht ist das der erste Staub, der von uns aufgewirbelt wird. Hanna, du fährst in offizieller Mission nach Tennweide und sprichst mit der Wirtin und mit diesem Oberkommissar.«

»Alleine?«

»Das Haus ist so groß, da wird sich doch jemand finden lassen, der dich begleitet«, antwortete Trevisan. »Ich spreche mit Engel, schließlich hat er gesagt, wir kriegen, was wir brauchen.«

»Ich kann auch Lisa mitnehmen«, antwortete Hanna.

»Nein, Lisa und ich statten dem Verlag einen Besuch ab und sprechen mit der Verlagsleiterin.«

Trevisan telefonierte mit Engel. Ein Kollege von der Fahndungsabteilung sollte Hanna begleiten. Außerdem lag inzwischen der Staatsanwaltschaft der Antrag auf einen Massen-Gentest in und um Tennweide vor. Jedoch hatte die Presseabteilung Bedenken geäußert, bereits zum jetzigen Zeitpunkt einen Artikel zu veröffentlichen und den Test anzukündigen.

»Wir bestimmen das Vorgehen, schließlich leite ich die Ermittlungen«, antwortete Trevisan lapidar. »Sie sollen sich an unsere Vorgaben halten, denn schließlich ist dieser Zeitungsartikel Teil unserer Ermittlungsarbeit.«

»Ach ja, Trevisan«, beeilte sich Engel zu sagen, bevor Trevisan auflegen konnte. »Die Sache mit der Vernehmung dieses Jungen ist kompliziert. Die behandelnde Psychiaterin hat ihn als nicht vernehmungsfähig bezeichnet.«

Trevisan biss sich auf die Lippen. »Dann sollten wir einen unabhängigen Gutachter beauftragen.«

»Trevisan, das ist nicht so einfach …«

»Im Leben gibt es nicht viel, das einfach ist, aber es gibt doch wohl eine Strafprozessordnung und danach richten wir uns«, fiel er Engel ins Wort, bevor er das Gespräch beendete.

Lisa fuhr den Dienstwagen, während Trevisan vom Beifahrersitz aus die Umgebung beobachtete. Der *Direkt*-Verlag war in einem dreistöckigen Bürogebäude untergebracht, das in einem Industriegebiet abseits der Stadt lag. Ein Pförtner hinter einem Empfangspult musterte die beiden in argwöhnischer Erwartung. Trevisan zog seine Dienstmarke hervor. »Wir wollen mit der Verlagsleiterin sprechen«, sagte er bestimmt.

»Wir haben mehrere Redaktionen«, antwortete der Pförtner. »Kunst und Kultur, Sport und Freizeit, Politik und Wissenschaft, Tagesgeschehen und Region?«

»Frau Keppler, bitte«, sagte Lisa.

»Nehmen Sie bitte Platz.« Der Pförtner wies auf eine Ledercouch, die wie verloren im geräumigen Foyer herumstand.

»Ich bleibe lieber hier stehen«, antwortete Trevisan.

Der Pförtner griff zum Telefon und rief in der zuständigen Abteilung an. Schließlich hob er den Kopf. »Sie kommt«, sagte er knapp.

Beinahe zehn Minuten warteten Lisa und Trevisan, bis eine großgewachsene Frau mit faltigem Gesicht, hochgesteckten roten Haaren und reichlich Make-up erschien.

»So … so«, brummte sie, »endlich geschieht etwas.«

»Frau Keppler?«, fragte Trevisan und zeigte seinen Ausweis.

»Landeskriminalamt?«, entgegnete die Frau, die auf Trevisan unsympathisch wirkte.

»Können wir uns irgendwo ungestört unterhalten oder sollen wir hier miteinander reden?«

»Ist ja ein Wunder, dass sich überhaupt jemand von der Polizei blicken lässt«, antwortete sie und wies in Richtung einer Tür. Sie ging voraus und führte die beiden Polizisten in einen Besprechungsraum. Trevisan hatte eigentlich mit mehr Entgegenkommen gerechnet, und die bissigen Kommentare der Chefredakteurin gingen ihm auf den Geist.

»Haben Sie schon etwas unternommen?«, fragte die Frau, nachdem sie ihren Besuchern mit einer Handbewegung Platz angeboten hatte.

»Hören Sie, Frau Keppler«, sagte er. »Wir sind nicht für Ihre Anzeige zuständig. Wir ermitteln im Falle der beiden verschwundenen Radfahrerinnen und sind dabei zufällig auf Ihre Anzeige gestoßen.«

Frau Keppler zog ihre Augenbrauen hoch. »Ja.«

»Aus den Akten geht hervor, dass Ihr Mitarbeiter ebenfalls aus diesem Grund vor Ort recherchierte und plötzlich verschwunden ist. Nach Dänemark, heißt es im Polizeibericht.«

»Das ist absoluter Blödsinn«, entgegnete Monika Keppler und schilderte in allen Einzelheiten, was passiert war und in welcher Art und Weise sie von dem Polizisten auf dem Revier abgefertigt worden war.

»... wir arbeiten im Team und zwei Kollegen forschten in Dänemark, während Justin vor Ort recherchierte. Er wäre nie auf die Idee gekommen, ohne Absprache nach Padborg zu fahren. Mit der Anzeige wegen des Wagens wollte ich bewirken, dass überhaupt etwas geschieht und nach ihm gesucht wird.«

»Ich weiß, dass die Presse nicht gerne die Fakten offenlegt, bevor die Zeitung erschienen ist, aber es wäre für uns wichtig zu wissen, ob er neue Erkenntnisse in der Sache erlangte oder was er in dem Ort vor hatte.«

Monika Keppler blickte nachdenklich an die Decke. »Ich verstehe. Glauben Sie, ihm ist etwas zugestoßen?«

Trevisan kratzte sich am Kinn. »Ich sage Ihnen etwas, das bislang noch niemand weiß. Die Spur nach Dänemark ist kalt. Die Rocker haben wohl nichts mit der Sache zu tun und der Bus, der dort gesehen wurde, gehörte einem harmlosen Pärchen, das einen Campingplatz suchte und sich verfahren hatte. Sollte der Mörder aus Tennweide oder der Umgebung kommen, dann war die Recherche vor Ort von Anfang an ein Spiel mit dem Feuer.«

Monika Keppler atmete tief ein. »Neue Erkenntnisse gab es nicht, aber Justin ist es gelungen, einen Gesprächstermin mit diesem Jungen, diesem Apothekersohn, zu organisieren. Bevor der Termin stattfand, ist er verschwunden.«

Trevisan nickte und warf Lisa einen vielsagenden Blick zu. »Ich werde dafür sorgen, dass unsere Kollegen intensiv nach Ihrem Mitarbeiter und dem Wagen fahnden. Möglicherweise besteht ein Zusammenhang zwischen seinem Verschwinden und dem damaligen Verbrechen. Wir werden die Fahndungsmaßnahmen intensivieren, das verspreche ich Ihnen.«

Monika Keppler reichte Trevisan die Hand. »Danke. Und entschuldigen Sie, dass ich vorhin etwas kratzbürstig war.«

Trevisan reichte ihr seine Karte, die er handschriftlich durch die Nummer der neuen Dienststelle ergänzte. »Rufen Sie mich an, falls er sich meldet.«

Auf der Rückfahrt fragte Lisa: »Glaubst du wirklich, das Verschwinden des Reporters steht mit unserem Fall in Verbindung?«

Trevisan räusperte sich. »Darauf würde ich wetten. – Ach ja, wenn wir auf der Dienststelle sind, denke bitte mit daran, dass ich Visitenkarten brauche.«

Lisa nickte und schaltete in den dritten Gang.

*

»Wissen Sie, das letzte Mal, als ich sie sah, das war vor sechs Jahren, damals war sie fünfzehn. Mein Mann ist bei der Army und wir lebten in den letzten Jahren wie Vagabunden. Porthmouth, Los Angeles und Hawaii, von der Ostküste an die Westküste und dann endeten wir schließlich in Texas, wo mein Mann Ausbilder wurde. Jetzt sind wir schon seit einem Jahr sesshaft und wohnen in der Nähe von Houston.«

Petra Southgate setzte sich auf eine Bank neben dem Zugang zur Intensivstation und fuhr sich fassungslos über ihre Wangen. »Das arme Mädchen«, seufzte sie.

»Nach der genetischen Analyse ist klar, dass die junge Frau dort drinnen Ihre Nichte Tanja ist«, erklärte Hauptkommissar Seelmann von der Flensburger Kripo. »Und da Sie die einzige Angehörige sind, ist es unsere Pflicht, Sie zu informieren. Es dauerte nur eine Weile, weil wir uns an das US-Konsulat wenden mussten und Ihre damalige Adresse nicht mehr stimmte.«

»Ja … ja … natürlich«, stotterte Petra Southgate. »Ich bin ihre Tante und Erich, mein Schwager, hatte keine Geschwister. Es war schrecklich, als ich damals von dem Unfall erfuhr. Ich dachte schon daran, dass der Verlust von Tanja der Grund war und sie sich umgebracht haben, aber das ist absurd.«

Seelmann nickte. »Sie verunglückten auf der A 41 bei Venedig?«

»Ja, und die Polizei hat mitgeteilt, dass es ein Unfall war. Ein LKW war schuld. Es war schrecklich, aber ich war trotzdem irgendwie erleichtert, glauben Sie mir.«

Hauptkommissar Seelmann setzte sich neben die Frau, die am gestrigen Tag aus Amerika angereist war. »Sie haben bereits mit dem Arzt gesprochen?«

Petra Southgate nickte. »Er hat mir gesagt, dass sie möglicherweise ihr Leben lang ein Pflegefall bleiben wird. Damals, als sie verschwand, gingen wir davon aus, dass sie ermordet wurde, doch wir haben uns offenbar geirrt. Ich frage mich, was sie alles durchmachen musste. Auch wenn sie biologisch gesehen noch lebt, so hat der Mann, der das getan hat, ihren Geist ermordet. Ich will, dass Sie diesen Mann finden und er seiner gerechten Strafe zugeführt wird und, ich bin ehrlich, ich bedauere, dass es in diesem Land nicht wie in Texas die Todesstrafe gibt. Wer einem Menschen so etwas antut, der hat es nicht verdient, weiterzuleben.«

Hauptkommissar Seelmann schwieg eine Weile »Wo kann ich Sie erreichen?«, fragte er schließlich.

»Ich wohne im *Best Western*, das ist in ...«

Seelmann nickte. »Ich weiß, wo das ist.«

*

Hanna saß bereits im Konferenzraum, als Trevisan und Lisa eintrafen. Sie trommelte mit den Fingern auf der Tischplatte.

»Hast du mit Oberkommissar Klein gesprochen?«, fragte Trevisan.

»So wie du es mir aufgetragen hast«, antwortete Hanna. »War ganz schön unfreundlich, der Kerl. Er erzählte mir, dass Belfort nach den verschwundenen Mädchen gefragt hat und dabei erwähnte, dass diese dänische Rockerbande hinter der Sache stecken könnte. Mit der Wirtin hat Belfort am Montag gesprochen und sich nach dem dänischen Bus erkundigt. In der Nacht von Sonntag auf Montag hat er nicht in der Pension übernachtet.«

Trevisan setzte sich. »Hat Belfort definitiv gesagt, dass

er nach Dänemark fährt? Ich meine, haben Klein oder die Wirtin mit ihm nur über Dänemark gesprochen, oder sagte er ausdrücklich, dass er dorthin fahren wird?«

Hanna schüttelte den Kopf. »Nein, nicht direkt.«

Trevisan griff zum Telefon und rief Engel in seinem Büro an. »Wir haben eine Besprechung und ich hätte gerne, dass Sie daran teilnehmen«, sagte er und legte auf, so dass kein Widerspruch möglich war.

»Was ist los?«, fragte Hanna.

»Ich erkläre dir alles, aber warte, bis Engel hier ist.«

Kriminaloberrat Engel war innerhalb von zwei Minuten im Konferenzzimmer. »Hallo, Kollege Trevisan, was ist so dringend?«, fragte er, nachdem er Lisa und Hanna begrüßt hatte.

»Konnten Sie die Sache mit der Pressestelle regeln?«, entgegnete Trevisan.

»Der Artikel erscheint morgen.«

»Gut, dann nehmen Sie bitte Platz!«

Trevisan rückte die Tafel mit den Bildern, Karten und den Notizen zu dem Fall an die Stirnseite des Tisches.

»Ein Journalist wird vermisst, der in Tennweide im gegenwärtigen Fall für eine Reportage recherchierte«, begann er mit seinen Vortrag. Er berichtete, was er von der Chefredakteurin erfahren hatte.

Die Augen des Kriminaloberrates wurden immer größer.

»... und wenn wir alle Indizien würdigen, dann müssen wir davon ausgehen, dass der oder die Täter aus dem Ort stammen und sie das Treffen zwischen dem Reporter und dem Sohn des Apothekers verhindern wollten«, endete Trevisan.

»Das passt irgendwie nicht richtig zusammen«, sagte Engel, nachdem er eine Weile überlegt hatte. »Warum sollte der Täter das tun, der Junge ist doch debil, steht in den Akten, seine Angaben wären nicht verwertbar.«

»Aber wir haben eine DNA-Spur, nur fehlt uns die Person dazu. Sven hat etwas beobachtet, da bin ich mir sicher, etwas, das die Ermittlungen in eine entscheidende Richtung lenken würde. Deswegen muss ich unbedingt mit dem Jungen sprechen.«

»Aber ich sagte schon, dass ist nicht so einfach.«

Das Telefon im Konferenzraum klingelte. Lisa schaute Trevisan fragend an und er nickte ihr zu. Sie nahm den Hörer ab und meldete sich. Das Telefonat dauerte nur kurz.

»Die Tante von Tanja Sommerlath aus Amerika ist aufgetaucht«, sagte die. »Seelmann sagt, dass sie gerne mit uns sprechen will.«

Trevisan überlegte kurz. »Ich werde das übernehmen.«

20

Die junge Kommissaranwärterin war aufgeregt, dies war ihre erste Streifenfahrt in der Innenstadt von Hannover. Der praktische Abschnitt ihrer Ausbildung hatte begonnen und jeder Tag auf der Straße war neu und aufregend. Vier Monate sollte sie nun auf dem Revier und der Dienstgruppe verbringen und lernen, wie sich ein richtiger Polizist verhielt. Ihr Ausbilder und Streifenpartner für die nächsten Monate war ein altgedienter Hauptkommissar, Mitte vierzig, der die Stadt, den Job und die Leute sehr gut kannte – vor allem diejenigen, die immer wieder Probleme machten.

»Wir nehmen uns mal den Bahnhof vor«, sagte der Hauptkommissar und ordnete sich auf der linken Fahrspur ein. »Am Bahnhof treibt sich allerlei Gesindel herum und auf den Parkplätzen findet man oft gestohlene Autos oder Autos, die wir entstempeln müssen, weil sie keinen Versicherungsschutz mehr haben. Wenn der Halter die Prämie nicht bezahlt, erlischt die Zulassung und wir bekommen ein Entstempelungsersuchen, wenn die Behörden auf andere Weise nicht weiterkommen. Du siehst also, die Polizei ist für viele Bereiche zuständig und wenn man sich nicht mehr zu helfen weiß, dann gibt es immer noch die Polizei. Als letzte Instanz, verstehst du? Aber das wirst du selbst bald merken.«

Die Kommissaranwärterin nickte, war aber mehr damit beschäftigt, die Eindrücke zu verarbeiten. Es war ein riesiger Unterschied, ob man in einem Privatwagen unterwegs war oder in einem Streifenwagen durch die Stadt fuhr, vor allem, wenn man unweit von Loccum auf einem Bauernhof aufgewachsen war.

»So, jetzt holst du unsere Liste mit den gesuchten Fahrzeugen aus dem Koffer und wir suchen den Parkplatz ab, vielleicht haben wir ja Glück.«

Der Hauptkommissar bog auf den Park-and-Ride-Parkplatz ab und verlangsamte die Geschwindigkeit, während seine junge Kollegin aus dem Einsatzkoffer auf der Rückbank eine grüne Kladde herausfischte, in der alle relevanten Fahndungshinweise aufgelistet waren.

Hauptkommissar Stürmer fuhr langsam über die Parkplätze, während die Anwärterin die Kennzeichen der geparkten Fahrzeuge mit ihrer Liste verglich. Sieben Fahrzeuge waren darauf vermerkt, vier gestohlene Wagen, die im Laufe der letzten Woche in Hannover und der Umgebung verschwunden waren und drei weitere, deren Versicherungsschutz erloschen war und die zwangsentstempelt werden sollten.

Die Suche auf den Parkplätzen vor dem Hauptgebäude verlief negativ und die junge Anwärterin wollte bereits die Kladde weglegen, als ihr Ausbildungsbetreuer in die Nikolaistraße einbog.

»Nicht so voreilig, Frau Kollegin, jetzt fängt die Fahndungsstreife erst richtig an«, sagte Stürmer und bog in das große Parkhaus in der Nikolaistraße ein. Bevor er die Schranke erreichte, wurde sie bereits von einem Mitarbeiter des Parkhauses geöffnet, der in dem Kassenhäuschen neben der Zufahrt saß.

»Das ist Service«, sagte der Hauptkommissar. In Schrittgeschwindigkeit arbeiteten sie sich durch das Parkhaus, zunächst das Erdgeschoss, dann die erste Ebene, dann weiter hinauf. In der dritten hatten sie noch nicht einmal die Hälfte geschafft, als die junge Anwärterin laut »Stopp« rief. »Da, der Rote, das Kennzeichen steht auf der Liste!«

Stürmer hielt an und folgte dem Zeigefinger der Kollegin, der auf dem Fahndungsblatt ruhte. »H-DV 2099«, las er. »Super, Mädchen, das ist dein erster Fall und das in der ersten Woche im Außendienst. Gratuliere. Lies mal vor, was unter der Fahndungsnotierung steht!«

»H-DV 2099, Audi A4, rot, Abhandenkommen durch Diebstahl beziehungsweise Unterschlagung, zuständiges Revier Fuhrbergstraße.«

»Ist das alles?«

Die Kollegin schüttelte den Kopf. »Nein, da steht noch,

dass beim Antreffen des Fahrzeuges das LKA, Referat 32, zu verständigen ist.«

»Zeig mal her!« Stürmer überflog den Zusatz und runzelte die Stirn. »Das LKA bei einem einfachen Diebstahl, das ist eigenartig. Aber gut – tun wir unsere Pflicht«, sagte er und nahm den Funkhörer in die Hand.

*

Trevisan hatte zuerst Frau Meierling angerufen und dort Bescheid gegeben, dass er am heutigen Abend erst spät zurückkommen würde und kein Abendessen benötigte. Schließlich wollte er seine Tarnung aufrechthalten, man konnte nie wissen, wozu sie noch gut sein konnte. Anschließend hatte er sich in einen Dienstwagen gesetzt und war über das Dreieck Hannover Nord in Richtung Flensburg gefahren. Er schaute auf die Uhr am Armaturenbrett. Wenn alles gut lief, könnte er gegen vier in Flensburg eintreffen. Man merkte allerdings, dass es auf das Wochenende zuging, denn neben zahlreichen Brummis waren auch allerlei Pkw unterwegs, so dass sich Trevisan um eine ganze Stunde verspätete. Hauptkommissar Seelmann hatte dennoch auf ihn gewartet.

»Das ist eine schöne Scheiße und wir stehen komplett mit leeren Händen da«, endete Seelmann, nachdem er Trevisan den Stand der Ermittlungen dargelegt hatte. Inzwischen war auch klar, dass Tanja Sommerlath ein Pflegefall bleiben würde, wenn nicht noch ein Wunder geschah. »Das heißt, Sie wird keine Angaben machen können. Ich fürchte, dass wir nie erfahren, was ihr passiert ist.«

Trevisan fuhr sich mit der Zunge über die Lippen. »Unsere Fälle hängen unmittelbar zusammen. Vielleicht gelingt es uns, die Fäden zu entwirren, denn ich bin der festen Überzeugung, dass Tennweide mit dem Fall eng verbunden ist. Ich habe nur keine Ahnung, wie das Mädchen in das Bild passt.«

»Dein Wort in Gottes Ohr«, antwortete Seelmann. »Ich habe es nicht gerne, wenn ich Dinge abschließen muss, die ungeklärt sind.«

Das Telefon klingelte und Seelmann nahm ab. »Es ist für dich, deine Dienststelle.«

Trevisan übernahm das Telefonat. Lisa war am Apparat. »Die Streife hat das Auto von diesem Journalisten entdeckt. Es stand in einem Parkhaus am Bahnhof hier in Hannover. Sie haben mich angerufen. Hanna ist nicht da. Was sollen wir jetzt tun?«

»Ich will, dass sich die Spurensicherung den Wagen ganz genau ansieht. Sage ihnen, dass sie von einem Kapitalverbrechen ausgehen müssen, dann arbeiten sie vielleicht gründlicher.«

»Aber wie … Das habe ich noch nie gemacht.«

»Gib mir mal die Durchwahl der KTU«, unterbrach Trevisan. Keine fünf Minuten später legte er mit zufriedenem Lächeln den Hörer auf.

»Tut sich was?«, fragte Seelmann.

»Ich hoffe es, vielleicht haben wir jetzt endlich eine handfeste Spur.«

Das Telefon klingelte erneut. Diesmal war es der Pförtner, der mitteilte, dass Petra Southgate gekommen war.

»Ich hole sie. Gehen wir nach drüben, da haben wir ein Vernehmungszimmer.« Seelmann erhob sich.

Man sah Petra Southgate ihren Kummer an, als sie das Vernehmungszimmer betrat.

»Das ist Kollege Trevisan vom Landeskriminalamt«, stellte Seelmann vor. »Er leitet die Ermittlungen in dem kleinen Ort, wo es damals passiert ist.«

Die Frau nickte kurz und ließ sich auf einen Stuhl fallen. »Es ist alles so schrecklich«, stöhnte sie. »Ich bekomme das Bild überhaupt nicht aus den Augen. Wie sie so daliegt, mit all den Kabeln und den Schläuchen und in der Gewissheit, dass sie wohl nie wieder … Ich will gar nicht daran denken.«

»Es tut mir leid«, sagte Trevisan. »Wir tun, was in unserer Macht steht, um die Kerle dingfest zu machen, die ihr das angetan haben.«

»Sie haben es vor drei Jahren schon versucht und nichts ist dabei herausgekommen«, antwortete Petra Southgate.

»Ich weiß, aber wir geben nicht auf und glauben Sie mir, ich kann nachvollziehen, wie Sie sich fühlen.«

»Ich wollte mit Ihnen sprechen«, sagte die Frau nüchtern. »Ich will, dass Sie wissen, wie wichtig es für mich ist, dass der Täter bestraft wird.«

»Und ich will Sie als einzige Angehörige nicht im Unklaren lassen, wie der Stand der Dinge ist und erhoffe mir natürlich, dass wir Schritt um Schritt vorankommen. Außerdem ist es höchst wahrscheinlich, dass Sie als Tante vom zuständigen Gericht als Vormund bestellt werden. Und da ist es als ermittelnder Beamter meiner Pflicht, Sie über das Opferschutzgesetz aufzuklären. Ich weiß, das sind lästige Formalitäten, aber sie gehören nun einmal dazu. Ich habe hier diverse Broschüren, in denen die Rechte der Opfer einer Straftat niedergelegt sind. Und ich muss mir, leider ist das Vorschrift, den Empfang von Ihnen quittieren lassen.«

Er schob der Frau mehrere Schriftstücke zu. Sie griff danach und steckte die Broschüren in ihre Handtasche. Nachdenklich legte sie die Tasche vor sich auf den Tisch. »Martina war so stolz, als sie damals die kleine Tanja auf ihrem Arm hielt, ein Herzenswunsch war in Erfüllung gegangen und man hätte es nie für möglich gehalten. Beinahe zwei Jahre mussten sie warten, bis sich das Amt endlich meldete. Und jetzt ... Meine Schwester ist tot und das, was Tanja bevorsteht, kann man wohl auch nicht unbedingt Leben nennen. Da soll man noch glauben, dass es einen Gott gibt.«

Trevisan warf Seelmann einen fragenden Blick zu. Er überlegte, schließlich räusperte er sich. »Was meinen Sie damit, das Amt hat sich gemeldet?«

»Na, das Jugendamt! Eine Adoption ist hierzulande nicht einfach«, entgegnete Petra Southgate. »Die ganze Bürokratie, die ganze Fragerei, man muss sein Innerstes nach außen kehren, bevor man überhaupt erst einmal in die nähere Auswahl kommt.«

Trevisan wurde blass. »Soll das heißen, Tanja Sommerlath ist nicht das leibliche Kind Ihrer Schwester und Ihres Schwagers?«

»Wussten Sie das nicht?«

Trevisan suchte nach einer Antwort, aber die Verblüffung ging einfach zu tief. Wortlos saß er da und in seinem Kopf arbeitete es fieberhaft.

»Ich habe ebenfalls keine eigenen Kinder«, schob Petra Southgate nach. »Ein Gen-Defekt, leider. Mit dieser chromosalen Veränderung bleibt ein Kind ein ewiger Wunschtraum, es sei denn, man adoptiert eines dieser kleinen verletzlichen Wesen. Tanja war gerade mal ein Jahr alt, als sie in unsere Familie kam.«

Trevisan erhob sich. »Sie müssen entschuldigen, ich habe noch etwas Dringendes zu erledigen. Aber ich müsste möglicherweise noch einmal mit Ihnen sprechen. Wie lange sind Sie noch in Deutschland?«

»Ich bleibe so lange, wie es dauert, ein Pflegeheim für sie zu finden, wenn sie aus dem Krankenhaus entlassen wird. Ihr Kollege weiß, wie man mich erreicht.«

*

Der Anruf der KTU hatte Hanna überrascht. Es gab Probleme, den in das Parkhaus an der Nikolaistraße eingestellten Pkw zur Spurensicherung in den Hof des LKA zu schleppen, da kein Abschleppwagen in das Parkhaus einfahren konnte.

»Wenn ihr kein verunreinigtes Spurenbild wollt, dann müssen wir die Spurensicherung vor Ort durchführen«, hatte der Beamte von der KTU mitgeteilt. »Außerdem brauchen wir einen Schlüssel, sonst müssen wir den Wagen aufbrechen und dabei könnten Spuren verlorengehen.«

»Ich kümmere mich darum«, hatte Hanna geantwortet.

Es war der pure Stress, bis sie über die Redaktion des *Direkt-Magazin*s den Zweitschlüssel besorgt hatte. In der Parkgarage wartete bereits der weiße VW-Bus der Kriminaltechnik vor dem roten Audi.

»Wo bleibst du denn, wir haben nicht den ganzen Tag Zeit!«, begrüßte sie der Kollege, der ihres Wissens Kramer hieß.

»Ich musste erst den Schlüssel besorgen«, entschuldigte sich Hanna.

»Du machst das wohl nicht allzu oft«, mäkelte Kramer. »Normalerweise ist alles schon vorbereitet, wenn man uns ruft.«

Hanna erntete einen zweiten missbilligenden Blick von Kramers Kollegen, der mittlerweile einen weißen Spurensicherungsanzug angelegt hatte. Er ließ sich den Schlüssel reichen und trat an den Kofferraum heran. »Gut, dann schauen wir mal, was wir da drinnen finden.« Er steckte den Schlüssel ins Schloss. Der Kofferraumdeckel schwang auf und Hanna atmete auf, denn in ihren schlimmsten Vorstellungen hatte sie damit gerechnet, dass darin eine Leiche liegen würde. Doch der Kofferraum war leer bis auf die üblichen Utensilien wie Warndreieck und Verbandskasten.

Glücklicherweise war die Parkbucht rechts neben dem Audi frei, so dass die beiden Kriminaltechniker trotz des engen Raumes am Wagen arbeiten konnten.

»Ich geh dann mal wieder. Wenn ihr fertig seid, dann könnt ihr den Schlüssel ...«

Kramer richtete sich auf. »Moment! Wir sind die Kriminaltechnik, aber wir sind kein Dienstleistungsunternehmen. Wir werden den Wagen untersuchen, was mindestens zwei Stunden dauern wird, dann geben wir dir den Schlüssel zurück und verschwinden. Was dann mit dem Wagen passiert, das ist deine Sache.«

Hanna fluchte leise. Sie setzte sich in ihr Auto und ließ die Tür offen stehen. Gelangweilt beobachtete sie, wie sich die Spurensicherungsbeamten von hinten nach vorne durch den Wagen arbeiteten, fotografierten, nach Fasern und nach Fingerabdrücken sowie DNA-Spuren suchten. Hin und wieder blickte einer der Kollegen zu Hanna herüber und lachte.

Als die beiden den Audi untersucht hatten und die Türen schlossen, richtete sich Hanna auf. Beinahe wäre sie eingeschlafen.

Kramer kam auf sie zu und warf ihr aus kurzer Distanz den Schlüssel in den Schoß. »Jetzt ist es wieder dein Wagen«, sagte er salopp. »Den Bericht kriegt ihr nicht vor Mittwoch.«

»Aber ihr könnt mir doch sicherlich schon sagen, ob ihr was gefunden habt?«, fragte Hanna.

»Jede Menge«, antwortete Kramer. »Fasern, Fingerprints, DNA, alles vorhanden. Wenn ihr uns die Vergleichsproben liefert, dann können wir die Spuren zuordnen.«

Hanna blickte entgeistert. »Sonst nichts?«

»Das Einzige, was ich zum jetzigen Zeitpunkt sagen kann, ist, dass am Lenkrad und an Teilen des Armaturenbretts gewischt wurde, außerdem wurde versucht, Schmutz aus dem Fußraum auf der Fahrerseite zu entfernen. Trotzdem haben wir ein paar Tannennadeln gefunden, die wohl übersehen worden sind. Ansonsten gibt es nichts weiter zu sagen. Im Wagen liegen keine persönlichen Gegenstände, es gibt kein Blut und keine Leiche, das hast du ja selbst gesehen.«

Hanna nickte. »Braucht ihr den Wagen noch?«

Kramer schüttelte den Kopf, ehe er in seinen VW-Bus einstieg und davonfuhr.

21

Trevisan war außer sich, als er von Flensburg zurückkehrte. Schnurstracks ging er in sein Büro und schlug die Tür derart laut hinter sich zu, dass Hanna aufhorchte, die in ihrem Zimmer saß und weitere Meldungen sondierte.

Sie erhob sich und verließ ihr Zimmer. Vorsichtig klopfte sie bei Trevisan an.

»Ja, zum Teufel!«, brüllte der zurück.

Hanna öffnete die Tür. »Was ist denn in dich gefahren?«

»Dieser Dilettantismus kotzt mich an«, brüllte Trevisan. Er saß hinter seinem Schreibtisch und hatte die Maske des Spuran-Programms geöffnet. *Opferdaten* stand auf dem Aktenreiter, als Hanna den Tisch umrundete.

»Kein Wunder, dass wir noch immer auf der Stelle stehen und keinen Schritt vorwärts kommen«, blaffte Trevisan. »Wir müssen unsere Ermittlungen auf eine dermaßen schlechte Vorarbeit stützen, dass es zum Himmel schreit. Ich weiß nicht, was dieser Dittel samt seiner Soko damals getrieben hat, aber etwas mehr Professionalität braucht es schon, wenn man einen Mörder fangen will.«

»Was ist in dich gefahren? Lisa und ich reißen uns den Arsch auf, weißt du, wie viele Ersuchen wir heute geschrieben haben?! Das BKA denkt längst schon, wir sind bekloppt und du rastest hier aus, was soll das überhaupt und warum brüllst du hier so herum?«

Trevisan hob abwehrend die Hand. »Entschuldigung … entschuldige … das … das hat mit euch überhaupt nichts zu tun«, beschwichtigte er. »Ihr könnt nichts dafür. Ich spreche von der Akte, vom Personalblatt des Opfers. Mit keiner Zeile ist dort irgendwo erwähnt, dass Tanja Sommerlath ein Adoptivkind ist, nirgends! Und dabei ist es enorm wichtig für unsere Ermittlungen.«

Hanna schaute verwirrt. »Das verstehe ich nicht. Wir haben ihre DNA und wenn ich die Aktenlage noch richtig kenne, wurde die damals durch ihre Haarbürste und Kleidung erhoben. Also ändert es doch nichts an dem Umstand, dass das Tanja Sommerlath in einer Flensburger Klinik um ihr Leben kämpft.«

Trevisan hob den gestreckten Zeigefinger. »Zwei Mädchen radeln durch einen Wald und treffen dort ihre Mörder. Die Leichen werden anschließend in irgendeiner Torfgrube verscharrt, die es hier zahlreich gibt. Bei der Tat verliert eines der Mädchen eine Halskette. Ein debiler Junge findet sie und gerät unter Verdacht. Aber er war es nicht. Die Räder findet man ebenfalls im Wald, nahe bei einer Lichtung. Ein paar Tage später wird knapp vierzig Kilometer entfernt der Rucksack eines der Mädchen aufgefunden. Am Rucksack befindet sich eine DNA-Spur, die zweifelsfrei nicht von den Mädchen und dem Verdächtigen stammt. Das kann bedeuten, dass der oder die Täter Durchreisende waren und den Rucksack einfach entsorgten, es kann aber auch bedeuten, dass man vom Ort der Tat ablenken will. Ich habe also verschiedene Optionen. Aber der Sachverhalt klingt absolut logisch. Vollkommen unlogisch ist aber, dass beinahe drei Jahre später eines der Mädchen wieder auftaucht und einen Mordversuch nur knapp überlebt, das andere Mädchen aber verschwunden bleibt. Hier wird die Sache höchst undurchsichtig. Was aber ist, wenn Tanja kein Einzelkind war? Die DNA, verstehst du?«

Hanna hörte Trevisans Ausführungen mit Interesse zu. Sie kratzte sich an der Stirn. »Ich verstehe, worauf du hinaus willst«, antwortete sie.

»Und jetzt kommt auch noch ein verschwundener Journalist dazu, der in unserem Fall in Tennweide recherchierte«, fügte Trevisan hinzu. »Alles dreht sich also um diesen kleinen Ort.«

»Die Spurensicherung im Wagen des Journalisten ist übrigens abgeschlossen«, meldete sich Hanna wieder zu Wort. »Man hat reichlich Material gefunden, kann es aber ohne Vergleichsspuren nicht zuordnen. Das Lenkrad und

Teile des Armaturenbretts wurden abgewischt, meinen die Spezialisten.«

Trevisan nickte. »So wie ich es mir dachte. Ich sage dir, wir gehen von ganz falschen Voraussetzungen aus. Die Lösung ist weitaus weniger kompliziert, als wir annehmen.«

»Was sollen wir jetzt tun?«

Er blickte auf seine Armbanduhr. »Jetzt ist es zu spät und am Wochenende sind die Ämter geschlossen. Aber am Montag werden wir uns an die Vita unserer adoptierten Tanja machen. Ich will, dass wir jede Einzelheit herausfinden. Dann werden wir schon sehen, wohin uns der Weg führt.«

»Da bin ich aber mal gespannt«, antwortete Hanna.

»Was tust du heute noch?«

»Lisa ist schon nach Hause gegangen und ich schreibe noch ein Ermittlungsersuchen nach Köln. Ein Zeuge will Tanja in einem Hotel gesehen haben, dort hätte sie als Zimmermädchen gearbeitet.«

»Mach Schluss, das hat Zeit bis morgen!«

»Gehen wir noch zusammen etwas trinken?«, fragte Hanna.

Trevisan schüttelte den Kopf. »Ich muss noch kurz etwas schreiben und dann habe ich eine Verabredung mit Frau Meierling in Tennweide. Ich bin gespannt, was ich dort noch so alles zu hören bekomme.«

Hanna nickte kurz. »Also dann, einen schönen Abend.«

Samstag

»Ich weiß gar nicht, wann ich das letzte Mal an einem Samstag im Büro war«, sagte Hanna Kowalski und warf das Kuvert in den Postausgang.

»Ich erst letzte Woche«, konterte Lisa und blätterte die Zeitung um. »Hast du das gelesen?«

Hanna erhob sich und trat an Lisas Seite.

Suche nach den Mördern von Tennweide intensiviert, lautete die Überschrift des beinahe halbseitigen Artikels in der *HAZ*, über dem die Fotos der beiden verschwundenen Mädchen abgedruckt waren. Von erneuten intensiven Ermittlungen zur Aufklärung des Verbrechens war dort die Rede und davon, dass ein Massen-Gentest unmittelbar bevorstand. Bei Unkenntnis der tatsächlichen Umstände konnte der Leser zu der Ansicht gelangen, dass eine mehrköpfige Sonderkommission des Landeskriminalamtes Tag und Nacht Aufklärungsarbeit betreibe. Hanna überflog den Artikel und lachte laut.

»Das ist typisch, hast du davon gewusst?«, fragte sie Lisa.

»Trevisan hat den Artikel selbst geschrieben und Engel musste ihn Wort für Wort bei der Pressestelle durchpeitschen«, antwortete Lisa. »Er meint, dass wir ordentlich auf den Busch klopfen müssen, damit sich etwas bewegt.«

»Also, wenn ich es nicht besser wüsste, dann würde ich meinen, die gesamte Polizei in Niedersachen und in Norddeutschland ist auf der Suche nach den Tätern.«

»Sind wir doch auch, oder?«

Hanna zeigte hinaus auf den Gang. »Schau dich um, außer uns beiden ist niemand in diesem Stockwerk unterwegs. Noch nicht einmal der feine Herr Trevisan hat es für notwendig erachtet, heute hier zu erscheinen. Das ist nichts weiter als Show.«

«But the show must go on«, murmelte Lisa

»Was?«

Lisa winkte ab. »Nichts, ich habe nur laut gedacht. Aber sag mal, wie findest du denn unseren neuen Boss, ich finde ihn süß, du nicht?«

Hanna schüttelte den Kopf. »Er ist wohl nicht ganz deine Altersklasse.«

»Deine wohl schon eher«, antwortete Lisa mit bissigem Unterton. »Also ich finde ihn okay. Und in Ermittlungsarbeit macht ihm wohl keiner so schnell was vor.«

»Ach was, er kocht auch nur mit Wasser und wie soll man etwas finden, wenn man überhaupt nicht weiß, nach was man sucht«, hielt Hanna dagegen und umrundete den Schreibtisch. Aus dem Posteingangskorb nahm sie einen weiten Aktendeckel.

»Vielleicht gefällt dir dieser Aktivismus nicht, aber ich finde, wir haben in der letzten Woche schon mehr herausgefunden, als damals diese gesamte Soko ermittelt hatte. Es kann natürlich sein, dass es dir ein klein wenig zu hektisch in unserer Abteilung wird. Magst es wohl eher gemütlicher.«

»Red doch kein Blech daher«, zischte Hanna. »Du brauchst jetzt nicht zickig zu werden. Du hast ja recht, ich glaube ja auch, dass er gut für unsere Abteilung ist. Smisek hat die Dinge hier nur verwaltet und Engel, mein Gott, Engel, dieser Weichspüler … Der fängt doch noch nicht einmal eine Fliege, wenn sie direkt vor ihm sitzt, geschweige denn einen Mörder. Nein – es ist schon wichtig, dass er hier ist, keine Frage.«

»Was macht er denn eigentlich heute, hat er dir etwas gesagt?«

Hanna deutete auf den Zeitungsartikel. »Wenn man auf den Busch klopft, dann muss man auch sehen, was sich darunter alles bewegt.«

»Aha, ich verstehe, er treibt sich also wieder als Sommerfrischler in Tennweide herum.«

»Richtig geraten.« Hanna warf einen Blick auf die Uhr über der Tür. Es war kurz nach elf. Gelangweilt öffnete sie den Aktendeckel. Ein weiterer Hinweis befand sich darin, eine weitere mögliche Spur, die sich aufgrund des Zeugenaufrufs anfangs der Woche ergeben hatte. Diesmal über das Landeskriminalamt Hamburg gesteuert.

Inzwischen waren die Posteingänge wieder rückläufig. Hanna war dankbar dafür, denn jede neue halbwegs vernünftig klingende Mitteilung bedeutete weitere nervenaufreibende Arbeit und weitere Abklärungen über die zuständigen Polizeidienststellen. Vier Ermittlungsersuchen hatte sie heute bereits verfasst und weitere sieben Faxmitteilungen warteten noch auf die Bearbeitung, doch es war fraglich, ob sich tatsächlich wertvolle Ansatzpunkte aus den

Informationen ergeben würden. Zumindest der Hinweis auf Mallorca, Melanie Reubold und den Robinsonclub betreffend, war haltlos, hatte das BKA über die zuständigen Behörden in Palma festgestellt. Das Mädchen, das den Hinweisgeber dort als Animateurin betreute, hatte zwar eine entfernte Ähnlichkeit mit dem Opfer, arbeitete aber noch immer dort im Club, hieß Nina, stammte aus Essen und erfreute sich bester Gesundheit.

Hanna überflog das Anschreiben der Kollegen aus Hamburg und blätterte weiter. Schließlich stieß sie einen Pfiff aus, erhob sich und ging samt der Akte hinüber zu der Stellwand mit den Fotos und Hinweisen des Falles.

Lisa hob den Kopf. »Was ist los?«

»Schau dir das mal an!«

Lisa stand auf und trat an Hannas Seite. Hanna hob ein Bild aus der Akte direkt neben das Foto von Tanja Sommerlath. Die Ähnlichkeit war frappierend.

»Woher stammt das?«, fragte Lisa.

»Das Fax ist von unseren Hamburger Kollegen«, erklärte Hanna. »Ein Hotelier will Tanja in der Zeitung wiedererkannt haben. Sie arbeitete bis vor einem halben Jahr in seinem Hotel, bis er ihr kündigte, weil sie gestohlen hatte.«

»Im Ernst?«, fragte Lisa fassungslos. »Woher hat er das Foto?«

»Das stammt aus dem Personalblatt der Angestellten. Sie nannte sich Tamara Sygow.«

»Dann sollten wir Trevisan informieren.«

Hanna warf einen nachdenklichen Blick auf das Foto in den Akten der Hamburger Kollegen. »Hoffentlich ist es nicht bloß wieder eine Verwechslung, so wie auf Mallorca.«

*

Die Sonne stand tief im Westen und warf ihre letzten rötlichen Strahlen durch die zarten Schleierwolken. Es war ein milder, angenehmer Samstag gewesen, der sich langsam seinem Ende zuneigte. Trevisan war nach Tennweide zurückgekehrt. Mit Frau Meierling hatte er den ausklingenden Tag beim Abendessen verbracht.

Er erhob sich und lehnte sich locker gegen das Geländer der Veranda.

Tagsüber hatte er einen ausgedehnten Spaziergang durch das Dorf unternommen und im Gasthaus *Klosterkrug* zu Mittag gegessen. Das beherrschende Thema waren natürlich der Zeitungsartikel in der *HAZ* und der bevorstehende Massen-Gentest gewesen. Überall hatte man darüber getuschelt. Die Polizei war demnach offenbar der Meinung, die Täter stammten aus dem Ort, und genau auf diese Interpretation hatte Trevisan beim Abfassen der Pressemeldung abgezielt. Auch Frau Meierling fand während des Abendessens kein anderes Thema, nachdem Trevisan immer wieder das Gespräch darauf lenkte.

»Ich bin froh, dass Sarah nicht mehr hier ist«, hatte sie wieder gesagt, nachdem sich Trevisan mit ihr erneut über das Dorfleben unterhalten hatte.

»Übrigens hat sich unser Polizist bei mir nach Ihnen erkundigt«, bemerkte sie, nachdem sie den Esstisch abgeräumt hatte und aus der Küche auf die Veranda zurückgekehrt war.

»So, bin ich etwa verdächtig?«, schmunzelte Trevisan.

»Ich weiß es nicht, ich kenne Sie ja erst seit dieser Woche und wer weiß, vielleicht sind Sie ja auch gar nicht der, für den Sie sich ausgeben.«

»Ja, wer weiß«, witzelte Trevisan. »Aber Sie können sich sicher sein, dass ich mit dem Verschwinden der Mädchen nichts zu tun habe, das schwöre ich.«

»Das will ich auch hoffen.«

»Was wollte der Sheriff denn wissen?«

Rosi Meierling trat an seine Seite. »Noch einen Wein?«

Trevisan wies in den Himmel, auf dem sich die roten Schlieren der Wolken mit den ersten dunklen Boten der anbrechenden Nacht vereinten. »Es ist so ein schöner Abend und ehrlich gesagt würde ich gerne noch einen kleinen Spaziergang machen. Wie wär's, hätten Sie Lust?«

Rosi Meierling zuckte mit der Schulter. »Ich weiß nicht, man wird über uns reden, wenn man uns zusammen sieht.«

»Weil wir zusammen spazieren gehen?«

»Ich meine nur, ich lebe hier in einem kleinen Ort mit knapp zweihundertfünfzig Einwohnern und wir sind nahezu gleich alt, da wird man denken ...«

»Mich stört es nicht, wie ist es mit Ihnen?«

Rosi schaute in den Himmel, schließlich zuckte sie wieder mit der Schulter. »Also gut, ich hole mir nur meine Weste.«

Sie verließen das Haus und wandten sich nach links Richtung Wiesenweg. Rosi Meierling hatte sich eine beige Strickweste übergezogen. Ihre roten Haare glänzten in der untergehenden Sonne. Trevisan fand die Frau durchaus attraktiv, auch wenn sie nicht unbedingt sein Typ war. Langsam schlenderten sie die Straße hinunter. Am Wiesenweg bogen sie in Richtung Ortsmitte ab.

»Ach, ich weiß gar nicht, wann ich das letzte Mal so spazieren gegangen bin. Ist schon eine halbe Ewigkeit her«, seufzte sie und erzählte von den verschiedenen Gästen, die sich schon bei ihr eingemietet hatten. Normalerweise vermiete sie ausschließlich an Ehepaare, aber hier und da mache sie eine Ausnahme, sagte sie.

»Und bei mir haben Sie eine Ausnahme gemacht. Warum denn eigentlich?«

»Sie klangen so nett am Telefon«, entgegnete die Frau. »Nett und irgendwie hatte ich das Gefühl, dass Sie eine Auszeit brauchten.«

Trevisan zog die Augenbrauen hoch. »So etwas hören Sie am Telefon?«

Sie nickte. »Ich traue mir zu, Menschen auf den ersten Blick beurteilen zu können. Mit meinen Einschätzungen liege ich meist richtig.«

Trevisan lächelte. »Und was halten Sie von mir?«

Rosa Meierling schmunzelte. »Sportlich, jung geblieben, wahrscheinlich geschieden mit einem stressigen Beruf. Ein

Mann, der sich nach ein klein wenig Entspannung sehnt. Aber ansonsten harmlos.«

»Harmlos?«, wiederholte Trevisan belustigt.

»Na ja, ich meine, dass Sie einen guten Charakter haben, anders als so manche. Ich halte Sie zumindest für ehrlich, aber auch ein klein wenig verschlossen. Sie sagen nicht gerne, wie es Ihnen geht und wie es da drinnen aussieht, stimmt's?« Sie zeigte auf Trevisans Brustkorb.

»Ertappt«, antwortete Trevisan und schlug den Weg Richtung Kirchplatz ein.

Sie blieb stehen. Die Luft war geschwängert vom Stallgeruch, der von Tjadens Hof über das Dorf geweht wurde.

»Was ist?«

Sie zeigte in die Torfstraße. »Es ist besser, wenn wir hier lang gehen. Da sieht uns keiner.«

Trevisan blieb ebenfalls stehen und wandte sich zu ihr um. »Wenn es Ihnen peinlich ist, dann bringe ich Sie gerne zurück.«

Einen Augenblick überlegte sie, bis sie sich zögernd wieder in Bewegung setzte. »Was soll's, wir sind erwachsen.«

»Eben«, bestätigte Trevisan und wartete, bis sie auf seiner Höhe war. Langsam schlenderten sie weiter.

»Wir sollten uns noch einen kleinen Absacker genehmigen, ehe wir wieder nach Hause gehen. Wie wäre es mit dem *Klosterkrug*?«

»Oh, wir könnten doch auch bei mir …«

Trevisan hob abwehrend die Hand. »Keine Widerrede!«

Als sie auf den Kirchplatz einbogen, standen zwei Wagen unter dem Lindenbaum in der Mitte des gepflasterten Platzes. Trevisan erkannte den schwarzen Golf sofort, es war der Raser vom letzten Mittwoch. Ein blauer Honda stand daneben. Auf der Bank, die unter der Linde stand, saßen drei junge Männer.

»Lassen Sie uns hier entlang gehen!«, sagte Rosi Meierling. Ihre Stimme klang etwas gedämpft, als ob sie nicht unbedingt gehört werden wollte.

»Das ist doch der Rennfahrer, wenn ich mich nicht täusche«, sagte er.

»Ja«, sagte sie kurz.

»Haben Sie etwa Angst vor ihm?«

»Angst ... nein, aber die Kerle müssen uns nicht unbedingt sehen. Die ganze Bande ist wieder zusammen. Der Kevin, daneben sitzt der Carsten, das ist der Sohn unseres Arztes, und der lange Kerl, der da auf der Motorhaube herumlungert, ist Mirko, der Sohn vom Unternehmer Stolz. Die haben Geld wie Dreck. Spekulationen mit Grundstücken am See, natürlich nicht ganz astrein, da haben einige im Ort ordentlich draufgezahlt. Es fehlt nur noch der Basti, das ist der Sohn vom Gemeindevorsteher. Der ist an für sich ganz harmlos, wenn die anderen nicht dabei sind.«

Trevisan blieb stehen und schaute zu den jungen Männern hinüber, die scheinbar angeregt in ein Gespräch vertieft waren und keine Notiz vom Drumherum nahmen.

»Ach was, kommen Sie, die sind doch sicher alle ganz harmlos«, sagte Trevisan. »Die sitzen doch nur da rum und erzählen. Wenn sich bei uns die Jungs und Mädels am Samstag am Fliegerdeich treffen, da geht ganz schön der Punk ab.«

Rosi Meierling schüttelte den Kopf. »Normalerweise ist es hier genauso. Da dröhnt die Musik durch den ganzen Ort, dass man nachts nicht schlafen kann. Im Sommer ist das schlimm, sage ich Ihnen. Halbstarke eben, die sich beweisen wollen.«

»Und was ist mit dem *Klosterkrug*?«

»Ehrlich gesagt will ich nach Hause, wenn es Ihnen nichts ausmacht. Sie können gerne alleine ...«

Trevisan wandte sich um. »Kommt gar nicht in Frage, ich bringe Sie zurück. Dann trinken wir eben bei Ihnen noch ein Glas Wein.«

Trevisan brachte Rosi Meierling nach Hause. Im Wohnzimmer ließen sie sich nieder. Aus dem einen Glas wurde ein zweites und aus dem Sie wurde ein Du und als sie gemeinsam die zweite Flasche geleert hatten, erhob sich Trevisan.

»Du musst zum Schlafen nicht nach unten gehen«, sagte Rosi Meierling und zog ihn zurück auf die Couch.

22

Montag

Er kam langsam zu sich. In seinem Kopf hämmerte und pochte es, als würde seine Schädeldecke jeden Moment zerspringen. Er war schwach und sein Atem ging flach, aber er war am Leben. Um ihn herum herrschte tiefste Finsternis. Als er sich bewegen wollte, merkte er, dass seine Hände und Beine gefesselt waren. Um ihn herum war es kühl und klamm. Es roch nach Moder und feuchter Erde.

Das Einzige, an das er sich noch erinnerte, war der höllische Schmerz in seinem Kopf, kurz nachdem er das Knacken eines Astes hinter seinem Rücken gehört hatte. Und jetzt lag er irgendwo unter der Erde. War dies sein Grab, sollte er hier sein Ende finden?

Der stechende Schmerz, der durch seinen Kopf schoss, als er versuchte, seine Lage ein klein wenig zu verändern, riss ihn aus seiner Lethargie. Was konnte er tun? Er spürte weder seine Hände noch seine Beine, die Fesseln schnürten ihm das Blut ab. Wie lange lag er bereits hier und was hatten sie mit ihm vor?

Justin Belfort versuchte, seine Atemzüge zu kontrollieren, versuchte, wieder zu sich zu kommen, sich gegen die aufkeimende Panik zu stemmen, doch es gelang ihm nicht. Diese feuchte Kuhle, in der er lag, würde zu seinem Grab werden, wenn er sich nicht aus seiner Lage befreien konnte. Ganz langsam würde er sterben, zuerst seine Hände, dann seine Beine und dann der Geist, Stück um Stück, bis ihn der Tod mit in die Tiefe riss. Doch dazu war er noch nicht bereit.

Er drängte die Angst und die Panik zurück. Justin ließ die Schmerzen hinter sich und stemmte sich gegen sein Schicksal, bis er sich aus der Seitenlage befreien und auf den Rücken drehen konnte. Der Schmerz in seinem Kopf war unbeschreiblich und auch das Kribbeln, das seine Arme erfasste, wurde unerträglich, dennoch hatte er es geschafft, er hatte sich gedreht, er lag auf dem Rücken und das Atmen fiel ihm leichter. Ein leises Stöhnen kam über seine Lippen. Er überlegte, ob er einfach losbrüllen sollte, vielleicht würde ihn jemand hören und aus seinem klammen Gefängnis befreien. Doch er verwarf den Gedanken – was, wenn die Kerle zurückkehrten oder irgendwo dort draußen waren und auf seine Schreie aufmerksam würden?

Das Kribbeln in seinen Armen und Händen nahm zu und wurde von einer unangenehmen Hitzewelle begleitet, gleichzeitig verlor sich aber die Taubheit in seinen Fingern. Er spürte, dass das Leben auch in seine Beine zurückströmte. Tief atmete er die modrige Luft ein und kämpfte gegen die Ausweglosigkeit. Seine Augen wurden feucht und er begann zu weinen. Zuerst schluchzte er leise, doch dann erzitterte sein Körper unter der Last der Anspannung, und die ganze Pein bahnte sich hemmungslos ihren Weg. Er wollte leben, nur leben, überleben.

Indem er die Handgelenke bewegte und aneinander rieb, verschaffte er seinen Händen ein klein wenig mehr Luft. Die feuchte Schnur um seine Handgelenke gab mehr und mehr nach. Die Hoffnung kehrte zurück. Mit aller Macht stemmte er sich gegen den Tod.

*

Martin Trevisan war nicht in Rosi Meierlings Wohnzimmer geblieben. Er hatte ihr erklärt, dass er noch nicht bereit für eine neue Beziehung war. Beinahe eine halbe Stunde hatten sie noch miteinander geredet, bevor er ihre Wohnung verlassen hatte und hinausgegangen war. Draußen hatte es zu regnen begonnen. Er holte eine leichte Regenjacke aus seinem Zimmer und schlich sich erneut auf den Kirchplatz. Dort hatte sich nur wenig verändert. Unter dem Lindenbaum standen noch immer die beiden Wagen der Dorfjugend. Nur auf der Bank saß niemand mehr. Sie hatten sich des Regens wegen in einen der Wagen zurückgezogen. Noch immer leuchtete das Reklameschild über der Tür des *Klosterkrugs*, doch der Parkplatz davor war leer. Trevisan schaute auf seine Uhr. Es war bereits weit nach Mitternacht, als er sich auf den Rückweg machte.

Am Montag betrat er gegen halb neun das Dienstgebäude in der Schützenstraße und fuhr mit dem Aufzug in die dritte Etage. Noch bevor er sein Büro erreichte, wurde er von Oberrat Engel abgefangen.

»Guten Morgen, Kollege Trevisan«, grüßte Engel. Ein unscheinbarer, dicklicher Mann um die fünfzig mit Hornbrille und Stirnglatze befand sich in seiner Begleitung. »Das ist Kollege Sobeck vom Kriminaldauerdienst der Kripo Hannover. Er leitet die Ermittlungen wegen des verschwundenen Reporters und er würde gerne mit uns kooperieren.«

»Ich dachte, nach einem vermissten Erwachsenen wird nicht gesucht«, antwortete Trevisan gekünstelt. »Woher dieser plötzliche Sinneswandel?«

Sobeck räusperte sich. »Ja, das war der Stand, bevor man den Wagen des Vermissten gefunden hat. Jetzt schließen wir ein Verbrechen nicht mehr aus.«

»Herr Sobeck möchte, dass wir in dieser Sache gemeinsam …«

Trevisan hob abwehrend die Hände. »Ich habe heute einen vollen Terminkalender«, fiel er Engel ins Wort. »Wir müssen ein paar Dinge erledigen, die keinen Aufschub dulden.«

Hanna Kowalski, die Trevisans Stimme durch den Gang hallen hörte, kam aus ihrem Büro. Sie hielt einen Aktenordner in der Hand. »Mensch, Martin, wo warst du denn, wir haben das ganze Wochenende versucht, dich zu erreichen«, sagte sie und nickte Engel kurz zu.

Engel hob die Hand zum Gruß und schaute auf seine Armbanduhr. »Kümmern Sie sich um Herrn Sobeck, ich habe noch einen wichtigen Termin.«

Der Kriminaloberrat reichte Sobeck die Hand und machte auf dem Absatz kehrt. Trevisan seufzte, als Engel durch die

Glastür verschwand. Er wandte sich Sobeck zu. »Hören Sie, Kollege Sobeck, wir sind derzeit drei Mann in diesem Referat. Selbst wenn wir wollten, wüsste ich nicht, wie wir Ihnen helfen könnten.«

»Ich heiße Günter«, entgegnete Sobeck. »Ich habe vier Mann in meiner Abteilung. Außerdem gehe ich davon aus, dass wir den gleichen Täter suchen. Ich schlage vor, dass wir ein Stück zusammenrücken. Zusammen sind wir schon acht.«

Trevisan lächelte und klopfte Sobeck auf die Schulter. »Das ist keine schlechte Idee, wir könnten ein klein wenig Unterstützung gebrauchen.«

Hanna Kowalski hüstelte gekünstelt. »Das glaube ich auch.«

Trevisan wies auf den Konferenzraum. »Besprechen wir das da drinnen.«

Nachdem sie um den Tisch Platz genommen hatten, stieß auch Lisa Winter zu dem Trio hinzu, sie hielt einen Notizblock in der Hand.

»Also gut, dann schießt mal los«, sagte Trevisan.

Lisa nickte Hanna zu und setzte sich.

Hanna zog ein Blatt Papier aus dem Aktenordner. »Unsere vermeintlich Vermisste wurde von einem Hotelier wiedererkannt. Er meinte, dass dieses Mädchen bei ihm unter dem Namen Tamara Sygow als Zimmermädchen arbeitete. Allerdings nicht lange, sie wurde erwischt, als sie ein paar Wertsachen von Hotelgästen mitgehen ließ. Man verzichtete auf eine Anzeige wegen der schlechten Publicity für das Hotel und warf sie hinaus. Das war vor etwa einem halben Jahr.«

»Ist das glaubhaft?«, unterbrach Trevisan.

»Ich habe umgehend mit dem Hotelier Kontakt aufgenommen und mir ein Bild aus ihrer Personalakte zufaxen lassen. Sie könnte es tatsächlich gewesen sein, zumindest ist ihr das Foto sehr ähnlich.«

»In Hamburg, sagst du?«

»Ja, Hamburg«, bestätigte Hanna. »Aber da ist noch etwas. Die Adresse, die sie als Wohnanschrift im Hotel angab, existiert nicht. Außerdem ist beim Einwohnermeldeamt keine Tamara Sygow gemeldet. Ich hatte noch zwei weitere Meldungen aus Hamburg im Fach, die ich zuerst für nicht glaubhaft hielt, aber angesichts der Sache mit dem Hotelier ist vielleicht doch was dran: Ein pensionierter Seemann aus Hamburg hat sich gemeldet und mitgeteilt, dass unsere Vermisste in der Süderstraße der Prostitution nachging, und die Inhaberin eines Kiosks meint, dass sich unsere Vermisste in zwielichtigen Kreisen in der Nähe des Kiez herumtrieb. Das könnte zusammenpassen.«

»Hast du schon mit den Hamburger Kollegen Kontakt aufgenommen?«, fragte Trevisan.

»Ich sagte doch, zuerst hielt ich die Sache mit dem Rentner und dem Kiosk für unwichtig, in der Ablage liegen noch Dutzende solcher Zeugenhinweise. Um allen nachzugehen, brauchen wir mindestens fünfzig Mann. Erst nachdem der Hotelier sich meldete, bekamen die beiden Beobachtungen eine andere Bedeutung.«

In Hannas Antwort war der bissige Unterton nicht zu überhören, Trevisan hob beschwichtigend die Hand. »Das ist doch keine Kritik, Hanna. Ich weiß, viele Dinge sind eine Frage der Bewertung und so manche Wahrnehmungen bekommen erst einen Sinn, wenn es weitere Anhaltspunkte gibt. Aber jetzt, nachdem du zu dieser Bewertung kommst, müssen wir der Sache nachgehen. Ich würde sagen, ich fahre mit Lisa nach Hamburg.«

Lisa schaute Trevisan fragend an. »Ich dachte, wir wollten heute nach Braunschweig auf das Standesamt, um uns um die Vita von Tanja zu kümmern.«

»Das könnte Hanna machen«, antwortete Trevisan und warf seiner Kollegin einen fragenden Blick zu.

Sobeck schaute auf seine Uhr. »Wir würden die Ermittlungen gerne unterstützen, aber in einer Stunde ist eine große Suchaktion rund um Tennweide geplant. Die Bereitschaftspolizei rückt mit zwei Hundertschaften an und ein Hubschrauber mit Wärmebildkamera ist ebenfalls mit von der Partie.«

Trevisan nickte freundlich. »Okay, dann bringen wir erst einmal unsere Aktenlage auf den neuesten Stand und bleiben in engem Kontakt.« Er reichte Sobeck seine Karte und schüttelte ihm die Hand. »Sobald sich etwas ergibt, sollten Sie mich informieren.«

Sobeck erhob sich. »Keine Frage«, antwortete er und überreichte Trevisan ebenfalls eine Visitenkarte.

23

Hanna Kowalski hatte sich darüber geärgert, dass Trevisan Lisa nach Hamburg mitgenommen hatte. Zähneknirschend war sie in den Dienstwagen eingestiegen und über die A 2 nach Braunschweig gefahren. Es herrschte dichter Verkehr, so dass sie erst kurz vor Mittag dort eintraf. Für die Suche nach einem Parkplatz in der Nähe des Platzes der Deutschen Einheit benötigte Hanna weitere dreißig Minuten. Schließlich stellte sie entnervt ihren Wagen auf dem Parkplatz des *Deutschen Hauses* ab und ignorierte das Schild *Parken nur für Hotelgäste*. Als sie endlich das Rathaus erreichte und den Pförtner in seiner Kabine hinter der Glassscheibe nach dem Standesamt fragte, erhielt sie zur Antwort, dass nun Mittagspause sei und sie frühestens um ein Uhr wieder jemanden im Amt erreichen könne. Diese Aussage verbesserte ihre ohnehin bereits trübe Laune nicht. Im Gegenteil, zur üblen Laune hatte sie noch Hunger wie ein Wolf.

»Wo kann man hier etwas essen?«, fragte sie den Pförtner, der sich bereits wieder anderen Dingen zugewandt hatte. Der grauhaarige Mann, wohl kurz vor der Pensionsgrenze, erhob sich ächzend von seinem braunen Bürostuhl und schob die Scheibe seines Verschlages ein klein wenig zurück. Schließlich zeigte er mit ausgestreckter Hand in die verschiedenen Richtungen. »Hier raus und dann links, da gibt es Sushi. Wenn Sie die Straße überqueren, dann finden Sie dort ein Restaurant und ein paar Schritte weiter ist ein Italiener. Rechts direkt gegenüber ist das *Deutsche Haus*, unterhalb der Marstall und dahinter eine Brauereigaststätte mit gutbürgerlicher Küche und angenehmen Preisen.«

Hanna bedankte sich und entschied sich, nachdem sie aus der Kühle des Gebäudes in den sonnigen Mittag trat, für die Variante links um das Rathaus. Schließlich landete sie im *Vapiano*, wo sie sich leckere Lachsnudeln bestellte und dazu einen roten Valpolicella aus Marano. Das Essen und der Wein vermochten ihre Stimmung ein wenig aufzuhellen. Kurz vor dem angekündigten Ende der Mittagspause zahlte sie, erhob sich und schlenderte langsam zurück zum Rathaus, wo sie diesmal mehr Glück hatte.

Im ersten Stock wurde sie von einer Auszubildenden in Empfang genommen. Mit piepsiger Stimme fragte sie nach Hannas Anliegen. Als die Polizistin ihren Dienstausweis vorzeigte und erklärte, weswegen sie hier hergekommen war, verschwand das Lächeln aus dem Gesicht der jungen Angestellten und wich nervösen Blicken zur Uhr, die im Büro an der Fensterseite hing.

»Es tut mir leid, ich kann leider nur im Computer nachsehen, aber da sind nicht alle Daten erfasst.«

Hanna zeigte auf den Bildschirm. »Vielleicht haben wir ja Glück«, sagte sie.

Die junge Angestellte nickte kurz und schrieb den Namen vom Datenblatt ab, das ihr Hanna vorgelegt hatte. Fast passend zu diesem Tag hatten sie kein Glück. »Den Namen Sommerlath habe ich überhaupt nicht.«

»Das gibt es nicht! Tanja Sommerlath, geboren am 16. April 1981 in Braunschweig – da muss es einen Eintrag geben.«

Erneut warf die junge Frau einen flehenden Blick auf die Uhr. »Vielleicht sollten wir auf Frau Steinberg warten, sie ist die Standesbeamtin, ich bin erst kurz hier.«

»Wann kommt Frau Steinberg?«

»Sie müsste eigentlich schon längst da sein.«

Hanna, die am Schreibtisch gegenüber der Angestellten Platz genommen hatte und den Bildschirm nur von der Rückseite sah, richtete sich auf. »Das gibt es doch gar nicht, da muss doch etwas erfasst sein«, murmelte sie und beugte sich vor, um einen Blick auf den Bildschirm zu erhaschen, doch die junge Frau drehte ihn ein Stück zur Seite.

»Entschuldigen Sie, aber Sie dürfen …«

Hanna hob beschwichtigend die Hände. Sie fühlte, dass ihre Ansprechpartnerin nicht alles verraten hatte, was der Bildschirm anzeigte. »Hören Sie, ich bin Polizistin und ermittle in einem Mordfall. Nötigenfalls hole ich mir die

Erlaubnis über einen Richter, also: Sagen Sie mir, was steht da auf dem Bildschirm?«

Die junge Frau zuckte unsicher mit den Schultern. »Ich weiß nicht, ob ich das darf, ich bin erst neu hier.«

Das Mädchen schien der Verzweiflung nahe, so dass sie Hanna beinahe leid tat. »Gut, dann warten wir eben, lange kann es ja nicht dauern.«

Das Mädchen entspannte sich und noch bevor sie etwas erwidern konnte, wurde die Bürotür geöffnet und eine Frau um die fünfzig in hellbraunem Kostüm betrat das Büro. Sie nickte Hanna freundlich zu. Die junge Angestellte erhob sich. »Frau Steinberg«, sagte sie. »Da ist jemand von der Polizei, sie wollen Daten aus unserem Register.«

Frau Steinberg ging unbeirrt auf eine Tür an der Stirnseite des Büros zu und wandte sich nur kurz um. »Wenn sie sich ausgewiesen hat, dann geben Sie ihr die Daten, Kindchen.«

»Da ... da ... da ist ein ... ein Sperrvermerk«, stotterte die junge Frau.

Hanna erhob sich. »Hören Sie, wir ermitteln in einem Mordfall und benötigen dringend Ihre Hilfe.«

Frau Steinberg hielt inne, umkurvte den Schreibtisch und warf einen Blick auf den Computerbildschirm. Schließlich nahm sie eine Brille aus ihrer Handtasche, ergriff das Datenblatt und verglich die Einträge. Beinahe zwei Minuten vergingen im Schweigen, bis sich Hanna räusperte und fragte: »Dürfte ich auch erfahren, was dort auf dem Bildschirm steht?«

Frau Steinberg warf erneut einen Blick auf das Datenblatt, das Hanna aus dem Polizeicomputer mitgebracht hatte und auf dem die Daten der vermissten Tanja Sommerlath vermerkt waren.

»Hören Sie, das ist ein etwas komplizierter Fall«, erklärte die Standesbeamtin. »Wir haben keine Tanja Sommerlath in unserem System, aber mit gleichem Vornamen und Geburtsdatum ist hier eine Tanja Rosnow eingetragen, allerdings gibt es einen Sperrvermerk.«

»Einen Sperrvermerk, was bedeutet das?«

»Hier steht, Auskunft nur bei berechtigtem Interesse, weitere Daten sind aus der Akte zu entnehmen.«

»Dann sollten wir in die Akte schauen oder glauben Sie, ich bin nicht aus berechtigtem Interesse hier?! Nach unseren Ermittlungen ist diese Tanja ein Adoptivkind. Es kann durchaus sein, dass sie unter einem anderen Namen bei Ihnen registriert ist.«

*

Er kam zu sich, als das dumpfe Brummen die Stille überdeckte. Er leckte sich über seine trockenen Lippen. Quälender Durst und infernalischer Hunger bohrten in seinen Eingeweiden.

Das Brummen verstärkte sich, wurde lauter und überlagerte das Rauschen des Blutes in seinen Ohren. Zu dem Brummen gesellte sich ein lautes Flirren. Kein Zweifel, über ihm kreiste ein Hubschrauber. Trotz der Schwäche, die seinen Körper im eisernen Griff gefangen hielt, versuchte er sich in seinem dunklen, modrigen Verlies etwas aufzurichten, doch die Schmerzen im Kopf wurden unerträglich. Mit einem Seufzen sank er zurück. Inzwischen hatte die Feuchtigkeit seine Fesseln so weit gelöst, dass er seine Hände daraus befreien konnte. Doch genutzt hatte es ihm nur wenig, der Deckel seines Sarges ließ sich nicht öffnen.

Es war paradox: Er war hier in seiner dunklen Höhle gefangen und die Rettung schwebte unerreichbar in den luftigen Höhen direkt über ihm. Mit den Fingern grub er in der feuchten Erde. Sein erkalteter Körper war ohne jegliches Gefühl, doch seine Finger ertasteten die Feuchtigkeit. Eine kleine Wasserlache hatte sich neben ihm gebildet. Er tauchte seine Hand hinein und führte sie zum Mund. Gierig schluckte er die Tropfen, die von seinen Fingern direkt in den Mund glitten. Das Hungergefühl hatte er am gestrigen Tag erfolgreich bekämpft, als er ein Stück Wurzel zu fassen bekommen hatte. Bitter hatte sie geschmeckt und hart war sie gewesen, doch das Innere der zerkauten Masse hatte ihn gesättigt, den Rest hatte er wieder ausgespuckt.

Erneut tastete er mit seinen Händen durch die Dunkelheit, wieder bekam er Wurzelwerk zu fassen. Er musste sich gehörig anstrengen, bis er ein kleines Stück durch stetes Drehen und Biegen abreißen konnte. Schließlich führte er es in seinen Mund und kaute, bis sich die harte Schale vom weicheren Kern schälte. Den harten Rest spuckte er aus. Wurzeln und brackiges Wasser, das zu ihm in seine Grube sickerte, hielten ihn am Leben. Doch wie lange würde er es hier noch aushalten und wie lange lag er überhaupt schon in diesem Erdloch? Sein Gefühl für Raum und Zeit hatte ihn gänzlich verlassen.

Das Brummen verzog sich, schwenkte nach rechts und verlor sich langsam in der unendlichen Stille. Ein Hubschrauber, dachte er, sie suchen nach mir. Er hob seine Hände an und stieß gegen die hölzerne Decke. Mehrmals erfolglos hatte er bereits versucht, die Decke über sich ein klein wenig anzuheben, doch seine Anstrengungen waren vergebens. Wahrscheinlich handelte es sich um eine alte Torfgrube, die mit Holzbrettern abgedeckt worden war. Solche Gruben fand man sehr viele hier in der Gegend, wo viele Menschen einst vom Torf gelebt hatten. Wenn es ihm nur gelänge, die Abdeckung wenigstens einen Spalt anzuheben … Doch er hatte keine Chance. Ermattet ließ er sich zurücksinken. Er lauschte in die Dunkelheit. Außer dem Rauschen in seinen Ohren, war nichts mehr zu hören. Er würde sterben, hier in diesem übelriechenden und einsamen Verlies. Er verfluchte seine Mörder, wünschte ihnen einen grauenvollen Tod, ehe er kraftlos in einen unruhigen Schlaf hinüberdämmerte

*

»Also das hübsche Mädchen wäre mir aufgefallen«, erklärte der Geschäftsführer des Hotels *Moorburger Hof* im Hamburger Stadtteil Neugraben. »Sie sah eher aus wie eine graue Maus, meist war sie ungepflegt, deshalb habe ich sie auch öfter ermahnt. Aber ihre Arbeit hat sie stets ordentlich gemacht. Nur, das stellte sich erst später heraus, hat sie geklaut wie ein Rabe. Aber da war sie geschickt. Sie hat nie den ganzen Geldbeutel entwendet, immer nur einen kleinen Betrag, der nicht unbedingt auffällt, verstehen Sie? Wenn ein Gast zweihundert Euro hatte, dann nahm sie einen Zehner oder einen Zwanziger. Wem fällt das schon auf, und selbst wenn, dann denkt man darüber nach und verwirft den Gedanken an einen Diebstahl – denn wenn man heute einkaufen geht, dann ist das Geld weg, so schnell können Sie gar nicht schauen.«

Trevisan nickte und legte das Bild von Tanja Sommerlath vor sich auf den Tisch. »Sie meinen also, dass das Mädchen hier auf dem Foto nicht Ihre damalige Mitarbeiterin ist?«

Der Hotelier nahm das Bild noch einmal zur Hand und beäugte es für eine Weile. »Das Bild aus der Zeitung, das Mädchen mit den ausgemergelten Gesichtszügen und den ungekämmten Haaren, das war unsere Tamara, aber auf diesem Bild … Sagen wir, es ist eine frappierende Ähnlichkeit, was die Gesichtszüge angeht, aber dieses Mädchen wirkt … wie soll sich sagen …: viel feiner, gepflegter, ich sage mal, das ist ein sehr hübsches Mädchen hier auf dem Foto, nach dem würden sich einige unserer männlichen Angestellten umdrehen. Nach Tamara hat sich niemand umgedreht, im Gegenteil, man hat sie eher gemieden, sie roch manchmal nach Schweiß, dass ich sie sogar unter die Dusche schicken musste. Nur mit Gloria hat sie geredet, ansonsten hatte sie hier keinen Kontakt zu anderen Mitarbeitern. Soll ich Gloria holen lassen?«

Trevisan rümpfte die Nase. Er hatte sich das Gespräch mit dem Hotelier einfacher vorgestellt. Das Hochglanzfoto von Tanja war alles, was er bei sich hatte. Er ärgerte sich, dass er versäumt hatte, Seelmann nach einem Foto der jungen Frau aus dem Krankenhaus in Flensburg zu fragen.

»Bei dem Bild in der Zeitung sind Sie sich aber sicher?«, fragte Lisa eindringlich.

Der Hotelier nickte. »Ja, da habe ich keine Zweifel, aber ich habe immer nur das Bild auf dem Polizeifoto gesehen, das unsere ausgemergelte und etwas schlampig wirkende Tamara zeigt. Dieses Mädchen auf dem Bild ist gepflegt, es könnte eine Schwester von Tamara sein, verstehen Sie?«

Trevisan nickte zufrieden und warf Lisa einen Blick zu. »Das reicht uns schon. Wir würden jetzt sehr gerne mit Gloria sprechen, wenn das möglich ist.«

Der Hotelier nickte, erhob sich, bat um einen Moment Geduld und verließ das Büro.

»Ich hoffe, dass wir endlich einen Schritt weiterkommen und der Besuch hier nicht umsonst ist«, seufzte Lisa.

Trevisan lächelte. »Ich habe ein ganz gutes Gefühl. Bin mal gespannt, was diese Gloria alles zu berichten weiß.«

»Und wenn du dich täuscht?«

»Dann fangen wir wieder von vorne an«, antwortete Trevisan, als die Tür geöffnet wurde und der Hotelier in Begleitung einer dunkelhäutigen Frau Mitte zwanzig das Zimmer betrat.

»Das ist Gloria, sie ist unsere beste Kraft«, stellte er sie vor.

Glorias Haut war tief dunkel. Sie trug einen schwarzen Rock, eine weiße Bluse und hatte eine mit Spitzen verzierte Schürze umgebunden. Im Afrolook der Achtziger frisierte Haare umrahmten ihr hübsches Gesicht. Sie wirkte ein wenig schüchtern. Trevisan erhob sich und reichte ihr die Hand.

»Ich lasse Sie dann alleine«, sagte der Hotelbetreiber. »Verfügen Sie über mein Büro, solange Sie es benötigen.«

Trevisan bedankte sich und wartete, bis der Mann die Tür geschlossen hatte, während ihm Glorias unsichere Blicke folgten.

»Ich bin Martin Trevisan und das ist meine Kollegin Lisa Winter«, stellte er erst einmal vor. »Sie sprechen Deutsch?«

Die junge Frau nickte. »Wenn sprechen langsam.«

Trevisan legte ihr das Polizeibild von Tanja vor, das in fast allen Zeitungen im hohen Norden zu sehen gewesen war. »Sie wissen, weswegen wir hier sind?«

Gloria zeigte mit dem Finger auf das Bild. »Das Tamara. Hat gearbeitet hier. Aber dann Zappzerapp, Chef sagt, muss gehen, sonst Polizei kommen und holen. Dann ist gegangen.«

Trevisan nickte. »Sie hatten Kontakt zu ihr?«

»Nur reden, Tamara ruhig, Tamara immer böses Gefühl, verstehen mich? Tamara war nett, aber nix gute Freund. Hat Tamara schlagen.«

Trevisan schüttelte den Kopf.

»Nicht fröhlich war Tamara, hat immer gehabt Angst. Und Freund war nix gut, immer Gewalt, hat geschlagen Tamara. Geklaut nur wegen Freund, ich glaube.«

»Wissen Sie, wo Tamara gewohnt hat?«, fragte Lisa.

Gloria beugte sich verschwörerisch vor. »Glaub nix gewohnt in Haus, gewohnt in Wagen mit Freund. Camping, verstehen?«

»Auf einem Campingplatz?«

»Ja, Camping. Freund hatte auch Auto, einmal gesehen, wie geholt von Freund. Freund war großer Mann, Bart hat ausgesehen wie Männer in Straße, lange Haare, nix gekämmt und Hose zerrissen.«

»Wie ein Penner?«, fragte Trevisan.

Gloria schaute Trevisan fragend an.

»Wie ein Mann, der auf der Straße lebt?«, versuchte Trevisan zu konkretisieren. Gloria nickte.

»Kennen Sie seinen Namen?«, fragte Lisa.

Gloria schüttelte den Kopf. »Mann nix deutsch, komme von Land wo war Krieg in Süden, Tamara sagen Joshi. Aber kenne Auto, war Bus wie auch Hotelbus, nur Farbe rot und viel alt.«

»Kam er aus Hamburg?«

»Ich nix weiß, aber war Buchstaben auf Auto wie Hamburg, dann noch gewesen sein X und V, dann waren Zahl mit fünf in Mitte. Mehr ich nix weiß«, sagte sie und malte mit dem Finger die Buchstaben auf den Tisch.

Trevisan schrieb in sein Notizbuch. Schließlich griff er nach der Fotografie, die ein Mindener Fotograf vor Tanjas Verschwinden angefertigt hatte, und schob sie Gloria zu. Das Zimmermädchen griff danach und warf einen sekundenlangen staunenden Blick darauf. »Das sein Tamara schön,

Mädchen war viel schön, jetzt nix mehr so schön gewesen aber liebes Mädchen war, nur hat gehabt schlechtes Leben, schlechte Freund und immer Angst.«

»Sind Sie sicher, dass dieses Bild Tamara zeigt?«, fragte Trevisan.

»Sicher bin ich. Ist Bild mit Tamara jünger, jetzt nix mehr so gut gesehen hat, jetzt immer dreckig und stinken, muss öfters waschen, sagen Chef.«

Trevisan notierte Glorias vollständige Personalien. Sie stammte aus Ghana, hieß Gloria Kwambane und kam aus Ho in der Volta-Region.

»Sie müssen sich zu unserer Verfügung halten, falls wir Sie noch einmal brauchen«, sagte Trevisan.

»Ich nix gehen weg, leben in Hamburg und vielleicht auch sterben Hamburg, aber nix gehen weg, habe Aufenthalt für immer hier und liebe Land und freuen mich, weil dürfen bleiben unbegrenzt, weil in meine Land viel Krieg und viel Krankheit und Sterben, vielleicht bald wird besser, aber nix mehr in meine Lebe. Ich nix Zappzerapp und nix böse, ich nur wolle haben Frieden und essen und schlafen ohne haben Sorgen, wie ist nächste Tag, verstehen?«

Trevisan nickte. »Ja, ich verstehe. Auch wenn wir hier in Deutschland nicht mehr wissen, wie es ist, wenn man jeden Tag aufs Neue um das Überleben kämpfen muss.«

Gloria lächelte freundlich und erhob sich. Doch bevor sie das Büro verließ, beugte sie sich noch einmal verschwörerisch vor. »Schnappe böse Joshi und sperren ein böser Mann, wo hat gemacht mit Tamara beinahe tot. Sperre ein und nix mehr lasse laufe, damit niemand kann tun mehr weh, wie Tamara.«

Trevisan lächelte. »Wenn das so einfach wäre«, murmelte er.

»Wieso nix einfach«, fragte Gloria. »In meine Land komme ins Gefängnis, wenn mache tot anderes Mann, und dann sterbe in Gefängnis und andere habe Frieden. Warum nix in Deutschland. Wenn mache tot andere, müsse auch mache tot, dann ist gerecht, das ist gerecht bei Ewe, was ist mein Volk in Ho.«

Trevisan atmete tief ein. »Wir werden alles tun, damit man den Täter bestraft, der Tamara das angetan hat, glauben Sie mir.«

Gloria lächelte und zeigte dabei ihre blendend weißen Zähne. »Ich dir glauben, Polizeimann. Sehen in Augen, dass gemeint ehrlich.«

Sie warteten, bis Gloria das Büro verlassen hatte. »Scheint recht einfach zu sein, Gerechtigkeit in Afrika«, schmunzelte Lisa. »Das klingt wie Zahn um Zahn, das hatten wir auch mal.«

»Und das kriegen wir wieder, wenn es weiterhin mit unserem System bergab geht«, seufzte Trevisan. »Gesundbeten hat noch niemandem geholfen. Sicherlich gibt es Menschen, die einfach in den Sumpf des Verbrechens hineingezogen werden, aber es gibt auch viele, die sich in diesem Sumpf wohlfühlen und gar nichts anderes wollen. Ganz im Gegenteil. Und die finden bei uns das Paradies auf Erden.«

Lisa erhob sich. »Das hat hoffentlich noch ein klein wenig Zeit.«

»Vielleicht täusche ich mich auch und sehe als Betroffener die Sache mit zu wenig Abstand. – Aber ich denke, wir sind heute ein ganz schönes Stück vorangekommen.«

»Ich glaube, Tanja wurde von diesem Joshi entführt«, versuchte Lisa die neuen Erkenntnisse in einer Theorie zu formulieren. »Er hat sie mit Rauschgift und Schlägen gefügig gemacht, bis sie ihre eigene Identität verloren hat. Dann hat er sie zum Klauen ins Hotel geschickt.«

»Du meinst so etwas Ähnliches wie das Stockholmsyndrom?«

»Genau, das meine ich.«

»Wenn du dich da mal nicht irrst«, schmunzelte Trevisan.

Der Hotelier stand hinter dem Empfangstisch und unterhielt sich mit einem Portier. Trevisan fragte ihn, welches Fahrzeug das Hotel für seine Gäste zur Abholung bereit hielt. Der Geschäftsführer entgegnete, dass zwei VW-Busse zum Fuhrpark des Hotels gehörten. Nachdem sie sich vom

Hotelier verabschiedet hatten und den Moorburger Hof verließen, schaltete Trevisan sein Handy wieder an. Er hatte es kaum weggesteckt, als er mehrmals piepste. Drei Anrufe waren während der Anhörung eingegangen. Zwei unbekannte Nummern, und einmal hatte die Dienstelle versucht, ihn zu erreichen.

Er drückte auf die Rückruftaste. Das Gespräch dauerte nur kurz. Entgeistert steckte er das Handy wieder weg.

Lisa bemerkte an seinem Gesichtsausdruck, dass etwas nicht stimmte. »Was hast du?«

»Tamara oder Tanja«, sagte Trevisan. »Sie ist in der Nacht gestorben.«

Lisa blieb stehen. »Wie bitte, wie kann das sein?«

»Die Leiche wird obduziert«, erklärte Trevisan. »Die Ärzte tippen auf eine Embolie, das kann immer mal vorkommen.«

»Was machen wir jetzt?«, fragte Lisa.

»Jetzt kriegen wir heraus, wer dieser Joshi ist. Ich tippe auf Jugoslawien, das ist der einzige Krieg, an den ich im Süden Europas denke. Außerdem dürfte ein alter roter VW-Bus mit HH-Kennzeichen und den Buchstaben X und V leicht ausfindig zu machen sein. Dann kaufen wir uns den Kerl und drehen ihn durch die Mangel.«

»Gut, fahren wir zurück auf die Dienststelle und machen uns ans Werk«, antwortete Lisa tatendurstig.

»Wieso zurück, wir fahren jetzt an den Bruno-Georges-Platz zum LKA«, antwortete Trevisan, ehe er den Zündschlüssel aus seiner Jackentasche zog und ihn Lisa reichte.

24

Beinahe zwanzig Minuten blieb Frau Steinberg verschwunden, ehe sie mit einem braunen Aktenreiter wieder auftauchte.

»Es ist eine delikate Angelegenheit«, seufzte sie, als sie sich auf ihren Platz setzte. Hanna Kowalski wartete gespannt, bis die Frau den Ordner aufgeschlagen hatte.

»Die Akte stammt aus dem April 1981, das ist Jahre her«, resümierte die Standesbeamtin. »Es war weit vor meiner Zeit. Tanja und Tamara Rosnow, geboren am sechzehnten April 1981 im Klinikum Sankt Vinzenz. Die Mutter verstarb bei der Geburt, der Name des Vaters ist nicht eingetragen, die beiden Kinder waren unehelich. Als nähere Angehörige ist eine Gertrude Sygow eingetragen. Das ist die Mutter der Verstorbenen.«

»Zwillingsschwestern!«

Hanna Kowalskis lauter Ausruf ließ die Standesbeamtin zusammenfahren.

Hanna richtete sich auf. »Und wie kann das sein?! Ich dachte, Zwillinge werden nur gemeinsam zur Adoption freigegeben!«

Frau Steinberg blätterte in der Akte. »Es liegen diverse medizinische Berichte dieser Akte bei und ein Gutachten der zuständigen Jugendhilfe«, erklärte sie. »Demnach war die Mutter der Verstorbenen nicht in der Lage, sich um die Kinder zu kümmern. Die Zahlungen wurden ausschließlich von der Gemeinde geleistet. Offenbar lebten sowohl die verstorbene Frau Rosnow als auch die Mutter von der Sozialhilfe. Die Mutter der Verstorbenen war auch schon über sechzig Jahre alt. Aus dem vorliegenden medizinischen Gutachten geht hervor, dass es sich um eine Frühgeburt in der vierunddreißigsten Schwangerschaftswoche handelte. Eines der Kinder, Tanja, war gut entwickelt, während es bei Tamara zu intracerebralen Blutungen gekommen war.

Die Überlebenschance war äußerst gering, die Ärzte gingen davon aus, dass das Neugeborene sterben würde. Das war der Grund dafür, dass für die kleine Tanja relativ zügig die Freigabe zur Adoption erfolgte. Man versucht vollwaise Neugeborene schnell in ihre Pflegefamilien zu bringen, damit der Eingewöhnungsprozess problemlos verlaufen kann. Offenbar war die Familie Sommerlath den Behörden damals gut bekannt.«

»Und was wurde aus der kleinen Tamara?«, fragte Hanna.

Frau Steinberg blätterte weiter und vertiefte sich in die Akte. Nach einem Augenblick schaute sie wieder auf. »Sie überlebte und wurde im Kinderhaus Sankt Anton untergebracht. Das Jugendamt der Stadt war für die zuständig. Weiteres ist hier nicht vermerkt.«

»Es gab nie eine Kontaktvermittlung für die beiden oder so etwas Ähnliches?«

»Tut mir leid«, antwortete Frau Steinberg und legte die Akte zur Seite. »Mit der Überstellung an das Jugendamt der Stadt endet diese Akte. Für das weitere Verfahren war das Jugendamt zuständig. Aber ich glaube nicht, dass so etwas stattgefunden hat. Damals war man noch der Meinung, man sollte Adoptivkinder in Ruhe aufwachsen lassen. Das wäre besser für ihre Entwicklung. Und hier ist es ja bei Zwillingen besonders tragisch.«

Hanna nickte. »Das heißt, wenn die Sommerlaths ihrer Tochter nie erzählten, dass sie als Baby adoptiert worden ist, dann hat sie es von behördlicher Seite aus nie erfahren?«

»Richtig«, bestätigte Frau Steinberg. »Kann ich noch etwas für Sie tun?«

»Ich bräuchte eine Ablichtung dieser Akte«, sagte Hanna. »Wir ermitteln in einem Mordfall und müssen davon ausgehen, dass beide Mädchen unabhängig voneinander einem Verbrechen zum Opfer fielen.«

»Ich weiß nicht, ob ich die Akte einfach so herausgeben darf, ich müsste mit dem Amtsleiter sprechen. Braucht man dazu nicht einen Gerichtsbeschluss?«

Hanna zog die Stirne kraus. »Ich denke nicht, es handelt sich ja um die Opfer und nicht um Daten eines Verdächtigen.«

Frau Steinberg überlegte kurz, schließlich rief sie eine Angestellte zu sich. »Machen Sie bitte Kopien von allen Seiten und heften Sie sie zusammen«, ordnete sie an. »Wollen Sie in der Zwischenzeit einen Kaffee?«, wandte sie sich an Hanna.

Hanna nickte. »Sie wissen gar nicht, wie sehr Sie uns helfen! Bislang mussten wir davon ausgehen, dass Tanja und ihre Freundin vor drei Jahren in der Gegend um das Steinhuder Meer entführt wurden und Tanja bei Flensburg wieder auftauchte. Nun sieht die Sache ganz anders aus. Zwillinge, eineiige Zwillinge … Da hat die Soko vor drei Jahren aber mächtig geschlampt.«

Beinahe eine halbe Stunde später verließ Hanna Kowalski das Rathaus am Platz der Deutschen Einheit.

*

Trevisan ließ sich auf einen Stuhl nieder. Seine Hautfarbe wechselte von alabasterfarben über rot zu einem zornigen Violett.

»Diese Schwachköpfe! Wenn die ihre Hausaufgaben richtig erledigt hätten, dann wären wir längst schon einen großen Schritt weiter. Zwillinge. Verdammt noch mal. So einfach ist es.«

Lisa und der Kollege vom LKA am Bruno-Georges-Platz in Hamburg starrten Trevisan besorgt an.

»Zwillinge«, wiederholte er. »Unsere vermisste Tanja Sommerlath und das verstorbene Mädchen aus dem Krankenhaus in Flensburg sind Zwillinge. Tamara Sygow ist ihr Name. Wir arbeiten an zwei unabhängigen Fällen, die nichts miteinander zu tun haben, außer dem Umstand, dass die beiden Opfer Zwillingsschwestern waren.«

Die Tür wurde aufgestoßen und eine uniformierte Kollegin betrat das Büro. »Leider gibt es keine hundertprozentige Übereinstimmung. Sygow haben wir nicht, aber eine gewisse Tamara Rosnow mit dem gleichen Geburtsdatum.«

»Rosnow, das ist sie. Sie hat den Nachnamen der Mutter angenommen, Sygow hieß die Großmutter«, sagte Trevisan und richtete sich auf. »Was habt ihr über sie?«

»Prostitution, Diebstähle, und zweimal trat sie mit Rauschgift in Erscheinung, Mary Green, fiel aber unter die Kleinmengenregelung.«

»Taucht in diesem Zusammenhang ein gewisser Joshi auf?«

Die uniformierte Kollegin blätterte in ihrem Notizbuch. »Joksim Mrda, serbischer Staatsbürger, genannt Joshi. Ist kein unbeschriebenes Blatt. Mehrere Einträge wegen Körperverletzungsdelikten und Rauschgiftdelikten. Wird derzeit von den Kollegen gesucht, hatte einen Strafbefehl über 1000 Euro wegen Körperverletzung nicht bezahlt. Ersatzweise drei Wochen Strafarrest. Auf ihn ist kein Fahrzeug zugelassen, aber er hat einen Bruder, der eine Gaststätte in Altenwerder betreibt. Und der besitzt neben einem Mercedes einen alten VW-Bus, die Farbe ist nicht registriert, aber das Kennzeichen könnte zutreffen.«

Trevisan klatschte in die Hände. »Dann sollte man die Fahndung nach diesem Joshi intensivieren, denn er steht unter Mordverdacht.«

»Ich werde sofort die Staatsanwaltschaft verständigen«, sagte der Kollege vom LKA.

*

»Das kann so nicht sein«, polterte der Kriminaldirektor. »Das ist Ihre Abteilung, Engel, und das ist Ihr Mann. Sie üben die Dienstaufsicht aus und diese Maßnahme war nicht abgesprochen. Der leitende Oberstaatsanwalt ist außer sich und bei wem, glauben Sie, ruft er dann an? Bei wem? Natürlich bei mir. Und ich sitze da, weiß von nichts und muss mich über Recht und Gesetz belehren lassen. Wissen Sie, Engel, dieser Trevisan mag in Wilhelmshaven ein guter Ermittler gewesen sein, aber hier ist nicht Wilhelmshaven und wir sind nicht irgendeine Provinzdienststelle, wir sind das LKA, wir halten uns an die Gesetze und solche Dinge sprechen wir mit unserer vorgesetzten Behörde ab und das ist nun einmal die Staatsanwaltschaft.«

»Aber ich habe doch nur …«

»Solche Dinge muss man absprechen!«, schimpfte der Kriminaldirektor. »Eine Soko bestehend aus beinahe zweihundert Mann war damals mit dem Fall befasst und es gibt eindeutige Indizien dafür, dass der Täter nicht aus dem kleinen Ort stammt. Schon damals hat die Staatsanwaltschaft aufgrund der Ermittlungsergebnisse eine Speichelprobe abgelehnt. Sie wissen doch selbst, das sind aufwändige Ermittlungen, die nur bei Aussicht auf Erfolg durchgeführt werden können. Sie müssen auch die wirtschaftliche Seite einer solchen Maßnahme betrachten. Wer soll Ihrer Ansicht nach die Kosten tragen? Wissen Sie eigentlich, wie viele Mannstunden unsere KTU damit verbringt, diese Tests zu bearbeiten? Und gerade jetzt, wo wir besonders von der Politik beobachtet werden, weil man überall den Rotstift ansetzt und Geld einsparen will! Engel, Engel, als ich Sie damals zum Leiter der Abteilung vorgeschlagen habe, dachte ich eigentlich, ich hätte den richtigen Mann dafür auserkoren, aber offenbar habe ich mich getäuscht. Also, legen Sie diese Sache auf Eis und wenn dieser Trevisan wieder im Haus ist, dann will ich ihn sehen, ist das klar?«

Engel nickte bedrückt. »Er hat sich an diesem Fall festgebissen und er hat ja schließlich auch Ergebnisse vorzuweisen.«

»Hören Sie auf, Engel«, wies ihn der Direktor zurecht. »Ich muss aus den Zeitungen erfahren, was in Ihrer Abteilung läuft! Wo ist er denn gerade? Ihre Abteilung ermittelt nicht vor Ort, wir koordinieren, wir sind eine Service-Dienststelle und unterstützen logistisch und kriminaltaktisch die Ermittlungen der Kollegen vor Ort. Und wir sind schon lange kein Reiseunternehmen. Ihre ganze Abteilung fährt in der Landschaft herum und verfährt den Sprit, der eigentlich der Fahndung zusteht. Das hört auf, Engel, und Sie werden dafür sorgen, verstanden?!«

Engel nickte schuldbewusst und senkte betreten den Kopf.

»Das ist vorerst alles, aber schicken Sie mir diesen Trevisan, sobald er hier ist, verstanden?!«

»Jawohl.«

Der Kriminaloberrat ging zornig zurück in sein Büro. Noch bevor er sich hinter seinem Schreibtisch niedergelassen hatte, hörte er Stimmen auf dem Flur. Er erhob sich und öffnete die Tür. Hanna Kowalski stand im Flur und redete mit der Sekretärin.

»Kowalski, kommen Sie mal zu mir«, rief Engel energisch.

Hanna Kowalski war sichtlich überrascht, als ihr Chef sie so barsch anging. »Was gibt's?«

»Wo ist Trevisan und wo haben Sie sich den ganzen Tag herumgetrieben?«

»Ich habe gearbeitet und Kollege Trevisan ist nach Tennweide zurückgefahren.«

»Was will der denn schon wieder dort?! Er soll einen Mörder fangen und endlich den Fall aufklären.«

Hanna lächelte. »Wohl einen schlechten Tag gehabt, Herr Engel?«

»Schlechter Tag, das ist gar kein Ausdruck«, antwortete er. »Sie glauben gar nicht, was ich mir gerade vom Direktor anhören musste. Und Sie fahren den ganzen Tag draußen spazieren.

»Wir ermitteln, Kollege Engel. Und zwar erfolgreich.«

»Was heißt das?«

»Wir haben die Arbeit erledigt, die damals eigentlich Aufgabe der Soko gewesen wäre. Wir wissen jetzt, dass Tanja Sommerlath eine Zwillingsschwester hatte und eben diese Zwillingsschwester ist das Mädchen, das man in Flensburg gefunden hat. Dieser Fall steht übrigens kurz vor der Aufklärung.«

Engel schaute seine Kollegin fragend an.

Hanna Kowalski warf einen Blick auf ihre Armbanduhr. »Und wissen Sie was, Herr Engel, ich mache jetzt Feierabend.«

Ohne ein weiteres Wort ließ sie Engel im Flur zurück.

*

Als Trevisan in die Höhingstraße einbog und gegenüber Rosi Meierlings Haus parkte, fuhr ein schwarzer Toyota vom Straßenrand an. Trevisan stieg aus und schaute dem Wagen nach, der in den Wiesenweg abbog. Er klingelte und meldete sich in der Sprechanlage, nachdem er Rosi Meierlings Stimme gehört hatte. Sie öffnete.

»Ich bin offenbar zu spät gekommen, das Zimmer ist wohl schon weg«, sagte er.

»Wie kommen Sie darauf?«, fragte Rosi Meierling.

»Da ist ein Wagen aus Hamburg vor dem Haus losgefahren.«

Rosi lächelte und wischte Trevisans Bedenken mit der Hand einfach weg. »War nur eine Anfrage. Ihr Zimmer ist noch frei.«

»Da bin ich aber froh, ich würde nämlich noch gerne zwei, drei Tage anhängen.«

»Kein Problem«, antwortete Rosi Meierling. »Erst ab der nächsten Woche wird es schwierig.«

Trevisan folgte ihr ins Haus. Als sie sich reckte, um den Schlüssel vom Schlüsselbrett zu nehmen, stöhnte sie laut auf und rieb sich den Oberarm.

»Was ist denn passiert«, fragte Trevisan und eilte an ihre Seite, um sie zu stützen.

Sie schob den Ärmel ihres Kleides hoch und rieb sich über ein Hämatom. »Ich habe mich gestoßen, beim Treppenputz ... Ich bin eben ungeschickt, so wie letzten Samstag.«

Trevisan wusste, worauf sie anspielte. »Nein, Rosi, es liegt an mir. Wie gesagt, ich glaube, ich bin noch nicht bereit dafür. Meine Beziehung ist ... sagen wir, es ist noch nicht so lange her und ich ...«

»Ich verstehe das«, antwortete sie. »Trotzdem ein Glas Wein, ganz ohne Hintergedanken?«

Trevisan nickte. »Gerne, und wenn noch etwas Schinken übrig wäre, hätte ich auch nichts dagegen.«

Rosi Meierling lotste Trevisan in ihre Küche an den Tisch und schenkte ihm Rotwein in ein Glas. Anschließend machte sie sich am Kühlschrank zu schaffen.

»Ich hörte, dass es hier einen Speicheltest wegen der Sache mit den Radfahrerinnen geben wird. Da ist bestimmt die Verunsicherung groß im Ort, oder?«

Rosi Meierling schnitt Wurst auf. »Sie glauben gar nicht, was gestern hier los war«, antwortete sie, ohne sich umzudrehen. »Es wimmelte vor Polizei. Sogar zwei Polizeihubschrauber kreisten über dem Ort. Da wird jemand vermisst und den suchen sie hier.«

»Vermisst!«, wiederholte Trevisan. »Hat das mit dem Verbrechen von damals zu tun?«

»Mit den Mädchen? Ich glaube nicht.« Rosi Meierling wandte sich um und stellte das Essen auf den Tisch. »Schon wieder steht unser Dorf im Blickpunkt, das ist grauenhaft. Bald geht die Saison los.«

25

Dienstag

Schwere dunkle Wolken hatten sich über der Stadt und dem Land zusammengebraut, doch nicht nur am Himmel tobte ein Sturm, auch in der Dienststelle war ein Unwetter aufgezogen. Trevisan hatte nicht einmal Zeit, seine Regenjacke abzulegen. Hanna fing ihn bereits auf dem Flur ab.

»Dicke Luft«, sagte sie. »Unser Teufelchen will dich sehen, er steht ganz schön unter Dampf.«

»Ich brauche erst mal einen starken Kaffee«, antwortete er, doch ehe er sich versah, stand der Kriminaloberrat neben ihm.

»Ich habe gesehen, dass Ihr Wagen unten parkt«, sagte Engel mit einem schneidenden Unterton. Auf eine Begrüßung verzichtete er. »Da haben Sie mich ganz schön reingeritten, der Direktor ist außer sich und die Staatsanwaltschaft hat gestern auch schon mehrfach nach Ihnen gefragt. Was ist bloß in Sie gefahren?«

Trevisan zuckte mit der Schulter. »Ich weiß nicht, wovon Sie sprechen, Herr Engel.«

»Sie treiben sich den lieben langen Tag außerhalb der Dienststelle herum und ich habe keine Ahnung, was in der Abteilung vor sich geht«, zeterte Engel. »Ich bekomme keine Berichte und wenn ich nach Ihnen suche, dann heißt es, er ist unterwegs und sondiert die Lage. Das ist doch keine Polizeiarbeit! Noch dazu stehe ich jedes Mal wie ein Idiot da, wenn ich gefragt werde, wie weit die Ermittlungen vorangekommen sind. Außerdem haben Sie entgegen meiner Weisung den Zeitungsartikel abgeändert. Das ist doch wohl die Höhe! Übrigens hat die Staatsanwaltschaft den Antrag auf eine DNA-Reihenuntersuchung zum wiederholten Mal abgelehnt. Ich weiß nicht, was ich davon halten soll.«

»Ich wollte mit Ihnen wegen des Artikels noch telefonieren«, entgegnete Trevisan trocken.

»*... die Ermittlungsbehörden prüfen die Zulässigkeit eines Massengentests aller männlichen Personen zwischen dem achtzehnten und dem fünfzigsten Lebensjahr*«, zitierte Engel aus seiner Erinnerung. »So ließ ich die Zeitungsmeldung von der Pressestelle formulieren, aber Sie haben eigenmächtig den Text umgestellt, so dass es für die Leserschaft wirkt, als ob dieser Test schon eine beschlossene Sache sei. Dabei wissen Sie genau, dass dies Ihre Kompetenz überschreitet. Wir sind an Recht und Ordnung gebunden und wir können uns nicht über das Gesetz stellen. Auch wenn Sie glauben, dass es ermittlungstaktisch von Nutzen ist. Ich selbst erkenne den Sinn darin noch nicht. – Trevisan, als Sie hier Ihren Dienst antraten, dachte ich wirklich, ich hätte einen neuen Abteilungsleiter, auf den ich mich hundertprozentig verlassen kann. Aber ich muss leider feststellen, dass Sie mir permanent in den Rücken fallen. Es ist vielleicht besser, wenn sich unsere Wege wieder trennen.«

Trevisan hob beschwichtigend die Hände. »Und ich denke, Sie sollten mit Ihrem Urteil nicht ganz so voreilig sein, Herr Engel. Es mag schon stimmen, dass meine Methoden für Sie ungewohnt erscheinen, aber ich bin nicht erst seit gestern bei der Polizei. Geben Sie mir sechs Stunden, wir treffen uns um 15 Uhr im Besprechungsraum. Dann erfahren Sie alles, was wir zum jetzigen Stand der Ermittlungen wissen. Wenn Sie dann immer noch der Meinung sind, dass ich der falsche Mann bin, dann werde ich noch heute vor Dienstschluss meine Umsetzung beantragen und den Fall abgeben, das verspreche ich Ihnen.«

»Was habe Sie jetzt schon wieder vor, Trevisan?«

»15 Uhr im Konferenzraum und bringen Sie den Direktor mit, Oberstaatsanwalt Lansing wird ebenfalls anwesend sein«, entgegnete Trevisan. »Und jetzt entschuldigen Sie mich, ich habe noch viel zu tun.«

Hanna kam um die Ecke und nickte Engel kurz zu. »Sobeck

wartet auf deinen Rückruf«, sagte sie zu Trevisan, ehe sie sich Engel zuwandte. »Mit Trevisan im Boot haben wir zu dritt mehr erreicht als die ganze damalige Soko zusammen. Wenn er geht, dann werden wir nie erfahren, was aus den beiden Mädchen geworden ist. Geben Sie ihm die Chance, er hat sie verdient.«

Engel schaute Hanna mit großen Augen an, ehe er abwinkte und sich erbost umwandte. »Das ist doch wohl nicht zu fassen«, murmelte er. »15 Uhr, da bin ich mal gespannt. Der Direktor und ich werden da sein, aber diesmal helfen keine Ausflüchte, das ist Ihnen hoffentlich klar.« Der Kriminaloberrat stürmte den Flur entlang und verschwand hinter der Tür.

»Er hat ganz schön die Hosen voll«, flüsterte Hanna und lächelte.

»Und er hat keine Ahnung von echter Polizeiarbeit«, fügte Trevisan lautstark hinzu.

*

Es regnete in Strömen. Kurz nach zehn Uhr hatte es angefangen und seither ergoss sich ein nicht enden wollender Sturzbach aus den schwarzen Wolken über dem Steinhuder Meer und der Umgebung. Er hatte sich auf die Seite gedreht. Auch wenn ihn die Schmerzen langsam wahnsinnig machten, so war er weit davon entfernt, einfach aufzugeben. Das Wasser hatte sich längst einen Weg in seine kühle Gruft gebahnt, doch es störte ihn nicht, sondern stillte seinen schier endlosen Durst. Die Erde war an den Rändern seines Verlieses eingebrochen. Mit Wurzeln hatte er sich ernährt und die Feuchtigkeit der erdigen Knollen hatte das Austrocknen seines Körper verhindert. Im Gegenteil, die Kraft kehrte langsam zurück. Er stemmte sich gegen den Deckel seines Verlieses, war aber nicht in der Lage, ihn anzuheben, geschweige denn, ein Stück zur Seite zu schieben.

Die lose Erde an den Rändern seiner Gruft hatte er mit den Fingern abgetragen und nun lockerte das einfließende Wasser den Boden. Er hoffte, dass sich sein Grab nicht ganz mit

Wasser füllen würde und er nun nicht, nachdem er Stunden oder sogar Tage überlebt hatte, jämmerlich ersaufen musste.

Wie lange lag er nun schon hier, wie lange hatte er überlebt, wie viele Stunden hatte er diesen heimtückischen Angriff im Wald überstanden?

So sehr er sich auch den Kopf zermarterte, er wusste es nicht. Wenn einen Tag und Nacht die Dunkelheit umgab, ging jegliches Gefühl für Raum und Zeit verloren. Er wusste nur, dass es sich um eine alte Torfgrube handeln musste, in der er lag, und dass der Deckel seines Grabes aus massiven Holzbohlen bestand, die unglaublich schwer, wahrscheinlich sogar noch mit Erde bedeckt waren. Doch er hatte beschlossen, zu überleben und sich durch die Erde nach draußen in die Freiheit zu graben. Und offenbar hatte Gott sein heimliches und lautloses Flehen erhört, denn er hatte den Regen geschickt. Stück um Stück des Erdreiches wurde weggespült und seine Finger tasteten sich immer weiter in die glitschige und glibberige Finsternis vor, bis sie an eine Wurzel stießen. Er fluchte, doch die lauten Worte brachten den Schmerz zurück, den er verdrängt hatte. Kraftlos sank er zurück.

Viel Platz war nicht in seinem engen Verlies – wenn er auf der Seite lag, streiften seine Schulter den hölzernen Sargdeckel. Nachdem er ein paarmal durchgeatmet hatte, richtete er sich auf und grub sich weiter voran durch die feuchte Erde. Dem Wurzelwerk wich er aus. Wenn es ihn auch zwang, seine Grabungen ein ganzes Stück weiter unten zu versuchen, so war zumindest wieder etwas Essbares in seine Nähe gerückt.

Das eindringende Wasser floss zu seinen Beinen hin ab, offenbar gab es in der Gruft ein für ihn unmerkliches Gefälle. Und wiederum dankte er Gott, dass man ihn nicht anders herum in das Grab gelegt hatte, denn so langsam umschloss das Wasser seine Beine und stieg zu den Zehen hin an. Er atmete auf, als das Prasseln der Regentropfen nachließ und schließlich gänzlich verstummte.

*

»Zielperson geht die Juliusstraße hinunter, Richtung Stresemannstraße«, quakte es aus dem Funkgerät. »Dunkles T-Shirt, Jeans und weiße Turnschuhe.«

»Elbe 1 hat klar«, bestätigte der Einsatzleiter. »Lasst ihn laufen, hier sind zu viele Menschen unterwegs. Elbe 7 und Elbe 8 übernehmen die Verfolgung.«

Die Streife bestätigte. Acht weitere Fahndungsteams des Mobilen Spezialkommandos waren an der Aktion beteiligt. Am frühen Morgen hatten Kollegen der Streife das Fahrzeug des Verdächtigen im Schanzenviertel entdeckt und nicht mehr aus den Augen gelassen. Joksim Mrda war ein gefährlicher und polizeibekannter Gewaltverbrecher, der schon mehrere Körperverletzungsdelikte auf dem Kerbholz hatte. Doch diesmal wurde er wegen Mordes gesucht und dem Einsatzleiter war klar, dass sich Joshi, wie er in den einschlägigen Kreisen genannt wurde, nicht so leicht festnehmen lassen würde. Bei der Überprüfung über das Ausländeramt hatten die Ermittler zudem festgestellt, dass der serbische Staatsangehörige mit einem Haftbefehl zur Abschiebung gesucht wurde und sich illegal in Deutschland aufhielt. Und jetzt würde man ihn wegen Mordes an Tamara Sygow festnehmen.

Der Kleinbus stand abseits der Juliusstraße in einem Hinterhof und wurde von zwei Fahndern nicht mehr aus den Augen gelassen. Joshi war alleine im Wagen gewesen, als er ihn geparkt hatte und die Juliusstraße hinuntergegangen war. Möglichweise war er sogar bewaffnet, deswegen wollte der Einsatzleiter des Mobilen Einsatzkommandos kein Risiko eingehen. Der Zugriff sollte erfolgen, wenn die Gefahr für Passanten, aber auch für die Einsatzkräfte selbst so gering wie möglich war. Doch das würde wohl noch eine Weile dauern, denn Joshi hatte die belebte Stresemannstraße überquert und den Weg in Richtung Bahnhof eingeschlagen.

»Elbe 1 von Elbe 3«, quakte es aus dem Funkgerät. Der Einsatzleiter wusste sofort, dass es sich um die Streife handelte, die Joshis VW-Bus beobachtete. »Person nähert sich Zielfahrzeug und schließt Tür mit einem Schlüssel auf.«

Der Einsatzleiter schaute seinen Fahrer fragend an, ehe er den Funkhörer wieder aufnahm. »Wie kann das sein, die 7 und die 8 sind doch an dem Kerl dran«, murmelte er, ehe er die Observationseinheit rief. »Elbe 3, ist die Person identifiziert?«

»Negativ«, bekam er zur Antwort. »Junger Mann, weißes Kapuzenshirt und Jogginghose, schätzungsweise zwanzig Jahre alt. Steigt ein und startet Motor. Erbitten Anweisung.«

»Verdammt«, stöhnte der Einsatzleiter und warf einen Blick auf seine Armbanduhr. Es war kurz nach elf. »Bleiben Sie dran, Elbe 3, wir organisieren eine Fahrzeugkontrolle durch eine Streife. Geben Sie regelmäßig den Standort durch!«

Die Observationskräfte bestätigten die Anweisung.

»Wir schauen mal, was da läuft. Sieht mir wie ein Deal aus.« Der Einsatzleiter griff zu seinem Handy.

Joshi hatte unterdessen die Stresemannstraße überquert und ging auf der Susannenstraße weiter in Richtung S-Bahnhof. Kurz vor der Einmündung zur Bartelstraße blieb er stehen und sondierte die Lage. Er holte seinen Tabak aus der Tasche seiner verschlissenen Jeansjacke und drehte sich in aller Gemütsruhe eine Zigarette. Unterdessen fuhr Joshis VW-Bus mit dem bislang unbekannten Fahrer auf der Juliusstraße in entgegengesetzter Richtung davon, um an der nächsten Kreuzung ebenfalls Richtung S-Bahnhof abzubiegen.

Der Einsatzleiter las die eingehenden Meldungen und runzelte die Stirn. »Wir warten ab!«, wies er die Einsatzkräfte an. Mit fragendem Blick zu seinem Kollegen gewandt, murmelte er: »Wir schauen mal, wer uns noch ins Netz geht.«

Der Kollege hinter dem Einsatzleitrechner in dem engen Kabuff des neutralen Lieferwagens mit der Aufschrift *Wäscherei Dahlem* zuckte mit der Schulter.

»Zwei Personen nähern sich unserer Zielperson von rechts«, meldete das Einsatzteam, das die Beobachtung von Joshi übernommen hatte.

»Abwarten und Personen identifizieren!«, sagte der Einsatzleiter.

Es dauerte eine Weile, bis die Beschreibung der südländischen Männer über Funk durchgegeben wurde. Kurze Zeit später landeten per MMS zwei gestochen scharfe Bilder der beiden Fremden auf dem Einsatzleitrechner, die umgehend der zuständigen Datenstation zur Identifizierung weitergeleitet wurden. Die moderne Technik war manchmal ein Segen, aber oftmals auch ein Fluch, weil die Gegenseite meist noch besser ausgerüstet war und nur die Spezialeinheiten über modernste Technik verfügten. Die normalen Polizeidienststellen hinkten der Entwicklung und dem Fortschritt oft Jahre hinterher.

Aber diesmal schien alles zu funktionieren. Noch während Joshi an der belebten Stresemannstraße mit seinen beiden Besuchern redete, konnte einer der Unbekannten identifiziert werden. Es handelte sich um einen Kleinkriminellen namens Ahmed Caraca aus dem Hafenviertel, der bereits mehrfach im Zusammenhang mit Amphetaminhandel und anderen Drogendelikten in Erscheinung getreten war.

»Der Bus hält Ecke Lippmannstraße/Eifflerstraße neben einem Spielplatz direkt an den Gleisen«, meldete Elbe 3. »Der Fahrer verbleibt im Fahrzeug.«

Unterdessen setzten sich Joshi, Caraca und die dritte Person in Bewegung. Sie wechselten die Straßenseite und bogen ebenfalls in die Eifflerstraße ein.

»Sie bewegen sich auf den Spielplatz zu, da läuft doch ein Deal ab, oder?«, sagte der Einsatzleiter und griff zum Funkgerät. »Elbe 3, sind im dortigen Bereich Kinder oder Personen unterwegs?«

»Negativ, keine Menschenseele weit und breit«, antwortete der Kollege vom Observationsteam.

»Dann machen wir dort unseren Zugriff«, entschied der Einsatzleiter.

Während Joshi mit seinen Begleitern ahnungslos die Eifflerstraße entlangging und sich schließlich am Bus mit seinem Komplizen traf, zogen die Einsatzkräfte den Ring um die Verdächtigen enger. Nachdem eine Streife nach der anderen gemeldet hatte, dass sie ihren zugewiesenen Standort eingenommen hatten, gab der Einsatzleiter den Befehl zum Zugriff. Von vier Seiten stürmten die Polizisten auf den Bus zu. Mit gezogenen, schussbereiten Waffen rückten sie vor. Zwei weiße Polizeibusse brausten die Lippmannstraße hinunter und sogar über die Bahngleise stürmten mehrere Polizisten heran. Joshi und seine Begleiter wurden derart überrascht, dass sie zu keiner Reaktion mehr fähig waren.

»Stehenbleiben, Polizei!«, hallte das Megaphon durch die Straßenzüge. »Nehmen Sie die Hände über den Kopf und knien Sie sich nieder!«

Ahmed Caraca und sein Begleiter hoben sofort die Arme und befolgten die Anweisung. Joshis Partner im VW-Bus öffnete die Tür und streckte ebenfalls seine Hände in die Höhe. Nur Joshi gab seinem Fluchtinstinkt nach und rannte drei Schritte in Richtung Spielplatz, ehe er von einem kräftigen Polizisten, der aus einem Gebüsch hervorbrach, zu Boden gestoßen wurde. Schon lagen drei weitere Beamte auf ihm und drehten ihm die Arme auf den Rücken. Er schrie vor Schmerz auf, ehe er hochgerissen und zurück zum VW-Bus geführt wurde, wo sich bereits die drei übrigen Verdächtigen gefesselt und umringt von beinahe zwanzig Polizisten in ihr Schicksal ergeben hatten.

»Elbe 1 von Elbe 4, Zugriff erfolgt, vier Personen festgenommen, kein Widerstand«, quakte die Stimme eines Kollegen aus dem Funkgerät.

Der Einsatzleiter schaute seinen Kollegen am Einsatzleitrechner an und nickte ihm zufrieden zu. »Na, wer sagt's denn«, murmelte er.

26

Engel war nervös. Beinahe wäre er gestolpert, als er unterwürfig den Stuhl für Oberstaatsanwalt Lansing zurückzog, damit dieser sich setzen konnte. Der Kriminaldirektor beobachtete seinen Mitarbeiter mit Argwohn. Der Zeiger der großen Uhr über dem Eingang wanderte langsam auf 15.10 Uhr zu. Trevisan stand an der Stirnseite des Konferenztisches und wartete geduldig, bis auch Engel endlich Platz genommen hatte. Doch ehe er mit seinem Vortrag beginnen konnte, klingelte sein Handy. Trevisan nahm das Gespräch an, entschuldigte sich und verließ kurz den Raum. Direktor Blessing warf Engel einen missbilligenden Blick zu, doch dieser zuckte nur mit den Achseln.

»Frau Kowalski«, wandte sich Blessing an Trevisans Kollegin, »vielleicht können Sie schon mal beginnen, der Oberstaatsanwalt hat seine Zeit nicht gestohlen.«

Hanna lächelte und neigte den Kopf zur Seite. »Ich glaube, das sollten wir besser Trevisan überlassen. Ich denke nämlich, das wird ein interessanter Nachmittag für uns alle.«

»Ich höre immer, dass Sie bei den Ermittlungen vorangekommen sind, nur leider sehe ich keine Ergebnisse, Frau Kowalski«, beschwerte sich der Direktor.

Lisa Winter saß an der Stirnseite neben dem Tageslichtprojektor und lugte vorsichtig um die Ecke. Sie wusste, dass der Kriminaldirektor nicht zu den Geduldigen gehörte.

Zehn Minuten vergingen, ehe Trevisan wieder den Konferenzraum betrat und sein Handy in die Tasche steckte.

»Können wir jetzt endlich anfangen, auch ich habe meine Zeit nicht gestohlen!«, bemerkte der Kriminaldirektor unwirsch.

Trevisan nickte und legte eine Folie auf den Projektor, ehe er das Gerät einschaltete.

»Wir alle wissen, um was es geht«, sagte er und richtete den Spiegel des Projektors aus, bis die Bilder der beiden verschwundenen Mädchen auf der Leinwand gestochen scharf zu sehen waren. »Wir gehen davon aus, dass die Mädchen im Bereich Tennweide in einem Waldstück nördlich des Ortes verschwunden sind. Die Ermittlungen der damaligen Sonderkommission erbrachten keine Ergebnisse. Der damals festgenommene Verdächtige, der debile Sohn eines Apothekers, musste wieder auf freien Fuß gesetzt werden, weil es nicht viel mehr als schwache Indizien gab und weil der Rucksack eines der Mädchen in Autobahnnähe, am Walsroder Dreieck, aufgefunden wurde. Am Rucksack befand sich eine DNA-Spur, die eindeutig weder zu dem Festgenommenen noch zu einem seiner Angehörigen, vor allem dem Vater passte …«

»Herr Trevisan«, polterte der Direktor los. »Das alles wissen wir doch längst! Haben Sie uns hierher gerufen, um uns mit altbekannten Fakten zu langweilen, oder haben Sie tatsächlich etwas Neues erfahren?« Er warf dem Oberstaatsanwalt einen Zustimmung heischenden Blick zu.

»Herr Blessing«, antwortete Trevisan, »ich will nur, dass wir alle auf dem gleichen Stand sind. Denn die damalige Sonderkommission hat nicht nur dilettantisch gearbeitet, sondern in meinen Augen vollkommen unzureichend ermittelt.«

Das Gesicht des Direktors färbte sich rot, er schoss wie von der Tarantel gestochen auf. »Was glauben Sie eigentlich, wer Sie sind!«, blaffte Blessing. »Oberrat Dittel war ein ausgezeichneter und integrer Kollege, ich lasse nicht zu, dass Sie ihn hier hinter seinem Rücken verunglimpfen. Ich selbst habe damals …«

Trevisan hob abwehrend die Hand. »Ich weiß, ich habe Ihren Namen oft genug in den Ermittlungsakten gelesen und ehrlich gesagt glaube ich, wenn die Presse erführe, wie oberflächlich damals gearbeitet wurde, dann hätten hier manche in diesem Raum ein echtes Problem.«

Blessing schnaubte, stieß seinen Stuhl zurück, so dass dieser umstürzte, und trat ein paar Schritte auf Trevisan zu. »Was wollen Sie damit sagen?!«

Oberstaatsanwalt Lansing fasste den Kriminaldirektor an der Jacke. »Meine Herren, beruhigen Sie sich. Ich bin sehr gespannt, was Herr Trevisan zu berichten hat. Lassen Sie uns vernünftig und ohne Vorbehalt an diese Sache herangehen.«

Blessing hielt inne. Er schnaufte kurz durch, ehe er sich umwandte und zu seinem Platz zurückging, wo Engel den umgestürzten Stuhl wieder aufgehoben hatte.

Blessing setzte sich, während Trevisan eine weitere Folie auflegte, auf der eine Landkarte abgebildet war.

»Der Vorfall mit den beiden Mädchen ereignete sich nahe Tennweide. Der Rucksack wurde am Walsroder Dreieck aufgefunden, das sind rund fünfzig Kilometer. Damals ging die Soko in Abstimmung mit der Staatsanwaltschaft davon aus, dass vermutlich reisende Täter für das Verbrechen an den beiden jungen Frauen in Frage kommen und da die DNA-Spur niemandem zugeordnet werden konnte und es damals auch noch keine funktionierende DNA-Datei gab, wurde der Fall gegen Unbekannt eingestellt. Damals spielte ein weißer VW-Bus mit einem ausländischen, vermutlich dänischen Kennzeichen eine Rolle, wenngleich diese Spur auch nie bis zum Ende verfolgt wurde.«

Trevisan nahm die Landkarte vom Tageslichtprojektor und legte dafür das Bild der jungen Frau aus dem Flensburger Krankenhaus auf.

»Im letzten Monat wurde dann nahe Flensburg eine junge Frau mitten auf einer Bundesstraße schwer verletzt aufgefunden. Zunächst dachte man an einen Verkehrsunfall. Die medizinischen Sachverständigen stellten jedoch ein Verletzungsmuster fest, das darauf hindeutete, dass die junge Frau bei relativ hoher Geschwindigkeit aus einem fahrenden Wagen geworfen wurde. Ein Bus oder Van käme als Tatfahrzeug in Frage. Aufgrund der DNA-Bestimmung der bis dato unbekannten jungen Frau stellten die Kollegen eine Übereinstimmung mit dem Muster unserer verschwundenen Radfahrerin Tanja Sommerlath fest, so dass auch wir zunächst davon ausgingen, dass die Mädchen damals nicht ermordet, sondern möglicherweise verschleppt worden sind. Ermittlungen in Dänemark führten dazu, dass eine Rockerbande in Padborg ausgehoben werden konnte. Nur leider fanden wir absolut keine Hinweise, dass diese Bande etwas mit dem damaligen Verbrechen zu tun haben könnte. Dafür wurden aber Zeugen ausfindig gemacht, die sich zum damaligen Tatzeitpunkt in Tatortnähe aufgehalten haben. Sie waren in einem weißen VW-Bus mit dänischer Zulassung unterwegs gewesen. Ein Ehepaar aus der Nähe von Esbjerg, das zwar selbst keine Personen oder gar die beiden Radfahrerinnen gesehen hat, aber sie hatten sich auf der Suche nach einem Campingplatz in dem Waldstück bei Tennweide verfahren. Bei ihrer Irrfahrt entdeckten sie ein Feuer auf einer Lichtung nahe des Bannsees. Die damalige Soko schien der Bus nicht sonderlich zu interessieren.«

»Wir haben mehrmals beim BKA angefragt. Aber dort erhielten wir die Auskunft, dass es vermutlich zu wenige Details für gezielte Nachforschungen der dänischen Behörden gab«, setzte sich Blessing zur Wehr, der sich nach Trevisans Ausführungen wohl inzwischen persönlich angegriffen fühlte.

»Weiterhin wurde inzwischen ermittelt, dass es sich bei dem verschwundenen Mädchen mit dem Namen Tanja Sommerlath um ein Adoptivkind handelt.«

»Das hat doch nichts mit dem Fall zu tun! Ob leiblich oder Adoptivkind, wo ist da der Unterschied?«, wandte Blessing ein.

»Das Mädchen, das bei Flensburg aufgefunden wurde und inzwischen verstorben ist, war die Zwillingsschwester von Tanja Sommerlath. Sie hieß Tamara Sygow und ihr Mörder wurde inzwischen bei einem Drogengeschäft in Hamburg festgenommen. Zwar schweigt der Mann noch, aber sein Komplize singt dafür wie eine Nachtigall. Diese Tamara Sygow war süchtig und hat ihrem Lebensgefährten, einem vorbestraften Drogendealer aus dem Hamburger Schanzenviertel, einen großen Deal versaut, so dass er sie kurzerhand aus dem Wagen warf.«

Blessing schüttelte den Kopf. »Das ist doch Blödsinn – Zwillinge! Soweit ich weiß, dürfen Zwillinge gar nicht getrennt zur Adoption freigegeben werden.«

»Grundsätzlich stimmt das«, schaltete sich Hanna Kowalski ein. »Aber bei den beiden war das anders. Tamara kam schwerkrank zur Welt und die Ärzte gingen davon aus, dass das kleine Mädchen sterben wird. Da bei der zuständigen Fürsorgestelle ein Adoptionsantrag vorlag, gab man die kleine Tanja zur Adoption frei. Auch Behörden machen zuweilen Fehler.«

»Nur hat Tamara überlebt«, fuhr Trevisan fort. »Es liegt also keine Entführung vor, der Fall ist ganz anders gelagert.«

»Da haben wir aber immer noch den Rucksack, der weit vom vermeintlichen Tatort entfernt aufgefunden wurde«, gab der Oberstaatsanwalt zu bedenken.

»Den kann man dort bewusst platzieren, wenn man allzu leichtgläubige Polizisten täuschen will«, entgegnete Trevisan.

»Was wollen Sie damit sagen, Trevisan?«, zeterte der Kriminaldirektor.

»Ich glaube, dass die Mädchen in diesem kleinen Wäldchen bei Tennweide ihren Mördern in die Hände fielen und noch immer dort im Umkreis verscharrt in einem Erdloch liegen. Da gibt es unzählige Torfgruben.«

»Und Sie glauben, die Täter stammen aus dem Ort«, vollendete Lansing Trevisans Gedanken.

»Ja«, bestätigte er. »Irgendjemand hat diesem Apothekersohn damals die Beweise untergejubelt und ihn dadurch zum Hauptverdächtigen gemacht. Außerdem ist in Tennweide vor ein paar Tagen ein Journalist verschwunden, der zu dem Fall für eine Reportage recherchierte. Diese beiden Verbrechen hängen zusammen, da bin ich mir sicher.«

»Sie glauben, der Journalist wurde ebenfalls ermordet?«

Trevisan nickte.

»Haben Sie dafür irgendwelche Anhaltspunkte?«

Trevisan griff nach einer weiteren Folie und legte sie auf. Gespannt starrten Blessing, der Oberstaatsanwalt und Engel auf die Tabelle.

»Das ist der Einzelverbindungsnachweis des verschwundenen Journalisten«, erklärte Trevisan. »Er wurde kurz vor seinem Verschwinden von einem bestimmten Apparat zweimal angerufen. Vielleicht sogar von seinem Mörder.«

»Dann lassen Sie doch einfach die Nummer feststellen«, blaffte Blessing.

»Das hat Kollege Sobeck von der Kripo Hannover bereits veranlasst. Die Nummer gehört zu der öffentlichen Telefonzelle neben der Kirche in Tennweide.«

Blessing schaute Engel an. »Warum erfahre ich so etwas nicht?«, tadelte der Direktor.

»Ich habe, ich weiß ...«, stotterte Engel.

»Ich wurde erst heute darüber informiert«, erklärte Trevisan. »Sobeck hat mich angerufen. Er ist übrigens wieder mit einem Suchtrupp in der Umgebung von Tennweide unterwegs, um den Journalisten zu finden.«

»Haben Sie schon einen Verdacht?«, kam Lansing auf den Kern.

»Nur vage«, antwortete Trevisan. »Es gibt dort eine Clique junger Leute, die ab und an im Wald auf der von den dänischen Zeugen beschriebenen Lichtung feiert.«

»In Anbetracht der neuen Indizien sind natürlich weitere strafprozessuale Maßnahmen denkbar. An was haben Sie gedacht, Herr Trevisan?«

»Der Speicheltest wäre ein Anfang, außerdem würde ich gerne mit dem Apothekersohn reden. Der ist aber in einem Pflegeheim untergebracht und der Vater ist nicht gut auf uns zu sprechen.«

Der Oberstaatsanwalt runzelte die Stirn. »Nachdem es jetzt ein förmliches Gesetz zur Erhebung von genetischen Daten gibt, das es damals, als die Mädchen entführt wurden, noch nicht gab, denke ich durchaus, dass wir mit den Indizien ausreichend Verdachtsmomente haben, um eine DNA-Reihenuntersuchung zu begründen. Ich würde es aber sehr begrüßen, wenn Sie künftig mit mir und nicht mit der Presse darüber sprechen. Sie dürfen nicht vergessen, was es für ein so kleines Dorf und die Menschen dort bedeutet, bei einem derartigen Verbrechen unter Generalverdacht zu geraten. – Die Sache mit dem Apothekersohn ist da schon etwas schwieriger ... Wenn das Einverständnis des Vaters oder der Betreuungsperson nicht vorliegt und er als Zeuge gehört werden soll, müssen wir einen Sachverständigen hinzuziehen. Das kann dauern. Da wäre es besser, noch einmal mit dem Vater zu sprechen und ihm darzustellen, wie wichtig es wäre, den Jungen als Zeugen zu hören.«

Trevisan nickte.

Lansing erhob sich. »Ich werde mich persönlich des Falles annehmen. Gibt es sonst noch etwas, das ich wissen sollte?«

Trevisan kratzte sich am Kinn. »Wenn es sich bewahrheiten sollte, dass diese Jugendlichen etwas mit der Sache zu tun haben, dann sollten Sie wissen, dass es sich um die Kinder honoriger Bürger handelt. Neben dem Sohn des Gemeindevorstandes ist auch ein Polizistensohn darunter.«

Lansing fuhr sich über die Stirn. »Ich verstehe. Ich tue, was ich kann, und ich gehe davon aus, dass auch diese Dienststelle Ihre Ermittlungen entsprechend unterstützen wird.«

Der Staatsanwalt wandte sich Blessing zu und schaute ihn fragend an. Man spürte, wie der Direktor mit sich rang, so fiel sein Nicken auch ein wenig widerwillig aus.

»Wenn es Probleme gibt, dann lassen Sie es mich wissen«, verabschiedete sich der Oberstaatsanwalt.

Blessing nickte den anderen nur kurz zu, ehe er wie ein geprügelter Hund hinter dem Oberstaatsanwalt hertrottete. Engel warf dem Duo einen langen Blick nach, ehe er Trevisan die Hand reichte. »Gute Arbeit, Trevisan, gute Arbeit.«

Nachdem auch Engel den Raum verlassen hatte, tippte Hanna Trevisan auf die Schulter. »Wenn der Journalist auf dem Handy angerufen wurde, dann kannte der Täter seine Nummer.«

Trevisan nickte. »Das stimmt, aber das bringt uns nicht weiter.«

»Wieso nicht?«, fragte Lisa.

Trevisan kratzte sich am Kinn. »Nun, zum einen hat er im ganzen Ort seine Visitenkarten verstreut und zum anderen steht er samt Handynummer im Internet. Er hat sogar eine eigene Homepage.«

*

Zweimal hatte er in der Ferne das Brummen eines Hubschraubers wahrgenommen, unbeirrt grub er mit den Händen weiter. Der Regen hatte die Erde weich und locker gemacht. Immer größere Brocken brachen weg und stürzten ins Innere seines Verlieses. Er spürte, wie die Erde seine Hüfte beschwerte, und rollte sich, stöhnend wegen der Schmerzen, ein Stück zur Seite, um mehr Platz zu schaffen. Kurz atmete er durch. Wie tief mochte er wohl liegen, einen Meter, zwei Meter, drei Meter sogar? Die Wurzeln waren dünn und zart gewesen. Er raffte sich erneut auf und arbeitete weiter. Bald hatte er eine kleine Höhle gegraben, in die sein Kopf und ein Teil seines Oberkörpers passten. Immer größere Erdklumpen brachen aus dem Erdreich und fielen auf ihn herab. Er schüttelte sich und schob die Erde auf die andere Seite.

Angetrieben von einem unbändigen Überlebenswillen vergaß er den Schmerz und den quälenden Hunger. Erneut brach ein Stück Erde aus dem ihn umgebenden Geflecht aus Erde, Torf und Wurzelwerk und landete auf seinem Kopf. Ein Teil fiel in seinen offenen Mund. Er verschluckte sich und bekam einen Hustenanfall. Mit jedem Mal husten nahmen die Kopfschmerzen zu, bis ihm schließlich schwindelig wurde und er sich zurücksinken ließ. Kraftlos legte er seine Hände auf den Bauch.

Er wusste, nicht wie viele Minuten vergangen waren, bis er wieder aufwachte. Doch eines wusste er: Aufgeben bedeutete sterben, denn das Graben gab ihm nicht nur Hoffnung, sondern wärmte ihn und ließ ihn die Kälte vergessen, die ihn umgab.

Erneut fuhren seine Hände wie Baggerschaufeln in das weiche Erdreich, erneut stürzten Erdklumpen in das Verlies, erneut riss er einzelne, dünne Wurzeln ab, die ihm in den Weg gerieten. In der allumgebenden Dunkelheit war es nicht leicht, sich zu orientieren, aber mittlerweile war er gewohnt, sich hier zurechtzufinden. Würde es hell sein, wenn er es tatsächlich schaffte, den Boden zu durchstoßen, oder würde ihn tiefschwarze Nacht empfangen? Er schob seine Gedanken zur Seite und grub weiter, bis er den Eindruck hatte, dass ein leichter Luftzug über seine Wangen strich. Noch einmal verharrte er, atmete tief durch, ehe er all seine Energie wieder auf seine Hände fixierte, und plötzlich fasste er ins Leere und ein kleiner grauer Wink des Tageslichtes fiel zu ihm hinab.

Er seufzte laut, um dann plötzlich ganz still in sich zu kehren und zu lauschen. Was war das? Er horchte auf. Erneut drang ein Geräusch an sein Ohr und er wusste sofort, was dahintersteckte.

»Hilfe!«, ächzte er. »Hilfe!«

Er nahm all seine Kraft zusammen, dennoch blieb sein Rufen nur ein heißeres Krächzen. Er lauschte, bevor er weitergrub und sich die Seele aus dem Leib krächzte. Die infernalischen Kopfschmerzen vergaß er. Das Bellen eines Hundes kam näher.

27

Trevisan war mit seinem Privatwagen nach Mardorf gefahren und parkte unweit der Apotheke in der Rehburger Straße. Schon als er an den Fahrbahnrand fuhr, bemerkte er den Streifenwagen, der hinter ihm ebenfalls die Geschwindigkeit verringerte und anhielt. Trevisan löste den Gurt und stieg aus. Der Polizist im Streifenwagen war alleine unterwegs. Er schälte sich aus dem grün-weiß lackierten VW Passat, setzte seine Dienstmütze auf und richtete seine Krawatte. Trevisan erkannte Oberkommissar Klein vom kleinen Polizeiposten in Mardorf sofort.

»Guten Tag«, grüßte der Polizist korrekt, »Personen- und Fahrzeugkontrolle. Ihre Fahrzeugpapiere bitte.«

»Habe ich etwas falsch gemacht?«, fragte Trevisan.

Der Polizist zeigte auf seinen Wagen. »Sie parken im Parkverbot.«

Trevisan griff in seine Jackentasche und reichte dem Polizisten Führerschein und Fahrzeugschein.

»Sie kommen aus der Gegend um Wilhelmshaven?«

Er nickte. »Aus Sande.«

»Kann es sein, dass ich Sie und das Fahrzeug schon in Tennweide gesehen habe?«

»Ich will ein paar Tage ausspannen.«

»Sie arbeiten nicht zufällig bei der Presse?«

Trevisan schüttelte den Kopf. »Nein, wie kommen Sie darauf?«

»Weil sich in den letzten Tagen offenbar viele Leute für unsere Gegend interessieren.«

Trevisan lächelte. »Das ist doch nicht ungewöhnlich für eine Ferienregion, oder?«

»Es ist weder Wochenende noch sind Ferien, da ist es schon ungewöhnlich«, antwortete der Oberkommissar.

»Geht es um den verschwundenen Journalisten?«, fragte

Trevisan unverblümt. »Oder weil damals diese Mädchen auf ihrer Radtour hier in der Nähe verschwanden?«

Klein schaute Trevisan kritisch an, dann warf er einen Blick in den Führerschein. »Einen Augenblick, bitte.« Er ging zurück zu seinem Streifenwagen, setzte sich hinters Steuer und griff zum Funkgerät, während sein kritischer Blick an Trevisan haften blieb. Nach einer Weile kehrte Klein zurück und reichte Trevisan die Papiere.

»Na, was weiß der Polizeicomputer über mich?«

Klein lächelte. »Sie wohnen bei Rosi Meierling, richtig?«

»Steht das in den Polizeiakten?«

Klein schüttelte den Kopf. »So weit sind unsere Computer nicht, aber die Welt ist ein Dorf und ich weiß, was in meinem Revier vor sich geht. Ich weiß auch, dass Sie in Tennweide herumlaufen und Fragen stellen. Ich warne Sie, gehen Sie den Menschen hier nicht auf den Wecker. Diese Geschichte mit den verschwundenen Mädchen hat schon genügend Unheil angerichtet. Die Leute mögen es nicht, wenn sich Schnüffler hier herumtreiben, nur damit sie eine weitere schaurige Story über unsere Gemeinde schreiben können. Die Leute hier wollen endlich ihre Ruhe.«

Trevisan fuhr sich über das Kinn. »Ruhe werden sie aber erst bekommen, wenn das Verbrechen aufgeklärt ist.«

»Also habe ich doch recht, Sie sind auch so ein Schreiberling.«

»Ich bin Beamter und kein Journalist und ich habe viel über die Sache gelesen. Schließlich stand ja allerhand darüber in der Zeitung.«

»Dann wissen Sie sicherlich auch, dass eines der verschwundenen Mädchen in der Nähe der dänischen Grenze aufgetaucht ist und die Spur eindeutig ins Rockermilieu führt. Die Ermittlungen laufen noch, aber ich bin sicher, dass in unserem Ort niemand mit der Sache etwas zu tun hat.«

»Auch nicht dieser Apothekersohn?«

Oberkommissar Klein sah auf und blickte über die Straße, wo sich die *Klosterapotheke* befand, der Trevisan einen Besuch abstatten wollte. »Sind Sie deswegen hier oder haben Sie eine Erkältung?«

»Kopfschmerzen«, antwortete Trevisan, dem die aufdringliche Art des Oberkommissars immer unangenehmer wurde. »Ist sonst noch etwas?«

Der Polizist zeigte auf den Wagen. »Parkverbot!«

»Ich fahre weiter, keine Angst.«

»Ja, das sollten Sie tun, am besten gleich bis nach Wilhelmshaven«, entgegnete Klein und wandte sich ab.

Trevisan wartete, bis der Streifenwagen losgefahren war, ehe er sich selbst wieder hinters Steuer setzte und bis zur nächsten Seitenstraße fuhr. Er parkte in der Jägerstraße und vergewisserte sich, dass dort nicht ebenfalls ein Parkverbotsschild stand. Unbeirrt ging er den Weg zurück. Vor der *Klosterapotheke* blieb er kurz stehen und sah sich um, doch der Streifenwagen war weit und breit nicht mehr zu sehen.

»Ein sonderbarer Kauz«, murmelte Trevisan, als er die Apotheke betrat.

Thiele, der Apotheker, stand hinter der Ladentheke und sortierte Waren in den Apothekerschrank. Weder Kunden noch Mitarbeiterinnen waren zugegen. Trevisan grüßte und der Apotheker wandte sich um.

»Sie wissen noch, wer ich bin?«, fragte Trevisan.

Thiele verzog sein Gesicht und nickte kurz. »Ich sagte doch schon ...«

Trevisan griff in seine Jackentasche. »Ich hatte gehofft, wir könnten es vermeiden, aber offenbar geht es nicht anders«, sagte er und reichte dem Apotheker ein Kuvert.

»Was ist das?«

Trevisan wies auf den grauen Briefumschlag. »Eine richterliche Vorladung für Ihren Sohn. Offenbar ist das der einzige Weg. Ihr Sohn wird in Hannover im Beisein eines Richters zur Sache befragt werden ...«

»Das geht nicht! Er ist krank ... Er ist nicht bei Verstand ... Das ist doch unzulässig!«

»Sie können gerne mit Ihrem Rechtsanwalt darüber reden,

aber die Strafprozessordnung sieht nun mal eine solche Maßnahme vor. Und glauben Sie mir, nötigenfalls können solche Verfügungen auch zwangsweise durchgesetzt werden, zumindest die Untersuchung durch einen amtlich bestellten Gutachter.«

»Das ist doch reine Schikane«, empörte sich der Apotheker.

»Nein, das ist es nicht«, entgegnete Trevisan. »Ich kann nichts für die Ermittlungsmethoden der damaligen Sonderkommission, aber ich glaube, dass Ihr Sohn etwas weiß, das in diesem Fall wichtig sein könnte. Es geht darum, ein Verbrechen aufzuklären, dem zwei junge Mädchen zum Opfer fielen. Diese Mädchen und ihre Hinterbliebenen haben ein Recht darauf, dass die Mörder überführt und bestraft werden. Ich vermute sogar, dass ganz bewusst der Verdacht auf Ihren Sohn gelenkt wurde und dass Ihr Sohn den Mörder kennt.«

Thiele kratzte sich am Kopf. »Sie meinen, ihm wurde das Kettchen des Mädchens untergeschoben?«

»Ich meine, dass es sich lohnt, noch einmal mit Ihrem Sohn über die Sache zu reden.«

»Ich dachte, die Mädchen wurden von einer Rockerbande nach Dänemark verschleppt. So hieß es zumindest in den Zeitungen.«

»Sie sollten nicht alles glauben, was die Zeitungen schreiben.«

»Hören Sie, Herr … Herr …«

»Trevisan ist mein Name.«

»Okay, Herr Trevisan. Sven ist in einem Pflegeheim untergebracht, er fühlt sich dort wohl und ich glaube, es würde ihn wieder um Jahre zurückwerfen, wenn er in einen Gerichtssaal muss. Ich habe nach Ihrem letzten Besuch mit Frau Sonntag gesprochen, Svens Betreuerin. Sie meinte, dass Svens Zustand noch immer nicht zufriedenstellend sei. Obwohl jetzt schon beinahe drei Jahre vergangen sind, ist er noch nicht über die Sache hinweg. Es wäre fatal, wenn er …«

»Dennoch haben Sie einem Treffen mit einem Journalisten zugestimmt«, entgegnete Trevisan. »Und dieser Journalist wurde entführt. Ich bin felsenfest davon überzeugt, dass es da einen Zusammenhang gibt.«

»Sie glauben gar nicht, wie es ist, mit diesem Makel zu leben«, klagte der Apotheker. »Sven wurde damals aus Mangel an Beweisen wieder auf freien Fuß gesetzt – Sie wissen, was das bedeutet. Ich sehe den Menschen hier im Ort an, was sie denken, wenn sie den Kopf senken oder die Straßenseite wechseln. Und ich weiß auch, was sie über mich denken. Ich möchte einfach nur, dass endlich Schluss damit ist. Und ich will, dass es meinem Sohn gut geht. Mehr ist mir nicht geblieben.«

»Ich verstehe Sie, Herr Thiele, ich habe selbst eine Tochter. Ich denke, wir sollten eine einvernehmliche Lösung finden. Ich könnte mir auch vorstellen, dass wir die Anhörung in seiner gewohnten Umgebung und im Beisein seiner Betreuerin durchführen. Ich würde jemanden mitbringen, der entsprechend geschult ist, eine Psychologin, die ihr Handwerk versteht.«

Thiele überlegte eine Weile. »Wissen Sie, ich will nur das Beste für meinen Jungen, es ist schon schlimm genug.«

»Sagen Sie mir, wie wir in dieser Angelegenheit zusammenkommen können«, antwortete Trevisan. »Wenn es uns gelingt, die Tat aufzuklären, dann wäre Ihr Sohn – und auch Sie – ein für alle Mal rehabilitiert.«

Thiele überlegte eine Weile, schließlich nickte er. »Gut, ich rede mit Frau Sonntag. Aber nur Sie und Ihre Kollegin. Ich sage Ihnen aber gleich, wenn dies nur eine Masche von Ihnen ist, dann gnade Ihnen Gott.«

Trevisan reichte Thiele die Hand. »Ich spiele mit offenen Karten, das können Sie mir glauben. Sie können mir das Schreiben wiedergeben. Und reden Sie mit niemandem darüber, auch mit dem Polizisten Klein nicht. Er weiß nicht, dass ich hier bin und ich will auch noch nicht, dass er es erfährt.«

»Klein, wieso Klein?«, fragte Thiele.

»Er hat mich draußen kontrolliert und ich bin ehrlich, solange wir noch keine konkreten Spuren haben, ist erst einmal jeder verdächtig, verstehen Sie?«

Thiele nickte. »Ich verstehe und glauben Sie mir, Klein wäre der Letzte, mit dem ich darüber reden würde. Er war damals ganz schnell damit, zu behaupten, dass Sven es getan haben könnte.«

Trevisan nickte. »Ich weiß, ich kenne die Akte.«

Er griff nach dem Schreiben und steckte es ein. Trevisan hatte erreicht, was er wollte, wenn der Weg dahin auch nicht ganz legal gewesen war. Als er die Rehburger Straße zu seinem Wagen entlangging, fuhr ein Streifenwagen an ihm vorbei. Er wusste, wer darin saß.

Der heutige Abschnitt, den der Einsatzleiter zur Durchsuchung festgelegt hatte, lag über sieben Kilometer von Tennweide entfernt und nördlich der Einsatzzone. Das Gebiet um den Grindewald war nur in den Fokus der Ermittler geraten, weil es einen beinahe gerade verlaufenden Verbindungsweg durch die Torflandschaft vom Bannsee bis hin zu den Torfgebieten am Grindewald gab.

Zwei Züge der Bereitschaftspolizei sowie Hundeführer aus den umliegenden Direktionen nahmen an dem Einsatz teil. Zusätzlich flogen Kollegen der Polizeihubschrauberstaffel Hannover mit einer SA 365 Dauphine, einem Eurocopter-Hubschrauber mit einer Wärmebildkamera an Bord, systematisch das Gebiet nach einem vorgefertigten Suchmuster ab. Planmäßig hatten die Einsatzkräfte in Reihe das weitläufige Gelände aus Feldern, ehemaligen Torfgruben und glitschigem Morast durchkämmt, bis sie an den Rand des Grindewaldes stießen. Der Einsatzleiter der Bereitschaftszüge und Hauptkommissar Sobeck, der ermittelnde Beamte der Kripo Hannover, hatten es sich vor dem Bus der Einsatzleitung auf Klappstühlen bequem gemacht und tranken eine kühle Cola. Auf beinahe dreißig Grad war die Temperatur am Nachmittag gestiegen und der beginnende Frühsommer vermittelte schon einmal einen Vorgeschmack auf die kommenden Wochen und Monate.

Wie ein breit gefächerter Rechen durchkämmten die beinahe achtzig Beamten das fast neun Quadratkilometer große Gebiet. Ein Unterfangen, für das der ganze Tag eingeplant war. Bereits viermal war die gesamte Gruppe nach Norden und weitere viermal wieder in Richtung Süden gegangen, ohne eine Spur aufzunehmen. Die Durchsuchung einer solchen Fläche war bereits an normalen Tagen schweißtreibende Arbeit, doch an diesem Tag, mit diesen hohen Temperaturen, gab es keinen Kollegen mehr, dessen Einsatzoverall nicht vom Schweiß durchdrungen war.

Der Einsatzleiter sah auf seine Armbanduhr. Es war kurz vor vier Uhr am Nachmittag und eigentlich hätten sie bereits das Gebiet restlos durchkämmt haben müssen, aber wie meist bei solchen Planungen gingen Theorie und Praxis weit auseinander. Glücklicherweise war es lange genug hell, denn komme was wolle, die Einsatzkräfte würden erst wieder abrücken, wenn das Gebiet restlos abgesucht worden war. Der Helikopter hatte vor zehn Minuten abgedreht und war zum Nachtanken zurück nach Hannover geflogen. Für den nächsten Tag war ein weiterer Einsatz, weiter westlich an der L 370, geplant.

»Das Gebiet ist verdammt groß, es ist wie die Suche nach der berühmten Nadel im Heuhaufen«, stöhnte Sobeck und stellte seine Cola auf den kleinen Beistelltisch.

»Wir tun, was wir können«, antwortete der Einsatzleiter. »Uns kann man dann zumindest nicht vorwerfen, wir hätten nichts unternommen.«

Sobeck nickte und lehnte sich zurück. »Ja, da haben Sie recht.«

»Es klingt zwar eher unwahrscheinlich, nach allem, was Sie mir gesagt haben, aber wenn es tatsächlich so wäre, dass dieser Journalist gerade irgendwo auf diesem Planeten an einer Bar einen Batida schlüft, und uns hier schuften lässt, dann bringe ich ihn eigenhändig um, wenn ich ihn in die Finger kriege.«

Sobeck schüttelte den Kopf. »Nach allem, was wir an Indizien haben, schließe ich das aus. Ich habe nur Bauchweh wegen des Sees. Unsere Taucher haben den Rand abgesucht, soweit es möglich war, ich befürchte aber, dass er mitten drinnen in der Suppe liegt. Da finden wir ihn nie.«

»Bis er genug Auftrieb hat«, wandte der Einsatzleiter ein. »Das kommt häufiger vor, als man denkt. Die Kerle meinen immer, sie sind besonders clever, hängen einen Sack mit Steinen an das Bein und versenken ihr Opfer auf Nimmerwiedersehen, aber der Teufel ist ein Eichhörnchen. Das Seil wird im Wasser marode und der Auftrieb der Leiche irgendwann so stark, dass es steil nach oben geht und plötzlich ist sie wieder da. Nein, ein schönes tiefes Grab ist noch immer die sauberste Methode, da bleiben manche auf ewig verschollen.«

Das Funkgerät quakte und der Einsatzleiter schob den Ohrstöpsel ins Ohr. Sobeck richtete sich auf und beobachtete das Gesicht des Kollegen, dessen Stirnrunzeln verriet, dass etwas Ungewöhnliches vorgefallen sein musste.

»... Nein, wir rufen einen Hubschrauber, bleiben Sie vor Ort ... Zehn Minuten, wir kommen ... Ende.« Der Einsatzleiter blickte Sobeck entgeistert an. »Sie werden es nicht glauben, aber wir haben Ihren Vermissten.«

»Wo?«

»Er liegt in einer alten Torfgrube am Waldrand, östlich von hier, und er lebt. Er ist zwar sehr schwach, aber er lebt noch. Der Rettungshubschrauber ist unterwegs.«

Sobeck sprang auf, so dass der Klappstuhl mitsamt dem Beistelltisch umstürzte. Das Cola ergoss sich aus der Dose auf den Boden. »Ist er ansprechbar?«

Der Einsatzleiter zuckte mit der Schulter.

»Ich muss sofort zu ihm.«

*

Hanna Kowalski schimpfte wie ein Rohrspatz, während sie das inzwischen vierte Formular ausfüllte. »Die Verwaltung ist der Tod des Vollzugs«, sagte sie wütend, als sie das dreiseitige Formular mit dem schönen Namen Beweiserhebungsantrag DNA – LPNS 233 b in die Schublade für den Postausgang legte. Der Oberstaatsanwalt hatte Wort gehalten. Der freiwillige Speicheltest sollte am Samstag im Gemeindehaus in Tennweide stattfinden. Ein zweiter Termin für Nachzügler war eine Woche später geplant.

»Anforderungsantrag für die KTU, Probeverwertungsantrag, Einwilligungserklärung der Betroffenen und jetzt auch noch der Beweiserhebungsantrag«, klagte sie. »Und dabei habe ich noch nicht einmal meine Steuererklärung für dieses Jahr gemacht.«

Lisa lachte. »Wollte unsere Regierung nicht in dieser Legislaturperiode die bürokratischen Hürden aus dem Weg räumen?«

»Ich sehe es«, antwortete Hanna. »Jetzt muss ich mich noch mit der Gemeindeverwaltung herumschlagen, damit wir am Samstag das Dorfgemeinschaftshaus als Zentrale nutzen können. Und Trevisan fährt noch immer irgendwo am Steinhuder Meer spazieren.«

»Nein, Trevisan ist hier«, tönte es in ihrem Rücken, so dass sie zusammenzuckte.

Hanna nickte ihm zu. »Schönen Ausflug gehabt?«

»Kann man sagen«, entgegnete er im Vorbeigehen und verschwand in seinem Büro.

»Ich gehe dann mal«, sagte Lisa und schaute auf die Uhr. »Mein Yoga-Kurs beginnt in einer halben Stunde.«

»Okay«, antwortete Hanna. »Ich mach die Formulare noch fertig, dann verschwinde ich ebenfalls.«

Lisa griff nach ihrer Jacke, nickte Hanna zu und ging. Eine Viertelstunde später kam Trevisan wieder aus seinem Büro und setzte sich rittlings auf den Stuhl neben Hanna.

»So, ich glaube, jetzt sind wir so weit«, stöhnte er und warf den Briefumschlag in seiner Hand demonstrativ in den Mülleimer. »Bald habe ich einen Termin mit einem wichtigen Zeugen. Sven Thiele, dem Sohn des Apothekers von Mardorf.«

»Und du glaubst, das lohnt sich? Der Junge ist debil.«

»Einen Versuch ist es wert, der ist einfach nur wie ein kleines Kind.«

»Soll ich dich begleiten?«

Trevisan schüttelte den Kopf. »Ich mach das mit einer guten Freundin, die kennt sich darin aus.«

Hanna griff in den Postkorb und warf Trevisan ein Formular zu. »Unterschreibe das bitte«, sagte sie kühl. »Wenigstens Formulare kann ich richtig ausfüllen.«

Trevisans spürte, dass seine Antwort nicht gut bei ihr angekommen war. Er blickte ihr in die Augen und legte den Kopf schräg, wie ein treu ergebener Hund. »Tut mir leid, ich denke manchmal nicht richtig nach, wenn ich was sage.«

Hanna hob abwehrend die Hände. »Schon gut, wir haben ja auch keine Erfahrung, wir sind ja keine richtigen Ermittler, wir machen ja nur Schreibtischarbeit, ich verstehe das schon.«

»Nein, ich habe mit Thiele abgemacht, dass mich eine Psychologin begleiten wird. Sie arbeitet für das LKA in Hamburg, ich lernte sie bei einem Fall kennen, den wir gemeinsam bearbeitet haben. Sie heißt Margot Martinson und hat Erfahrung in solchen Dingen. »

»Wir müssen noch die Polizeikostennachweisung an die Staatsanwaltschaft schreiben. Ich denke, dass du das machen solltest, es sind schließlich auch deine Ermittlungen.«

Trevisan erhob sich, umrundete seinen Stuhl und legte Hanna die Hand auf die Schulter. »Es tut mir wirklich leid, ich wollte dich nicht verletzen. Ohne deine Ermittlungen in Braunschweig wären wir noch lange nicht so weit. Und jetzt lass den Antrag liegen, ich lade dich zum Essen ein und ich fahre dich danach auch nach Hause, versprochen.«

Hanna legte den Papierbogen auf den Schreibtisch zurück. »Ich will aber kein Mitleid.«

»Das ist kein Mitleid. Ich sage manchmal Dinge, ohne vorher zu überlegen, das ist einfach so. Dafür bin ich auch ein Mann, das ist die einzige Entschuldigung, die ich habe.«

Hanna musterte Trevisan eindringlich. Schließlich musste sie lachen. »Das ist auch wirklich die einzige Entschuldigung, die zählt«, antwortete sie. »Ich esse aber gerne und viel und ich trinke nur Weißwein mit Prädikat.«

»Ich bin Hauptkommissar und trinke vorwiegend Wasser – ich glaube, ich kann mir ein Date mit dir leisten.«

28

Trevisan holte Hanna kurz vor acht Uhr ab, um mit ihr in das *Zwölf Apostel* am Pelikanplatz zu gehen, wo er einen Tisch für zwei Personen reserviert hatte.

Trevisan hatte sich in seinen grauen Anzug gezwängt und überrascht festgestellt, dass es nicht schaden würde, sich in nächster Zeit wieder etwas sportlich zu betätigen. Wenigstens passte sein Hemd noch.

Von Davenstedt nach Burgwedel war er beinahe eine ganze Stunde unterwegs gewesen, doch er war noch rechtzeitig eingetroffen. Er wollte Hanna bei der ersten Verabredung auf keinen Fall warten lassen. Hanna gefiel ihm. Sie erinnerte ihn an Angela. Wenngleich sie mit ihren langen, blonden und gelockten Haaren zumindest vom Aussehen her ein ganz anderer Typ war, so hatte er doch einige Charakterzüge Angelas in seiner neuen Kollegin erkannt. Als er an dem Zweifamilienhaus in Burgwedel klingelte, bemerkte er, dass seine Hände feucht wurden.

Hanna öffnete die Tür und stand mit hochgesteckten Haaren und dezent aufgetragenem Make-up in einem schwarzen Kleid mit recht offenem Dekolleté und einem lilafarbenen Bolero vor ihm. Trevisan verschlug es beinahe die Sprache. In seinem Anzug kam er sich vor wie ein unscheinbarer grauer Spatz, der einem herrlich gefiederten Paradiesvogel gegenübersteht.

Hanna warf einen Blick auf ihre kleine silberne Armbanduhr. »Zumindest ist der Herr pünktlich.«

Das Herz pochte ihm bis zum Hals. Im Büro, in Jeans und T-Shirt, war Hanna eben eine Kollegin, eine gutaussehende Kollegin zugegebenermaßen. Doch in diesem knappen Kleid, das ihre Figur betonte, raubte sie ihm den Atem. Vor ihm stand eine wunderschöne Frau. Trevisan starrte sie an und war zu keiner Regung fähig.

»Schöner Anzug«, sagte sie mit einem bezaubernden Lächeln, als sie an ihm vorüberging. »Können wir gehen?«

»… ähm … ja … natürlich«, stammelte er. Langsam löste sich die Starre. Er folgte ihr, überholte und öffnete galant die Beifahrertür. Sie warf ihm einen Blick zu, der sein Herz höher schlagen ließ, und setzte sich in den Wagen.

»Verdammt viel Verkehr hier«, sagte Trevisan, als sie in die Kleinburgwedeler Straße einbogen, wo sich Auto an Auto reihte, wie an einer Perlenschnur aufgezogen. »Da brauchst du mit dem Wagen ja mehr als eine Stunde.«

Sie beugte sich vor und zeigte auf eine kleine Seitenstraße. »Bieg da mal ab, ich kenne ein paar Schleichwege.«

Genau dreißig Minuten später parkte Trevisan am Pelikanplatz.

»Ich habe Hunger wie ein Wolf«, seufzte Hanna, nachdem sie an ihren Tisch geführt worden waren und Platz genommen hatten. »Ich hoffe, du kannst dir das hier auch leisten?«

Das *Zwölf Apostel* war ein Restaurant der gehobenen Klasse, ein hoher, mit Stuck und gold verzierter Raum. Ihr Tisch lag etwas abseits an der Fensterfront. Im Lokal herrschte Hochbetrieb, dennoch kam der bestellte Aperitif zügig. Trevisan trank einen Martini und Hanna hatte sich einen Prosecco bestellt. Trevisan hatte das *Zwölf-Apostel*-Menü ausgewählt und fragte Hanna, ob sie Zeit mitgebracht hätte.

»Max schläft heute bei einem Freund«, antwortete sie. »Ich habe genug Zeit und bin schon mal gespannt. Ich habe zwar schon viel von diesem Restaurant gehört, aber das ist heute hier meine Premiere.«

»Ich stehe auf italienische Küche und wurde hier noch nie enttäuscht«, antwortete Trevisan.

»Aha, du führst deine Einladungen also immer hier her«, scherzte sie. »Ich muss sagen, wenn man jemanden beeindrucken will, dann ist das keine schlechte Wahl.«

»Ich war zweimal mit Paula hier«, antwortete Trevisan.

Hanna nickte. »Wie geht es deiner Tochter?«

Trevisan zuckte mit der Schulter. »Sie sagt, ihr geht es gut. Ihre Betreuer meinen auch, dass sie auf einem ganz guten

Weg ist. Aber ich habe manchmal das Gefühl, dass ich ihr etwas gestohlen habe, das ich ihr nie wieder zurückgeben kann.«

»Und was ist das?«

»Ihre Unbekümmertheit«, antwortete Trevisan trocken.

»Wieso du?«, fragte Hanna. »Du kannst doch gar nichts dafür.«

»Wenn ich nicht diesen Job machen würde, dann wäre Paula ...«

»Das ist Blödsinn, Martin, und das weißt du. Mag sein, dass Paula noch etwas Zeit braucht, aber ihr seid auf dem richtigen Weg. Viele Menschen haben ähnliche Probleme, aber sie lassen niemanden an sich heran. Und das führt dazu, dass man sich um so mehr in sein Schneckenhaus zurückzieht, bis man überhaupt keinen Ausweg mehr findet.«

Ein Kellner servierte die Vorspeisenplatte.

»Erzähl mir etwas von dir«, sagte Trevisan, nachdem der Kellner die Getränkebestellung aufgenommen hatte.

»Da gibt es nicht viel zu erzählen«, antwortete Hanna. »Ich habe einen Sohn und bin glücklicher Single. Manchmal gerät man eben an den Falschen und merkt es nicht gleich. Dann war ich schwanger und der Kerl war wieder weg.«

»Habt ihr noch Kontakt?«

Hanna schüttelte den Kopf. »Will ich auch nicht. Der Kerl treibt sich in der Welt herum. Er arbeitet für eine Sicherheitsfirma in Saudi-Arabien.«

»Wie habt ihr euch kennengelernt?«

»Er war mal Kollege, hat dann aber gekündigt und ist in die Privatwirtschaft abgewandert. War so ein Typ, der es nie lange am gleichen Ort aushielt. Sogar als wir zusammen waren, hat er sich auf eine Auslandsmission gemeldet und war über ein Jahr weg. Aber das ist jetzt schon lange her. Reden wir nicht mehr darüber.«

Der Kellner kehrte zurück und servierte eine Flasche Wein. Trevisan hatte einen vollmundigen Grand Sasso ausgewählt. Sie prosteten sich zu.

»Wie kommt es, dass eine Frau wie du noch immer alleine ist?«, fragte Trevisan, nachdem sie getrunken hatten.

»Kannst du dir vorstellen, dass es Menschen gibt, die gerne für sich bleiben?«

Er schüttelte den Kopf. Nachdenklich blickte er auf sein Weinglas, in dem sich der Kerzenschimmer im rubinroten Grand Sasso verlor. »Ich glaube, niemand ist gerne allein.« Für einen Moment dachte er an Angela.

»Vielleicht habe ich bloß noch nicht den Richtigen gefunden«, antwortete Hanna.

Während des Essens erzählte sie, dass sie in einem Direkteinsteigerprogramm beim LKA gelandet war und ihr begonnenes Studium der Sozialpädagogik an den Nagel gehängt hatte. Nach ihrer Ausbildung war sie schwanger geworden und hatte zunächst in der Kriminaltechnik begonnen, bevor sie für sechs Jahre in den Erziehungsurlaub gegangen war. Nach ihrer Rückkehr zur Polizei hatte sie ein paar Jahre im Sittendezernat gearbeitet und war dann wieder bei der Kriminaltechnik gelandet. Wegen einer Stauballergie und nach einer längeren Krankheitsphase war sie in das Dezernat 32 umgesetzt worden.

»Ich glaube, das hat man getan, damit ich nicht zu viel auf der Straße kaputt mache. Ich habe nie echte Ermittlungsarbeit geleistet, sondern immer nur Dinge irgendwie verwaltet. Deshalb bin ich froh, dass du in unsere Abteilung gekommen bist. Ich muss sagen, die letzten Wochen waren für mich meine aufregendste Zeit bei der Polizei.«

Trevisan lächelte. »Eigentlich wollte ich heute nicht über den Job reden, aber irgendwie kommt man immer wieder darauf zu sprechen, wenn sich Polizisten unterhalten.«

»Für andere Dinge kennen wir uns vielleicht noch zu wenig.«

»Mag sein«, entgegnete Trevisan.

Zum Abschluss tranken sie noch einen Mokka, bevor sie kurz vor Mitternacht das Lokal verließen.

Trevisan brauchte diesmal kaum mehr als zwanzig Minuten bis nach Burgwedel.

»Trinken wir noch einen Kaffee zusammen?«, fragte sie, als er vor ihrem Haus anhielt.

»Ich dachte …«

»Ich bin gerne alleine«, antwortete Hanna lächelnd. »Aber wenn mir etwas gefällt, dann nehme ich das schon gerne mal mit.«

Trevisan spürte, wie seine Hände feucht worden und sein Herz erneut zu rasen begann. Sie beugte sich zu ihm herüber und hauchte ihm einen Kuss auf die Wange.

»Keine Verpflichtungen, keine Fragen und keine Verbindlichkeiten, das ist die Bedingung«, flüsterte sie in sein Ohr.

Trevisan schluckte. »Ich glaube, ein Kaffee wäre jetzt genau das Richtige«, antwortete er.

*

Trevisan war am frühen Morgen von Burgwedel aus erst einmal zu seiner Wohnung gefahren, um sich umzuziehen. Schon als er die Dienststelle betrat, herrschte große Aufregung. Lisa empfing ihn auf dem Gang und zog ihn mit sich in ihr Büro.

»Wir haben wie verrückt versucht, dich zu erreichen, wo warst du nur?«, fragte sie, ohne sich mit einer Begrüßung aufzuhalten. »Ich habe sogar eine Streife zu deiner Wohnung geschickt, aber du warst nicht zu Hause.«

»Was ist denn?«, fragte Trevisan unwirsch.

»Sie haben ihn gefunden, den Journalisten, er lebt.«

Trevisan ließ sich verblüfft auf der Schreibtischkante nieder. »Er lebt, sagst du?«

Lisa nickte. »Sobeck hat gestern Abend angerufen, du warst schon weg. Ich habe versucht, dich auf dem Handy zu erreichen.«

»Hat er etwas gesagt, ist er ansprechbar?«

Lisa schüttelte den Kopf. »Er liegt im Klinikum Nordstadt auf der Intensivabteilung und ist noch nicht vernehmungsfähig, aber Sobeck konnte gestern kurz mit ihm sprechen. Er ist sehr schwach und hat schwere Kopfverletzungen. Er sagte, dass jemand ihn bei Nacht in den Wald gelockt und niedergeschlagen hat, an mehr kann er sich nicht erinnern. Er kam erst wieder zu sich, als er in einem Erdloch lag. Glücklicherweise gab es dort genügend Luft und auch Wasser, sonst hätte er nicht überlebt.«

Hanna streckte ihren Kopf durch die Tür. »Hallo, ihr beiden, hier habt ihr euch versteckt ... Ich warte schon seit zehn Minuten auf euch. Engel hat angerufen, er will dich sprechen, Martin.«

Lisa preschte vor. »Hast du schon gehört, den Journalisten hat man lebend aufgefunden. Er lag irgendwo in einer alten Torfgrube. Man hat ihn niedergeschlagen und dort begraben, aber er hat überlebt.«

Hanna schaute Trevisan fragend an. Trevisan räusperte sich. »Ich denke, ich sollte zuerst mit Sobeck sprechen. Ich will wissen, was er von dem Journalisten erfahren hat. Wir treffen uns in einer halben Stunde.«

Trevisan telefonierte beinahe eine Stunde mit Sobeck und sah in erwartungsvolle Mienen, als er den Konferenzraum betrat. Dort saß auch Engel mit am Tisch und trommelte mit den Fingern auf die Tischplatte.

»Wir lagen von Anfang an richtig«, sagte Trevisan. »Der Journalist wurde an den Bannsee gelockt und dort niedergeschlagen. Der oder die Täter hielten ihn wahrscheinlich für tot und legten ihn knapp sieben Kilometer entfernt von Tennweide in eine ehemalige Torfgrube. Er hat überlebt, ist derzeit aber noch nicht vernehmungsfähig.«

»Was meinen Sie damit, dass Sie richtig lagen, Trevisan?«, fragte Engel.

»Der Journalist hatte eine Verabredung mit dem Sohn des Apothekers«, erklärte Trevisan. »Die Täter haben versucht, das Treffen zu verhindern. Damit ist klar, dass der oder die Täter aus Tennweide stammen und das Sven Thiele möglicherweise etwas weiß, das den Täter verraten könnte.«

Engel überlegte. »Wenn Sie recht haben, dann lässt sich eine Speichelüberprüfung rechtlich ganz einfach begründen.«

»Der DNA-Test läuft bereits, der Antrag wurde genehmigt«, antwortete Trevisan. »Wir müssen den Journalisten beschützen. Zwei Mann, rund um die Uhr. Wir können nicht ausschließen, dass die Täter noch einen Versuch unternehmen.«

»Und was ist mit dem Jungen?«, fragte Engel.

Trevisan überlegte. »In der Klinik ist es schwer, an ihn heranzukommen, aber ich habe kein gutes Gefühl bei der Sache. Wir sollten auf ihn aufpassen.«

Engel erhob sich. »Ich werde das sofort in die Wege leiten.«

»Und was tun wir?«, fragte Hanna.

»Nehmt diesen Kevin Klein, den Polizistensohn, mal genau unter die Lupe. Sein Vater war damals als Ortskundiger maßgeblich an den Ermittlungen beteiligt. Er hätte ohne weiteres Beweismittel verschwinden lassen können. Und kein Wort davon außerhalb dieser Abteilung, verstanden?! Ich habe mit Sobeck eine Nachrichtensperre vereinbart. Wir wollen die Kerle nicht noch auf dumme Gedanken bringen.«

»Das ist aber ein schwerer Verdacht, den Sie hier aussprechen«, wandte Engel ein.

»Das lassen Sie mal meine Sorge sein«, antwortete Trevisan. »Jeder im Ort ist verdächtig, da nehme ich Klein nicht aus.«

29

Freitag

Bevor Trevisan an diesem Morgen das Dienstgebäude verließ, um nach Mardorf zu fahren, erkundigte er sich nach Kriminaloberrat Engel. Doch dieser hatte bereits das Haus verlassen, um in Langenhagen mit der Klinikleitung zu sprechen. Er wollte den Schutz des jungen Apothekersohnes organisieren. Zwei Kollegen der Fahndungsabteilung hatten ihn begleitet.

Als Trevisan zurück in sein Büro ging, um seine Jacke und den Wagenschlüssel zu holen, rief ihn der Kollege Schaarschmitt von der Kriminaltechnik an. »Sie haben uns in den letzten Tagen ja ganz schön auf Trab gehalten, meine ganze Abteilung arbeitet derzeit ausschließlich für das Referat 32.«

»Tut mir ehrlich leid für euch«, antwortete Trevisan, »aber wir suchen einen Mörder.«

»Schon klar, Kollege. Die richterliche Anordnung liegt uns jetzt vor, die Meldeämter haben uns ihre Listen zur Verfügung gestellt und die relevanten Personen sind für den morgigen Tag vorgeladen. Insgesamt 646 Männer aus Mardorf, Tennweide, Rehburg und Neustadt. Wir haben einen ganz schön großen Aufwand betreiben müssen, um geeignete Räumlichkeiten zu finden. In Rehburg, Mardorf und Neustadt war das kein größeres Problem, da gibt es kommunale Gebäude, aber vor allem in Tennweide hatten wir Schwierigkeiten. Wir sind nun im Gasthof *Klosterkrug* untergekommen. Zwei Ausweichtermine für Nachzügler sind im Laufe der Woche vorgesehen. Abends natürlich, dass auch wirklich jeder kann. Das gibt eine ganze Menge Überstunden für diese DNA-Reihenuntersuchung. Und am Ende weiß man nie, ob überhaupt etwas Zählbares dabei herauskommt.«

»Ich weiß, aber wir müssen es trotzdem versuchen.«

»Werden Sie morgen ebenfalls vor Ort sein?«

»Ich weiß noch nicht«, antwortete Trevisan.

»Gut, Kollege, ich wollte Sie nur in Kenntnis setzen, dass die Vorbereitungen abgeschlossen sind. Mit ersten Ergebnissen kann man dann frühestens in zwei Wochen rechnen.«

Trevisan räusperte sich. »Ähm, gibt es eine Möglichkeit, einzelne Tests zu beschleunigen?«

»Wie meinen Sie das?«

»Ich meine, einzelne Personen oder Einwohner eines Ortes zuerst zu überprüfen?«

Ein krächzendes Lachen tönte aus Trevisans Telefon. »Das, lieber Kollege, ist so leicht nicht möglich. Sie kennen doch die Vorschrift. Die Proben werden anonymisiert zur Auswertung an unsere Institute der Rechtsmedizin in Hannover und Umgebung verteilt. Die einzige Möglichkeit, eine solche Sache zu beschleunigen, ist, gezielt nach Ortschaften zu forschen – das habe ich bereits berücksichtigt. Die Proben aus Tennweide werden natürlich zuerst analysiert, trotzdem müssen wir mit vierzehn Tagen rechnen. Und dann sind da auch immer noch Leute darunter, die zum Tatzeitpunkt ihren Wohnsitz in einer der überprüften Gemeinden hatten, aber mittlerweile umgezogen sind. Insgesamt haben wir deshalb 41 Ersuchen an andere Dienststellen versenden müssen. Diese Nachzügler dauern natürlich entsprechend länger. Wir können nur hoffen, dass sich so viele wie möglich am zunächst freiwilligen Testverfahren beteiligen; wenn wir weitere Einzelanordnungen brauchen, verstreicht noch mehr Zeit.«

Trevisan kratzte sich an der Stirn. Für ihn war es der erste Massengentest. Insgeheim hatte er sich die Sache leichter vorgestellt und natürlich auch schnellere Ergebnisse erwartet. Nun gab es kein Zurück mehr.

»Gut, dann kann man eben nichts machen«, seufzte er. »Wobei ich zuversichtlich bin. Ich glaube, wenn wir die Proben aus Tennweide ausgewertet haben und sich jeder daran beteiligt, kommen wir sehr schnell zu einem Ergebnis.«

»Ihr Wort in Gottes Ohr«, unkte Schaarschmitt, ehe er das Gespräch beendete.

Trevisan schaute auf die Uhr, es wurde höchste Zeit. Er griff nach seiner Jacke und dem Wagenschlüssel und fuhr zielstrebig nach Mardorf, wo er zuerst an der *Klosterapotheke* stoppte, um noch einmal mit Sven Thieles Vater zu reden.

*

»Ich mag es nicht, wenn fremde Leute hier in unserer Abteilung herumlaufen und den Betrieb durcheinanderbringen«, konterte Oberärztin Dr. Schaffrath, die Leiterin der Abteilung im Klinikum Langenhagen, in der Sven Thiele, der Sohn des Apothekers, untergebracht war.

»Meine Leute werden den Klinikbetrieb bestimmt nicht stören«, antwortete Kriminaloberrat Engel. »Aber angesichts der Brisanz der Lage sollte unsere Präsenz auch in Ihrem Interesse und im Interesse der Klink sein. Wir können nicht ausschließen, dass Sven Thiele augenblicklich in großer Gefahr schwebt.«

»Schauen Sie sich um«, warf Heike Sonntag ein, Svens Betreuerin, und zeigte auf das große, helle Fenster. »Wir sind hier unter uns, in diese Abteilung kommt niemand, der nicht auch hierher gehört. Natürlich machen wir auch Ausflüge nach draußen, gehen Eis essen oder in die Stadt, aber da sind wir immer in Gruppen unterwegs. Sven ist sehr, sehr sensibel, er wird auf die Gegenwart von Fremden in seiner unmittelbaren Nähe heftig reagieren. Das kann ihn um Monate zurückwerfen. Was Sven damals erlebt hat, als er alleine und isoliert weggesperrt wurde, hat ein Trauma verursacht, über das er noch nicht hinweggekommen ist. Noch heute scheut er sich vor dunklen, engen Räumen. Ich halte ihr Anliegen für sehr fragwürdig. Herr Thiele hat bereits mit mir telefoniert und mich informiert, dass Sie mit Sven noch einmal über die Sache von damals reden wollen. Ich sagte ihm, dass ich das für keine gute Idee halte und wenn das hier ein Versuch ist, sich auf andere Weise dem Jungen zu nähern, dann sind das sehr seltsame Methoden, finde ich. Vielleicht sollte die Presse einmal darüber berichten, welche zweifelhaften Methoden unsere Polizei in einem Rechtsstaat anwendet, um ihr Ziel zu erreichen.«

Engel blickte die Sozialarbeiterin verdutzt an. »Wie meinen Sie das?«

»Sie wollen doch nur noch einmal den Jungen in die Mangel nehmen.«

»Hören Sie, Frau Sonntag«, entgegnete Engel erbost. »Ich bin nicht hier, um mit Sven Thiele zu reden. Die Ermittlungen in dieser Sache führt Herr Trevisan, ein Kollege von mir. Er geht nicht davon aus, dass Sven der Täter ist, aber er geht davon aus, dass der junge Mann in den Ermittlungen eine wichtige Rolle spielt. Es sieht aus, als sei ein Journalist nur deswegen beinahe umgebracht worden, weil er das Gespräch mit Sven Thiele suchte. Herr Trevisan geht in dieser Sache sehr behutsam vor, das kann ich Ihnen versprechen. Aber wir sind in Sorge um die Sicherheit des jungen Mannes. Der Journalist hat überlebt, aber was, glauben Sie, werden die Täter als Nächstes tun?«

Dr. Schaffrath blickte Engel mit großen Augen an. »Die Kollegin handelt nur im Sinne des Patienten«, versuchte sie die Situation zu beruhigen. »Deswegen brauchen Sie nicht laut zu werden.«

Engel hob beschwichtigend die Hände. »Sie müssen aber auch unseren Standpunkt verstehen. Wir können nicht einfach unsere Hände in den Schoß legen und so tun, als sei alles in bester Ordnung. Sie wissen es genauso gut wie ich: Wenn es sich jemand in den Kopf setzt, auf das Gelände der Klinik oder auch in das Haus selbst zu kommen, dann wird es ihm gelingen. Dies ist zwar eine psychiatrische Einrichtung, aber dennoch sind die Sicherheitsvorkehrungen hier nicht auf dem höchsten Niveau.«

Die Ärztin richtete sich auf. »Da haben Sie recht. Ein Teil unserer Therapie bedingt natürlich auch, dass unsere Patienten nach draußen gehen und auch Privatsphäre genießen.

Sven ist ein äußerst komplizierter Fall. Es hat lange gedauert, bis wir ein Vertrauensverhältnis zu ihm aufbauen konnten und er sich Frau Sonntag und ihren Kolleginnen und Kollegen offen näherte. Wir dürfen diesen Erfolg nicht durch eine vage Vermutung gefährden. Andererseits stehen wir auch in der Pflicht, für seine und die Sicherheit des Personals, der Klinik und der Mitpatienten zu sorgen. Deswegen ein Vorschlag zur Güte. Wir schränken in der nächsten Zeit Svens Spaziergänge draußen ein und Ihre Männer halten sich in der Nähe auf, damit sie einschreiten können, falls etwas vorfällt. Allerdings sollte es sich nicht um uniformierte Beamte handeln und sie sollten sich nicht im engeren Bereich der Abteilung aufhalten, wo er unter unserer Aufsicht steht. Wäre das ein Kompromiss, der beiden Seiten dienlich ist?« Dr. Schaffrath musterte zuerst Engel, dann warf sie ihrer Therapeutin einen fragenden Blick zu.

»Also ich für meinen Teil halte das für einen praktikablen Weg«, antwortete Heike Sonntag nach einer Weile.

Engel atmete tief ein. »Gut, wenn das die einzige Möglichkeit ist«, seufzte er. »Allerdings müssen meine Leute wissen, wer hierher gehört und wer nicht.«

»Das ist kein Problem«, antwortete Dr. Schaffrath. »Ich werde mich darum kümmern.«

*

Rudolf Thiele war diesmal nicht im Verkaufsraum, als Trevisan die *Klosterapotheke* in Mardorf betrat. Eine Angestellte holte ihn aus dem Lager. Thiele nahm ihn mit in sein Büro und bot ihm einen Platz an. Trevisan nickte dankbar und setzte sich.

»Was ich Ihnen jetzt sage, bleibt unter uns, Herr Thiele«, sagte Trevisan ohne Umschweife. »Wir haben den verschwundenen Journalisten gefunden. Er hat nur knapp einen Mordanschlag überlebt und lag hier ganz in der Nähe, verscharrt in einer Torfgrube. Es war reines Glück, dass er überlebt hat.«

Thiele sank in sich zusammen und fuhr sich über die Stirn. »Das ... das ist ja schrecklich.«

»Wir haben veranlasst, dass sich zwei Kollegen in Langenhagen aufhalten, denn wir können nicht ausschließen, dass Ihr Sohn in großer Gefahr schwebt.«

»Aber er ist doch in Langenhagen ...«

»Derzeit herrscht eine Nachrichtensperre, aber es wird nicht lange dauern, bis bekannt wird, dass wir den Journalisten lebend aufgefunden haben. Das verändert natürlich die Lage. Wir müssen davon ausgehen, dass die Täter erfahren haben, dass der Reporter mit Sven sprechen will, und ihn deswegen beinahe umgebracht haben.«

»Weshalb ... Ich verstehe das nicht ... Sven hätte mir erzählt ... Ich kann es einfach nicht glauben.«

»Haben Sie schon mit Svens Betreuerin gesprochen?«

Thiele nickte. »Frau Sonntag ist der Meinung, dass es noch viel zu früh ist, Sven auf damals anzusprechen.«

»Hören Sie, die Situation ist jetzt eine ganz andere«, erklärte Trevisan. »Wir nehmen an, dass Sven etwas weiß oder mitbekommen hat, das dem Täter gefährlich werden könnte.«

»Sie meinen wirklich, Sven ist in ernster Gefahr?«, fragte Thiele erstaunt.

Trevisan nickte.

»Ich verstehe das nicht, die Sache ist jetzt über drei Jahre her«, warf Thiele ein. »Warum ausgerechnet jetzt, warum nicht in den vergangenen drei Jahren?! Wenn die Mörder der Mädchen Sven umbringen wollen, warum haben sie es nicht längst versucht? Gleich nach der Tat wohnte er noch bei mir, da hätten sie genügend Gelegenheit gehabt.«

Trevisan lächelte. »Vielleicht deshalb, weil Sven damals den Sündenbock spielen sollte, was ja auch beinahe gelungen wäre. Und als die Ermittlungen eingestellt wurden, gab es keinen Grund mehr, sie wollten nicht unnötig Aufsehen erregen. Erst als diese junge Frau vor ein paar Wochen bei Flensburg auftauchte, wurde der Fall wieder neu aufgerollt und er rückte natürlich auch wieder in den Fokus der Presse. Für mich gibt es keine Zweifel, dass die Täter aus dem Dorf stammen und Sven gut kennen. Doch jetzt stehen auch sie vor einer neuen Situation, denn die Ermittlungen führt das LKA. Ich muss unbedingt mit Ihrem Sohn sprechen, es liegt auch in seinem Interesse. Und es ist mir egal, was seine Betreuerin davon hält. Aber dafür brauche ich Ihr Einverständnis.«

Thiele legte den Kopf zurück und fuhr sich mit der Hand über das Gesicht. Schließlich seufzte er. »Es mag Ihnen komisch erscheinen, aber ich will nur das Beste für meinen Jungen. Ihre Kollegen damals haben so vieles in ihm kaputtgemacht. Sie müssen mich verstehen. Ich will ihn doch nur schützen.«

»Das weiß ich, aber ich glaube, die einzige Möglichkeit, ihm wirklich zu helfen, ist ein Gespräch mit uns«, antwortete Trevisan.

Thiele sank in sich zusammen. Eine ganze Weile saß er auf seinem Stuhl. In seinem Kopf arbeitete es fieberhaft. »Wenn ich nur wüsste, was richtig ist! Ich bin hin und her gerissen.«

»Woher rühren Ihre Zweifel?«, fragte Trevisan. »Das kann doch nicht nur alleine an dem Versagen unserer Kollegen liegen?«

»Wissen Sie, die meiste Zeit hat sich damals meine Frau um ihn gekümmert. Es war schwierig, ihn alleine rauszulassen, er brauchte anfänglich immer jemanden um sich. Ich musste arbeiten und Sie können mir glauben, ich habe keinen Achtstundentag. Manchmal bin ich bis zu vierzehn Stunden in der Apotheke. Wir brauchten das Geld für Svens Behandlung. Wir haben damals alles versucht. Therapie folgte auf Therapie, Sven ist sogar in Los Angeles mit Delfinen geschwommen. Aber das alles hat seinen Zustand nicht entscheidend verbessert.«

»Ich kann verstehen, dass es nicht leicht für Sie war«, antwortete Trevisan.

Rudolf Thiele kratzte sich am Kinn. »Es kam noch schlimmer: Dann wurde auch noch Angelika, meine Frau schwer krank. Wir suchten jemanden, der Sven betreut, denn er fand Gefallen daran, alleine durch den Wald zu stromern. Wissen Sie, er ist manchmal wie ein kleines Kind. Er ist neugierig, aber er hat eben kein Gespür für die Gefahr. Einmal ist er ausgerissen und erst am nächsten Tag wieder aufgetaucht. Ich habe ihn gesucht und ich sah ihn im Geiste schon tot vor mir liegen. Das war schrecklich. Als meine Frau bettlägerig wurde, haben wir eine Pflegerin engagiert, aber das hat Sven nicht gefallen und er hat abgeblockt. Er ist ausgerissen, immer wieder ausgerissen, wir mussten die Frau wieder entlassen. Es war eine Fügung des Schicksals, dass Sarah im Dorf lebte. Sie hatte einen Draht zu ihm. Ich fragte sie, ob sie sich um Sven kümmert, und er war begeistert. Sie war im ähnlichen Alter, aber wir hatten keine andere Wahl. Ich wusste, dass es schwierig ist, einem so jungen Mädchen die Verantwortung für meinen Sohn zu übertragen, aber was sollte ich tun? Diese Rabauken, dieser Kevin, der Sohn unseres Polizisten und der junge Rosenberg – sein Vater ist Arzt – haben ihn immer nur gehänselt und herumgeschubst, aber Sarah hatte ihn gern und er natürlich auch Sarah. Sie ist auch mit den Kerlen fertig geworden. Wir haben sie natürlich bezahlt, das war doch klar, aber ich glaube, sie hat es wirklich gern getan, das spürte man.«

»Sarah?«

»Sarah Meierling, ihre Mutter lebt in Tennweide und ist alleinstehend.«

Trevisan nickte. »Ich kenne Frau Meierling. – Können Sie sich noch erinnern, was an dem Tag vorgefallen ist, als die Mädchen entführt wurden?«

Thiele nickte. »So, als wenn es gestern gewesen wäre«, antwortete er. »Ich war auf einem Kongress in Hamburg und kam erst spät zurück, meine Frau war bettlägerig erkrankt. Sarah hatte Sven nach der Schule abgeholt, er ging auf die Betreuungsschule in Neustadt. Sie sind spazieren gegangen und waren in der Nähe des Grubhofs. Ausgerechnet an diesem Tag erzählte sie ihm, dass sie sich in einer Hotelfachschule in Hamburg beworben hat und weggehen wird. Das hat Sven offenbar so erschüttert, dass er ausgerissen ist. Sarah hat mich gegen sechs auf meinem Handy angerufen und ich bin sofort zurückgefahren, um ihn zu suchen. Sven war in einer solchen Ausnahmesituation unberechenbar. Einmal ist er durch den Wald bis nach Nienburg gelaufen. Dort hat man ihn aufgegriffen und mich angerufen, weil er immer eine Kette mit Telefonnummer um den Hals trug. Als ich nach Hause kam, wurde es bereits dunkel. Ich sah Polizeiwagen durch den Ort fahren und dachte schon, da ist etwas mit Sven passiert, aber als ich ausstieg, kamen Sarah und Sven schon den Weg entlang. Seine Jacke war über und über mit Schlamm bedeckt. Er war immer noch verstört. Sarah berichtete, dass er in eine Torfgrube geraten war. Sie hat ihn dort gefunden und mit nach Hause genommen. Kurz darauf verbreitete sich die Nachricht von den verschwundenen Radfahrerinnen im Dorf und überall wimmelte es vor Polizei. Ich bekam Angst.«

»Hat Sven etwas gesagt?«

Thiele schüttelte vehement den Kopf. »Nein, Sven reagiert nicht so. Wenn er in einer Ausnahmesituation ist, dann schweigt er beharrlich, manchmal sogar über mehrere Tage. Ich hatte damals wirklich ... Ich meine ... Sven war verschwunden und die jungen Mädchen ... Sie verstehen schon. Sven ist sanftmütig wie ein Reh, aber manchmal eben auch aufbrausend, da weiß er nicht mehr, was er tut, verstehen Sie, Herr Trevisan. Ich habe mit mir gehadert, es gab sogar Momente, da wollte ich selbst zur Polizei, aber ich ... Er ist mein Sohn. Auch wenn ich oft genug zweifelte, es kamen immer wieder die Gedanken, wenn er aus Wut ... weil er gekränkt war ... Aber nein, ich meine, er hat bei seinen Wutausbrüchen Kraft wie ein Berserker, einmal hat er sogar eine Tischplatte mitten durchgeschlagen, mit der bloßen Faust. Es gab wirklich Momente, da glaubte ich ... Aber ich glaubte an das Gute in ihm und ich kam zur Überzeugung, dass er nichts mit den verschwundenen Mädchen zu tun hat.

Dann fand man diese Kette bei ihm und nahm ihn mit. Als er wieder freikam, war er nicht mehr derselbe, es war, als wäre die gute Seite in ihm gestorben. Ich hatte keine Wahl, ich wurde nicht mehr mit ihm fertig. Angelika starb und ich war alleine. Aber trotzdem dauerte es noch mehrere Monate, bis ich endlich einen Therapieplatz für ihn bekam. Diese Zweifel, ich … Manchmal schäme ich mich dafür, dass ich damals auch nur einen Moment daran gedacht habe, Sven könnte … aber … Er ist kein Mörder.«

»Ich verstehe Sie gut«, antwortete Trevisan. »Und es ist endlich an der Zeit, dass dieser Fall aufgeklärt wird. Dieses ganze Dorf leidet darunter, Sie, Ihr Sohn und alle, die hier wohnen. Aber ich brauche Ihre Hilfe, damit ein für alle Mal ein Schlussstrich gezogen werden kann.«

Thiele fuhr sich mit dem Handrücken über die Stirn. »Ja, Sie haben recht, ich werde Ihnen helfen.«

»Könnte ich sein Zimmer sehen?«, fragte Trevisan.

»Sicher, wir können sofort …«

»Sagen wir am Montag«, antwortete Trevisan. »Ich würde noch meine Kollegin mitbringen, die eine Ahnung von der Materie hat, sie ist Polizeipsychologin und soll auch das Gespräch mit Sven führen.«

»Wann immer Sie wollen«, antwortete Rudolf Thiele dankbar.

Erklärungen

30

»Du kannst mich mal …«, hallte die Stimme aus dem Zimmer. Die Tür wurde aufgerissen und ein junger Mann mit Zornesröte im Gesicht stürmte an Trevisan vorbei und streifte ihn an der Schulter.

»Das muss ich mir von dir nicht sagen lassen, bei allem, was ich für dich getan habe, ich bin noch immer dein Vater, vergiss das nie!«, dröhnte eine dunkle Stimme aus dem Büro. Doch bereits bevor das letzte Wort verklungen war, hatte der junge Mann das Gebäude verlassen. Krachend schlug die Außentür zu.

»Immer das gleiche Theater«, murmelte der Mann im Büro noch, ehe Trevisan aus der Ecke hervortrat und an die offen stehende Tür klopfte. Drinnen stand der Oberkommissar hinter seinem Schreibtisch. Seine Wut war ihm deutlich ins Gesicht geschrieben. Der uniformierte Polizist zuckte zusammen, ehe er sich über das Haar fuhr und Trevisan einen fragenden Blick zuwarf. »Was wollen Sie denn?«, fragte er barsch.

»War das Ihr Sohn?«, fragte Trevisan. »Kinder machen einem immer Probleme. Egal ob klein oder groß.«

Klein riss sich sichtlich zusammen, ehe er sich aufrichtete. »Das mag wohl so sein«, antwortete er. »Weshalb sind Sie hier?«

»Ich will mit Ihnen über das Verschwinden dieser Radfahrerinnen vor drei Jahren in Tennweide reden«, antwortete Trevisan wahrheitsgemäß.

»Also doch ein Presseheini, ich wusste es gleich. Ich wüsste nicht, warum ich mit Ihnen darüber reden sollte, Herr … Herr …«

»Trevisan. Mein Name ist Trevisan.«

»Herr Trevisan«, wiederholte der Polizist. »Ich denke nämlich, das geht Sie überhaupt nichts an. Wenn Sie etwas darüber wissen wollen, dann wenden Sie sich an unsere Pressestelle.«

Trevisan griff in seine Jackentasche und reichte Klein seinen Dienstausweis.

Klein warf einen erstaunten Blick darauf, ehe er ihn zurückgab. »Aha, daher weht der Wind, Landeskriminalamt. Warum hat man mich nicht informiert oder macht man so etwas nicht bei der besseren Polizei? Ich trage ja nur eine Uniform und warum sollte man einem Schutzmann alles sagen …«

Trevisan griff sich einen Stuhl und setzte sich, während der Oberkommissar hinter seinem Schreibtisch stehen blieb, nach einem Kuvert griff und es vor Trevisan auf den Tisch legte.

»Dann habe ich diese Vorladung zum Speicheltest wohl Ihnen zu verdanken … Sie halten nicht viel von Kollegialität, oder?«

»Sie passen offenbar in das Fahndungsraster«, sagte Trevisan. »Sie wissen doch, bei einer Reihenuntersuchung wird nicht nach Stand oder Beruf unterschieden. Ich gehe davon aus, dass Sie nichts zu befürchten haben. Trotzdem frage ich Sie: Wem in diesem kleinen Ort würden Sie eine solche Tat zutrauen?«

»Haben Sie sich deshalb wie ein Dieb ins Dorf geschlichen? Weiß Rosi, dass sie einen Polizisten beherbergt, oder haben Sie sich auch dort unter falschem Vorwand eingemietet?«

Trevisan winkte ab. »Meine Methoden müssen Sie schon mir überlassen. Sie wissen selbst, wie schwierig dieser Fall gelagert ist und es schadet bei solchen Ermittlungen bestimmt nicht, das Umfeld kennenzulernen. Und zwar unbefangen und ohne, dass jeder mit dem Finger auf den Ermittler deutet.«

Klein lächelte und zog sich seinen Stuhl heran. »Und haben Ihre unbefangenen Feldstudien etwas ergeben?«

Trevisan nickte. »Ich denke schon. Ich weiß zumindest, dass die Täter aus Tennweide oder dem näheren Umfeld stammen. Sie wussten, dass sich ein Journalist im Ort aufhält, der ihnen sehr nahe gekommen ist. Aber das wissen Sie ja bereits aus dem Kriminalitätsbericht.«

Klein kratzte sich am Kinn. »Was ist mit Dänemark?«

»Dänemark steht schon lange nicht mehr zur Debatte.«

»Davon habe ich nichts gehört.«

Trevisan zuckte mit der Schulter. »Es muss nicht immer alles sofort und umfassend an die Öffentlichkeit.«

»Ach ja, die Geheimpolizei, ich vergaß ... Aber in Tennweide, da ... Ich wüsste nicht ... Dann war es doch Sven, der Apothekersohn?«

»Glauben Sie, er wäre dazu fähig?«

»Na ja, er ist ... er ist behindert und man weiß nie ... Aber eigentlich glaube ich nicht, dass er es war. Wer hätte sonst die Räder verstecken und die Leichen beseitigen sollen?«

»Sie vergessen den Rucksack«, fügte Trevisan hinzu. »Alleine wäre er dazu nicht in der Lage gewesen.«

»Sein Vater war in der Tatzeit in Hamburg auf einem Seminar und kam erst spät am Abend zurück«, erklärte Klein.

»Außerdem gab es auch bei der DNA-Spur am Rucksack keine Übereinstimmung mit Sven und wohl auch nicht mit seinem Vater«, ergänzte Trevisan.

»Die DNA-Spur, richtig«, antwortete Klein nachdenklich. »Es war aber keine eindeutige Spur, soviel ich mich erinnere. Sie soll stark verunreinigt gewesen sein, deshalb ist ihr Beweiswert sehr eingeschränkt.«

»Das mag sein, aber Sie wissen doch, die Technik schreitet unaufhaltsam voran. Mal abgesehen von diesem Beweiswert und der DNA-Spur, wer außer Sven käme im Ort in Frage?«

Klein kratzte sich am Kopf. »Wenn ich jemanden aus dem Ort nennen müsste, dann käme ich nur auf Sven. Nicht, weil er gewalttätig ist, sondern weil er eben nicht immer Herr seiner Sinne ist. Ich habe einmal erlebt, wie er ausrastete, weil ich ihn auf einem Waldweg angetroffen habe und nach Hause bringen wollte. Wenn er in Rage kommt, dann entwickelte er Bärenkräfte. Wir mussten ihn zu zweit bändigen, dabei wollten wir ihn nur heimfahren, verstehen Sie, Herr Trevisan?

Also, wenn er den beiden Mädchen begegnet ist und es gab aus irgendeinem Grund einen Streit, dann möchte ich nicht für ihn meine Hand ins Feuer legen. Aber das habe ich auch schon damals den Kollegen der Sonderkommission erklärt.«

Trevisan rieb sich seine Nase. »Dort im Wald, nicht weit von der Stelle, an der man die Räder fand, da gibt es eine Feuerstelle. Da feiern ab und zu ein paar Jugendliche. Ihr Sohn ist da auch darunter, oder?«

»Was soll das werden, ein Verhör?«

»Ich sagte doch, ich hätte ein paar Fragen an einen ortskundigen Kollegen – oder ist es Ihnen unangenehm?«

»Quatsch. Damals, als es passiert ist, habe ich die Kripokollegen unterstützt, wo es nur ging, aber wenn das hier jetzt ein Verhör werden soll, dann will ich wissen …«

»Ich habe die Akte gelesen«, antwortete Trevisan kalt. »Ich weiß, dass sich die Kollegen der Sonderkommission sehr auf Ihre Personen- und Ortskenntnisse verlassen haben. Sie waren überall mit dabei und ja sogar zeitweise der Soko zugeordnet. Nur wundert mich, dass solche Dinge wie diese Feuerstelle nicht in der Akte stehen. Und das in absoluter Tatortnähe. Ich war vielleicht zwei Wochen hier im Ort, quasi als Urlauber, und ehrlich gesagt habe ich als Fremder in diesen paar Tagen mehr Dinge und Zusammenhänge in diesem Ort entdeckt, als in der ganzen Akte stehen. Finden Sie das nicht auch sonderbar?«

Oberkommissar Klein schoss von seinem Stuhl auf. Sein Gesicht verfärbte sich puterrot. »Wollen Sie damit sagen, dass Sie mich verdächtigen?!«, polterte er los. »Diese Unterhaltung ist für mich erledigt. Ich werde mich bei Ihren Vorgesetzten über Sie beschweren!«

Trevisan erhob sich und knöpfte seine Jacke zu. »Gut, tun Sie, was Sie nicht lassen können. Wir sehen uns morgen in Tennweide. Zumindest gehe ich davon aus, dass Sie und Ihr Sohn der Vorladung nachkommen werden. Es wäre peinlich, wenn ausgerechnet ein Kollege zwangsweise vorgeführt werden müsste.«

Trevisan verließ das Büro. Die ihm nachfolgende Schimpfkanonade verstummte, als er die Tür hinter sich schloss. Er setzte sich in seinen Wagen und griff nach der auf dem Rücksitz abgelegten Zeichenmappe, die er aus Svens Zimmer mitgenommen hatte. Sven, so hatte sein Vater erzählt, hatte gerne gezeichnet, eine Mappe mit über vierzig Zeichnungen hatte er in Svens Zimmer gefunden. Und Sven konnte mit seinen Wachsmalstiften umgehen. Meist abends, kurz bevor er ins Bett musste, hatte er sich an seinen Schreibtisch gesetzt und zu malen begonnen. Ein Bild hatte Trevisans Aufmerksamkeit erregt, es war kurz nach dem Verschwinden der Mädchen gemalt worden. Der Junge hatte alle seine Bilder mit seinem Namen und dem Datum versehen. Dieses Bild zeigte ihn – zumindest sagte Herr Thiele, dass es sich um seinen Sohn Sven handeln musste, da der sich selbst immer in gebückter Haltung mit seinem rot-weiß karierten Lieblingshemd zeichne – und ein Mädchen mit blonden Haaren, Herr Thiele meinte, es müsse sich um Sarah Meierling handeln. Eine weitere Figur ähnelte einem Teufel, mit einem furchterregenden Gesicht, großen Zähnen, Hörnern am Kopf und einer großen Warze auf der Backe. Der Teufel beugte sich hoch aufgerichtet über die beiden anderen Figuren und griff mit den Pranken nach ihnen. Da um die Szene wahllos Bäume platziert waren, konnte man davon ausgehen, dass Sven die Begegnung mit dem Teufel in den Wald verlegt hatte, doch was sagte dieses Bild aus? Trevisan war gespannt, was Margot dazu sagen würde.

*

»Komm, ihr habt doch was miteinander«, sagte Lisa und schaute Hanna tief in die Augen. »Ich spüre so etwas. Ist doch auch gar nicht schlimm – er ist alleine, du bist alleine und ihr seid erwachsen.«

»Was du dir da immer zusammenreimst«, konterte Hanna und gab den Druckbefehl in den Computer ein.

»Du kannst mich nicht hinters Licht führen, ich bin die geborene Ermittlerin«, antwortete Lisa und fuhr herum, als die Bürotür ins Schloss geworfen wurde. Sie saß mit dem Rücken zum Eingang und hatte nicht gehört, dass Trevisan leise eingetreten war.

»Da bin ich aber mal gespannt, was die geborene Ermittlerin herausgefunden hat«, scherzte Trevisan. »Habt ihr die Jungs aus dem Ort überprüft?«

»Wir sind dabei.« Hanna griff nach einem Stoß Papier, der vor ihr auf dem Schreibtisch lag.

»Ich bin ganz Ohr.« Trevisan zog sich einen Stuhl heran. Er warf Hanna lächelnd einen Blick zu.

»Seht ihr, ich wusste es, ihr könnt mich nicht für dumm verkaufen«, feixte Lisa.

Trevisan schaute sie fragend an. »Was hat sie?«

»Sie spinnt«, antwortete Hanna und ordnete die Papiere. Schließlich räusperte sie sich. »Kommen wir zur Sache. Wir haben da Kevin Klein, einundzwanzig Jahre alt, der Sohn des Ortspolizisten. Offenbar ein ganz schönes Früchtchen, aber bislang eine saubere Weste. Dafür hat der Vater wohl gesorgt. Es gab mal eine Anzeige von einer Rosalinde Meierling wegen Körperverletzung und Nötigung gegen den jungen Mann. Aber die hat ihre Anzeige ein paar Tage später zurückgezogen.«

»Wann war das?«, fragte Trevisan.

»August 2000.«

Lisa erhob sich. »Einen Kaffee?«

Trevisan nickte dankbar.

»Sebastian Hermann«, fuhr Hanna fort, »zwanzig, Sohn des Gemeindevorstehers, unbescholten und noch nicht polizeilich in Erscheinung getreten. Aber der Sohn des Landarztes Rosenberg, Carsten Rosenberg, einundzwanzig Jahre alt, ist mehrfach wegen Alkoholdelikten im Straßenverkehr aufgefallen. Er wohnt derzeit in Marburg, wo er Medizin studiert. Dann gibt es noch den zweiundzwanzigjährigen Mirko, der ebenfalls zu der Clique gehörte. Er ist bei den Kollegen aus Oldenburg nicht unbekannt. Hat mehrere Körperverletzungsdelikte in Zusammenhang mit Alkohol in seiner Akte, aber noch keine Vorstrafen. Ein paar Wochen nach dem Verschwinden der Mädchen wurde er nach Oldenburg auf eine Berufsakademie geschickt. Er soll dort seinen Abschluss nachmachen und dann in die Fußstapfen seines Vaters treten und die Firma übernehmen.«

Lisa kehrte zurück und stellte eine dampfende Tasse Kaffee vor Trevisan auf den Tisch, ehe sie sich wieder setzte.

Hanna räusperte sich. »Da sind dann noch drei Mädchen im ähnlichen Alter, die ebenfalls zu dieser Jugendgang gehörten. Eine gewisse Sarah Meierling – die macht gerade eine Ausbildung als Hotelfachangestellte in Kempten im Allgäu. Dann noch die Tochter der Besitzerin des *Klosterkrug*es, Annika Töngens. Die wohnt nicht mehr in Tennweide und ist inzwischen verheiratet mit einem Bundeswehrsoldaten aus Bad Bramstedt. Zu guter Letzt wäre da noch Friederike Neuss, die ist aber seit einem Jahr in Australien. Studiert Lehramt und macht da ein Auslandspraktikum. Die Mädels sind allesamt noch nicht mit dem Gesetz in Konflikt geraten. Aber zur Tatzeit lebten alle im Ort.«

»Woher hast du diese Daten?«, fragte Trevisan beeindruckt.

»Ich habe beim zuständigen Polizeirevier recherchiert und wir waren in Tennweide bei dem Ladenbesitzer Staufert«, antwortete Hanna. »Ich dachte mir, wenn es nur einen Laden im Ort gibt, wo man Bier kaufen kann, auch wenn es offiziell ein Elektrogeschäft ist, dann frage ich dort einfach mal nach, der Mann kennt die Bedürfnisse seiner Kunden genau. Und was hast du in der Zeit gemacht?«

»Ich hatte eine nette Unterhaltung mit einem Kollegen.«

»Klein«, antwortete Lisa. »Den haben wir extra aus den Ermittlungen herausgehalten.«

»Wir können aber nicht garantieren, dass seine Kollegen nicht über unsere Anfrage mit ihm reden«, fügte Hanna hinzu. »Wir sagten, dass wir ihn raushalten wollen, weil sein Sohn ja auch aus dem Ort ist und wir in dieser Sache objektiv bleiben müssen.«

Trevisan machte eine wegwerfende Handbewegung. »Und

wenn schon, er soll ruhig wissen, dass wir ihn im Auge haben. Ich traue ihm nämlich nicht.«

»Glaubst du, er hat etwas mit der Sache zu tun?«, fragte Lisa.

»Zwei Mädchen verschwinden in einem kleinen Ort«, sagte Trevisan und legte Svens Bildermappe auf den Schreibtisch. »Ganz in der Nähe des Tatortes pflegt sein Sohn mit Freunden ab und an zu feiern. Und in der Akte steht kein einziges Wort darüber. Ich finde das eben merkwürdig.«

Trevisan öffnete die Bildermappe und zog das Bild hervor, das Sven nach dem Verschwinden der Mädchen gezeichnet hatte.

»Der sieht ja aus wie ein Monster.« Lisa zeigte auf die übergroße schwarze Figur.

»Und darunter steht Sven mit einem Mädchen – Sarah Meierling, wenn ich mich nicht irre«, antwortete Trevisan. »Wir sollten mal mit ihr über diese Zeichnung reden.«

*

Samstag

Trevisan hatte nach Büroschluss auf dem Parkplatz gewartet, bis Hanna zu ihm in den Wagen gestiegen war.

»Was war das mit Lisa heute?«, fragte er.

»Sie ahnt etwas«, entgegnete Hanna.

»Ist das ein Problem für dich?«

Hanna schüttelte den Kopf. »Für dich?«

»Ich weiß nicht, ich … Es ist irgendwie wie damals in der Schule … der Hauch des Verbotenen.« Trevisan beugte sich zu ihr hinüber und streichelte ihr über die Wange. »Du bist eine sehr schöne Frau, Hanna, und ich weiß gar nicht, ob ich jemanden wie dich verdient habe. Wir sind zwar frei, aber irgendwie doch nicht. Ich für meinen Teil würde gerne versuchen, ob daraus mehr entstehen kann.«

»Martin, ich weiß immer noch nicht, ob das eine gute Idee ist. Ich bin vielleicht schon viel zu lange alleine und weiß verdammt nicht, wie da ein Mann in mein Leben passen soll. Noch dazu ein Mann, mit dem ich zusammenarbeite und der auch noch eine Tochter hat.«

»Du meinst, Paula ist ein Problem für dich?«, fragte Trevisan entgeistert.

»Nicht für mich, aber ich vielleicht für sie, sie müsste ihren Vater teilen.«

»Das heißt, wir gehen jetzt beide brav nach Hause.«

Sie zog ihn zu sich heran und küsste ihn leidenschaftlich auf den Mund. »Das heißt, wir gehen heute zu dir. Ich möchte mal sehen, wie du lebst.«

Eine kurze Nacht lag hinter Trevisan, als er gegen zehn Uhr vor dem *Klosterkrug* in Tennweide zwischen dem Bulli der KTU und einem Streifenwagen parkte. Er betrat die kleine Pension, durchquerte unter den skeptischen Blicken der wenigen Anwesenden, die am Stammtisch saßen, den Gastraum und ging ins Nebenzimmer. Kollege Schaarschmitt von der KTU saß neben einem Kollegen an einem Tisch neben der Tür. Spanische Wände verwehrten den Blick in den weiteren Raum.

»Hallo, Trevisan«, sagte Schaarschmitt. »Zweiundvierzig bislang, mehr als erhofft. Es fehlen noch zehn, aber ich glaube, in einer Stunde sind wir durch.«

Trevisan umrundete den provisorischen Schreibtisch und warf einen Blick auf die Namensliste. Weder hinter dem Namen von Oberkommissar Klein noch vor den seines Sohnes war ein Häkchen gesetzt. Dafür waren die Namen Mirko Stolz, Sebastian Hermann und Carsten Rosenberg allesamt abgezeichnet.

Als Trevisan sich aufrichtete, klopfte es an der Tür, der Kollege rief laut »Herein!«. Oberkommissar Klein betrat in Begleitung seines Sohnes den Nebenraum. Er grüßte Schaarschmitt und dessen Mitarbeiter, während er Trevisan keines Blickes würdigte.

Schweigend wartete Trevisan, bis die Formalitäten erledigt worden waren und die Kleins einer Kabine zugewiesen wurden.

»Herr Klein!«, sagte Trevisan, als die beiden in Richtung der spanischen Wand gingen.

Der Oberkommissar wandte sich um. »Was gibt es?«, fragte er kalt.

»Ich meine Ihren Sohn«, stellte Trevisan klar.

Kevin Klein drehte sich zu Trevisan um. »Ja, was ist?«

Trevisan musterte den jungen Mann mit den nackenlangen Haaren, in zerrissener Jeans und dunklem Kapuzenpulli, eingehend. Kevin war seinem Vater wie aus dem Gesicht geschnitten. Er wirkte ein klein wenig desinteressiert und Trevisan hatte den Eindruck, dass er nicht ganz freiwillig hier erschienen war.

»Hätten Sie am Dienstag um zehn Uhr Zeit?«, fragte Trevisan ihn.

»Wieso?«

»Ich würde gerne mit Ihnen über den Tag sprechen, an dem die Mädchen verschwunden sind.«

»Ich habe doch schon gesagt, dass ich nichts weiß, wir waren in Neustadt im Kino.«

Trevisan kratzte sich an der Stirn. »Ach ja, ich habe es gelesen ... Welcher Film war das noch mal?«

Der Junge grinste überheblich. »*Der dreizehnte Krieger* mit Antonio Banderas. War ein spannender Film, das Geld dafür hat sich gelohnt.«

»Soweit ich mich erinnere, waren Sie mit Freunden dort?«

»Ja, stimmt.«

Trevisan nickte und klatschte in die Hände. »Gut, dann können Sie das ja noch einmal zu Protokoll geben, wir sehen uns am Dienstag. Ihr Vater weiß, wo meine Dienststelle ist.«

Der Junge wandte sich ohne weiteres Wort um und verschwand hinter der Spanischen Wand. Oberkommissar Klein schüttelte den Kopf. »Das ist nicht notwendig, Trevisan.«

»Das müssen Sie schon mir überlassen.«

Klein winkte ab und ging seinem Sohn hinterher.

»Das ist ein Kollege, oder?«, fragte Schaarschmitt, als beide hinter dem Sichtschutz verschwunden waren.

Trevisan nickte.

»Scheint aber nicht gerade Ihr Freund zu sein.«

»Wenn zwei Mädchen hier verschwinden und nach drei Jahren noch niemand etwas über ihr Schicksal herausgefunden hat, dann ist die Zeit der Freundlichkeit vorbei«, entgegnete er und wandte sich zum Gehen.

»Ich dachte, Sie wollten uns helfen«, sagte Schaarschmitt.

»Ich habe noch etwas im Ort zu erledigen«, antwortete Trevisan.

31

Trevisan ließ seinen Dienstwagen vor dem *Klosterkrug* stehen und ging zu Fuß über den Kirchplatz in die Höhingstraße zu Rosi Meierlings Haus. Unterwegs passierte er Stauferts Laden, wo drei ältere Damen tuschelnd nebeneinander am Schaufenster standen und den *Klosterkrug* beobachteten. Ihre neugierigen Blicke folgten Trevisan, als er vorüberging und in den Wiesenweg einbog. Unmittelbar vor Rosi Meierlings Haus stand ein schwarzer Toyota mit Hamburger Kennzeichen. Offenbar hatte sie nun doch das kleine Zimmer im Kellergeschoss vermietet.

Er ging die Treppe hinauf und klingelte. Es dauerte eine Weile, bevor ihm geöffnet wurde. Rosi Meierling schien überrascht. »Herr Trevisan, ähm … Martin, ich habe nicht mit dir gerechnet«, stotterte sie. »Ich habe … Alle Zimmer sind belegt … Tut mir leid, ehrlich.«

Trevisan nickte. »Ich habe den Wagen unten gesehen. Ich bin nicht hier wegen einer Übernachtung, ich muss mit dir reden, Rosi.«

»Reden?«

Trevisan zückte seinen Dienstausweis.

»Du bist Polizist?«, fragte sie entgeistert.

»Ja, ich ermittle im Fall der beiden verschwundenen Radfahrerinnen.«

»Du bist Polizist und hast dich bei mir als Tourist eingenistet, um uns besser ausspionieren zu können«, antwortete sie barsch.

»Können wir uns drinnen weiter unterhalten?«

Rosi Meierling zog die Tür zu sich heran. »Du hast mich ausgenutzt und mir dein Schmierentheater von einem gestressten Beamten vorgespielt, nur um mich aushorchen zu können! Du hast mich die ganze Zeit über angelogen und jetzt willst du, dass ich mit dir rede? Das kannst du vergessen, verschwinde!« Rosi trat einen Schritt zurück und warf die Tür zu.

»Sind dir die beiden verschwundenen Mädchen gleichgültig?«, rief Trevisan.

Rosi öffnete einen kleinen Spalt. »Darum geht es nicht! Du hast mich belogen und mir etwas vorgegaukelt und einen Augenblick dachte ich sogar …« Sie verstummte.

»Rosi, ich bin hier, weil es da draußen Eltern und Angehörige gibt, die wissen wollen, was mit ihren Kindern passiert ist. Und ich finde, sie haben ein Recht darauf.«

»Was willst du?«

Trevisan seufzte. »Können wir das drinnen besprechen?«

Rosi überlegte einen Augenblick, schließlich ließ sie ihn herein. Wortlos ging sie in Richtung Küche den Gang entlang. Trevisan folgte ihr. Als er an der offenen Badezimmertür vorbeiging, fiel sein Blick auf einen gefüllten Wäschekorb und eine schwarze Sporttasche neben der Waschmaschine.

»Sag, was du von mir willst und dann geh und lass mich in Ruhe!«, fauchte Rosi Meierling, die vor der Küchentür stehengeblieben war und Trevisan feindselig betrachtete.

»Deine Tochter Sarah hat sich um Sven Thiele gekümmert«, stellte Trevisan in den Raum. »War sie auch mit ihm unterwegs, als die beiden Mädchen verschwanden?«

»Was willst du damit andeuten?«

»Nichts, ich will es nur wissen.«

»Sie hat sich etwas Geld nebenbei verdient, ich konnte ihr ja nichts bieten. Ich muss selbst sehen, wie ich über die Runden komme. Die kleine Witwenrente reicht hinten und vorne nicht und sie hat sich ganz gut mit Sven verstanden. Thieles Frau war ja krank, die konnte sich nicht mehr um Sven kümmern und ein Heim kam nicht in Frage.«

»Ist Sarah hier?«

Rosi schüttelte den Kopf. »Wie kommst du darauf?«

»Die Wäsche im Bad.«

»Die gehört mir«, antwortete Rosi hastig.

»Ich muss mit Sarah reden. Wann kommt sie wieder nach Tennweide?«

»Was willst du von ihr?«

»Ich will wissen, ob sie mit Sven im Wald unterwegs war, als die beiden Mädchen verschwanden.«

»Sie hat nichts damit zu tun und Sven auch nicht, der tut niemandem was!«

»Ich weiß, aber sie könnte etwas beobachtet haben, was für unsere Ermittlungen von Wert ist.«

»Sie hat nichts gesehen!«

»Wo genau arbeitet sie?«

»Sie ist nicht hier, sie arbeitet in Kempten und macht dort eine Ausbildung.«

»Und wo in Kempten?«

»Das weiß ich nicht.«

Trevisan lächelte. »Komm, du wirst doch wissen, wo deine Tochter arbeitet und wie du sie erreichst. Eine Telefonnummer zumindest.«

Eine Träne lief über Rosi Meierlings Wange. »Sie hat … Sie ist … Sie war im *Jägerhof*, aber sie ist jetzt … Wir haben … Der Kontakt ist abgebrochen, wir haben uns gestritten.«

»Aber sie ist immer noch in Kempten?«

Rosi zuckte mit der Schulter. »Das letzte Mal haben wir etwa vor einem halben Jahr miteinander telefoniert, da haben wir uns gestritten. Sie wollte die Stelle aufgeben, weil sie einen jungen Mann kennengelernt hat. Ich habe ihr verboten … Ich will nicht, dass es ihr so ergeht wie mir. Sie soll einen anständigen Beruf lernen, damit sie etwas in der Hand hat. Ich habe diesen Fehler gemacht und als Johannes überfahren wurde, da stand ich mit leeren Händen da. Der Lastwagenfahrer wurde damals freigesprochen. Johannes war am Unfall selbst schuld und die Versicherungen haben nichts gezahlt.«

Trevisan nickte verständnisvoll. »Hatte er keine Lebensversicherung?«, rutschte ihm heraus.

Rosi fuhr sich über die Wange. »Die hatten wir schon beliehen, als er seinen ersten Unfall hatte, bei dem er seine Beine verlor. Da war nichts mehr übrig. Es gibt manche im

Ort, die behaupten, Johannes hätte sich selbst das Leben genommen, aber das ist gelogen, er hätte mich nie im Stich gelassen. Er hat … Er war ein guter Mensch.«

»Verzeih mir, Rosi, ich wollte dich nicht verletzen«, sagte Trevisan. »Aber ich muss mit Sarah sprechen. Es ist wichtig.«

Die weichen Züge aus Rosi Meierlings Gesicht wichen und machten erneut der Härte einer zornigen und zutiefst gekränkten Frau Platz. »Ich kann dir nicht helfen und jetzt geh! Geh bitte!«

Trevisan nickte und wandte sich um. Er verließ Rosi Meierlings Haus und schlug den Weg zurück zum *Klosterkrug* ein.

*

»Als hätten die Ratten das sinkende Schiff verlassen«, murmelte Hanna, als sie den Dienstwagen vor der mondänen Villa des Bauunternehmers Stolz in der Seestraße parkte. Die Häuser in der kleinen Wohnsiedlung *Seeblick* waren allesamt von Bauunternehmer Stolz und seiner Firma erbaut und mit einem fetten Gewinn an reiche Geschäftsleute in der Umgebung von Hannover verkauft worden. Er selbst hatte sich das größte Haus errichtet, einen Winkelbungalow direkt an der Zufahrt zum Strand und dem Bootssteg. Dort lebte er zusammen mit seiner jungen Frau. Mirko, der Sohn aus erster Ehe, studierte an einer Berufsakademie in der Nähe von Oldenburg, hatten die Ermittlungen ergeben. Meist verbrachte er das Wochenende zu Hause, deswegen hatten sich Hanna und Lisa nach Tennweide begeben, um mit dem jungen Mann zu sprechen.

»Wie meinst du das?«, fragte Lisa, die ausgestiegen war und sich in der vornehmen Wohngegend umsah.

»Na, ist dir nicht aufgefallen, dass kurz nach dem Verschwinden der Radfahrerinnen die Dorfjugend in die weite Welt geschickt wurde?«, antwortete Hanna. »Mirko Stolz nach Oldenburg, Sebastian Hermann nach Düsseldorf, Carsten Rosenberg nach Marburg, eine ging nach Bad Bramstedt, diese kleine Meierling nach Kempten und die andere sogar bis nach Australien. Nur der Sohn vom Polizisten ist im Ort geblieben.«

Lisa nickte. »Daran habe ich noch gar nicht gedacht. Liegt vielleicht daran, dass damals alle in dem Alter waren, in dem sie aus der Schule kamen und sich neu orientieren mussten. Und was willst du hier schon werden außer Fremdenführer oder Pensionsbesitzer.«

Hanna schob sich eine Locke aus dem Gesicht. »Na ja, hast vielleicht recht, trotzdem schauen wir uns das Früchtchen mal genauer an.«

Hanna trat vor das schmiedeeiserne Tor und klingelte. Im Haus ertönte ein lauter Gong.

»Wie in einem hinduistischen Kloster«, murmelte Lisa.

»Also ob du schon mal bei den Hindus warst«, sagte Hanna, ehe sich eine Frauenstimme an der Sprechanlage meldete.

»Mein Name ist Hanna Kowalski vom Landeskriminalamt, wir müssten mit Mirko reden.«

Es dauerte eine kurze Weile, bis ein Knacken im Schloss der Gartentür zu hören war. Hanna und Lisa traten näher. Die weiße Glastür wurde geöffnet. Ein junger Mann in weißem T-Shirt, Jeans und Turnschuhen, die hellblonden Haare kurz geschnitten, kam aus dem Haus. Er war in Begleitung einer nur unwesentlich älteren Frau, Hanna schätzte sie Anfang dreißig, in einem gelben Rock und einer weißen Bluse. Eine riesige schwarze Dogge lief neben den beiden her.

»Ist etwas passiert?«, fragte die Frau.

Hanna schüttelte den Kopf und präsentierte ihre Polizeimarke. »Wir wollen mit Mirko Stolz über die verschwundenen Radfahrerinnen sprechen«, erklärte sie und zeigte auf den jungen Mann. »Ich nehme an, das sind Sie?«

Er nickte und setzte sich auf die Treppe. »Was gibt es da zu reden, ich hab doch schon alles gesagt.«

»Mein Mann ist derzeit außer Haus, ich würde es begrüßen, wenn Sie einen Termin mit ihm ausmachen …«

»Sie sind Frau Stolz?«, unterbrach Hanna.

»Das ist richtig, ich bin Mirkos Stiefmutter, wenn man

das so sagen kann«, antwortete die Frau mit einem Lächeln, während sie noch immer den Hund am Halsband festhielt.

»Hören Sie, wir wollen mit Mirko sprechen und nicht mit seinem Vater und wir können jetzt auch wieder gehen und ihn für Montag auf unsere Dienststelle vorladen, wenn Ihnen das lieber ist.«

Die Frau warf Mirko einen unsicheren Blick zu.

»Schon gut«, sagte der Junge. »Reden wir!«

»Hier?!«, fragte Lisa.

»Ist doch warm heute.«

»Also gut, Herr Stolz«, sagte Hanna. »Waren Sie schon beim Speicheltest?«

Der junge Mann machte eine wegwerfende Handbewegung. »Warum sollte ich?«

»Sie wurden aufgefordert«, sagte Lisa.

»Das ist freiwillig, da muss ich nicht hin.«

»Sagt wer?«

»Mein Vater und er weiß es von unserem Polizisten, der hat gesagt, dass man nicht hingehen muss. Wer weiß, was einem die Polizei da alles anhängen will.«

Hanna trat einen Schritt näher, blieb dann aber stehen, weil die Dogge bedrohlich knurrte. »Frau Stolz, ich wäre Ihnen dankbar, wenn Sie den Hund wegbringen würden.«

Die Frau führte das riesige Tier wieder ins Haus und schloss hinter ihm die Tür. »Aber Sie haben wohl nichts dagegen, wenn ich bleibe?«

»Ganz und gar nicht«, antwortete Hanna und wandte sich wieder dem jungen Mann zu, der scheinbar unberührt und gleichgültig auf der Treppe saß. »Was wissen Sie noch von dem Tag, als die Mädchen im Wald hinter dem Ort verschwunden sind?«

Mirko Stolz spuckte in das nahe Gebüsch. »Das ist drei Jahre her, was soll ich da noch wissen. Ich habe doch schon damals alles gesagt.«

»Ich würde es aber noch mal gerne von Ihnen hören, damit wir auch nichts vergessen.«

»Wir waren gar nicht hier, wir waren im Kino.«

»Wer ist ›wir‹?«

»Das wissen Sie doch.«

»Sie meinen: mit Ihren Freunden?«

»Ich meine Kevin, Carsten, Sebbi und Frida. Wir sind ins Kino gegangen, die Vorstellung um sechs, und danach haben wir noch was getrunken, in einer Disco, *Music-Club* heißt die.«

Hanna hatte sich die Aussagen aus der damaligen Ermittlungsakte durchgelesen. Einhellig hatten die vier genannten aus der Clique ausgesagt, dass sie einen Kinoabend miteinander verbracht hatten und anschließend noch im *Music-Club* in Neustadt gewesen waren. Erst gegen ein Uhr wären sie nach Tennweide zurückgekehrt. Mirko, der damals bereits einen Führerschein gehabt hatte, war mit dem Mercedes seines Vaters gefahren.

»Ich habe Ihre Aussage in der Akte gelesen«, antwortete Hanna. »Kennen Sie die Feuerstelle unweit des Bannsees?«

Mirko schaute kurz zu seiner Stiefmutter auf. »Ja, weshalb?«

»Waren Sie an diesem Tag am Bannsee oder an dieser Feuerstelle?«

Mirko Stolz schüttelte vehement den Kopf. »Ich sagte doch schon, wir waren im Kino. Dad hat mir seinen Wagen gegeben und wir sind am Mittag einfach nur rumgefahren. Später hat Kevin gesagt, dass der neue Film mit Antonio Banderas im Kino läuft und wir sind nach Neustadt gefahren. Um fünf ging es mit dem Vorprogramm los. Wir waren gar nicht hier, als die Mädchen verschwunden sind. Sie können mir ruhig glauben, wir haben nichts damit zu tun.«

»Dann können Sie auch beruhigt zum Speicheltest gehen«, sagte Hanna. »Denn der dient nicht nur zur Belastung, sondern auch zur Entlastung, falls man nichts zu befürchten hat. Andernfalls wird er eben zwangsweise nachgeholt und Sie verzögern nur die Ermittlungen, verstehen Sie?«

Mirko Stolz schaute betreten zu Boden. »Sonst noch was?«

»Das wäre es vorerst, aber halten Sie sich noch zur Verfügung, falls wir Sie noch einmal brauchen.«

Hanna wandte sich zum Gehen, doch ehe sie das Gartentor erreichte, blieb sie stehen und wandte sich um. »Eine Frage noch – gab es andere Jungs aus dem Ort, die an dieser Feuerstelle feierten?«

Der Junge zuckte mit der Schulter. »Kann schon sein. Weshalb fragen Sie?«

»Weil wir wissen, dass dort am Tag, als es passierte, mittags gegen vier ein Feuer brannte«, antwortete sie, ehe sie die Gartentür öffnete und zum Wagen zurückging.

*

Margot Martinson traf pünktlich mit dem Zug aus Hamburg am Hauptbahnhof in Hannover ein. Als sie aus dem Zug stieg und über den Bahnsteig schlenderte, musste Trevisan genau hinschauen, um sie zu erkennen. Seit beinahe einem Jahr hatte er sie nicht mehr gesehen und aus dem ehemaligen unscheinbaren Nachtfalter war ein schillernder bunter Schmetterling geworden. Sie trug ein weinrotes Kostüm und hatte schwarze, toupierte Haare, dazu betonte eine elegante Brille ihr hübsches, dezent geschminktes Gesicht. Trevisan war fasziniert.

»Hallo, Martin! Schön, dich zu sehen.«

»Mein Gott, ich hätte dich beinahe nicht mehr wiedererkannt«, antwortete er.

Margot lachte. »Ich bin jetzt selbstständig, hast du das vergessen? Da gehört ein perfektes Outfit zum Geschäft. Niemand geht gerne zu einer Psychologin, die aussieht wie ihr eigener Patient.«

Trevisan umarmte sie und hauchte ihr einen Kuss auf die Wange.

»Na, das bin ich ja überhaupt nicht von dir gewohnt«, scherzte sie. »Lass uns was essen gehen. Ich habe Hunger und die Speisewagen der Bahn lassen ganz schön zu wünschen übrig. Teuer und schlecht, das ist nichts für mich.«

»Okay.« Trevisan schaute auf die Uhr. »Es ist kurz nach zwei, da bleibt nur ein Italiener oder Fast Food, die anderen haben ihre Küche schon geschlossen.«

»Soll mir recht sein.«

»Da gäbe es das *Pizza-Hut* oder um die Ecke *Enrico Leone*, mit gehobener Küche. Auf was hast du Lust?«

Margot entschied sich für das *Enrico Leone* in der Königsstraße. Nachdem dort versichert wurde, dass es noch warme Küche gab, setzten sie sich an einen Fensterplatz mit Blick auf die Königstraße und studierten die Speisekarte. Nach der Bestellung griff Margot in ihre große Handtasche und legte die Akte auf den Tisch, die ihr Trevisan zugeschickt hatte.

»Zuerst mal, wie geht es dir und wie geht es Paula und Angela?«

»Wie du siehst, bin ich schon wieder mittendrin, aber es ging mir in manchen Phasen nicht besonders gut, das kannst du mir glauben. Paula war ebenfalls am Boden, aber diese PTBS-Gruppe hier in Langenhagen ist wirklich super. Gerade machen sie Ferien in Irland. Ich hoffe, dass alles wieder gut wird. Angela und ich haben uns endgültig getrennt. Aber ich dachte, das hätte ich dir erzählt.«

»Du hast es angedeutet«, antwortete Margot. »Und um Paula mach dir mal keine Sorgen, ich finde es gut, dass ihr diesen Schritt gegangen seid. Mit posttraumatischen Störungen ist nicht zu spaßen. Es ist wie ein überlasteter Speicherchip und jemand, der sich auskennt, muss helfen, diesen Speicher wieder zu entleeren. Aber das hast du sicher schon ein paarmal gehört.«

»Ja, da hast du recht«, antwortete Trevisan. »Und ich bin ein vollgelaufenes Fass, bei dem das Ablassventil verstopft war, aber ich glaube, den Korken hat man mir inzwischen entfernt.«

»Du musst nur auf dich achten und die Zeichen frühzeitig erkennen«, sagte Margot.

»Mir ist schon viel damit geholfen, dass Paula in guten Händen ist. Das ist eine große Entlastung für mich. Und dieses ewige Hin und Her mit Angela ist auch endgültig vorbei.«

»Du hast recht, man muss wissen, was gut für einen ist, und sich von Dingen trennen, die einem schaden. Auch wenn es weh tut. Hast du denn schon wieder jemanden gefunden, mit dem du zusammen bist?«

Trevisan wurde rot und es lag nicht am Chianti. Er griff zu seinem Weinglas und prostete Margot zu.

»Gut, reden wir nicht davon«, fuhr Margot fort, die wohl an seinem Gesichtsausdruck erkannte, dass ihm dieses Thema peinlich war. »Reden wir von dem.« Sie zeigte auf den Ordner vor sich auf dem Tisch. »Gibt es Fortschritte?«

»Es gibt ein Bild von Sven, das er kurz nach dem Verschwinden der Mädchen gezeichnet hat. Da hatte man ihn noch nicht verhaftet. Es zeigt ihn im Wald, seine damalige Betreuerin und so etwas wie einen Teufel mit einer Warze, der sich bedrohlich auf die beiden stürzt. Ich zeige es dir, du wohnst selbstverständlich bei mir.«

Margot schüttelte den Kopf. »In die Höhle eines gierigen Löwenmännchens, du bist wohl verrückt. Außerdem werde ich fürstlich vom LKA entlohnt, die übernehmen sogar mein Hotel zusammen mit der Minibar.«

»Welches Hotel?«, fragte Trevisan.

»Das *Maritim* am Friedrichswall«, antwortete sie. »Ich finde es angemessen.«

Trevisan pfiff durch die Zähne. »Das *Maritim*, da kann ich natürlich nicht mithalten.«

»Also, was hast du inzwischen herausgefunden?«

Trevisan berichtete ihr, dass man den verschwundenen Journalisten lebendig, aber schwer verletzt aufgefunden hatte und dass er sich sicher war, dass die Mädchen in der Nähe von Tennweide ihr kaltes Grab gefunden hatten. Er berichtete von der jugendlichen Clique aus dem Ort und von der Feuerstelle am Bannsee, die von den Jugendlichen zum Feiern genutzt wurde.

»Und diese Jungs sind deine Hauptverdächtigen?«, fragte Margot.

»Vor allem der Sohn des Polizisten«, antwortete er. »Ich

habe mir die Akte ein paarmal vorgenommen und mir fiel auf, dass sich der Vater des Jungen damals maßgeblich in die Ermittlungen eingebracht hat. Und der damalige Soko-Leiter hat sich offenbar auf den Polizisten verlassen. Auf mich wirkt es, als hätte der die Ermittlungen im Dorf ganz bewusst blockiert. Dadurch sind wertvolle Überprüfungen versäumt worden. Nur so kam es zu der Verwechslung von einem der Opfer mit dem Mädchen aus Flensburg.«

»Ich habe davon gehört. Wie kommst du bei deinen Verdächtigen voran?«

»Die Jungs geben sich gegenseitig ein Alibi und wollen zur tatrelevanten Zeit im Kino gewesen sein. Das Kino ist inzwischen geschlossen, da gibt es niemanden mehr, der ihr Alibi bestätigen könnte.«

»Gibt es nicht noch immer die alte Polizeitaktik, einen Keil zwischen die Jungs zu treiben? Das hat doch bislang immer funktioniert, oder?«

»Wenn es so einfach wäre«, seufzte Trevisan. »Das sind Kids von honorigen Bürgern. Einem Polizisten, einem Arzt, dem Gemeindevorsteher, einem Baulöwen, dazu die Tochter eines hohen Beamten, die sich inzwischen im Ausland aufhält. Da komme ich so einfach gar nicht ran. Damals wurden die Aussagen der Jugendlichen ohne weitere Überprüfung hingenommen Und der Polizist aus dem Ort hat die Angaben natürlich bestätigt. Jetzt brauche ich schon etwas ganz Konkretes, um einen Hebel ansetzen zu können.«

»Die DNA-Spur?«

»Ja, die DNA-Spur, aber auch die Angaben des Apothekersohnes. Irgendjemand hat ihm das Kettchen eines der Opfer untergejubelt, davon bin ich überzeugt. Und der muss einen Bezug zu Sven gehabt haben. Ich glaube sogar, dass der Junge weiß, wer es gewesen ist.«

»Du nimmst an, der Teufel auf dem Bild!«

»Ja, und ich will verdammt noch mal wissen, wer dieser Teufel ist.«

Nachdem Trevisan die Rechung beglichen hatte, verließen

sie das Lokal. »Jetzt fahren wir nach Tennweide. Ich denke, du solltest dir mal Svens Zimmer ansehen, vielleicht fällt dir noch etwas auf.«

32

»Dieses Bild ist vor dem Verschwinden der Radfahrerinnen gezeichnet worden und der Teufel, wie du ihn nennst, ist auch darauf zu sehen«, sagte Margot und reichte die Zeichnung an Martin Trevisan weiter. Es zeigte unzählige Bäume und eine Person, die sich inmitten eines Weges zusammengekauert hatte.

»Wo?«, fragte Trevisan. »Ich sehe nichts …«

Margot, die sich auf Svens Bett gesetzt hatte, erhob sich und zeigte auf den linken Bildrand. »Der Teufel versteckt sich hinter einem Baum und das Gesicht sieht man nur schemenhaft.«

»Das könnte doch auch jemand anderes sein.«

Margot schüttelte den Kopf. »Sicherlich zeichnet Sven jedes Mal diesen Teufel ein wenig anders, deswegen muss man auf die Feinheiten achten. Er stellt ihn aber in jedem Bild mit dieser Narbe oder Warze auf der Wange und den feingliedrigen Fingern dar, ich würde sogar sagen, es sind Knochenhände mit langen spitzen Nägeln.«

Margot hob vier weitere Zeichnungen vom Bett auf und zeigte sie Trevisan.

»Diese Figur versteckt sich im Hinterhalt oder baut sich direkt vor ihm auf und droht ihn zu verschlingen. Manchmal ist er alleine und manchmal ist das Mädchen bei ihm.«

Trevisan überflog die Zeichnungen. »Das heißt also, dieser Teufel hat nichts mit dem Fall zu tun?«

»Schau die beiden ersten Zeichnungen an, er hat immer das Datum vermerkt. Eine zeichnete er im April 1999 und die andere zwei Monate später. Die Radfahrerinnen verschwanden im September, richtig?«

»Ja, im September.«

Margot klopfte Trevisan auf die Schulter. »Wäre wohl zu schön gewesen, aber anhand dieser Bilder steht nicht fest, dass Sven dem Täter im Wald begegnet ist. Er äußert sich in den Bildern über seine mentale Verfassung und seine Ängste. Er fühlt sich von diesem Teufel bedroht. Der lauert überall und auch das Mädchen auf dem Bild sieht er in Gefahr, aber der Teufel ist wahrscheinlich nur ein Platzhalter. Vielleicht für seine geheimen Ängste. Vielleicht fürchtete er, das Mädchen wieder zu verlieren oder so etwas Ähnliches. Du sagst, es war eine Pflegerin?«

Trevisan schüttelte den Kopf. »Es ist die Tochter einer Frau aus Tennweide, die sich um Sven gekümmert hat, weil die Ehefrau von Thiele krankheitsbedingt nicht mehr konnte. Das Mädchen heißt Sarah Meierling und ist etwa im gleichen Alter. An diesem Tag sagte sie ihm, dass sie weggehen würde.«

»Wir werden sehen, was er über diesen Teufel sagt, wenn wir mit ihm reden«, antwortete Margot und strich dem enttäuschten Trevisan über die Schulter.

Trevisan seufzte und ließ sich auf dem Bett nieder. »Hoffentlich wirft uns das nicht wieder zurück.«

»Jetzt warte, bis wir mit Sven gesprochen haben«, besänftigte Margot und schaute sich weiter in Svens Zimmer um, in dem laut Thiele nichts verändert worden war, nachdem der Junge ins Heim gekommen war. »Wie alt war er damals, sagst du?«

Trevisan runzelte die Stirn. »Achtzehn, neunzehn. Weshalb?«

Margot zeigte auf den Regalschrank und nahm eine Figur vom Regal, einen Taucher der Lego-Unterwasserwelt. »Das ist das Zimmer eines Sechsjährigen.«

Trevisan erhob sich. »Willst du dich noch weiter umschauen?«

Margot schüttelte den Kopf. »Gehen wir, ich habe genug gesehen. Aber nimm alle Bilder mit, ich will sie mir noch einmal in Ruhe ansehen.«

Gemeinsam verließen sie Svens Zimmer. Im Flur wurden sie von Rudolf Thiele bereits erwartet. Er bat sie in das Wohnzimmer und servierte Tee. Margot unterhielt sich noch über eine Stunde mit dem Apotheker, doch nach seinen Angaben hatte Sven nie über die Sache gesprochen. Er sagte, Sven sei verschlossen und in sich gekehrt, seit er damals aus der Haft entlassen worden war.

»Meinst du, der Junge weiß etwas?«, fragte Trevisan, nachdem sie Thieles Haus verlassen und sich in den Wagen gesetzt hatten.

»Ich bin mir nicht sicher. So, wie der Apotheker seinen Sohn beschreibt, war der eher introvertiert und verschlossen und das einschneidende Erlebnis von damals hat diese Eigenschaften noch verstärkt. Wir müssen mit ihm selbst sprechen, dann werden wir es wissen. Jetzt gehen wir erst einmal was essen.«

»Hast du etwas dagegen, wenn uns jemand zum Essen begleitet?«, fragte Trevisan vorsichtig.

Margot schüttelte den Kopf. »Nein.«

»Eine Kollegin, sie arbeitet mit mir in der gleichen Abteilung.«

»Aha«, antwortete Margot vielsagend.

*

Trevisan hatte Margot am Hotel abgesetzt und war nach Hause gefahren, um sich frisch zu machen. Er hatte auf Empfehlung von Hanna einen Tisch für drei Personen in der *Alten Mühle* im Hermann-Löns-Park bestellt. Kurz bevor er unter die Dusche wollte, klingelte das Telefon. Paula rief an.

»Hallo, Paps!« Er hörte ihrer Stimme die gute Laune an. »Wir sind über den Shannon gefahren, das war richtig stark. Ein eigenes Hausboot. Jetzt ankern wir vor Clonmacnoise, das ist eine Klosterruine, die aus dem sechsten Jahrhundert stammen soll. Wir hatten eine Führung, aber die Fremdenführerin habe ich überhaupt nicht verstanden, obwohl sie versuchte, Englisch zu sprechen. Morgen geht es weiter nach Süden und heute übernachten wir auf dem Hausboot, das wird richtig geil.«

»Ich höre, es gefällt dir«, antwortete Trevisan.

»Dieses Land, Paps …! Wir müssen unbedingt mal zusammen hierher. Du glaubst es nicht … Die Leute sind alle so freundlich! Na ja, ein bisschen gemütlich vielleicht, aber das passt ganz gut zu der Insel. Überall ist es grün und überall stehen diese gescheckten Kühe auf den Wiesen. Es ist wie in einem Märchen! Leider vergeht die Zeit hier wie im Flug. Nur noch zehn Tage, obwohl, ich vermisse dich schon ein bisschen.«

»Ich dich auch, mein Schatz, aber Hauptsache, es geht dir gut.«

»Ich habe auch ein paar neue Freunde gefunden. Robert, unseren Tourguide, Mandy und Isa und Stan, der ist richtig cool.«

»Stan?«

»Eigentlich heißt er Stanislaw und kommt aus Bremen, ist aber ein ganz cooler Typ.«

»Mach mir keine Dummheiten«, mahnte Trevisan.

»No chance«, erwiderte Paula. »Stan ist cool, aber nichts fürs Leben. Und wie geht es dir, was machst du gerade?«

»Ich will duschen und dann treffe ich mich mit … mit einer Kollegin.«

»Aha.«

»Wir müssen über einen Fall sprechen.«

»Einen Fall, soso. Ich dachte, du bist jetzt im Innendienst?«, fragte Paula.

»Ja … richtig … Innendienst«, stotterte Trevisan. »Trotzdem haben wir natürlich viel zu tun. Der einzige Unterschied ist, dass man nicht immer selbst rausfährt, um Dinge zu überprüfen, das machen andere, aber dennoch ist es wichtig, dass wir uns im Vorgehen abstimmen.«

Paulas Schmunzeln war aus ihrer Stimme herauszuhören. »Muss ein wichtiger Fall sein, wenn ihr spät abends an einem Samstag noch arbeiten müsst.«

»Ja, kompliziert, sehr kompliziert«, bestätigte Trevisan und hörte das Klicken in der Leitung.

»Verdammt!«, schimpfte Paula. »Das Kleingeld ist leer. Ich melde mich wieder, mach es gut und viel Erfolg.«

»Erfolg?«

»Bei eurer Arbeit! Ich rufe dich am Dienstag …« Ein Knacken ertönte und das Gespräch brach ab.

Trevisan lächelte. Pfeifend verschwand er im Badezimmer. Es wurde höchste Zeit.

*

Trevisan hatte sich auf dem Weg nach Burgwedel zweimal verfahren und war beinahe zwanzig Minuten zu spät gekommen. Hanna trug ein hellblaues Kostüm und hatte ihre Haare hochgesteckt. Sie wirkte ausgeglichen und entspannt, als sie Trevisan die Tür öffnete. Er hatte befürchtet, sie wäre ob seiner Verspätung ungehalten.

»Tut mir leid, diese Straßen sind ein Horror«, entschuldigte er sich. »Ich bin zweimal falsch abgebogen.«

»Kein Problem«, antwortete Hanna. »Ich habe noch ein paar Sachen weggebügelt, die Zeit war also nicht verloren.«

Trevisan warf einen Blick auf seine Armbanduhr. »Verdammt, in zwanzig Minuten sollen wir bei Margot sein, das schaffe ich nie.«

Hanna winkte ab. »Keine Sorge, aber es ist wohl besser, wenn ich fahre.«

Sie schafften es in einer halben Stunde und Margot war noch auf ihrem Zimmer, als Trevisan an der Rezeption vorsprach. Margot trug ebenfalls eine entsprechende Abendgarderobe, so dass sich Trevisan in seinem dunkelblauen Anzug, den er sich vor sieben Jahren zugelegt hatte, fast ein wenig schäbig vorkam. Er führte sie zum Wagen und öffnete die Beifahrertür.

»Das ist Hanna«, stellte Trevisan seine Kollegin auf dem Fahrersitz vor. »Sie ist Hauptkommissarin und schon ein Weile in der Abteilung.«

Margot beugte sich in den Wagen und reichte ihr die Hand.

»Von Margot habe ich dir ja schon erzählt«, sagte er.

Margot lächelte. »Und ich sehe, die Rollen sind auch schon richtig verteilt«, scherzte sie, als Trevisan auf dem Rücksitz des Wagens Platz nahm.

»Wie bitte?«, fragte Hanna.

»Ich glaube, er ist der einzige Mann, den ich kenne, der zugibt, dass er ein miserabler Autofahrer ist.«

Sie trafen nur mit fünf Minuten Verspätung in der *Alten Mühle* ein. Das Restaurant versprach gehobene Küche und das Ambiente war entsprechend. Ihr Tisch war mit hellblauem Tuch und einem sechsarmigen Leuchter eingedeckt, dessen Kerzen ihr warmes Licht im Raum verströmten. Hanna staunte nicht schlecht, während sich Margot eher routiniert niederließ.

»Ich hoffe, dieses Restaurant war eine gute Wahl und das Essen entspricht der Dekoration«, bemerkte Trevisan, ehe der Oberkellner mit der Speisekarte nahte. Er bestellte einen Martini, während sich seine Begleiterinnen für einen Kir Royal als Aperitif entschieden.

Als Vorspeise wählte Trevisan ein Forellenfilet im Brikteig auf buntem Frühlingssalat mit Linsenschaum, als Hauptgang wurde poelierte Perlhuhnbrust in eigener Nage auf Polenta mit kleinem tournierten Gemüse gereicht, dazu bestellte Trevisan eine Flasche Battenfelder Weißburgunder. Quarknocken mit Erdbeerragout rundeten das Menü als Dessert ab. Hanna, Margot und Trevisan waren hochzufrieden. Sie unterhielten sich während des Essens über dies und das und klammerten den Beruf aus.

Erst als der Kellner das Dessertgeschirr abgeräumt hatte, beugte sich Margot verschwörerisch vor und wandte sich Trevisan zu. »Was genau erhoffst du dir von der Befragung des Jungen?«

Trevisan zuckte mit der Schulter. »Es ist sehr schwer, an die damaligen Ermittlungen anzuknüpfen. Der Fall liegt über drei Jahre zurück und ehrlich gesagt haben die Kollegen ganz schön Bockmist gebaut. Deswegen bin ich für jeden Strohhalm dankbar.«

»Er hat damals geschwiegen, wenn ich mich recht erinnere«, murmelte Margot.

Trevisan nickte. »Es wurde nie ein Fachmann zu der Befragung hinzugezogen, aber ich denke, dass der Junge etwas weiß.«

»Oder er wurde benutzt.«

»Er hielt sich an dem Tag in der Nähe des Tatorts auf. Er könnte etwas mitbekommen haben und weiß vielleicht selbst nicht, wie wichtig seine Beobachtungen sind.«

Margot nickte. »Was ist eigentlich mit dem Journalisten?«, fragte sie.

»Der liegt im Krankenhaus und ist erst in ein paar Tagen oder Wochen vernehmungsfähig«, erklärte Trevisan. »Er wurde in den Wald gelockt, dort niedergeschlagen und in einer ehemaligen Torfgrube verscharrt. Er hatte großes Glück, dass er noch rechtzeitig gefunden wurde. Ich habe veranlasst, dass ein paar Kollegen ein Auge auf ihn haben.«

»Du gehst von einem Zusammenhang der beiden Verbrechen aus?«

Trevisan fuhr sich über das Kinn. »Er war bei Svens Vater und hat ein Treffen mit dem Jungen organisiert. Ich denke, das ist das Motiv für den Überfall auf ihn.«

»Wenn Sven für die Täter so gefährlich ist, warum hat man ihn dann damals gleich nach der Tat nicht zum Schweigen gebracht?«, wandte Margot ein. »Damals wären sie doch viel leichter an ihn herangekommen als jetzt, wo er in Langenhagen ist.«

»Vielleicht war er damals als Verdächtiger viel wertvoller, aber der Plan ging eben nicht auf.«

»Man fand das Kettchen eines Opfers bei ihm«, mischte sich Hanna ein. »Es könnte ihm untergeschoben worden sein.«

Margot nickte. »Das ist natürlich auch eine Option.«

»Ich halte diese Jungs aus der Clique für die Täter«, sagte Trevisan. »Es ist augenfällig, wie nachlässig die Ermittlungen in diesem Bereich waren. Es sieht fast so aus, als hätte man die Jungs und die Lichtung aus den Ermittlungen einfach ausgeblendet. Da ist doch etwas faul an der Sache.«

»Ich glaube, ich weiß, worauf du hinaus willst«, antwortete Margot. »Die Jungs feiern dort, trinken Alkohol und plötzlich kommen diese beiden Radfahrerinnen vorbei. Die Jungs machen die Mädchen an und dabei gerät die Situation außer Kontrolle. Hinterher sind die Mädchen tot. Sie verstecken die Leichen und der Polizistensohn wendet sich an seinen Vater. Der Vater weiß, wie er die Ermittlungen entscheidend beeinflussen kann, legt falsche Spuren, beseitigt die Leichen und schiebt dem behinderten Apothekersohn auch noch ein Kettchen unter, damit der Verdacht auf ihn fällt.«

Trevisan spitzte die Lippen. »So ähnlich könnte es doch gewesen sein.«

Margot lächelte. »Aber in diese Geschichte passt der Rucksack nicht.«

Trevisan runzelte die Stirn. Einen Augenblick lang geriet seine Theorie ins Wanken. »Vielleicht wollte Klein ursprünglich den Verdacht vom Ort ablenken, aber der Rucksack wurde einfach zu spät gefunden. Und da der Druck im Ort immer stärker wurde, musste er handeln und legte die Spur, die zu Sven führte.«

Margot betrachtete nachdenklich die Kerze auf dem Tisch. »Na ja, wäre eine Möglichkeit«, antwortete sie. »Ich will nur nicht, dass du den gleichen Fehler wie dieser Dittel begehst und dich auch viel zu früh auf eine Indizienkette einlässt, die am Ende ins Nichts führt.«

Trevisan blickte nachdenklich auf sein Glas. »Reden wir morgen weiter«, sagte er. »Noch jemand ein Glas Wein?«

33

Der Sonntag begann regnerisch und stürmisch. Trevisan hatte sich mit Margot und Hanna erst gegen dreizehn Uhr auf der Dienststelle verabredet. Er schlief aus und ließ die Badewanne volllaufen, genoss die Wärme, frühstückte in aller Ruhe und brach eine Dreiviertelstunde vor dem verabredeten Termin auf. Hanna war am gestrigen Abend nach Hause gefahren, da sie ihren Sohn heute zu seinem Onkel auf ein Fußballturnier nach Celle bringen musste. Sie begegnete dem leicht verspäteten Trevisan auf dem Flur, als sie zwei Tassen Tee aus der kleinen Küche gegenüber den Toiletten holte.

»Na, die richtige Abzweigung wohl nicht gefunden«, grüßte Hanna mit einem Lächeln.

Er zuckte mit der Schulter und hauchte ihr einen Kuss auf die Wange, so dass eine Tasse überschwappte. »Viel Verkehr.«

»Vorsicht!« Hanna wich ein Stück zur Seite aus. »Das ist heiß.«

»Hast du Margot rechtzeitig abgeholt?« Er hatte es Hanna überlassen, denn das Hotel, in dem Margot logierte, lag direkt auf ihrem Weg zur Dienststelle.

»Und nicht einmal verfahren!«, scherzte Hanna und streckte Trevisan die Zunge heraus. »Wir sind im Konferenzraum, Lisa war gestern fleißig.«

Trevisan warf Hanna einen fragenden Blick zu und folgte ihr. Im Konferenzzimmer saß Margot am Computer. Neben ihr lag ein Aktenordner. Trevisan schaute sich um, da entdeckte er, was Hanna gemeint hatte. Lisa hatte von jedem der verdächtigen Jugendlichen ein Datenblatt mit Bild und Lebenslauf erstellt und in eine freie Ecke der Tafel geheftet. Er trat näher. Nur das Datenblatt von Sarah Meierling wies kein Bild auf.

Hanna stellte die Tassen auf dem Schreibtisch ab und gesellte sich an seine Seite. »Von Sarah Meierling war kein aktuelles Bild im Melderegister gespeichert«, erklärte sie. »Die hat nur noch einen Zweitwohnsitz hier. Der Erstwohnsitz ist in Kempten, in dem Hotel, in dem sie arbeitete. Und die Bayerischen Behörden sind nicht ganz so fix.«

Margot erhob sich und trat ebenfalls an die Tafel. »Das sind also deine Verdächtigen.«

»Kevin Klein, Carsten Rosenberg, Sebastian Hermann und Mirko Stolz«, antwortete Trevisan. »Die Clique, die gerne am Bannsee feiert. Dazu gehören noch Annika Treu, Friederike Neuss und Sarah Meierling, ich glaube aber nicht, dass die Mädchen etwas mit der Sache zu tun haben.«

»Milchbubis«, murmelte Margot.

»Milchbubis, aber letztlich gibt es kein typisches Aussehen für einen Mörder«, antwortete Trevisan. »Sonst würde es unsere Arbeit wesentlich erleichtern.«

Margot nickte und wandte sich wieder dem Computer zu. »Immer noch dieses alte Datenverwaltungsprogramm«, murrte sie, bevor sie die nächste Maske des Spurenanalyseprogramms aufrief. »Das ist mir zu umständlich, habt ihr das auch auf Papier?«

Trevisan wies auf die Akten mit den roten Aufklebern, die im Regal standen. »Das Programm ist besser. Aber du musst auch den Übersichtsmonitor einschalten.« Er drückte die F1-Taste. »Jetzt okay?«

Margot nickte.

Über eine Stunde brauchte sie, bis sie sich in die Materie eingearbeitet hatte. Zwischendurch stellte sie Fragen, die Hanna und Trevisan beantworteten, so gut sie konnten. Auf manche erntete sie jedoch nur ein Schulterzucken oder ein fragendes Gesicht.

»Über dreihundert Spuren und Hinweise, Zeugenaussagen und Indizien, aber nichts wirklich Greifbares«, schlussfolgerte Margot endlich.

Trevisans Handy klingelte, Schaarschmitt war am Apparat.

»Hallo, Herr Kollege, dachte mir, dass ich dich gleich informiere, auch wenn du bestimmt auf der Couch liegst – schließlich will ich nicht der Einzige sein, der am Sonntag arbeitet.«

»Ich bin im Büro«, berichtigte Trevisan.

»Da hätte ich mir den Anruf ja sparen können«, entgegnete der Kollege von der Kriminaltechnik. »Wir sind so weit. Bis auf vierzehn Personen, die freiwillig keine Probe abgeben wollten, und die noch ausstehenden Proben von Männern, die sich außerhalb der Region aufhalten, sind wir durch. Insgesamt haben wir neun Institute, die auswerten. In drei Tagen können wir mit ersten Ergebnissen rechnen, da die Trägerspur ja bereits in Form von codierten DNA-Sequenzen vorliegt. Und die Computer vergleichen automatisch, das kann wie gesagt schnell gehen.«

»Ich hoffe, dass wir einen Treffer landen.«

»Das hoffe ich auch, schließlich macht uns diese Reihenuntersuchung ganz schön viel Arbeit. Ähm … für die vierzehn Verweigerer habe ich über die Staatsanwaltschaft einen Antrag auf körperliche Untersuchung gestellt. Mal sehen, ob der Richter mitspielt.«

»Da bin ich auch gespannt.«

»So, jetzt mache ich erst einmal Feierabend«, seufzte Schaarschmitt. »Couching, verstehst du?«

Trevisan bedankte sich und wünschte dem Kollegen noch einen geruhsamen Tag, ehe das Gespräch beendete. Er legte das Handy auf den Tisch und schaute in zwei fragende Gesichter.

*

Sina streichelte Justin Belfort sanft über den Kopfverband, während Monika Keppler in ihrer Handtasche kramte. Der Journalist lag in einem Einzelzimmer der Chirurgischen Abteilung des Krankenhauses der medizinischen Hochschule. Vor seinem Zimmer hatten auf Weisung von Trevisan zwei uniformierte Polizisten Stellung bezogen.

Zehn Minuten hatte der Arzt den beiden Frauen als Besuchszeit eingeräumt, denn Justin Belfort war noch immer sehr schwach, außerdem quälten ihn entsetzliche Kopfschmerzen. Er lag im Bett und starrte an die Decke. »In diesem Ort herrscht Kälte«, klagte er. »Ich glaube, dieser Ort ist verflucht.«

Monika Keppler schüttelte den Kopf. »Ist dir wirklich nichts aufgefallen?«

»Ich sagte doch schon, wahrscheinlich hat das Schwein mitbekommen, dass ich mit dem Jungen reden will. Wahrscheinlich ist er mir nachgeschlichen.«

Monika Keppler spitzte schnippisch ihre Lippen. »Ich hätte bemerkt, wenn mich jemand verfolgt hätte.«

Sina warf ihrer Vorgesetzten einen missbilligenden Blick zu.

»Was denn?«, fragte die zynisch. »Es muss doch einen Grund geben, warum er überfallen wurde.«

Justin hasste es, wenn sie in seinem Beisein in dritter Person über ihn redete.

»Ich sagte doch schon, der Junge ist der Grund, was sonst?«

»Was hast du in dem kleinen Ort gemacht, mit wem hast du geredet?«, fragte Monika Keppler. »Es muss doch irgendeinen Anhaltspunkt geben, an den du dich erinnerst?«

»Du benimmst dich wie ein Polizist«, stellte sich Sina schützend vor Justin, der sich genervt auf die Lippen biss. »Man hat ihn beinahe umgebracht und du machst ihm nur Vorwürfe. Schließlich hast du ihn in diesen verfluchten Ort geschickt.«

»Das Auto stand am Bahnhof in Hannover?«, meldete sich Justin krächzend zu Wort.

Monika Keppler nickte. »Der Schlüssel fehlt, aber sonst ist mit dem Wagen alles in Ordnung.«

»Mein Laptop und der Fotoapparat?«, fragte Justin Belfort.

»Keine Ahnung.«

»War nichts davon im Wagen?«

»Nein«, antwortete sie. »Alles weg.«

»Verdammt!«, zischte Justin. »Sie müssen im Wagen gewesen sein, ich hatte den Laptop und den Fotoapparat dabei, als ich in den Wald gefahren bin. Da waren alle meine Daten drauf und die Bilder, die ich in der Umgebung gemacht habe. Beinahe zweihundert. Das war es, was ich dort gemacht habe. Es gibt dort unzählige Möglichkeiten, zwei Leichen zu verstecken. Und die Interviews mit diesem Bauern und dem Apotheker fehlen ebenfalls. Dann war alles umsonst.«

»Du lebst«, flüsterte Sina und strich Justin sanft über die Stirn.

»Hat die Polizei schon eine Spur?«, fragte er und schob Sinas Hand beiseite.

»Die wissen wie immer nichts«, entgegnete Monika Keppler. »Sie haben einen Massengentest im Ort durchgeführt. Ich habe mich schon damals gefragt, warum das nicht gemacht wurde, wenn sie doch eine DNA-Spur gefunden haben.«

»Machen wir mit der Story weiter?«, fragte Justin.

Monika Keppler zuckte mit der Schulter. »Wie denn, wenn mein Reporter schwer verletzt im Krankenhaus liegt und das Material zusammen mit dem teuren Fotoapparat und dem Laptop verschwunden ist, wie du sagst. Wir haben einen Bericht über dein Verschwinden gebracht, mehr hatten wir nicht. Und wer weiß, wie lange du noch hierbleiben musst.«

Die Tür wurde geöffnet und eine Schwester schaute herein. »Sie müssen sich jetzt verabschieden, der Patient braucht Ruhe«, sagte sie bestimmt.

Monika Keppler erhob sich und schob den Stuhl in die Ecke, während Sina sich über Justin beugte und ihn auf die Wange küsste. »Ich schau morgen wieder herein«, versprach sie.

Die Schwester trat ans Bett und überprüfte die Infusionslösung, die über einen Schlauch in Justins Vene rann.

*

Trevisan stand nachdenklich vor der Tafel mit den Fotos vom Bannsee. Draußen hatte der Regen nachgelassen und die Sonnenstrahlen bahnten sich ihren Weg durch das dunkelblaue Wolkenfeld. Er kratzte sich am Kopf und wandte sich um.

»Der Wald und die Umgebung wurde damals mehrfach von der Bereitschaftspolizei durchsucht«, sagte er und wies auf das große Luftbild, das die Gemeinde, Teile vom See und den nahen Wald zeigte. »Ein Hubschrauber mit Wärmebildkamera, Leichenhunde und Taucher waren im Einsatz, aber es gibt genügend Torfgruben, wo man die Leichen hätte verstecken können.«

Hanna erhob sich und trat neben ihn. Sie zeigte auf den Bannsee. »Ich gehe davon aus, dass man sehr intensiv gesucht hat. Zwei Leichen verschwinden zu lassen, spricht dafür, dass die Täter mobil waren.«

Trevisan wies auf das Bild von Mirko Stolz. »Er war der einzige, der einen Führerschein hatte.«

»Es ist schade, dass es das Kino nicht mehr gibt, in dem sie gewesen sein wollen.«

»Ich habe im Internet nachgeschaut, zumindest liegen sie mit dem Film richtig«, antwortete Trevisan. »Filmstart war im September. Und da laufen die Neuerscheinungen in jedem Kino …«

»… was aber nichts zu sagen hat«, fiel ihm Hanna ins Wort. »Sie können auch ein paar Tage früher oder später in diesem Film gewesen sein. In den Akten gibt es keine Aussage eines neutralen Zeugen, der diese Angaben bestätigt. Man hat die Alibis nicht einmal überprüft.«

»Weil Klein die Angaben des Sohnes bestätigte«, sagte Trevisan.

Margot Martinson erhob sich und öffnete das Fenster. Tief zog die frische Luft in ihre Lungen. Seit beinahe vier Stunden gingen sie gemeinsam die Akten durch.

»Für mich liegt die Wahrscheinlichkeit, dass die Jungs etwas mit der Sache zu tun haben, bei fünfzig Prozent«, sagte sie. »Es stimmt schon, dass dieser Polizist aus Mardorf deutlich die Ermittlungen beeinflusst hat, aber das alleine reicht nicht aus, um einen Verdacht zu begründen. Martin, du hast dich auf diese Jungs eingeschossen – vielleicht begehst du jetzt den gleichen Fehler, den Dittel damals bei Sven begangen hat.«

»Das Lagerfeuer brannte, die Feuerstelle am Bannsee ist ihr Treffpunkt, sie alle kannten Sven und hätten ihm die

Kette unterschieben können«, sagte Trevisan. »Der Vater eines Jungen nimmt massiv Einfluss auf den Fall und ein paar Wochen nach der Tat verschwinden beinahe alle und kehren dem Dorf den Rücken. Ich finde, das sind ein paar ausgezeichnete Argumente, um den Verdacht zu begründen.«

Margot hob abwehrend die Hände. »Richtig. Aber dieser Platz mitten im Wald ist frei zugänglich, und in der Nähe ist ein Campingplatz, der in dieser Zeit gut besucht war. Die Jungs behaupten, dass sie im Kino waren und du kannst dieses Alibi nicht widerlegen. Außerdem war für die Jungs und Mädchen die Schulzeit zu Ende, da ist es normal, dass manche studieren gehen oder weiterführende Schulen besuchen.«

»Sie feiern dort, sind angetrunken, da kommen diese beiden Mädchen vorbei«, überlegte Trevisan laut. »Zuerst ist ein Spaß, aber dann passiert etwas und die Jungs rasten aus. Am Ende sind die beiden Mädchen tot. Sie werfen die Leichen in den Wagen, verstecken die Räder, so gut es geht, und verschwinden. Sie fahren nicht ins Dorf, sondern auf den Waldwegen Richtung Norden und entledigen sich der Leichen. Dann bekommen sie es mit der Angst zu tun und weihen ihre Väter ein. Einer davon ist Polizist und Blut ist dicker als Wasser. Es sind alles Söhne honoriger Bürger. Ein Bauunternehmer, ein Arzt, ein Polizist und der Gemeindevorsteher. Die beschließen, ihre Kids zu schützen, und schicken sie fort. Um bei der Untersuchung des Falles den Verdacht in eine andere Richtung zu lenken, schaltet sich Klein in die Ermittlungen ein und beeinflusst die Nachforschungen, so dass schon gar kein Verdacht gegen die Clique aufkommen konnte. Vielleicht hat er sogar den Rucksack an dem Autobahnrastplatz abgelegt, damit man annimmt, dass die beiden Mädchen von einem Durchreisenden ermordet wurden. So könnte es gewesen sein.«

Hanna nickte zustimmend. »Klingt plausibel, aber es ist eben nur eine Theorie und wir haben keinen einzigen Beweis.«

Margot lächelte. »Und vergiss die Halskette nicht«

»Ich sehe schon, du bist nicht überzeugt, dass ich mit meiner Theorie richtig liege.«

»Ich will nicht ausschließen, dass es so gewesen sein könnte«, antwortete sie. »Aber die Kette und der Rucksack passen nicht zusammen. Gibt es nicht noch andere im Dorf, die in Frage kämen?«

»Mir fallen in diesem Dorf keine anderen ein«, entgegnete Trevisan.

34

Montag

Sie hatten den Sonntag noch bis achtzehn Uhr im Büro verbracht, hatten spekuliert, Theorien aufgestellt, darüber diskutiert und sie wieder verworfen. Trevisan war klar, dass die Ermittlungsarbeit stagnierte. Sein Verdacht gegen die Jungs aus der Clique in Tennweide ließ sich bislang nicht erhärten, so dass er keine weiterführenden Maßnahmen ergreifen konnte. Der verletzte Journalist würde wohl noch eine Weile im Krankenhaus liegen und war nicht vernehmungsfähig. Und die Suche nach Sarah Meierling kam nicht voran. Noch war nicht bekannt, wo die Tochter von Rosi Meierling steckte, und nicht mal die Mutter selbst wusste es, denn im *Jägerhof* hatte Sarah ja gekündigt. Trevisan glaubte Rosi, dass sie wegen des Streits in der letzten Zeit keinen Kontakt mit ihrer Tochter gehabt hatte. Er musste versuchen, das Mädchen ausfindig zu machen, denn immerhin war es möglich, dass sie etwas wusste, das ihn in diesem Fall voranbringen konnte.

Am heutigen Montag stand eine weitere wichtige Vernehmung an, der Termin mit Sven Thiele, dem Sohn des Apothekers in Langenhagen. Margot Martinson hatte sich akribisch auf dieses Gespräch vorbereitet. Auch wenn sie skeptisch war, dass der Junge weiterhelfen konnte, war es zumindest einen Versuch wert. Trevisan glaubte, dass der Junge die Ermittlungen voranbringen konnte, doch was, wenn Margot recht behielt? Es ärgerte ihn, dass er keinen Schritt vorwärtskam. Nach der gestrigen Besprechung mit Hanna und Margot war er fast so weit gewesen, zu glauben, dass er den Fall niemals lösen würde.

In dem kleinen Ort waren insgesamt 237 Einwohner gemeldet, davon 34 mit Zweitwohnsitz. Das waren Leute, die sich ein Ferienhaus in der Seeblicksiedlung gekauft hatten und nur zeitweise, vor allem an den Wochenenden, ihre Zeit in Tennweide verbrachten. Von den restlichen 203 Personen war über die Hälfte weiblichen Geschlechts. Einhundert männliche Einwohner waren im Melderegister erfasst, fünfzig davon lagen altersmäßig außerhalb des Fahndungsrasters. Vierzehn Personen waren unter sechzehn Jahre alt und schieden ebenfalls altersbedingt aus, somit verblieben 36 Verdächtige. Trevisan war felsenfest davon überzeugt, dass die Mörder der beiden Radfahrerinnen aus diesem Ort stammten. Sie kannten die Umgebung, sie kannten diesen Grillplatz am Bannsee und sie kannten sich gut in den örtlichen Gegebenheiten aus. Das Kettchen und dieser verdammte Rucksack, wie passten diese beiden Dinge zusammen?

Irgendwie fügten sich die Mosaikstücke noch nicht zusammen, es blieben Lücken und Ungereimtheiten. Trevisan fühlte sich, als stünde er vor einer unüberwindbaren Mauer. Zwei Asse hatte er in seinem Ärmel, eines war das anstehende Gespräch mit Sven Thiele, doch was konnte ein geistig zurückgebliebener und traumatisierter Junge noch von damals in Erinnerung behalten haben? Blieb noch die DNA-Reihenuntersuchung. Wenn beide Maßnahmen keinen Erfolg brachten, dann hatte er all seine Trümpfe verspielt. Trevisan warf einen Blick auf die Uhr, es war kurz nach neun und weder Hanna noch Lisa waren bislang im Büro eingetroffen. Er vertiefte sich wieder in seine Akten, bis er draußen auf dem Gang Schritte hörte. Er erhob sich und öffnete die Tür. Lisa ging an ihm vorüber. Sie trug eine Jeans, eine braune Wildlederjacke und hatte ihre Haare schwarz gefärbt.

»Ah, neues Outfit«, sagte Trevisan.

Lisa blieb stehen. »Gefällt es dir?«

»Du kommst spät«, antwortete er.

»Wieso interessiert dich das?«

Trevisan zog die Stirne kraus. »Wie meinst du das? Wir stecken mitten in Ermittlungen und ich brauche …«

»Ich habe nicht den Eindruck, dass du mich brauchst.«

Trevisan verstand die Welt nicht mehr. Entgeistert schaute er sie an. »Ich dachte, du interessierst dich für den Fall! Oder ist es dir inzwischen egal geworden, wer die beiden Mädchen umgebracht hat?!«

»Ich dachte, du arbeitest lieber mit Hanna zusammen und ich störe euch nur.«

»Was ist bloß in dich gefahren?«, fuhr Trevisan seine junge Kollegin an.

»Ich weiß doch, was hier läuft. Was war gestern?! Ihr habt euch alle hier versammelt, aber mich braucht man da wohl nicht.«

Trevisan atmete tief ein.

Lisas Verbitterung stand ihr ins Gesicht geschrieben. »Als du hier ankamst, da dachte ich … Na ja, ich meinte, ich fühlte mich akzeptiert und ernst genommen. Ich weiß, ich bin … Ich habe … Ich war eben noch nie draußen, ich habe noch nie echte Polizeiarbeit … Aber ich kann es lernen und man kann sich auf mich verlassen, ich dachte das wüsstest du.«

Trevisan ging einen Schritt auf sie zu, legte den Arm um ihre Schultern und zog sie an sich. »Lisa, verzeih mir. Es war nicht böse gemeint. Ich weiß, dass ich mich hundertprozentig auf dich verlassen kann und ich habe die Datenblätter gesehen, die an der Pinnwand hängen. Du hast dir sehr viel Mühe gegeben. Ich wollte dir gestern eine Pause gönnen, schließlich wäre dies das zweite Wochenende gewesen, an dem du arbeitest. Und das kann ich nicht von dir verlangen.«

Lisas Gegenwehr erlahmte, sie hob den Kopf und sah zu Trevisan auf. »Stimmt das wirklich?«

Trevisan nickte.

»Na, ihr Turteltäubchen, ich störe wohl?«, ertönte Hannas Stimme hinter Trevisans Rücken.

Langsam ließ er Lisa los, ein klein wenig verlegen wandte er sich um. »Du … du kommst spät.«

»Max ist krank«, antwortete Hanna. »Ich musste erst seine Betreuung organisieren.«

»Schlimm?«

»Er hat sich gestern beim Fußball verletzt, die Bänder«, antwortete Hanna. »Sein Onkel kümmert sich um ihn.«

»Gut«, sagte Trevisan. »Dann machen wir uns an die Arbeit. Ich werde mich um elf Uhr mit Monika treffen und dann nach Langenhagen fahren. Während ich weg bin, ladet ihr bitte diesen Kevin und die anderen Jungs für morgen zur Vernehmung vor. Ich will, dass wir ein klein wenig Druck auf sie ausüben. Und für dich, Lisa, habe ich einen Spezialauftrag.« Trevisan verschwand kurz in seinem Büro und tauchte mit einer Liste wieder auf. »Darauf stehen 36 Namen. Ich möchte, dass du alles über diese Leute herausfindest, was unsere Computer hergeben.«

»Was sind das für Namen?«, fragte Hanna.

»Die männlichen Einwohner von Tennweide, die in das Täterprofil passen«, antwortete Trevisan.

Lisa griff nach dem Papier. »Ist schon so gut wie erledigt.«

*

Trevisan fuhr kurz vor halb zwei mit dem Dienstwagen am *Maritim*-Hotel vor, um Margot Martinson abzuholen. Er nahm in der Lobby gegenüber dem Eingang Platz und musste beinahe zwanzig Minuten warten, bis sie schwer atmend das Hotel durch die Glasschiebetüren betrat und ihn schuldbewusst ansah.

»Entschuldige, aber ich habe mich wirklich beeilt!« Sie trug eine Plastiktüte in der Hand und ließ sich erst einmal neben ihm in den Sessel fallen.

»Wir haben einen wichtigen Termin, ich dachte, das wäre klar«, antwortete Trevisan säuerlich. »Ich dachte natürlich nicht, dass du noch einkaufen gehst.«

»Ein paar wichtige Dinge.« Sie reichte Trevisan die Tüte. Er schaute hinein und fand dort neben Süßigkeiten und ein paar Schmucksteinen zwei kleine Spielzeugautos, einen Polizeiwagen und ein Feuerwehrauto.

»Hat jemand Geburtstag?«, fragte Trevisan verwirrt.

Margot lächelte und nahm die Tüte wieder an sich. »Mit Speck fängt man Mäuse«, antwortete sie. »Warte hier, ich hole die Unterlagen.«

Trevisan warf einen besorgten Blick auf die Armbanduhr.

»Ach so, ja: Ich habe mit Frau Sonntag, Svens Betreuerin, telefoniert«, erklärte Margot. »Der Termin verschiebt sich um eine halbe Stunde, außerdem hatte ich noch ein paar Fragen.« Sie hob die Plastiktüte in die Höhe.

Jetzt verstand Trevisan, die Dinge darin waren für Sven. Er atmete auf. »Ich dachte, dass du all deine psychologische Erfahrung einsetzt, aber das ist doch pure Bestechung.«

»Das gehört in diesem Fall ebenfalls zur Psychologie, oder hast du noch nie vom Belohnungsprinzip gehört?«, scherzte Margot. »Der Junge hat den Intellekt eines Sechsjährigen und da funktioniert dieses Prinzip ausgezeichnet.«

Margot verschwand in einem der Fahrstühle und tauchte kaum fünf Minuten später mit einer großen Aktentasche wieder auf.

»Verfahr dich nicht!«, spottete sie, als Trevisan den Wagen startete und über die Brühlstraße in Richtung Langenhagen fuhr.

Er brauchte genau dreiundzwanzig Minuten, bis er den Wagen auf dem Parkplatz an der Walsroder Straße im Schatten hoher Bäume parkte. Das Klinikum Langenhagen lag im Stadtpark und war eingebettet in Wiesen und ein Wäldchen. Trevisan dachte an den Besuch der Klinik damals in Oldenburg, als er nach dem Wangerlandmörder gefahndet hatte – irgendwie ähnelten sich diese modernen, mehrstöckigen Betonbauten mit den bunten Fenstern alle und er war froh, dass sich Paulas Gruppe auf einem alten Bauernhof einquartiert hatte. Dort hatte er nicht dieses beengende Gefühl, das ihn befiel, wenn er dieses Gebäude betrat.

Über lange, neonlichtdurchflutete Gänge erreichten sie die Station 7, in der Sven Thiele betreut wurde. Die Zugangstür war verschlossen und Margot drückte auf die Klingel.

»Du fühlst dich hier nicht besonders wohl, sehe ich dir an«, sagte sie zu Trevisan, der still auf die Tür starrte.

»Das ist nicht meine Welt«, antwortete er, schwieg aber dann, weil ein Pfleger in weißer Kleidung die Tür öffnete.

Margot stellte sich und Trevisan vor und erklärte dem jungen Mann, dass sie einen Termin mit Dr. Schaffrath hätten.

»Ach ja, es geht um Sven«, antwortete der Pfleger. »Ich weiß Bescheid, Herr Thiele ist ebenfalls schon hier.«

Er führte die beiden direkt in das Ärztezimmer, wo Dr. Schaffrath zusammen mit Herrn Thiele und Svens Betreuerin um einen runden Tisch saßen.

»Das ist Frau Martinson, eine Polizeipsychologin aus Hamburg«, stellte er Margot vor.

»Wir haben bereits telefoniert«, antwortete die Ärztin und deutete auf zwei freie Stühle am Tisch. »Ich will Ihnen zunächst die Spielregeln erklären, denn Sven ist in unserer Obhut und wir wollen nicht, dass er durch diese Befragung wieder zurückgeworfen wird. Er ist sehr sensibel und leidet noch immer unter diesem damals durch seine Verhaftung verursachten Trauma.«

Trevisan hörte den deutlichen Vorwurf an seine Adresse.

»Ich halte es für das Beste, wenn Sie, Herr Thiele, Sven kurz besuchen und ihn auf das Gespräch vorbereiten«, schlug die Ärztin vor. »Er hat dann eine zweite Vertrauensperson an der Seite, die ihm das Gefühl der Sicherheit gibt. Sie, Herr Trevisan, sollten bei der Befragung draußen warten und es Ihrer Kollegin überlassen. Es könnte sonst passieren, dass er sich in sein Schneckenhaus verkriecht und abblockt. Nachdem Sie, Herr Thiele, Frau Martinson als eine Bekannte eingeführt haben, können Sie ebenfalls den Raum verlassen. Es ist das Beste, wenn Frau Sonntag und Frau Martinson alleine anwesend sind. Das nimmt den Druck von ihm, denn er ist in erster Linie die Anwesenheit weiblicher Betreuer gewohnt. Selbst wenn unser Hans, den er nun schon vom ersten Tag an kennt, sein Zimmer betritt, schaltet er eine Stufe zurück. Das ist eben so, er ist nun mal in erster Linie auf weibliche

Gesellschaft fixiert. Die Befragung sollte spielerisch ablaufen. Er ist nicht stressresistent und wenn zu viel Druck auf ihn ausgeübt wird, dann kann es vorkommen, dass er einfach aufsteht und sich weiteren Dingen verschließt.«

»Ich mache das nicht zum ersten Mal, Frau Kollegin«, antwortete Margot Martinson. »Wir werden uns an Ihre Spielregeln halten.«

»Gut, dann wäre das geklärt«, antwortete Dr. Schaffrath. »Er ist in seinem Zimmer.«

Sie erhoben sich von ihren Plätzen und verließen das Ärztezimmer, in dem Dr. Schaffrath alleine zurückblieb. Heide Sonntag, Svens Betreuerin, führte sie den Gang hinunter, an dem bunte Malereien der Patienten an den Wänden hingen. An einem Bild blieb Trevisan stehen. Es zeigte einen Wald und zwei Figuren, einfache Strichmännchen, wobei eines durch einen angedeuteten Rock als Mädchen zu erkennen war.

»Das ist von Sven«, sagte Trevisan.

»Richtig«, bestätigte Heide Sonntag. »Er zeichnet viel, das macht ihm Spaß.«

»Hat er denn, seit der hier ist, irgendwann einmal über die Sache gesprochen?«

Heide Sonntag schüttelte den Kopf. »Ich glaube, er hat diesen Abschnitt komplett ausgeblendet.«

»Kann ich seine Zeichnungen sehen?«

Heide Sonntag warf Herrn Thiele einen fragenden Blick zu. Dieser nickte kurz.

»Ich bringe sie Ihnen, Sie können im Besucherzimmer warten.«

Trevisan wurde in ein helles Zimmer mit typischen Wartezimmerstühlen geführt, wo er sich niederließ. Margot nahm ebenfalls erst einmal Platz.

»So habe ich mir diese Befragung nicht vorgestellt«, sagte Trevisan zähneknirschend.

»Es ist ihre Abteilung und es sind ihre Spielregeln«, antwortete die Psychologin. »Ich kann das verstehen. Die Psyche ist ein schwieriges Arbeitsfeld und er scheint sich hier akklimatisiert zu haben. Sie wollen nicht, dass wir da reinstürmen, ein Schlachtfeld hinterlassen und dann einfach wieder abziehen. Das würde dem Jungen jegliche Sicherheit nehmen und wäre therapeutisch ein Supergau. Du kannst mir vertrauen. Ich weiß, weshalb wir hier sind, und ich hoffe, einen Zugang zu dem Jungen zu finden. Dann wird er mir schon erzählen, was er weiß.«

Heide Sonntag kehrte zurück und trug eine Mappe mit allerlei Zeichnungen bei sich. »Damit können Sie sich die Zeit vertreiben«, sagte sie. »Das sind weit über hundert Bilder. Wenn Sie einen Kaffee wollen oder sonst etwas, wenden Sie sich an Hans, unseren Pfleger. Übrigens sind auch zwei Ihrer Kollegen unten im Foyer, Sie sind ihnen sicher begegnet.«

»Danke«, antwortete Trevisan. »Ich hätte da noch eine Frage. Sven hatte damals in Tennweide eine, sagen wir: eine Betreuerin, namens Sarah. Hat sich dieses Mädchen mal hier bei ihm gemeldet?«

Heide Sonntag schüttelte den Kopf. »Er spricht auch heute noch oft von ihr. Aber nein, nicht, dass ich wüsste – sie hat sich nicht gemeldet und anfänglich litt Sven auch sehr darunter.«

»Ich danke Ihnen.«

»Frau Martinson, dann schauen wir mal … Er ist heute gut drauf, das erleichtert so manches.«

»Nennen Sie mich Margot«, entgegnete Margot Martinson und folgte der Betreuerin.

*

»Wo ist Trevisan?«, fragte Kriminaloberrat Engel.

Hanna erschrak, sie hatte nicht gehört, wie ihr Abteilungsleiter das Konferenzzimmer betreten hatte.

»In Langenhagen«, antwortete sie. »Vernehmung des Apothekersohnes.«

Engel zog einen Stuhl heran und setzte sich. »Ich müsste dringend mit ihm sprechen, wann kommt er denn wieder?«

»Das kann dauern.«

»Es ist sehr wichtig.«

»Da kann man nichts machen.«

Engel druckste ein wenig herum.

»Was liegt denn an?«, fragte Hanna und legte ihren Kugelschreiber zur Seite.

»Es ist … Es liegt eine Beschwerde gegen diese Abteilung beim Präsidenten vor.«

»Eine Beschwerde?«, wiederholte Hanna. »Wer beschwert sich denn und weswegen?«

»Es geht um diese Jungs, die er verdächtigt. Der Gemeindevorstand aus Tennweide hat sich über einen Anwalt schriftlich darüber beklagt, dass sein unschuldiger Sohn vom LKA verfolgt wird und zu einer Vernehmung vorgeladen wurde. Der Anwalt droht mit einer Klage wegen Verfolgung Unschuldiger und will die Presse einschalten. Wissen Sie etwas davon?«

Hanna nickte. »Lisa und ich haben die Vorladung heute Mittag zugestellt, aber er ist als Zeuge vorgeladen, nicht als Beschuldigter.«

»Wir können uns in dieser Sache keine weiteren Fehler mehr erlauben«, antwortete der Kriminaloberrat. »Schon damals, als die Soko diesen behinderten Jungen verhaftete, gab es einen Aufruhr in der Bevölkerung. Ich schlage vor, dass Sie die Vorladungen zurücknehmen und auf das Ergebnis der DNA-Überprüfung warten. Wir setzen uns sonst in die Nesseln und die Presse wartet nur auf Schlagzeilen. Das ist sehr, sehr heikel, finde ich.«

»Es kann Wochen dauern, bis wir ein positives Ergebnis vorliegen haben«, wandte Hanna ein.

»Der Anwalt schreibt, dass die Jugendlichen an dem Testverfahren teilgenommen haben und ihre Vernehmung als Zeugen aus diesem Grund zum jetzigen Zeitpunkt rechtlich bedenklich sind. Sollten sie mit der Tat etwas zu tun haben, dann würden sie durch den genetischen Fingerabdruck überführt, aber solange kein Ergebnis vorliegt, werden sie der Vorladung nicht Folge leisten.«

»Sollen wir uns in den Sesseln zurücklegen und Däumchen drehen?«, fragte Hanna schnippisch.

»Der Fall liegt über drei Jahre zurück, da kommt es auf ein paar Wochen nicht an«, entgegnete Engel. »Ich möchte, nein, ich ordne an, dass Sie sich erst einmal zurückhalten. Wir können uns keinen Skandal leisten, verstehen Sie.«

»Ich werde Ihre Bitte an Trevisan weiterleiten, sobald er wieder hier ist.«

»Das war keine Bitte, dass war eine dienstliche Anordnung und daran haben Sie sich zu halten. Schließlich trage ich die Verantwortung in dieser Abteilung. Habe ich mich klar ausgedrückt?«

Hanna nickte.

Engel erhob sich und schoss aus dem Konferenzzimmer. An der Tür wäre er beinahe mit Lisa zusammengestoßen, die gerade eintreten wollte.

»Halten Sie sich an meine Anweisungen«, blaffte Engel noch einmal, ehe er den Flur entlangstürmte und um die Ecke verschwand.

»Was hat der denn?«, fragte Lisa entgeistert.

»Kalte Füße«, antwortete Hanna.

35

»Teufelchen war ganz schön angefressen«, brummelte Lisa und ließ sich vor dem Computer nieder. »Was meinst du mit kalten Füßen?«

Hanna winkte ab. »Er macht sich in die Hosen, weil sich die Väter der Jungs über einen Anwalt beim Präsidenten beschwert haben. Wir würden Unschuldige verfolgen, meinen sie. Und jetzt hat unser Teufelchen eine Heidenangst, dass er wegen uns in gefährliches Fahrwasser gerät. Schließlich steht bald eine Beförderung an und da will er nicht negativ auffallen.«

Lisa rief das Internetportal auf und wählte eine Übersicht von Hotels und Pensionen im Allgäu aus.

»Und was machst du, wenn ich fragen darf?«, fragte Hanna.

»Ich recherchiere«, antwortete Lisa kurz angebunden. Sie starrte auf den Bildschirm.

»Ich bin noch einmal die Mitteilungen durchgegangen, die nach unserem Presseaufruf eingegangen sind«, berichtete Hanna. »Die meisten können wir vergessen, aber ich habe noch die Meldung eines Tankstellenbetreibers in Neustadt gefunden, der ich zunächst keine Bedeutung beigemessen hatte. Vielleicht eine vage Spur.«

»Über was habt ihr eigentlich gestern gesprochen? Ich war ja nicht eingeladen.«

Der bissige Unterton in Lisas Stimme ließ Hanna aufhorchen. »Ist dir eine Laus über die Leber gelaufen oder bist du mit dem falschen Fuß aufgestanden?«

Lisa wandte sich zu Hanna um. »Was läuft da zwischen dir und Trevisan?«

»Was … Wie … kommst du … Ich meine …«

»Glaubst du, ich bin blöde?«, setzte Lisa nach. »Ich sehe doch, welche Blicke ihr euch zuwerft. Und außerdem habe ich den Eindruck, dass ihr anders miteinander umgeht, wenn ich in der Nähe bin. Gestern habt ihr es noch nicht einmal für notwendig gehalten, mich über euer Treffen zu informieren. Ich dachte, wir sind ein Team, aber da liege ich wohl falsch.«

»Bist du vielleicht eifersüchtig?«

»Blödsinn, aber ich kann es verdammt nicht leiden, wenn man mich wie das fünfte Rad am Wagen behandelt. Ich dachte, dass wir mehr sind als Arbeitskolleginnen.«

Hanna räusperte sich. »Das war ein ganz spontanes Treffen hier. Wir hatten uns am Samstag zum Essen verabredet und Trevisan hat mir Margot vorgestellt. Er hatte mit ihr vor Jahren zu tun, als sie den Wangerlandmörder überführten. Es lag keinesfalls in unserer Absicht, dich irgendwo auszugrenzen, glaub mir. Das war einfach nur … Niemand hat darüber nachgedacht und Trevisan meinte, man sollte dir ein halbwegs freies Wochenende gönnen.«

»Hast du dich mit ihm abgesprochen?«

Hanna erhob sich, umrundete den Tisch und setzte sich bei Lisa auf die Schreibtischkante. »Ehrlich, ich … das heißt: wir … wollten dich nicht kränken. Du gehörst zum Team genauso wie Trevisan oder ich.«

Lisa lehnte sich im Stuhl zurück und schaute Hanna ins Gesicht. »Er gefällt dir.«

Hanna lächelte. »Er ist wie ein einsamer Wolf«, antwortete sie verträumt. »Er liebt seine Tochter und er träumt von einer Familie und einem funktionierenden Familienleben.«

Lisa lächelte. »Du bist in ihn verknallt, dacht ich mir es doch.«

Hanna nickte. »Ich weiß nicht … Mehr als alles andere liebt er seine Tochter, aber ich glaube er … er wäre schon der Richtige. Er hatte eine Wochenendbeziehung, aber das ging in die Brüche.«

»Du bist solo, er ist solo, was soll's – einen Versuch ist es doch wert, oder?«

»Ich weiß es noch nicht, ich bin mir nicht sicher. Er ist zärtlich und er hört einem zu, man hat das Gefühl … Aber ich habe einen Sohn und ich weiß nicht … Wir werden sehen. Aber bitte, zu niemandem ein Wort.«

»Ich schweige wie ein Grab.«

Hanna erhob sich und ging zurück zu ihrem Platz. Für einen Augenblick dachte sie an Trevisan, ehe sie sich wieder ihrer Arbeit widmete.

»Dann sag mir mal, was du herausgefunden hast«, sagte Lisa.

»Was ... wie...?«

»Na, die Meldung, der Hinweis!«

Hanna kramte in dem Papierstapel, der vor ihr lag. »Ach ja, stimmt, wo hab ich ihn denn?«

»Nun mach schon!«

Hanna zog das Fax hervor. »Der Tankwart einer Tankstelle in Neustadt hat am Tag, als die Mädchen verschwanden, einen dunklen PKW beobachtet, der dann in Richtung Tennweide weiterfuhr. Drei junge Männer saßen darin und der Wagen stammte nicht aus der Gegend. Einer der Männer trug eine rote Baseballmütze und kam ihm irgendwie bekannt vor. Das war so gegen neun Uhr in der Frühe. Er erinnert sich, weil sie noch einen Kasten Bier kauften, und das am frühen Morgen.«

»Und weiter?«

»Nichts weiter.«

»Das ist nicht besonders viel.«

»Hast du etwa mehr?«

Lisa nickte triumphierend. »Sarah Meierling arbeitet im *Ferienhof Winter* in Waltenhofen und sie wohnt dort auch.«

Hanna war baff. »Wie hast du das herausgefunden?«

»Ich habe ein klein wenig gegoogelt und telefoniert«, antwortete Lisa mit einem breiten Grinsen im Gesicht.

*

Geschlagene fünfeinhalb Stunden musste Trevisan in dem kleinen Wartezimmer auf der Station 7 ausharren, bis Margot zusammen mit Heide Sonntag wieder auftauchte.

Rudolf Thiele hatte bereits vor Stunden die Klinik verlassen. Zwischendurch hatte sich Trevisan für eine halbe

Stunde in die Cafeteria gesetzt. Unterwegs war er auf die beiden Kollegen der Fahndung getroffen, die den Eingangsbereich im Auge behielten und Trevisan versicherten, dass sich in den letzen Tagen nichts Ungewöhnliches ereignet hatte. Nach einem Kaffee und einem Stück Apfelkuchen, das sehr nach Industrieware schmeckte, ging er wieder nach oben, wo er sich weiter den Zeichnungen des Apothekersohns widmete. Vierzehn davon zeigten die typischen Waldszenen, wie auch schon die Bilder in seinem Zimmer. Immer waren zwei Strichmännchen, ein Junge und ein Mädchen, darauf zu sehen. Doch nur auf drei dieser Zeichnungen fand Trevisan den Teufel mit der Warze auf der Wange wieder. Er sortierte die Bilder aus, um sie später Margot zu zeigen.

Ein kleines Radio in der Ecke bot die einzige Unterhaltung, ansonsten blieb ihm nichts weiter übrig, als sich in Geduld zu üben. Als er beinahe am Eindämmern war, hörte er Schritte im Flur.

»Jetzt hast du aber lange warten müssen ... Wir brauchten erst eine Weile, bis wir einen Zugang fanden«, sagte Margot.

Trevisan zeigte die Zeichnungen und erklärte, was er darauf entdeckt hatte. Margot warf einen kurzen Blick darauf und nickte, dann legte sie die Bilder wieder auf den Tisch zurück.

»Sollten wir sie nicht mitnehmen?«, fragte er verwirrt.

»Ich glaube nicht, denn die Bilder haben nicht viel mit dem Verschwinden der Mädchen zu tun.«

»Und was hast du erfahren?«

»Das gehen wir am besten auf der Dienststelle durch, morgen. Du darfst nicht vergessen, dass dies keine normale Unterhaltung war. Keine Vernehmung, wie du sie kennst, wo du klare, präzise Fragen stellst und konkrete Antworten darauf bekommst. Es waren mehr Floskeln, Verklausulierungen, aber eines ist klar: Dieser Junge hat mit dem Verschwinden der Mädchen nichts zu tun.«

Trevisan seufzte. »Das wussten wir bereits! Was hast du erfahren?«

Margot hob abwehrend die Hände. »Ich brauche noch eine Weile, um die Antworten genau zu analysieren. Der Junge hat autistische Züge, das ist gar nicht so einfach. Erst einmal kann ich nichts dazu sagen.«

Sie verabschiedeten sich bei Heide Sonntag und der Ärztin und bedankten sich für die Mithilfe. Unterwegs versuchte Trevisan mehrmals, etwas über die Unterhaltung mit Sven zu erfahren, doch Margot wehrte ab.

»Du bist ja schlimmer als meine Beschuldigten«, gab Trevisan sein Bemühen auf.

»Verstehe mich doch, ich muss mir über manche Dinge erst klar werden, da brauche ich etwas Ruhe und muss noch einmal die bekannten Fakten durchgehen. Weißt du, das ist sehr kompliziert, wenn jemand in Bildern zu dir spricht. Manches kann da falsch gedeutet werden und deswegen brauche ich noch etwas Zeit. Ich melde mich, wenn ich so weit bin.«

*

Trevisan lieferte Margot wie gewünscht am *Maritim*-Hotel ab und wartete, bis sie ausgestiegen war. Ehe sie die Tür zuschlug, beugte sich Trevisan auf den Beifahrersitz. »Und du kannst wirklich überhaupt noch nichts sagen?«

Margot schüttelte den Kopf. »Ich bin mir noch nicht ganz im Klaren, aber zumindest steht für mich fest, dass er die Halskette des Mädchens nicht im Wald gefunden hat. So wie er sich ausdrückte, war sie plötzlich da, wie hergezaubert lag sie in seiner Hand und glitzerte.«

»Wieso hat er die Kollegen dann in den Wald geführt«, fragte Trevisan, »so wie es in den Akten steht?«

Margot winkte ab. »Deine Kollegen haben ihn offenbar aufgefordert, ihnen die Stelle zu zeigen, wo er die Kette fand. Sie selbst hatten den Wald ins Spiel gebracht und setzten ihn unter Druck. Sven schaltet in so einem Moment ab. Seine Reaktionen sind unterschiedlich. Entweder er stellt auf stur und sagt überhaupt nichts mehr oder er wird zum Werkzeug – er tut, was man von ihm will. Und ich nehme an, das war damals sein Reaktionsmuster. Deine Kollegen haben unaufhörlich von dem Wald und von dem Kettchen gesprochen, also führte er sie einfach dorthin, wobei ich bezweifle, dass er auf diesem Weg der wahre Führer war. Er tat einfach das, was sie von ihm erwarteten.«

Trevisan zog die Stirn kraus. »Das heißt, seine Aussage in dieser Sache wurde erzwungen?«

»So könnte man sagen. Ich hoffe, du verstehst nun, warum ich die Aufzeichnungen des Gesprächs noch einmal genau durchgehen will, ehe ich mich dazu äußere. Und ich denke, genau deshalb hast du mich geholt. Du willst eine klare Analyse und dafür brauche ich eben noch Zeit.«

»Ich verstehe«, entgegnete Trevisan. »Gibt es wenigstens so etwas wie eine Tendenz?«

»Warte bis morgen.« Margot wandte sich zum Gehen. Kurz hielt sie inne. »Nur so viel: Ich würde nicht weiter auf deine Theorie bauen, dass Sven den Täter kennt. Der Teufel oder Schatten, wie es Sven formulierte, ist keiner deiner Hauptverdächtigen, eher, wie ich schon vermutete, ein situationsbezogenes Sinnbild für seine Ängste.«

Trevisan bedankte sich und winkte ihr zu, nachdem sie die Tür zugeschlagen hatte. Als Margot im Hotelportal verschwunden war, legte er den Gang ein und fuhr weiter. Es war kurz vor sieben Uhr. Er griff zu seinem Mobiltelefon, das er vor dem Betreten der Klinik ausgeschaltet hatte, aktivierte es wieder und rief auf der Dienststelle an. Eigentlich wollte er sich nur vergewissern, dass Hanna und Lisa bereits gegangen waren, aber wider Erwarten nahm Hanna ab.

»Ihr seid noch im Büro?«, fragte Trevisan überrascht.

»Ja, wir sind da auf etwas gestoßen, es ist besser, wenn du kommst«, antwortete seine Kollegin.

Trevisan beschleunigte und fuhr zügig in die Schützenstraße. Den Wagen stellte er im Hof ab, mit dem Fahrstuhl fuhr er in den dritten Stock. Im Treppenhaus traf er auf Engel.

»Ah, da sind Sie ja, Trevisan, haben Ihre Sie Mitarbeiter informiert? Es liegt eine Beschwerde gegen unsere Abteilung vor.«

Trevisan schüttelte den Kopf. »Ich komme gerade aus Langenhagen, es war ein langer Tag.«

»Trotzdem müssen wir darüber reden.«

Zähneknirschend folgte ihm Trevisan ins Büro. Engel stimmte das Klagelied des verantwortungsbewussten Vorgesetzten an, der sich und natürlich auch seine Mitarbeiter vor Repressalien schützen musste. Er lobte Trevisans Arbeit mit einer Floskel, doch dann begann er seine Kritikpunkte Stück um Stück zu erläutern. Trevisan hörte mit einem Ohr zu und überlegte, wie viele solcher Gespräche er in seiner Laufbahn schon über sich hatte ergehen lassen müssen. Sie endeten immer damit, dass der Vorgesetzte klar formulierte, was er für die Zukunft von seinem Mitarbeiter erwartete.

»... davon gehe ich aus. Und künftig erwarte ich, dass Sie solcherlei Maßnahmen mit mir absprechen, ich trage schließlich die Verantwortung.«

»... und ich mache die Arbeit«, murmelte Trevisan.

»Bitte?«, fragte Engel irritiert.

»Nichts, es ist alles klar«, antwortete Trevisan. »Es war nur ein sehr langer Tag. Also, wenn nichts mehr ist ...?«

»Ich hoffe, Sie haben mich verstanden«, entgegnete Engel großherzig, ehe er seinen Mitarbeiter in den Feierabend entließ.

Trevisan benutzte die Treppe, um in den dritten Stock zu gelangen. Schnurstracks ging er auf sein Büro zu, als er Stimmen aus dem Konferenzraum hörte. Er wandte sich um und öffnete die Tür.

Hanna und Lisa saßen am Tisch.

»Da bist du ja endlich«, sagte Hanna. »Ich dachte schon, du kommst gar nicht mehr.«

»Entschuldigt, ich hätte auch nicht gedacht, dass Svens Vernehmung so lange dauert.«

Lisa erhob sich. »Es gibt Neuigkeiten ...«

»Ich weiß, Engel hat mir schon von der Beschwerde berichtet.«

»Ach, die Beschwerde, vergiss sie«, entgegnete Hanna.

»Darum geht es nicht. Unten sitzt ein gewisser Oberkommissar Klein, der unbedingt mit dir sprechen will.«

»Habt ihr seinem Sohn die schriftliche Vorladung zugestellt?«, fragte Trevisan.

»Gleich heute Mittag.«

»Dann hättet ihr ihn heimschicken können, er will sich bestimmt auch beschweren.«

»Das glaube ich nicht«, antwortete Lisa. »Er ist hier, um mit dir zu sprechen. Und zwar nur mit dir.«

»Und er hat irgendetwas von ›reinen Tisch machen‹ gefaselt«, fügte Hanna hinzu.

Trevisan ließ sich auf einem Stuhl nieder. Er warf einen Blick auf die Uhr über dem Computertisch. Es war kurz vor acht und Trevisans Müdigkeit war wie weggewischt.

36

»Ich wäre euch dankbar, wenn ihr bleiben würdet«, sagte Trevisan und rieb sich die überanstrengten Augen. »Ich nehme ihn mit ins Vernehmungszimmer, ihr könnt ja durch den Spiegel …«

Lisa warf einen besorgten Blick auf die Uhr. »Ich hatte meinen Friseurtermin schon mal verschoben …«

»Ich bleibe auf jeden Fall«, sagte Hanna. »Schließlich will ich wissen, was Klein zu sagen hat.«

Lisa atmete tief ein und kramte ihr Handy aus der Tasche. »Ich verschiebe den Termin. Hat ja noch Zeit.«

»Danke!«, antwortete Trevisan und öffnete die Tür. »Dann hören wir uns mal an, was der Oberkommissar zu sagen hat.«

Mit dem Fahrstuhl fuhr er ins Erdgeschoss. Unterwegs bereitete er sich schon einmal mental auf einen bevorstehenden Konflikt mit Klein vor. Nach seinem Besuch in der Polizeistation und dem Treffen beim Gentest ahnte er nichts Gutes. Klein konnte sehr unbequem werden. Dennoch war Trevisan entschlossen, diesem Kollegen, der sich in seinem Zuständigkeitsbereich wie ein Gutsherr aufführte, die Stirn zu bieten, auch wenn er sich im Augenblick ausgelaugt und kraftlos fühlte. Als er die Tür zur Sicherheitsschleuse öffnete und den Vorraum betrat, in dem die Besucher warten konnten, bis sie abgeholt wurden, stellte er sich auf ein Streitgespräch ein, doch Klein saß ruhig und in sich zusammengesunken auf der Bank und starrte abwesend auf den Boden. Er trug eine Jeans, ein weißes T-Shirt und darüber eine beige Jacke. Seine Uniform hing wohl zu Hause im Schrank. Nur kurz blickte er auf.

»Entschuldigen Sie, ich hatte noch zu tun«, grüßte Trevisan. »Sie wollen mit mir reden.«

Klein nickte.

»Dann kommen Sie mal mit.«

Trevisan gab dem Wachhabenden hinter der Glasscheibe

ein Zeichen und dieser öffnete die Sicherheitstür. Klein trug einen Besucherausweis. Trevisan wunderte sich, denn hätte Klein sich mit seinem Dienstausweis ausgewiesen, wäre ein Besucherausweis nicht erforderlich gewesen.

Er führte Klein zum Fahrstuhl und war erstaunt über den wortkargen und in sich gekehrten Kollegen, den er auf ganz andere Weise kennengelernt hatte.

Ruhig folgte Klein ihm in das Vernehmungszimmer und erst als er sich auf den Stuhl niedergelassen hatte, warf er ihm einen scheuen Blick zu. »Ich muss mit Ihnen reden«, sagte er.

»Zuvor muss ich Ihnen aber noch etwas erklären«, eröffnete Trevisan das Gespräch. »Es muss Ihnen klar sein, dass wir Ermittlungen führen und dass Ihr Sohn Bestandteil dieser Nachforschungen ist. Das ist keine Schikane, wir tun nur unsere Arbeit und das versuchen wir gewissenhaft und ohne Ansehen der Person ...«

Klein hob abwehrend die Hände. »Ich weiß.«

Trevisan wies auf den langen Spiegel an der Wand. »Ich möchte Sie darauf hinweisen, dass sich Kollegen von mir hinter der Scheibe aufhalten und dieses Gespräch mitverfolgen.«

»Das ist mir klar, Trevisan«, antwortete Klein ruhig. »Ich bin hier, weil ich endlich einen Schlussstrich unter diese Sache machen muss. Seit drei Jahren kann ich nicht mehr richtig schlafen, seit dieser Zeit schleppe ich diese Schuld mit mir herum. Und immer wieder denke ich daran. Manchmal wache ich mitten in der Nacht schweißgebadet auf. Es muss endlich ein Ende haben.«

Trevisan blickte Klein erwartungsvoll an. »Also, weshalb sind Sie gekommen?«

»Ich habe einen großen Fehler gemacht«, fuhr Klein fort, »einen entsetzlichen Fehler, der nicht wiedergutzumachen ist. Aber ich spüre, dass es mich innerlich zerreißt. Vor Tagen, als dieser Journalist auftauchte und Fragen stellte, da war es plötzlich wieder so wie damals vor drei Jahren. Ich kann nicht mehr, ich bin am Ende. Haben Sie Kinder, Trevisan?«, fragte Klein und warf ihm einen beschwörenden Blick zu.

Trevisan nickte.

»Dann wissen Sie, wie es ist«, sagte Klein. »Man ist ständig nur in Sorge. Wenn sie klein sind und schreien, sorgt man sich um ihre Gesundheit, man fragte sich, ob sie vielleicht etwas Falsches gegessen haben oder krank sind, und man wartete sehnsüchtig darauf, dass sie endlich sprechen können. Und man hofft, dass die Sorgen weniger werden, aber je größer die Kinder werden, umso größer werden auch die Sorgen.«

»Erzählen Sie mir, was damals geschehen ist«, sagte Trevisan mit ruhiger Stimme.

»Kevins Mutter starb, als er sieben Jahre alt war. Es war ein Schlag für ihn und auch für mich, das können Sie mir glauben. Ich war für ihn Vater und Mutter zugleich und ich bemühte mich. Ich wollte, dass er nichts vermisst, dass er glücklich ist. Ich habe alles für ihn getan. Ich habe gearbeitet und mich um ihn gekümmert, manchmal bis zur Erschöpfung. Sie wissen, wie das ist. Kinder … Man tut alles für sie, man will, dass sie groß werden, dass ihnen nichts fehlt und dass gute Menschen aus ihnen werden. Ehrlich, Trevisan, Sie können es mir glauben.«

Trevisan richtete sich auf. »Der Junge ist Ihnen entglitten?«

»Es schien, als ob … Ich dachte … Ich dachte wirklich, wir wären auf einem guten Weg, aber dann kommt diese verfluchte Pubertät und die Kinder entfernen sich von ihren Eltern, sie tun immer das Gegenteil von dem, was gut für sie ist«, seufzte Klein. »Es war eine schlimme Zeit. Wir haben viel gestritten und er … Kevin … er war … Er hatte … Er hörte überhaupt nicht mehr. Mit seinen Freunden trieb er sich draußen herum, statt zu Hause zu lernen und sich etwas aufzubauen. Alkohol, viel Alkohol und sogar Drogen. Ich fand … in seiner Tasche … Er hatte Cannabis … Sie verstehen. Ich habe ihn zur Rede gestellt, es war ein furchtbarer Streit. Tagelang ist er nicht mehr nach Hause gekommen und hat sich irgendwo herumgetrieben. Und dann … es war der Tag, als die Mädchen verschwanden. Ich suchte nach ihm, er … er war abgehauen, einfach davongelaufen. Es war am

Vormittag, als ich ihn fand, da draußen, nicht weit vom Campingplatz entfernt. Er hat dort gezeltet. Er war alleine. Ich habe ihn zur Rede gestellt. Aber er hat … Er ließ nichts an sich heran, er wurde … er wurde … Er hob die Hand gegen mich … Trevisan … die Hand, gegen den eigenen Vater. Ich habe ihm eine Ohrfeige verpasst … Er … er ist … Er lief weg, in den Wald … Er hatte getrunken und wahrscheinlich sogar etwas geraucht. Er ist weggelaufen und hat mir gedroht … Er rief, dass ich schon sehen würde, was ich davon hätte, ich … Er würde nie mehr … nie mehr nach Hause kommen.«

Trevisan hörte aufmerksam zu. »Was haben Sie dann gemacht?«

»Ich bin ihm nachgelaufen, bis ich nicht mehr konnte, bis ich zusammensank. Und er lief immer weiter in den Wald.«

»Das war am Mittwoch, dem Tag, als die Mädchen verschwanden?«

Klein nickte. »Ja, es war dieser verfluchte Tag. Ich ging zurück zum Wagen. Ich hatte Spätdienst bis zehn Uhr. Kevin blieb verschwunden. Und dann kam diese Fahndungsmeldung nach den beiden Vermissten gegen Abend bei uns auf den Tisch. Tjaden hatte die Räder im Wald gefunden und auf dem Kommissariat in Neustadt angerufen und die haben mich informiert. Ich solle mir das ansehen. Zwei Mädchen, die mit Rädern unterwegs gewesen wären, wären nicht bei ihrer Pension angekommen und die Eltern hätten Vermisstenanzeige erstattet. Ich sollte überprüfen, ob es sich bei den beiden Rädern, die Tjaden fand, um die Räder der Mädchen handelt. Ich sage Ihnen, mir wurde heiß und kalt zugleich. Ich wusste sofort, dass etwas passiert war. Ich fuhr zu Tjaden, der mir beschrieb, wo ich die Räder finden würde. Aber zuerst fuhr ich an die Grillstelle im Wald, die lag nur einen knappen halben Kilometer von der Stelle entfernt, wo Tjaden die Räder fand. Als ich dort ankam, rauchte es noch in der Feuerstelle. Weit und breit war niemand zu sehen. Aber es lagen Bierflaschen herum, ein leerer Kasten stand vor dem Feuer. Ein Rucksack ebenfalls. Ich wusste nicht …

Ich hatte das Gefühl, dass ich keine Luft mehr bekam. Ich wusste sofort, dass die Mädchen ... und ich dachte ... Kevin. Er war nicht dort, niemand war mehr dort. Der Rucksack gehörte Melanie Reubold. Ein Namensschild befand sich an der Seite. Ich weiß nicht, was über mich kam, aber ich habe alles eingeladen und das Feuer gelöscht, erst danach bin ich zu den Rädern gefahren. Es waren die Räder der Mädchen. Ich verständigte die Dienststelle. Trevisan, Sie müssen mir glauben, ich wusste nicht, was ich tun sollte, schließlich ist Kevin mein Sohn, er ist alles, was mir geblieben ist ... Ich wollte ... Ich musste ihn doch schützen. Blut ist dicker als Wasser und ich wollte nicht, dass Kevin ins Gefängnis muss, als Mörder. Verstehen Sie das?«

»Was haben Sie mit dem Rucksack, dem Bierkasten und den Flaschen getan?«

»Ich überlegte... Ich wusste nicht ... Es kamen die Kollegen und eine Suchstaffel, wir suchten die ganze Nacht. Erst gegen vier in der Früh stellte der Einsatzleiter die Suche ein«, erzählte der Oberkommissar. »Ich war vollkommen durch den Wind. Kevin und auch die Mädchen blieben verschwunden. Ich überlegte hin und her. Schließlich kam ich auf die Idee, den Rucksack irgendwo an der Autobahn zu deponieren, damit der Verdacht ... Man sollte glauben, der Mörder wäre ein Durchreisender, verstehen Sie, Trevisan. Ich wollte nicht, dass man im Dorf ermittelt. Ich sah Kevin schon hinter Gittern und das musste ich doch verhindern.«

Trevisan runzelte die Stirn. »Wo sind der Kasten und die Flaschen jetzt?«

»Abgegeben«, antwortete Klein. »In einer Getränkehandlung in Neustadt, gleich am nächsten Tag. Ich dachte, wenn man den Rucksack findet, dann glaubt man, der Täter wäre nicht aus Tennweide. Aber dieser blöde Rucksack ... Er wurde erst Tage später gefunden, da hatte man den Sven schon verhaftet.«

»Und was war mit Ihrem Sohn?«, fragte Trevisan.

»Er tauchte zwei Tage später auf. Er entschuldigte sich

bei mir und ich stellte ihn zur Rede. Aber er schwor beim Grab seiner Mutter, dass er es nicht war. Er war im Kino, mit seinen Freunden, hat er erzählt, und ich habe Mirko und Sebastian sofort zur Rede gestellt. Ich habe mit jedem Einzelnen gesprochen, habe sie zu mir bestellt und ihnen die Pistole auf die Brust gesetzt, aber sie bestätigten, dass sie gemeinsam im Kino waren. Ich habe es sogar überprüft und es stellte sich heraus, dass sie tatsächlich dort waren. Mirko ist gefahren, sein Wagen war einem Bekannten aufgefallen, der ebenfalls im Kino gewesen ist. Ich glaubte ihnen, aber ich wusste nicht mehr, wo genau ich den Rucksack abgelegt hatte. Ich war in dieser Nacht vollkommen durch den Wind und bin einfach nur gefahren, so weit wie möglich. Ich habe Tage später nach dem Rucksack gesucht, aber ich habe ihn nicht mehr gefunden. Und dann war es zu spät.«

»Haben Sie etwas mit der Kette des Mädchens zu tun, haben Sie Sven diese Kette untergeschoben?«

Klein schüttelte vehement den Kopf. »Um Gottes willen, nein, wirklich nicht. Ich wollte, dass … Ich sagte schon, ich wollte den Verdacht von unserem Dorf ablenken, deswegen habe ich den Rucksack weit genug von Tennweide entfernt abgelegt. Ich weiß nicht, wie Sven zu der Kette kommt, vielleicht hat er sie gefunden. Er war oft mit Rosis Tochter im Wald.«

Trevisan seufzte. »Sie wissen, dass Sie sich mit dieser Aussage selbst belasten. Strafvereitelung im Amt ist kein einfaches Delikt und ein Dienstvergehen ist es allemal.«

»Ich weiß«, antwortete Klein. »Aber was glauben Sie, wessen DNA werden Sie am Rucksack finden?! Ich … Es ist besser so … Ich habe mir gut überlegt, ob ich … Aber es ist Zeit, reinen Tisch zu machen. Dittel hat mir vertraut, er war … Er hat sich auf mich verlassen, ihn konnte ich leicht in die Irre führen. Wir kannten uns, er war mein Lehrgangsleiter auf der Polizeischule.«

»Und Sie sind sicher, dass Kevin nichts mit dem Verschwinden der Mädchen zu tun hat?«

Klein nickte.

»Warum haben Sie dann nicht schon früher reinen Tisch gemacht?«

Klein legte die Hände übereinander und blickte auf den Boden. »Ich hänge an meiner Arbeit, ich habe nichts anderes gelernt.«

Trevisan erhob sich. »Warten Sie bitte hier.«

»Was geschieht jetzt?«, fragte Oberkommissar Klein.

»Ich muss meine Vorgesetzten informieren. Ich bin auf der Suche nach einem Mörder, der sich noch immer in der Umgebung aufhält, und ich habe vor, die Kerle zu kriegen«, antwortete Trevisan. »Für Dienstrecht und Dienstvergehen bin ich nicht zuständig.«

*

Trevisan hatte Engel zu Hause angerufen. Sollte der sich weiter um Klein kümmern, schließlich hatte Engel selbst gesagt, er wolle über alle wichtigen Neuigkeiten in dem Fall unterrichtet werden.

Klein hatte inzwischen wieder unten in der Sicherheitsschleuse Platz genommen und wartete dort, bis Engel sowie Kleins Revierführer eintrafen.

Trevisan saß am Konferenztisch und schaute wortlos auf die dampfende Tasse, Hanna hatte einen starken Kaffee gekocht.

»Das ist eine schöne Scheiße!«, kommentierte Lisa Kleins Aussage.

Hanna seufzte. »Ich habe gehofft, dass die DNA-Spur uns bei der Suche nach dem Mörder weiterbringt. Aber das können wir jetzt ja wohl vergessen.«

»Leider«, bestätigte Trevisan. »Ich glaube ihm. Wir haben zwar jetzt eine ungefähre Vorstellung, was dort am Grillplatz passiert ist, aber das alles bringt uns nicht weiter. Denn Klein hat die Beweise, die uns die Täter geliefert hätten, einfach in einem Getränkemarkt abgegeben.«

Hanna trank einen Schluck aus ihrer Tasse.

»Auf Flaschen gibt es besonders gute Fingerabdrücke«, bestätigte Lisa.

Hanna stellte ihre Tasse zurück auf den Tisch und erhob sich von ihrem Stuhl. Sie ging zu den Ablagefächern im Regalschrank und begann darin zu kramen.

»Die einzige Möglichkeit, die uns bleibt, ist Sarah Meierling«, sagte Trevisan und beobachtete Hanna, die Papier nach Papier aus einem Ablagefach nahm.

»Mirko Stolz hat ebenfalls ausgesagt, dass die ganze Bande im Kino war«, bestätigte Lisa.

Trevisan kratzte sich am Kinn. »Es gäbe nur die Möglichkeit, dass die Mädchen schon viel früher am Bannsee eintrafen, als wir angenommen haben. Die Jungs feiern dort, die Mädchen kommen vorbei, die Situation eskaliert und …«

»… sie bringen die Mädchen um und gehen danach ins Kino, so dass sie ein Alibi haben«, vervollständigte Lisa den Satz.

Hanna dreht sich um und hielt einen Bogen Papier hoch. »Hier habe ich es: Ein Tankwart aus Neustadt erinnert sich an einen schwarzen Wagen mit mehreren Jugendlichen, die dort tankten und einen Kasten Bier kauften. Anschließend fuhren sie in Richtung Tennweide weiter. Es war kein Wagen aus der Gegend, meint der Tankwart. Es war in der Frühe, so gegen neun.«

»Stolz, der Bauunternehmer, hat an diesem Tag Mirko einen schwarzen Mercedes der M-Klasse überlassen«, fügte Lisa hinzu. »Der Wagen hat Oldenburger Kennzeichen und ist auf die Firma zugelassen.«

»Steht in deinen Unterlagen auch, welches Bier diese jungen Männer gekauft haben?«

Hanna überflog die Meldung. »Eine Kiste Gilde-Pilsner«, antwortete sie.

Trevisan erhob sich. »Wartet mal hier und stellt fest, welche Farbe die Kisten von der Brauerei haben.«

Hanna schaute auf die Uhr. »Wie soll ich das jetzt um diese Zeit machen? Die Brauerei hat jetzt zu.«

»Über das Internet«, sagte Lisa und schaltete den Computer ein.

Trevisan stürmte die Treppe hinab. Klein saß noch immer

wartend in der Schleuse. Trevisan öffnete die Tür und fragte ihn nach den Bierflaschen und dem Kasten, den er am vermeintlichen Tatort mitgenommen hatte.

Klein zuckte mit der Schulter. »Ich weiß nicht mehr, welches Bier es war, ich habe nicht so darauf geachtet. Normales Bier, Pils eben, denke ich.«

Trevisan fragte nach der Farbe des Kastens, diesmal musste Klein nicht lange überlegen. Trevisan stürmte zurück in den Konferenzraum.

»Grün«, sagte alle drei beinahe gleichzeitig.

Trevisan setzte sich. »Wir müssen dringend mit dem Tankwart reden.«

37

Dienstag

Trevisan hatte schlecht geschlafen. Das überraschende Geständnis von Oberkommissar Klein hatte ihm alle Hoffnungen genommen, über die DNA-Spur den Mörder zu überführen. Er glaubte Klein, er nahm ihm ab, dass der aus Verzweiflung und aus Angst gehandelt hatte, doch damit hatte er wichtige Beweismittel verschwinden lassen und Trugspuren gelegt. Trevisan spürte, dass ihm der Fall langsam entglitt, dass er die Fäden verlor, die Kontrolle. Sollte dies der erste Ermittlungsfall seiner Karriere werden, der ungeklärt blieb, der trotz all seiner Erfahrung nicht abgeschlossen werden konnte? Nein, das durfte nicht sein, diesen Mädchen musste Gerechtigkeit widerfahren. Er musste die Täter überführen, diese Mörder verdienten eine lange Strafe

Wer sagte denn, dass die Clique um den Sohn des Polizisten nichts mit dem Fall zu tun hatte? Alles hing vom bisher angenommenen Zeitfenster ab. Wie lange waren die Mädchen unterwegs gewesen, als sie auf ihre Mörder trafen? Vielleicht hatten sich alle geirrt und sie waren schneller vorangekommen oder früher aufgebrochen, als die Angestellte der Pension damals ausgesagt hatte. Die Ermittlungen der damaligen Sonderkommission waren schlampig gewesen. Eine halbe Stunde hätte genügt, eine halbe Stunde, die zwischen Leben und Tod entscheidet. Aber waren diese jungen Männer wirklich so eiskalt gewesen, hatten sie die beiden ermordet und waren anschließend ins Kino gegangen?

Schweißgebadet erwachte er aus seinem unruhigen Schlaf. Er ging unter die Dusche.

Dieser Tankwart konnte ein wichtiger Zeuge sein. Wenn der sich noch an den Wagen erinnern würde … Mirko Stolz hatte damals den dunklen M-Klasse-Mercedes seines Vaters gefahren. Ein markanter Geländewagen, an den sich der Mann von der Tankstelle bestimmt erinnern würde.

Trevisan trocknete sich ab. Er war an einer Grenze angelangt, an der Grenze seiner Möglichkeiten. Und er spürte, wie sich das Gefühl der Ohnmacht in seinem Inneren ausbreitete, das er vor mehr als einem Jahr schon einmal empfunden und das ihn für eine lange Zeit außer Gefecht gesetzt hatte. Ein Mord aufzuklären, war für sich genommen bereits eine schwierige und komplizierte Sache, aber bei einem Fall, der über drei Jahre zurücklag, erschien es trotz immer weiter voranschreitender Technik schier unmöglich. Vor allem, wenn man sich auf die geleistete Vorarbeit nicht verlassen konnte. Zeugen, die sich an nichts mehr erinnerten oder bereits verstorben waren. Alibi-Überprüfungen, die daran scheiterten, dass die Örtlichkeiten längst nicht mehr existierten oder inzwischen von anderen Inhabern geführt wurden ... Dazu ein Dorf, dessen Bewohner trotz eines entsetzlichen Verbrechens schwiegen und sich nur wenig kooperativ verhielten ... Trevisan war der Verzweiflung nahe.

Nach einer Tasse Kaffee und einem hastig verschlungenen Butterhörnchen fuhr er ins Büro, wo er gegen acht eintraf. Lisa und Hanna warteten bereits auf ihn.

»Du siehst bescheiden aus«, begrüßte ihn Hanna. »Du hast ganz kleine Augen, vielleicht solltest du dich erst einmal richtig ausschlafen.«

Trevisan erzählte von seiner unruhigen Nacht und von den Gedanken, die ihm durch den Kopf geschossen waren, und Lisa bestätigte Trevisans Eindruck.

Sie gestand, dass auch ihr der Fall und das Geständnis des Mardorfer Polizisten keine Ruhe gelassen hatten. »Als du zum ersten Mal mit dieser Selbstsicherheit dieses Büro betreten hast, dachte ich, diesen Mann kann nichts erschüttern und kein Rätsel ist ihm zu schwer. Ich hatte das Gefühl, dass man weiterkommt, wenn man nur zielstrebig, gewissenhaft und intelligent an so eine Ermittlung herangeht. Aber inzwischen hat sich so vieles ereignet, dass ich nicht mehr davon überzeugt bin, dass wir den Fall aufklären können. Es ist einfach alles so kompliziert geworden.«

»Ach was«, mischte sich Hanna ein. »Ich weiß gar nicht, warum ihr jetzt Trübsal blast.« Sie trat an die Landkarte an der Pinnwand. »Zwei Mädchen verschwanden auf einer Radtour spurlos, es ist sehr wahrscheinlich, dass sie ermordet wurden. Und zwar ziemlich genau hier.« Sie zeigte auf Tennweide. »Plötzlich taucht drei Jahre später eines der Mädchen wieder auf. Alle gingen von einer Entführung aus und von faselten von einer dänischen Rockerbande. Wir haben herausgefunden, dass es nicht so war, wir haben den Halter des dänischen VW-Busses ermittelt. Durch unsere Arbeit wissen wir, dass eines der verschwundenen Mädchen eine Zwillingsschwester hatte. Wir haben sogar maßgeblich mitgeholfen, das Verbrechen in Flensburg aufzuklären und die Kollegen bei der Verhaftung des Täters unterstützt. Und während viele noch annahmen, dass die Mörder auf der Durchreise waren und nur zufällig nach Tennweide kamen, konnte durch unsere Arbeit geklärt werden, dass es wohl nicht so ist und der Rucksack auch nicht von den Tätern auf dem Autobahnrastplatz beinahe vierzig Kilometer vom Tatort entfernt abgelegt wurde. Das ist eine ganze Menge.«

Sie blickte Trevisan tief in die müden Augen. »Wir geben nicht auf! Wir wissen nun ziemlich sicher, dass dieser kleine Ort eine maßgebliche Rolle in den Ermittlungen spielt. Außerdem ist es uns gelungen, mit dem jungen Apothekersohn zu sprechen und diesen Hauch des Verdachts, der noch immer an ihm klebte, zu zerstreuen. Wir haben noch immer die DNA-Analyse laufen, wir haben möglicherweise einen Tankwart, der einen Hinweis auf einen dunklen Wagen gab, und wir haben außerdem noch Sarah Meierling, die uns weiterbringen könnte – nicht zu vergessen das, was Margot uns noch alles mitteilen wird. Wir haben also noch ein paar Eisen im Feuer und sind noch lange nicht am Ende. Ich für meinen Teil meine, dass wir schon sehr weit gekommen sind.«

»Aber wir haben noch immer keinen Täter«, antwortete Lisa.

Trevisan blickte nachdenklich auf die Karte an der Pinnwand, dann warf er Hanna einen Blick zu und lächelte. Schließlich erhob er sich und ein Ruck ging durch seinen Körper. »Du hast recht, du hast verdammt recht, also machen wir weiter. Der Tankwart hat heute Dienst?«

Hanna nickte.

»Also los, worauf warten wir noch …«

Das Telefon klingelte. Lisa war nahm den Hörer ab und meldete sich. Das Gespräch dauerte kaum eine Minute.

»Der Journalist ist vernehmungsfähig«, berichtete sie. »Sobeck war am Apparat.«

»Und den Journalisten«, murmelte Trevisan. »Den hast du vergessen, Hanna.«

»Wir könnten uns die Arbeit teilen«, schlug Hanna vor. »Wir übernehmen den Tankwart und du gehst ins Krankenhaus, das ist nicht so mein Ding.«

Trevisan überlegte einen Augenblick. »Ihr müsst ihn aber nach dem genauen Fahrzeugtyp fragen, und vielleicht kann er eine Beschreibung abgeben … und das Bier … Sie hatten Bier gekauft …«

Hanna lächelte. »Ich weiß, was ich zu fragen habe«, antwortete sie mit ruhiger Stimme. »Kümmere du dich um den Reporter, den Rest machen wir schon, wir wissen jetzt ja, wie es geht.«

Schuldbewusst schlug Trevisan die Augen nieder. »Ich meinte ja nur«, knurrte er.

*

Hanna und Lisa waren bereits losgefahren und Trevisan stand noch immer in seinem Büro. Er überflog den Bericht über die Entführung des Journalisten, den Sobeck ihm zukommen lassen hatte, damit er nicht unvorbereitet in diese Vernehmung ging, sondern gezielte Fragen stellen konnte. Wer weiß, dachte er sich, vielleicht gibt es ja doch ein Detail, eine winzige Spur, einen minimalen Hinweis, der uns weiterbringt. Noch bevor er sich die Schlüssel des Dienstwagens gegriffen hatte, klingelte abermals das Telefon.

Margot Martinson war am Apparat. »Ich bin so weit und würde jetzt gerne mit dir über Svens Angaben sprechen.«

Trevisan biss sich auf die Lippen. »Ich wollte gerade ins Krankenhaus. Der Journalist, von dem ich dir erzählte, ist vernehmungsfähig.«

»Mein Zug fährt zehn nach zwölf und ich habe nicht vor, ihn zu verpassen. Heute Abend bin ich nämlich eingeladen.«

Trevisan fuhr sich über die Stirn. »Ich warte auf dich. Oder soll ich dich abholen?«

»Ich bin in einer Viertelstunde bei dir.«

Siebzehn Minuten später saßen sich Trevisan und Margot Martinson im Konferenzzimmer gegenüber. Vor Margot lag ein gelber Aktenordner, in dem sie blätterte.

»Krankheitsbild, weiterer Verlauf, Persönlichkeitsanalyse, Analyse des damaligen und jetzigen Umfeldes, psychisches Strukturmodell, Assoziationinterpretation, Metaphorische Deutungshypothese, hier ist alles drinnen, was du brauchst«, erklärte sie.

Trevisan wies auf das gelbe Ungetüm. »Dreißig Seiten oder mehr?«

»Zweiunddreißig«, verkündete Margot stolz.

»Auch etwas dabei, was ich verstehen könnte?«

»Wenn du deine weiteren Ermittlungen auf die Aussage des Jungen stützt, wirst du den Ordner brauchen, aber da ich dich kenne, habe ich am Ende noch einmal alles zusammengefasst und den wissenschaftlichen Schnickschnack außer vor gelassen. In Hamburg arbeiten deine Kollegen damit, wenn sie vor Gericht ein psychiatrisches Gutachten brauchen.«

Trevisan lächelte. »Okay, was kannst du mir über den Jungen sagen, was weiß er?«

Margot räusperte sich und schlug die letzten Seiten des Ordners auf. »Gut, dann hier der Klartext. Zuerst mal sieht er deine Jungs aus dem Ort eher als lästige Störenfriede und nicht, wie angenommen, als Bedrohung. Dieser dunkle und mystische Schatten in seinen Bildern ist die eigentliche Bedrohung, wobei der Schatten nicht allgegenwärtig ist. Sven fühlt sich auch nicht direkt bedroht, sondern dieser Teufel, wie du ihn nanntest, ich möchte ihn in archetypischer Umschreibung als dunkler Schatten bezeichnen, bedroht die Beziehung zwischen ihm und dem Mädchen, seiner Begleiterin, bei der es sich zweifellos um seine damalige Bezugsperson Sarah handelt. Zwischen ihm und ihr besteht eine ganz besondere und innige Beziehung und der Schatten ist in der Lage, diese Beziehung zu zerstören.«

Trevisan zog die Stirne kraus. »Das verstehe ich nicht, was meinst du mit allgegenwärtig?«

»Du glaubst doch, dass der Schatten einer der Jungs aus dem Dorf ist, vor dem Sven Angst hat.«

Trevisan nickte. »Das nahm ich einmal an.«

»Aber das ist falsch«, erklärte Margot. »Aus den Bildern geht das nicht klar hervor, aber als ich mit ihm sprach, wurde es verständlich. Für ihn sind die Jungs der Clique nicht mehr als dumme, ungezogene Bengel, die er meidet, die er aber nicht als Bedrohung sieht. Nicht für ihn und auch für das Mädchen nicht. Aber der Schatten, der ist da und es ist meiner Einschätzung nach eine reale Person. Eine Person, die nicht immer präsent ist, die auftaucht und verschwindet. Ich habe ihn danach gefragt, aber das blockt er ab. Das bedeutet, die Angst steckt tief in ihm und er fürchtet sich auch heute noch vor ihm. Und er fürchtet um Sarah, die er sehr vermisst.«

»Ich kapiere es trotzdem nicht«, wandte Trevisan ein. »Eine reale Person … die gelegentlich … nicht immer … Du meinst, so wie ein Tourist, der ein paar Tage im Ort verbringt und dann wieder verschwindet.«

»Jetzt hast du es kapiert«, seufzte Margot. »Weißt du, Sven ist sehr sensibel, die Situation damals hat ihn beinahe zerbrochen. Er redet nicht darüber und hält auch seine Blockadehaltung aufrecht, selbst wenn man glaubt, zu ihm vorgedrungen zu sein. Also ist dieser Schatten noch immer vorhanden.«

»In der Klinik?«

Margot schüttelte den Kopf. »Nein, in seinen Gedanken. Und er ist auch immer noch für das Mädchen eine Gefahr.«

»Haben Sven und das Mädchen noch Kontakt?«

»Sie muss unmittelbar nach dem Verbrechen verschwunden sein«, entgegnete Margot. »Anfänglich kamen noch ein paar Postkarten, aber Vater und Klinikleitung waren sich einig, dass man den Jungen abschirmt. Das mit den Postkarten hörte so etwa nach einem Jahr auf, erzählte mir Frau Sonntag.«

»Was hat er über den Wald gesagt, über den Tag, als es passierte? Es kann doch nicht immer so schwer gewesen sein, etwas aus ihm herauszubringen.«

»Er war im Wald, mit Sarah, da muss zwischen den beiden etwas vorgefallen sein. Aber er hat nichts beobachtet. Er redet nicht viel darüber, und wenn man versucht, weiter vorzudringen, dann blockt er einfach alle Versuche ab. Für mich ein klares Zeichen, dass er vollkommen unbedarft in dieser Sache ist.«

»Svens Vater erzählte, dass Sarah ihm an diesem Tag sagte, dass sie weggehen wird und eine Ausbildung in Hamburg beginnt.«

»Dann war das der Punkt, um den es sich drehte.«

»Und die Kette?«

»Sein Schatz ... Der kleine Engel an der Kette gefiel ihm und die Kette war plötzlich da, er hatte sie einfach in der Hand. Sie muss in seiner Jacke gesteckt haben. Sie wurde ihm zugesteckt, ohne dass er es merkte. Und Engel sind gut gegen Schatten oder Teufel, verstehst du. Deswegen hat er das Kettchen so innig gehütet.«

Trevisan fuhr sich nachdenklich über das Kinn. Er hatte sich mehr von dieser Aussage erhofft.

»Ich sehe dir an, dass dir meine Ausführungen nicht schmecken«, sagte Margot. »Er wird dir den Mörder nicht mit Namen und Adresse nennen können.«

Trevisans nachdenkliches Schweigen wurde von einem Windstoß unterbrochen, der das Fenster aufkippen ließ. Margot erschrak.

»Wir sind augenblicklich in einer schwierigen Lage und drehen uns im Kreis«, sagte Trevisan. »Gestern hat mir der Vater von Kevin gestanden, den Rucksack auf dem Rastplatz bei Walsrode abgelegt zu haben. Mir schwimmen langsam die Felle davon, verstehst du?«

Margot schob Trevisan den Ordner zu. »Finde den Schatten. Finde ihn und du wirst deinen Mörder finden. Und suche ihn im Umfeld dieser Sarah.«

*

»Es ist überaus wichtig«, sagte Trevisan und legte Margots gelben Ordner auf Engels Schreibtisch.

»Wieso zwei?«, fragte Engel. »Eine Person würde doch reichen. Es könnte doch auch ein Kollege der dortigen Polizeidirektion …«

»Wir ermitteln in einem Mordfall«, stellte Trevisan klar. »Sie ist vielleicht unsere wichtigste Zeugin. Sie ist jung und ich möchte Lisa dabeihaben, weil die beiden möglicherweise auf einer Wellenlänge liegen. Sie wird sich eher ihr als mir öffnen.«

Engel überlegte. »Das ist ja am anderen Ende der Welt. Sie werden dort auch übernachten müssen. Das sind Kosten, die natürlich im Vorfeld bewilligt werden müssen. Eine Dienstreise, verstehen Sie, Trevisan. Das kann ich nicht alleine entscheiden, das ist Sache der Verwaltung.«

»Hören Sie, Kollege Engel«, sagte Trevisan eindringlich. »Wir sind auf der Suche nach einem Mörder und wir haben dazu nicht nur den gesetzlichen Auftrag, sondern auch eine verfassungsmäßige Pflicht. Wenn wir solche Ermittlungen von den Kosten abhängig machen, dann fahren wir nur noch zu ermordeten Bankdirektoren, Politikern oder Industriebossen, bei denen wir zehn Prozent der Lebensversicherungssumme als Provision rausschlagen können und sich Ermittlungen lohnen. Penner und Habenichtse lassen wir dann einfach liegen. Die Stadtreinigung kann sie ja wegkehren, denn da gibt es ja sowieso nichts zu holen. Im Gegenteil, da hat der Mörder der Gesellschaft vielleicht sogar einen Dienst erwiesen. Ist das die neue wirtschaftliche Vorstellung von Gerechtigkeit?«

»Jetzt werden Sie nicht polemisch.«

»Es geht um eine Fahrt mit einem Dienstfahrzeug ins Allgäu, eine Übernachtung und die anschließende Rückreise. Das sind zweihundert Euro für das Hotel und noch mal zweihundert für den Sprit. Da kostet uns der Jahresempfang für die Direktoren und Bürgermeister weitaus mehr.«

»Ist die Vernehmung wirklich so dringend?«, fragte Engel.

»Sie waren es doch, der sagte, dass wir Ergebnisse brauchen! Meinetwegen können wir auch noch warten bis zum Jüngsten Tag. Ich nehme dann einen Teil meines Urlaubs, wenn Sie gestatten.«

»Mann, Trevisan, ich tue, was ich kann! Ich rufe Sie zurück.«

Trevisan stürmte aus Engels Büro. Diese Bürokratie war mit normalem Menschenverstand nicht mehr zu erfassen und Trevisan fühlte sich wieder mitten im Alltag der Ermittler angekommen. Er fragte sich, welche Tiefschläge er bei seinen Ermittlungen als Nächstes hinnehmen musste, doch am meisten zweifelte er inzwischen an seinem kriminalistischen Gespür. Hatte das Jahr Pause seiner Spürnase derart geschadet, dass er sich in diesem Gespinst aus Annahmen, Spekulationen und verdrehten Tatsachen längst schon verirrt hatte?

38

Die Tankstelle lag an der Landwehr, der Kreisstraße, die nach Westen aus der Stadt und über Tennweide nach Mardorf führte. Eine gelb-rote Muschel, das Emblem der Mineralölgesellschaft, prangte auf dem großen Schild, das weithin sichtbar an der Zufahrt stand. Es herrschte reger Betrieb, obwohl Hanna der Preis, der für einen Liter Benzin gefordert wurde, relativ hoch erschien. Gegenüber dem kleinen Geschäftsgebäude gab es einen freien Stellplatz und Hanna lenkte den blauen Golf geschickt in die enge Lücke.

Gemeinsam betraten sie das Tankstellengebäude, das eher einem kleinen Supermarkt glich. Bei der jungen Frau im roten Shirt mit dem Muschelemblem auf der Brust hinter der Verkaufstheke standen drei Kunden zum Bezahlen an. Lisa stupste Hanna an der Schulter und wies in die Ecke neben der Tür.

»Gilde-Pils, ein grüner Kasten, siehst du«, flüsterte sie Hanna zu.

Hanna wandte sich um. Neben dem grünen Gilde-Pilsner gab es noch das übliche Bier aus der Werbung, wie Warsteiner, Becks und König Pilsner zu kaufen.

Hanna nickte und reihte sich in die Schlange ein. Als sie an der Reihe war und ihr die junge Angestellte einen fragenden Blick zuwarf, zeigte sie ihre Dienstmarke. »Wir wollen zu Herrn Behrends«, sagte sie leise, da sich bereits weitere Kunden hinter ihr eingefunden hatten.

Die junge Frau wies auf eine halb offene Tür an der Stirnseite des Tresens mit der Aufschrift Büro. Hanna bedankte sich. Sie klopfte und schob dadurch die Tür ein klein wenig weiter auf. Hinter einem Schreibtisch saß ein grauhaariger Mann um die sechzig mit Vollbart und Brille, der in einer Zeitung blätterte und überrascht aufschaute.

»Ja«, sagte er mit brummiger Stimme.

Hanna präsentierte ihre Dienstmarke und stellte sich und Lisa vor.

»Polizei … Ist was passiert?«, fragte er.

»Sind Sie Herr Behrends?«

Der Grauhaarige nickte.

»Wir sind hier wegen Ihrer Mitteilung bezüglich der jungen Leute, die sich damals in Ihrer Tankstelle aufhielten.«

»Ja, hab in der Zeitung gelesen, dass die Polizei Zeugen sucht. Weiß nicht, ob die mit der Sache was zu tun haben, waren aber komische Kerle. Hab mich nach dem Zeitungsartikel gleich wieder an die erinnert. Die armen Mädchen, da muss man doch was tun.«

»Herr Behrends, sind Sie sich mit dem Datum sicher?«, fragte Lisa. »Schließlich liegt der Vorfall schon über drei Jahre zurück.«

Behrends wies hinaus auf die Tankstelle. »War der Tag unserer Neueröffnung, hatten renoviert und umgebaut. Bin mein Leben lang Tankwart gewesen, habe Diesel, Benzin und Super verkauft. Ein paar Scheibenwischer, Ölfilter, ja, die Zigaretten und die Zeitschriften hatten wir auch schon immer. Meine Frau hat damals gewollt, dass wir den Tankstellenshop dazunehmen. Ist einträglich, das Geschäft, war eine gute Idee gewesen. War zuerst dagegen, aber Elsa hatte recht, wirft noch ein kleines Zubrot ab. Und eröffnet haben wir genau an dem Tag, als die Mädchen verschwanden. Am nächsten Tag standen die Zeitungen voll davon.«

»Ein schwarzer Wagen und drei junge Männer, sagten Sie.«

»Richtig. War ziemlich früh, wir hatten den Laden erst kurz geöffnet. So gegen neun, meine ich.«

»Können Sie sich an den Wagen erinnern, war es zufällig ein Mercedes, eine M-Klasse?«, fragte Lisa. »Das ist eine Art Geländewagen mit …«

»Ich bin Tankwart«, fiel ihr Behrends ins Wort. »Ich habe den Beruf von der Pike auf gelernt. Ich mache auch Kleinreparaturen und kenne mich mit Autos aus. Ein Geländewagen war das nicht. Das war ein Wagen der Kompaktklasse, so wie der Golf. Könnte ein Franzose oder ein Japaner gewesen sein, da gibt es viele Modelle, die sich ähnlich sehen. Der stand dort drüben auf dem Stellplatz, hab ihn nur von hinten gesehen.«

»Erinnern Sie sich an das Kennzeichen?«, mischte sich Hanna ein.

»Stand ein Wagen davor«, erklärte Behrends. »Aber war nicht von hier, da bin ich mir sicher. Genau gesehen habe ich es nicht, könnte Hamburg gewesen sein. Zwei der Kerle standen neben dem Wagen und einer kam rein. Hatte eine Kappe auf, so eine rote Kappe, wie es die Jungen heute tragen. Da stand was drauf, irgend so ein amerikanischer Fussballclub oder so ähnlich.«

»Könnten Sie die Leute beschreiben oder wiedererkennen?«

»Wiedererkennen, da bin ich mir nicht sicher. Den im Laden vielleicht. Hatte 'ne Narbe an der Backe, hier.« Behrends zeigte auf seine rechte Wange. »War Anfang zwanzig, schätze ich, die anderen draußen dürften im gleichen Alter gewesen sein. Einer war groß und kräftig, der andere war normaler Statur und der mit der Kappe war ganz schmächtig und hat nach Rauch gestunken. Hatten nicht getankt, kauften nur Bier und Brennpaste für den Grill.«

Hanna notierte Behrends' Angaben in ihrem Notizblock. Sie schaute auf. »Was für Bier haben die gekauft, können Sie sich noch daran erinnern?«

»Klar, hatten das Gilde im Angebot. Pils zu achtachtundachtzig, war noch am gleichen Tag ausverkauft.«

»Eine grüne Kiste?«

»Ja, das war sehr günstig, kriegt man sonst nicht unter zehn Euro.«

Lisa räusperte sich. »Zu dem Wagen: War das eine Limousine oder ein Kombi und welche Farbe hatte er genau?«

»Na, schwarz, hab ich doch gesagt. Ganz normales Schwarz. Und den Typ habe ich von hinten nicht erkannt. Aber war so was Modernes, wir sagen Kompaktklasse, hatte aber ein Heck wie ein Coupé.«

»Irgendwelche Auffälligkeiten, Aufkleber oder so was?«, meldete sich Hanna zu Wort, doch der Tankwart schüttelte den Kopf. Er gab noch eine vage Beschreibung des jungen Mannes ab, der offenbar sehr wortkarg geblieben war, doch diese hätte auf Tausende junger Männer zwischen Hannover und der Küste gepasst. Markant blieb nur die Narbe auf der rechten Wange.

Hanna und Lisa bedankten und verabschiedeten sich.

»Damit dürfte der junge Unternehmersohn endgültig aus dem Schneider sein«, sagte Hanna, nachdem sie wieder in ihr Auto gestiegen waren.

»Wir wissen ja nicht einmal, ob die Jungs was mit der Sache zu tun haben«, entgegnete Lisa.

»Der Bierkasten und die Grillpaste sprechen dafür. Da war ein Lagerfeuer, hat der Däne gesagt.«

Lisa nickte. »Schade, dass der Tankwart das Kennzeichen nicht gesehen hat.«

»Ja, wirklich zu dumm«, entgegnete Hanna und startete den Wagen.

*

Warum musste es in Krankenhäusern immer gleich riechen und warum empfand man diesen Geruch immer als unangenehm? Er war froh, als er den langen Flur hinter sich gebracht hatte und vor dem Zimmer mit der Nummer 17 stand. Er klopfte und öffnete die Tür, ohne auf Antwort zu warten. Justin Belfort lag in einem Einzelzimmer, trug einen dicken Kopfverband und hatte die Decke zurückgeschlagen. Auf seinem Bauch lag ein Laptop. Er klappte ihn zu, als Trevisan das Zimmer betrat.

»Guten Tag, Herr Belfort, mein Name ist Martin Trevisan. Ich bin Kriminalbeamter und ermittle im Vermisstenfall der beiden Radfahrerinnen.«

Justin Belfort musterte Trevisan eine Weile, dann wies er auf einen Stuhl. »Ich kenne Sie«, sagte er. »Sie haben doch vor zwei Jahren diese Sache mit dem Industriellen aufgeklärt. Wir haben in unserem Magazin eine Reportage darüber gebracht. Aber ich dachte, Sie arbeiten in Wilhelmshaven.«

»Ich arbeite jetzt beim LKA.«

»Das wurde ja auch Zeit, dass man endlich jemanden mit den Ermittlungen beauftragt, der sich damit auskennt. Unter uns gesagt, die damalige Sonderkommission von Dittel hat komplett versagt. Das war dilettantisch und inkompetent.«

Trevisan zog sich einen Stuhl ans Bett und nahm Platz. »Woher kennen Sie die Akte?«

Justin Belfort lächelte. »Ach, wissen Sie, als Journalist hat man so seine Quellen.«

»Ich hätte ein paar Fragen an Sie, wenn es Sie nicht zu sehr anstrengt.«

»Ich sage es gleich: Ich weiß nicht, wer mir das angetan hat. Ich wurde in den Wald gelockt und niedergeschlagen. Ich habe nichts gesehen und nichts gehört. Das habe ich alles schon Ihrem Kollegen gesagt. Ich weiß nicht, wie ich Ihnen helfen kann.«

Trevisan kratzte sich an der Stirn. »Ich kenne Ihre Angaben. Sie waren in Tennweide, weil Sie einen Bericht über den Fall schreiben wollten, richtig?«

»Eine Reportage über ungelöste Verbrechen, besser gesagt, über Ermittlungspannen und, ich gebe es zu, auch über die Unfähigkeit der damaligen Ermittlungsbeamten. Da erschien mir dieser Fall als Aufhänger sehr geeignet.«

»Sie waren mehrere Tage dort, was haben Sie dort getan, mit wem hatten Sie Kontakt?«

»Ich war im Ort unterwegs, habe mit Leuten geredet – wobei ich meist eine Abfuhr erhielt; ich glaube, die Menschen dort haben ein echtes Problem mit dem Verbrechen. Die meisten waren abweisend. Sogar der Polizist im Ort hat mir durch die Blume zu verstehen gegeben, dass ich verschwinden soll. Aber so leicht gebe ich nicht auf. Ich habe mit dem Apotheker Thiele geredet, wir hatten eine Vereinbarung. Er wollte mich mit seinem Sohn sprechen lassen, der damals unschuldig in die Mühlen der Justiz geraten war.«

»Ich weiß, der Junge hat schwer unter den Anschuldigungen gelitten. Hat jemand von diesem Termin gewusst?«

Justin winkte ab. »Thiele, meine Redaktion und ich.«

»Ist Ihnen jemand aufgefallen, der Ihnen folgte? Eine Person, ein Fahrzeug?«

»Nur der Polizist, der hatte ein Auge auf mich geworfen. Egal was ich machte. Wenn ich rausfuhr in den Wald, um zu fotografieren, oder im Dorf unterwegs war, ständig war er in meiner Nähe.«

»Diese Fotos, haben Sie ...«

»Bis auf den ersten Tag alles weg«, antwortete Belfort. »Der Fotoapparat, der Laptop ... Die Kerle, die mich überfielen, haben alles mitgenommen und den Wagen am Bahnhof abgestellt.«

»Können Sie sich an irgendetwas Ungewöhnliches erinnern, das Ihnen aufgefallen wäre?«

»Ich sagte schon, die Leute waren sehr abweisend. Mehr kann ich nicht sagen. Ihr Kollege Sobeck meint, dass jemand mitbekommen haben muss, dass ich mit dem jungen Apothekersohn Kontakt aufnehmen wollte, und das der Grund für den Überfall gewesen sein könnte.«

»Wir haben mit Sven Thiele geredet«, entgegnete Trevisan. »Er kann nichts zur Lösung des Falles beitragen. Außerdem ist es sehr schwierig, mit jemandem zu reden, der den Verstand eines kleinen Kindes hat. Ich habe meine Zweifel, dass dies der Grund für den Überfall war. Sie müssen auf eine Sache gestoßen sein, bei der Sie den Tätern sehr nahe kamen. Das müssen Sie selbst nicht einmal bemerkt haben.«

Justin Belfort überlegte. »Ich wüsste nicht, was das gewesen sein könnte. Ich bin rumgefahren und habe fotografiert. Am Bannsee und in der Umgebung. Das Dorf, die Straßen ... Wir wollten den Bericht mit einer Fotostrecke bereichern.«

»Wissen Sie noch, wo Sie an diesem Tag oder am Tag davor waren, bevor Sie überfallen wurden?«

Justin fuhr sich mit der flachen Hand über den Verband. »Das drückt so entsetzlich«, klagte er. »Was habe ich gemacht ... Ich war an diesem Tag bei dem Ladenbesitzer, ein sonderbarer Kauz. Will eigentlich nichts sagen, redet aber wie ein Wasserfall. Dann erhielt ich den Anruf von Thiele und wollte zu ihm. Da fand ich den Zettel an der Windschutzscheibe. Ich habe dann stundenlang versucht, meine Chefredakteurin zu erreichen, und war auf dem Hotelzimmer. Später habe ich ein paar Dinge für den Abend besorgt, die man so brauchen kann. Taschenlampe und so etwas. Tags zuvor bin ich in der Gegend herumgefahren und habe fotografiert.«

»Und wo waren Sie da genau, wenn Sie sich noch erinnern können?«

Belfort überlegte. »Ich war am Grillplatz und dann bin ich einfach den Waldweg entlanggefahren, der nach Norden führt. Ich versetzte mich in die Lage der Täter und überlegte mir, wo ich die Leichen verstecken würde, damit sie nicht gefunden werden. Nach gut einer Stunde Fahrt auf dem Weg bin ich auf eine Kiesgrube gestoßen. Die habe ich fotografiert. Das wäre eine gute Stelle, dachte ich mir. Zwar war das Gelände teilweise eingezäunt, aber man kann ohne Probleme hinein, sogar mit dem Wagen. An der Nordwestseite gab es allerlei Höhlen. Da habe ich auch ein paar Fotos gemacht.«

»Wenn dort noch gearbeitet wird, dann ist das Risiko einer Entdeckung groß«, wandte Trevisan ein. »Wissen Sie noch, wo diese Kiesgrube war?«

»Bokenloher Heide, stand auf einem alten Schild. Und gearbeitet wird dort seit fünf Jahren nicht mehr. Die Firma ging pleite. Sicherlich gibt es viele andere Verstecke, aber mir fiel auf, dass dieser Waldweg vom Bannsee eben schnurgerade zu dieser Grube führt und dort keine Menschenseele unterwegs ist. Beinahe sieben Kilometer musste ich zur Grube fahren. Das ideale Versteck und ein optimaler Zugang, ohne gesehen zu werden oder die Gefahr, zufällig jemandem zu begegnen.«

»Bokenloher Heide, sagen Sie?«

»Richtig!«, bestätigte Justin Belfort.

»Fällt Ihnen sonst noch etwas ein?«

Justin Belfort schüttelte den Kopf und bereute das offenbar sofort, er stöhnte auf.

Trevisan wünschte ihm noch gute Besserung und hinterließ seine Visitenkarte. »Falls Ihnen noch was einfällt.«

Auf dem Rückweg zur Dienststelle überlegte er, ob sich eine Suchaktion in dieser Kiesgrube lohnen würde. Personenschutz für Sven war nicht mehr notwendig, aber für Justin Belfort musste er zunächst noch bestehen bleiben. Der Mann würde noch eine geraume Zeit im Krankenhaus verbringen müssen.

Auf der Dienststelle informierte ihn der Wachhabende, dass die Fahrt ins Allgäu genehmigt worden war. Zweiter Klasse und Hotel bis fünfzig Euro pro Person. Die Buchung sei bereits erfolgt.

»Denken immer nur ans Sparen, diese Knauser«, murmelte Trevisan. Der Kollege der Wache blickte ihn fragend an.

»Alles okay«, sagte Trevisan und ging in sein Büro. Er schaltete seinen Computer ein, um eine Karte vom Steinhuder Meer aufzurufen und diese Kiesgrube ausfindig zu machen. Sein Mailprogramm meldete sich mit einem melodischen Dreiklang zu Wort. Schaarschmitt teilte mit, dass die DNA-Überprüfung aller Tennweider Probanten negativ verlaufen war. Sprachlos starrte Trevisan auf die Mail. Das konnte nicht sein, da musste ein Fehler unterlaufen sein. Kleins DNA musste sich am Rucksack befinden, schließlich hatte er zugegeben, dass er den Rucksack vom Tatort mitgenommen hatte. Es sei denn …

39

Mittwoch

Sie waren um 05.30 Uhr vom Messebahnhof gestartet und dann in den Intercity umgestiegen. Nachdem Trevisan am gestrigen Abend zurück auf die Dienststelle gekommen war, hatten sie sich zusammengesetzt und ihre Erkenntnisse ausgetauscht. Die Spur mit dem schwarzen Wagen klang vielversprechend. Sie waren zu der Entscheidung gekommen, einen Polizeizeichner zu dem Tankwart zu schicken. Ein Versuch konnte nicht schaden. Hanna würde sich darum kümmern. Außerdem wollte Trevisan die Kiesgrube, von der Justin Belfort gesprochen hatte, mit Leichenspürhunden durchsuchen lassen. Er bat Hanna, sich in dieser Sache an Engel zu wenden. Es war an der Zeit, dass sich der Kriminaloberrat selbst nützlich machte, statt die Ermittlungsarbeit ständig zu kritisieren.

Lisa hatte noch am Abend ihren verschobenen Friseurtermin wahrgenommen und sich ihre Haare schneiden und färben lassen. Nichts erinnerte mehr an das schrille Mädchen, das Trevisan bei seinem ersten Besuch an seiner neuen Wirkungsstätte kennengelernt hatte. Sie trug einen grauen, knielangen Rock, eine weiße Bluse und eine schwarze Jacke. Mit ihrem Zopf wirkte sie sogar streng.

»Ich dachte, wenn ich ins tiefste Bayern fahre, dann kann ich dort nicht aussehen wie die Prinzessin auf der Erbse«, antwortete sie, als Trevisan nach dem Grund für ihr neues Outfit fragte.

Die Fahrt dauerte über sechs Stunden und Trevisan döste ein wenig. Er erwachte, als der Regioexpress, den sie in München bestiegen hatten, beim Einfahren in den Kemptener Bahnhof lautstark bremste.

Vom Bahnhof aus fuhren sie mit dem Taxi direkt zum

Polizeipräsidium, wo ein Kollege der Kemptener Polizei sie bereits erwartete. Engel hatte noch am gestrigen Abend um Amtshilfe ersucht. Nachdem sich Trevisan vorgestellt und sein Anliegen dem Kollegen erklärt hatte, fuhren sie direkt in das knapp zwölf Kilometer entfernte Sulzdorf, wo Sarah Meierling im *Ferienhof Winter* arbeitete und nach Lisas Ermittlungen am heutigen Mittag Dienst am Empfang aufnehmen sollte.

Der Gasthof entpuppte sich als kleines und gemütliches Hotel mit angeschlossenem Gästehaus und Restaurant. Da weder Lisa noch Trevisan das Angebot des Zugrestaurants im ICE in Anspruch genommen hatten, nutzten sie die Gelegenheit. Den fülligen bayerischen Kollegen lud Trevisan kurzerhand ein und der ließ sich nicht zweimal bitten. Trevisans Mittagsmahl war ähnlich rustikal wie die Einrichtung des Gasthauses, die zum Großteil aus hellem Buchenholz bestand.

Kurz vor ein Uhr gingen Lisa und Trevisan hinüber ins Gästehaus, wo sich die Anmeldung befand, während der bayerische Kollege es vorzog, bei einem kühlen Weizenbier im Gaststättenbereich zu warten. Noch bevor Trevisan den Empfangstresen erreichte, erkannte er das braunhaarige Mädchen, das ihrer Mutter wie aus dem Gesicht geschnitten war. Sarah trug ein Dirndl in Rosa und Grün und hatte ihre Haare zu einem Kranz geflochten, den eine Perlenkette zierte. Als Trevisan näher kam, hörte er, wie sie mit einem Gast in reinem Hochdeutsch sprach. Trevisan wartete geduldig, bis der Mann seine Zimmerschlüssel erhalten hatte.

»Guten Tag, mein Herr«, begrüßte ihn Sarah Meierling mit einem freundlichen Lächeln. »Wie kann ich Ihnen helfen?«

»Ich würde gerne mit Ihnen sprechen, Frau Meierling.« Trevisan präsentierte seine Dienstmarke.

Sarah Meierling erschrak. Für einen Augenblick herrschte eine gespannte Stille.

»In Ruhe, wenn es geht«, fuhr Trevisan fort. »Ich komme aus Hannover und ich glaube, Sie wissen, warum ich hier bin.«

Sarah Meierling zuckte mit der Schulter. »Ich … ich weiß nicht … ich weiß nicht, was Sie von mir wollen.«

»Ich sagte doch, ich will mit Ihnen reden.«

»Wie … wie haben Sie mich gefunden?«

»Es war nicht leicht, Sie stehen in keinem Melderegister, aber nun sind wir hier. Wir können natürlich auch auf die Dienststelle gehen, wenn Sie das wünschen.«

Sarah Meierling überlegte einen Augenblick. »Moment, ich muss erst meiner Vertretung Bescheid sagen.«

Sie rief eine Kollegin und führte Trevisan in ein nahes Zimmer. Lisa folgte den beiden. Trevisan stellte sie vor, aber Sarah Meierling würdigte Lisa keines Blickes. In dem kleinen Aufenthaltsraum nahmen sie Platz.

»Was wollen Sie von mir?«, fragte Sarah Meierling barsch, nachdem Lisa die Tür geschlossen hatte.

»Wir wollen mit Ihnen über das Verschwinden von zwei Radfahrerinnen vor drei Jahren in Tennweide reden«, erklärte Trevisan.

»Ich habe nichts damit zu tun und ich weiß von nichts«, sagte sie wie aus der Pistole geschossen.

»Sie haben damals Sven Thiele betreut, den behinderten Sohn des Apothekers.«

»Das ist nicht verboten.«

Ihre ganze Mimik, ihr Gesichtsausdruck und ihre bissigen Antworten verrieten Trevisan, dass sie etwas zu verbergen hatte.

»Ich möchte wissen, was Sie an diesem Tag getan haben. Es war der 29. September, ein Mittwoch. An diesem Tag haben die Eltern ihre Töchter vermisst gemeldet.«

»Das ist lange her, weshalb soll ich das noch wissen.«

»Ich weiß von Svens Vater, dass Sie an diesem Tag mit Sven unterwegs waren.«

»Kann schon sein«, zischte sie.

»Wo waren Sie?«

»Ich sagte doch, das ist lange her … Meistens gingen wir zusammen spazieren. Sven ist gerne rausgegangen, in den

Wald oder auf die Wiesen am See. Ich kann mich aber nicht mehr erinnern.«

»Waren Sie alleine?«

»Wir waren immer alleine.«

Trevisan kramte in seiner Tasche und zog eins der Bilder hervor, die Sven gemalt hatte und auf dem der Teufel oder, wie Margot es zu sagen pflegte, der dunkle Schatten zu sehen war. »Das hat Sven kurz nach dem Tattag gezeichnet. Können Sie sich vorstellen, wer diese dunkle Gestalt auf dem Bild ist?«

»Woher soll ich das wissen?«, antwortete sie. »Sven hat oft Bilder gezeichnet, mein Gott. Das entstammt wahrscheinlich seiner ... seiner Fantasie. Wenn Sie ihn kennen würden, wüssten Sie: Er ist wie ein kleines Kind.«

»Hatten Sie damals einen Freund oder gab es jemanden, der es gerne gewesen wäre?«, mischte sich Lisa ein.

Sarah Meierling zögerte. Schließlich schüttelte sie den Kopf.

»Fräulein Meierling«, sagte Trevisan eindringlich, »Sie wissen, dass es um zwei verschwundene Mädchen geht, die wahrscheinlich nicht mehr am Leben sind. Wenn Sie uns etwas verschweigen, dann schützen Sie die Täter und damit machen Sie sich selbst strafbar.«

»Ich weiß nichts, ich habe nichts damit zu tun«, blaffte sie. »Ich muss wieder an die Arbeit.«

»Warum haben Sie Ihrer Mutter Ihre neue Adresse nicht mitgeteilt und sich nicht ordnungsgemäß an- und abgemeldet? Es scheint mir, dass Sie nicht gefunden werden wollten. Wovor verstecken Sie sich, Fräulein Meierling?«

»Ich verstecke mich nicht«, antwortete sie. »Und der Rest ist Privatsache, das geht niemanden etwas an.«

»Frau Meierling, es ist besser, wenn Sie offen mit uns reden«, mahnte Lisa. »Wir können Sie auch offiziell vorladen, wenn Ihnen das lieber ist.«

»Ich muss gar nicht mit Ihnen reden«, antwortete sie feindselig. »Haben Sie einen Haftbefehl?«

Trevisan schlug mit der flachen Hand auf den Tisch. »Sie

sind Zeugin, bislang noch, aber wenn Sie nicht kooperieren, werde ich Sie richterlich vorladen lassen. Sie sollten uns helfen, auch in Ihrem eigenen Interesse.«

Sarah Meierling kratzte sich an der Stirn. Ihre Augen füllten sich mit Tränen. Für einen Augenblick schien es, als ob sie reden wollte, schließlich atmete sie tief ein. »Wie ... wie geht ... wie geht es Sven?«

»Er ist in einem Heim, er vermisst Sie«, antwortete Lisa sanft.

Mit leeren Augen starrte sie an die Decke. Ihre Tränen wischte sie weg. »Wir sind oft stundenlang durch die Gegend gezogen. Sven war so ... Er war wie ein Kind. Er liebte den Wald und das Wasser, er war gerne draußen.«

»Fräulein Meierling, was haben Sie am Tag des Verschwindens der Mädchen getan? Waren Sie im Wald, am Bannsee?«

Sarah Meierling nickte. »Ich glaube schon. Er ist mir weggelaufen. Ich habe ihm gesagt, dass ich weggehe und da ist er einfach davongerannt. Ich habe nach ihm gesucht. Stundenlang, aber ich habe ihn nicht gefunden. Dann habe ich seinen Vater angerufen. Als ich ins Dorf kam, saß er vor unserem Haus auf der Treppe, er war ganz verstört und schmutzig. Wir sind zu mir nach Hause gegangen und ich habe ihm einen Becher Milch heiß gemacht. Um neun habe ich ihn heimgebracht.«

»Waren Sie alleine?«

»Ja, wie immer. Nur Kevin ... Kevin Klein, er ist der Sohn des Polizisten aus unserem Dorf ... Ihm sind wir begegnet. Das war in der Nähe des Grubhofs und er war wieder so gemein zu Sven. Kevin war ... Er war ... Ich glaube, er ... er hasste Sven.«

»Wollte er mit Ihnen gehen?«, fragte Lisa.

Sarah nickte. Schließlich ging ein Ruck durch ihren Körper, sie erhob sich. »Ich will nicht mehr darüber reden, ich habe das alles hinter mir gelassen. Ich weiß nichts, bitte lassen Sie mich in Ruhe.« Sie stürmte aus dem Zimmer. Lisa und Trevisan blickten ihr nach.

»Was hat Sie nur?«, fragte Lisa.

»Entweder Sie verschweigt uns etwas, oder … oder ihr ist selbst etwas widerfahren, über das sie nicht reden will«, murmelte Trevisan nachdenklich. Er folgte ihr und holte sie ein, bevor sie am Tresen vorbei in die Küche verschwinden konnte.

»Hören Sie«, sagte Trevisan und reichte ihr seine Karte. »Ich weiß nicht, was ich von Ihnen halten soll, aber offenbar geht es Ihnen nicht sonderlich gut, wenn wir über die Mädchen und Tennweide sprechen. Wir gehen wieder, aber es sollte Ihnen klar sein, dass wir wiederkommen werden. Das nächste Mal möglicherweise mit einem richterlichen Beschluss. Mir wäre es viel lieber, wenn Sie auf mich zukommen würden.«

Erneut liefen ihr Tränen über die Wangen. Sie nickte stumm, ehe sie hinter der Tür mit der Aufschrift *Privat* verschwand.

»War nicht sehr ergiebig«, seufzte Lisa.

»Mal sehen, wozu es gut war«, antwortete Trevisan.

*

Eine Hundertschaft der Zentralen Polizeidirektion Hannover, unterstützt durch eine Gruppe der Hundestaffel, Polizeitaucher, einem Hubschrauber sowie mehrere Streifen der umliegenden Polizeidienstellen wurden Kriminaloberrat Engel zur Suche nach den Leichen der vermissten Mädchen unterstellt.

Hanna war am frühen Morgen zusammen mit Schaarschmitt und einem Spezialisten der KTU nach Neustadt zu Tankwart Behrends gefahren, um per Computer ein Phantombild des jungen Mannes zu erstellen, der vor mehr als drei Jahren einen Kasten Gilde-Pilsner gekauft hatte und mit einem schwarzen Wagen in Richtung Tennweide davongefahren war.

»Ich weiß aber nicht, ob ich mich noch genau erinnere«, sagte Behrends, nachdem der Computerspezialist der Kriminaltechnik das Programm gestartet hatte. Aber am Ende der beinahe zweistündigen Vernehmung war ein überraschend gutes Bild entstanden. Behrends warf einen langen und nachdenklichen Blick darauf und sagte: »Das ist der Kerl. Es ist, als ob er vor mir steht.«

Hanna lächelte. »Eine Frage habe ich noch«, sagte sie. »Warum haben Sie sich eigentlich damals nicht gemeldet?«

»Ach wissen Sie, gute Frau ... Zuerst habe ich darüber nachgedacht, aber ich hatte so viel um die Ohren. Und dann stand in der Zeitung, dass man den Täter verhaftet hat. Da dachte ich, das hat sich erledigt. Erst als ich vor ein paar Tagen in der Zeitung gelesen habe, dass die Mörder noch immer frei herumlaufen, habe ich mich wieder erinnert und dachte, ich melde das mal, man kann ja nie wissen, ob das wichtig ist.«

Hanna schüttelte Behrends die Hand. »Das haben Sie wirklich gut gemacht«, lobte sie ihn. »Manchmal sind es ganz banale Beobachtungen, die uns bei den Ermittlungen weiterhelfen.«

»Ich hoffe, dass Sie die Kerle schnappen«, entgegnete Behrends. »Die gehören hinter Gitter und den Schlüssel sollte man in den See werfen, damit sie nie mehr rauskommen.«

Hanna lächelte freundlich und verabschiedete sich.

»Trevisan wird zufrieden sein«, sagte sie zu Schaarschmitt.

Als sie zurück auf die Dienststelle kam, erwartete sie Engel bereits ungeduldig. »Wo stecken Sie denn, in einer Stunde geht es los!«

»Was geht los?«

»Wir durchsuchen diese Kiesgrube, von der Trevisan sprach.« Der Kriminaloberrat wedelte mit dem Kartenausschnitt der Kiesgrube in der Hand. »Ich hoffe nur, dass sich Trevisan nicht schon wieder irrt.«

»Sollten wir nicht auf ihn warten?«

»Papperlapp, das können wir beide doch auch.« Engel grinste breit. »Um eins, pünktlich!«

Hanna beeilte sich, ein Mittagessen zu organisieren, und fand sich pünktlich in Engels Büro ein. Engel hatte inzwischen seinen Anzug gegen einen dienstlichen Overall eingetauscht. Gummistiefel standen vor seinem Schreibtisch.

Er betrachtete die junge Hauptkommissarin skeptisch, die in Jeans, T-Shirt, einer leichten Sommerjacke und Turnschuhen vor ihm stand. »Wir gehen ins Gelände, Frau Kowalski. Sie sollten sich entsprechende Kleidung mitnehmen.«

Hanna warf einen Blick zum Fenster. »Die Sonne scheint«, sagte sie. »Außerdem sollten wir die Suche den Spezialisten überlassen.«

»Das wird was werden«, murmelte sie, während sie Engel hinaus auf den Parkplatz folgte.

40

»Das ist ein ganz schönes Miststück«, seufzte Lisa, die sich mehr von dem Gespräch erwartet hatte.

»Irgendetwas bedrückt dieses Mädchen und lässt Sarah kalt und herzlos erscheinen, aber ich glaube, das ist nur Fassade«, antwortete Trevisan. »Sie trägt etwas mit sich herum, das ihr schwer zugesetzt hat.« Er warf einen Blick auf seine Armbanduhr. Es war kurz nach zwei. Sie saßen am Tisch ihres bayerischen Kollegen, der sich die Wartezeit mit einem weiteren Weißbier verkürzt hatte. Trevisan hatte sich einen Kaffee bestellt und Lisa nippte an einer eiskalten Cola.

»Gehen wir alles noch einmal durch«, sagte Trevisan, nachdem er sich Kaffee aus dem kleinen Kännchen eingeschenkt hatte. »Die Mädchen verschwanden an einem Mittwoch im September. An diesem Tag haben drei junge Männer eine Kiste Bier und Grillpaste in einer Tankstelle knappe drei Kilometer vom späteren Tatort entfernt gekauft …«

»Die Jungs planen ein kleines Saufgelage und stoßen auf den Grillplatz am Bannsee«, fiel ihm Lisa ins Wort. »Sie grillen und trinken und da kommen die Mädchen mit ihren Rädern zufällig vorbei. Sie halten die Mädchen an, dann eskaliert die Sache. Sie bringen sie um, verstecken die Räder und laden die Leichen in ihren Wagen, um sie irgendwo zu verstecken. Dann fliehen sie. Der Dorfpolizist findet die Reste des Gelages, nachdem er von dem Vermisstenfall erfährt. Er hat Krach mit seinem Sohn, der außer Kontrolle geraten ist, und denkt, dass der Filius etwas mit der Sache zu tun hat. Er beseitigt die Spuren, schnappt sich den Rucksack eines der Opfer und wirft ihn sechzig Kilometer entfernt auf einem Autobahnparkplatz ins Gebüsch, damit er dort gefunden wird. Er will den Verdacht von seinem Sohn ablenken und prompt fällt die damalige Soko auf den Schwindel herein. Doch dann kommt Sven ins Spiel, er ist im Besitz einer Kette, die einem der Opfer gehörte. Er hütet das Kettchen wie einen Schatz. Er gerät unter Verdacht, weil er in Tatortnähe gesehen wurde und bei einer Durchsuchung finden die Kollegen die Kette und nehmen den Jungen fest. Der Fall ist für die Soko abgeschlossen, aber nachdem der Rucksack wieder auftaucht, müssen sie den Jungen freilassen. Und jetzt, drei Jahre später, haben wir den Fall auf dem Tisch und müssen sehen, wie wir durch diesen Dschungel zur Wahrheit vordringen.«

Trevisan lauschte interessiert Lisas Theorie, die sich mit seiner deckte.

»Und die Kleine vom Empfang steckt da mit drunter?«, fragte der bayerische Kollege ein und prostete Lisa zu.

»Lisas Geschichte klingt plausibel, aber da gibt es noch ein paar Punkte, die unklar sind«, entgegnete Trevisan. »Diese Jungs von der Tankstelle kennen sich im Ort aus, denn sie haben das Zeugs eingekauft, bevor sie an den Bannsee gefahren sind.«

»Sie haben einfach einen geeigneten Platz gesucht und sind zufällig auf den Grillplatz am Bannsee gestoßen«, erwiderte Lisa.

»Genau, Zufall«, meinte der Kollege aus Bayern.

Trevisan warf ihm einen missbilligenden Blick zu. »Und der Journalist?«

Lisa biss sich auf die Lippen. »Stimmt!«

»Außerdem sagte Sven, dass die Kette einfach da war, das heißt, er hat sie damals nicht gefunden, sondern sie wurde ihm zugespielt. Die Täter mussten über ihn Bescheid wissen und sie mussten wissen, dass er unter Verdacht stand.«

»Sarah?«

Trevisan überlegte. »Das glaube ich nicht, aber die Täter müssen sich in ihrem Umfeld bewegt haben. Das kann nur jemand aus dem Ort gewesen sein.«

»Womit wir wieder bei Kevin, dem Polizistensohn, wären«, folgerte Lisa.

»Ich weiß nicht.« Trevisan fuhr sich durch die Haare. »Ich denke, Klein sagt die Wahrheit. Nachdem nicht seine DNA am Rucksack ist und es keine Übereinstimmung im Dorf gibt, scheidet auch sein Sohn aus, du weißt doch, Verwandtschaft ersten Grades.«

»Und auch die anderen scheiden aus, denn alle waren beim Test.« Lisa legte ihren Kopf gedankenverloren auf ihre gefalteten Hände und starrte auf die Sprudelperlen ihrer Cola. Auch Trevisan schwieg nachdenklich.

»So, jetzt bringe ich euch ins Hotel«, sagte der bayerische Kollege und stellte sein geleertes Weißbierglas mit einem lauten Poltern auf den Tisch.

»Belfort trieb sich schon eine ganze Weile im Ort herum«, murmelte Trevisan gedankenverloren. »Er wurde in den Wald gelockt und niedergeschlagen, nachdem er Fotos an dieser Kiesgrube gemacht hat. Ich dachte zuerst, die Täter wollten ein Gespräch mit Sven Thiele verhindern, aber dann hätten sie auch schon früher zuschlagen können.«

»Wahrscheinlich sind die Leichen dort versteckt und die Täter wollten verhindern, dass man sie findet«, sagte Lisa.

»Er hat im ganzen Ort und der Umgebung Bilder gemacht«, antwortete Trevisan. »Wieso sollte er gerade diese Kiesgrube in seinem Bericht hervorheben? Das war doch nur ein Ort, wie es viele in der Gegend gibt.«

Der dickliche Kriminalbeamte aus Kempten schaute Trevisan fragend an. »Können wir?«

Trevisan schüttelte den Kopf. »Rosi Meierling vermietet Ferienwohnungen. Vielleicht hat sie so etwas wie einen Stammgast. Ich war kürzlich bei ihr, da hat sie Wäsche gewaschen. Eigentlich lebt sie alleine … Und Schuhe … Ich bekam Schuhe von ihr, dabei hatte ihr Mann beide Beine bei einem Unfall verloren und saß … Verdammt noch mal …« Trevisan verschluckte den Rest des Satzes. Er sprang auf. »Gibt es hier eine Autovermietung?«, fragte er seinen Kollegen aus Kempten.

»Sicher!«

»Wir müssen sofort zurück nach Hannover.« Trevisan schaute auf seine Armbanduhr.

»Jetzt?!«, warf Lisa entsetzt ein. »Das Hotel ist doch gebucht.«

»Es ist wichtig«, wehrte Trevisan ab. »Ich muss nach Tennweide, heute noch. Hier kommen wir nicht weiter und verplempern nur unsere Zeit.«

*

Die Sandgrube lag direkt an der L 360, die von Mardorf nach Schneeren führte und auch über Feldwege vom Bannsee aus zu erreichen war. Ein rostiges Tor verwehrte die Zufahrt. Engel hatte den Betreiber ausfindig gemacht und das Öffnen der Tore organisiert. Dabei hatte er auch erfahren, dass die Grube schon seit fast fünf Jahren nicht mehr betrieben wurde und die Firma etwa drei Kilometer nördlich von Schneeren zwei weitere Gruben dieser Art unterhielt.

Es war ein trockener, sonniger Tag und die Temperaturen kletterten auf beinahe 28 Grad. Hanna hatte Zuflucht im Schatten eines Baumes gesucht und beobachtete die Szenerie. Inmitten der Grube hatte sich ein See gebildet, beinahe vierhundert Meter lang und dreihundert Meter breit, in dem verführerisch das klare, blaue Wasser im Sonnenlicht glitzerte. Zwei Schlauchboote der Polizei- und Rettungstaucher schwammen auf dem See und in der Ferne, am gegenüberliegenden Ufer, durchkämmten Kolleginnen und Kollegen der Bereitschaftspolizei in Kette Stück um Stück das Gebiet. Unterhalb ihres Standortes durchsuchten Hundeführer das Gelände, auf dem noch die alte rostige Förderanlage und ein Container standen. Dort waren sie auf höhlenartige Auswaschungen gestoßen, die bis zu drei Meter tief in die brüchige Felswand reichten. Nur die Hunde durften auf Engels Anweisung diese einsturzgefährdeten Höhlen durchsuchen.

Der Polizeihubschrauber hatte dreimal das Gelände überflogen. Auf den Bildern seiner Spezialkamera wurden feinste Bodenunterschiede erkennbar. Es war fraglich, ob nach dieser langen Zeit eine damals ausgehobene Grube noch zu sehen sein konnte. Aber Engel hoffte mit Hilfe der Spezialkamera weitere Höhlen, Gruben und Verwerfungen ausfindig zu machen, die längst schon überwuchert waren.

Trotz des geschlossenen Tores, das hatte Engel bereits am frühen Morgen überprüft, hätte man leicht und sogar mit einem Wagen auf das Gelände der Kiesgrube gelangen können, denn auf der Westseite gab es schon lange keinen Zaun mehr.

Hanna, die sich unweit der Einsatzleitung auf einem Baumstumpf niedergelassen hatte, trank einen Schluck aus ihrer Wasserflasche und beobachtete, wie ein Taucher heftig gestikulierend die Wasseroberfläche durchstieß. Gespannt erhob sie sich und ging hinüber zu dem Van, wo drei uniformierte Kollegen bei offener Tür hinter einem Einsatzleitpult saßen und die Gespräche und Meldungen, die von den einzelnen Suchtrupps über Funk hereinkamen, erfassten und dokumentierten.

»Was haben die gefunden?«, fragte sie einen Hauptkommissar, der sich seiner Jacke entledigt hatte und im grünen T-Shirt vor einem Computerbildschirm saß.

»Hat vermutlich nichts mit der Sache zu tun, aber da liegt ein Wagen im Wasser, etwa drei Meter tief im Schlamm.«

Hanna nickte und zog sich auf ihren Schattenplatz zurück. Engel kämpfte in seinem Overall und den Gummistiefeln an vorderster Front. Sie sah ihn am Seeufer stehen, er rief der Bootsbesatzung etwas zu. Fünf Stunden waren inzwischen vergangen und noch immer war nicht einmal die Hälfte des Baggersees durchkämmt. Dennoch hatte man bereits allerlei Dinge aus dem See und aus den Büschen gefischt. Neben zwei alten Kühlschränken, einer Stereoanlage und drei Kanistern mit einer übelriechenden Flüssigkeit war sogar ein Tresor aufgefunden und geborgen worden. Er stammte aus einem Einbruch in ein Geschäftshaus in Nienburg und war damals aus der Wand gerissen und abtransportiert worden.

Noch bevor sie sich wieder gesetzt hatte, klingelte ihr Handy. Trevisan war am Apparat. Das Telefonat dauerte nur kurz und sie teilte ihm mit, dass ihre Suche bislang nicht von Erfolg gekrönt war. Trevisan brummte daraufhin ein paar unverständliche Worte und erzählte ihr, dass sie mit einem Mietwagen auf der Rückfahrt waren und ein paar dringende Überprüfungen benötigten, um die sie sich sofort kümmern solle. Nachdem sie aufgelegt hatte, eilte sie über den staubigen Zufahrtsweg hinunter zum See, wo Engel schweißgebadet aufsah, als sie seinen Namen rief.

»Ich muss dringend weg«, erklärte sie. »Ich muss ein paar wichtige Dinge klären, solange die Ämter noch geöffnet sind.«

»Sie können doch jetzt nicht gehen, wir sind noch nicht fertig«, widersprach Engel.

Hanna lächelte. »Ach, das schaffen Sie schon alleine. Sie können ja mit den Kollegen der Bereitschaftspolizei zurückfahren, die haben sicher noch einen Platz frei.«

Sie eilte zurück zur Einsatzleitung, wo der silberne Dienstwagen stand, mit dem sie und Engel hierhergefahren waren. Engels heftiger und lauter Prostest begleitete sie noch eine ganze Weile, doch Hanna tat, als ob sie ihn nicht hörte.

*

Trevisan hatte sich bei der Autovermietung in Kempten einen roten Audi A4 geliehen, den er in Hannover wieder abgeben konnte. Er hatte ein PS-starkes Modell gewählt und legte die knapp siebenhundert Kilometer über die A7 und die A2 in fünfeinhalb Stunden zurück, so dass er gegen acht Uhr abends in Lisas Begleitung in Tennweide ankam. Er parkte auf der Mardorfer Straße schräg gegenüber Kleins Wohnhaus und eilte auf die blaue Eingangstür des frisch renovierten Gebäudes zu. Lisa hatte Mühe, ihm zu folgen. Er klingelte Sturm und es dauerte nur wenige Sekunden, bis Klein die Tür öffnete und Trevisan im Schein der Außenbeleuchtung verwundert musterte.

»Sie hätte ich hier am allerwenigsten erwartet«, sagte Klein, der um Jahre gealtert schien und zu einer Jogginghose einen grauen Kapuzenpulli trug. Dunkle Ringe lagen unter seinen Augen.

»Kann ich mit Ihnen reden?«, fragte Trevisan.

Klein ging einen Schritt zur Seite. »Wenn Sie Kevin suchen, dann sind Sie umsonst gekommen, der ist nicht hier.«

»Nein, ich will mit Ihnen reden«, antwortete Trevisan.

Klein führte die beiden ins Wohnzimmer und bot ihnen auf einer grauen Ledercouch Platz an. »Ich hörte schon, dass es nicht meine DNA am Rucksack ist«, seufzte er und ließ sich gegenüber in einem Sessel nieder.

»Ich hoffe, Sie bereuen dennoch nicht, dass Sie uns die Wahrheit gesagt haben«, entgegnete Trevisan.

Klein schüttelte den Kopf. »Man hat mich ohne Bezüge suspendiert und egal wie die Sache ausgeht, werde ich meine Uniform wohl ausziehen müssen. Und meine Pension ist auch futsch. Und eine Anzeige läuft auch noch gegen mich.«

»Was haben Sie erwartet?«, fragte Trevisan. »Sie hätten damals einen klaren Kopf behalten müssen, Sie sind Polizeibeamter.«

»Ich sagte doch, ich wollte meinen Jungen schützen und geriet in Panik, aber menschliches Verhalten gibt es ja für einen Polizisten nicht. Es wird erwartet, dass man funktioniert, auch wenn die eigene Familie betroffen ist.«

»Wir brauchen Ihre Hilfe. Und vielleicht ist es eine Möglichkeit, Ihren Fehler wiedergutzumachen.«

»Ich sagte schon, Kevin war es nicht und außerdem ist er nicht hier.«

»Es geht nicht um Kevin, es geht um Rosi Meierling.«

»Rosi?«, fragte Klein verwundert. »Was hat Rosi mit der Sache zu tun?«

»Seit wann kennen Sie Rosi?«

Klein überlegte. »Das ist … Ich glaube, sie zog mit Johannes 1989 hierher. Johannes stammte aus Tennweide, sie wohnten in seinem Elternhaus. Er ging nach Hamburg und arbeitete auf einer Werft. Als der Vater und kurz darauf die Mutter von Johannes starb, zogen sie von Hamburg zurück ins Dorf.«

»Johannes Meierling ist überfahren worden, aber er saß zuvor im Rollstuhl, wie kam das?«

»Der arme Johannes hatte viel Pech in seinem Leben«, entgegnete Klein nachdenklich. »Als sie hierher kamen, fing er bei der MavTec in Garbsen als Maschinenschlosser an. Die bauen Großtransformatoren für Umspannwerke. Es war 1994, als er unter einen Transformator geriet. Ein Arbeitsunfall, beim Verladen auf einen Transporter löste sich eine Schlinge. Das Ding ist auf ihn gefallen und hat ihm beide Beine knieabwärts abgeschlagen. Er war ein guter Kerl, aber nach dem Unfall, als er im Rollstuhl saß, da wurde er immer verbitterter. Ich glaube, er hat angefangen zu trinken. Man sah ihn kaum noch auf der Straße. Rosi wollte sich nichts anmerken lassen, aber mir war klar, dass es ihnen nicht gut ging. Johannes bekam nur eine schmale Rente. Drei Jahre nach seinem Unfall ist er direkt vor einen Lastwagen zwischen Tennweide und Mardorf auf die Straße gerollt. Ich weiß es noch wie heute, ich war an der Unfallstelle. Johannes hatte über zwei Promille im Blut und war sofort tot. Es gab keinen Abschiedsbrief, aber ich verwette meinen rechten Arm darauf, dass er absichtlich vor den LKW gerollt ist. Ich glaube, er wollte einfach nur Schluss machen. Und Rosi war natürlich wieder die Leidtragende, denn bei Selbstmord zahlt die Versicherung nicht. Das war ein harter Schlag für sie.«

»Johannes Meierling, wie sah er aus?«, fragte Trevisan.

Klein blickte Trevisan fragend an.

»Wie groß war er, welche Schuhgröße?

»Er war einen ganzen Kopf kleiner als Sie«, antwortete Klein zögerlich. »Die Schuhgröße, das weiß ich nicht, aber ich denke, sie entsprach seiner Größe. Er war eher schmächtig, ja, ein kleiner, schmächtiger Bursche, aber er konnte ganz schön anpacken. Kraft hatte er, der Johannes.«

»Hat Rosi eigentlich keinen neuen Freund gefunden, nachdem ihr Mann starb, jemand, der sich um sie kümmert?«

Klein schüttelte den Kopf. »Ich … Es gab … Meine Frau starb, als Kevin noch klein war, ich dachte mir … Ich meine, Rosi ist in meinem Alter und sie sieht nicht schlecht aus … Wir hatten eine Beziehung, aber … Wie soll ich sagen,

Kevin hat Theater gemacht. Es ging sogar so weit, dass er sie bedrohte. Er dachte, er verliert mich an sie.«

»Sie vermietet Zimmer – gibt es dort jemanden, der sich regelmäßig bei ihr einmietet, einen Stammgast? Vielleicht sogar mit einem Sohn in Kevins Alter?«

Klein runzelte die Stirn. »Es gibt ein paar Stammgäste, ich weiß ja, was in meinem Ort vor sich geht. Sie hat mehrere Gästezimmer eingerichtet, denn von irgendwas muss sie ja leben. Ein paar ältere Paare sind dort regelmäßig zu Gast, aber jemand in Kevins Alter, das wäre mir aufgefallen.«

»Ist Ihnen öfter ein schwarzer Wagen vor ihrem Haus aufgefallen, der nicht aus dieser Gegend stammt?«

Klein schüttelte den Kopf. »Sie hat ein paar Garagen für die Gäste bauen lassen, aber sicher, da stehen natürlich oft Autos, wenn Rosi Gäste hat, manchmal bin ich sogar vorbeigefahren und habe die Kennzeichen überprüft. Aber es gab nie eine Beanstandung.«

Trevisan fuhr sich mit der Zunge über die Lippen. »Haben Sie mal etwas mitbekommen, einen Vorfall mit Sarah, irgendetwas Ungewöhnliches?«

»Was sollte das sein?«

»Na ja, hatte Rosi mit ihrer Tochter Stress oder gab es Streit zwischen den beiden?«

»Rosi und Sarah, die waren ein Herz und eine Seele, sie hatten ja nur noch sich, und die Sarah ist ein liebes Mädchen. Ich hätte gerne gesehen, wenn sie und Kevin … Aber das passte nicht. Sie hat sich um den Sven gekümmert und dem Jungen hat das gutgetan. Der war oft bei Rosi und Sarah. Damit hat sich das Mädchen etwas dazuverdient, denn Rosi konnte ihr ja nicht viel bieten.«

Trevisan erhob sich und dankte dem Oberkommissar, doch noch bevor er das Zimmer verlassen hatte, meldete sich Klein noch einmal zu Wort. »Komisch war nur, dass Sarah kurz nach dem Verbrechen an den Radfahrerinnen dem Ort den Rücken kehrte. Ich glaube, sie war kein einziges Mal in den letzten drei Jahren hier, um Rosi zu besuchen. So ist es nun einmal, die Kinder werden flügge. Wenn ich mich bei unserer Jugend so umschaue, dann gibt es nur wenige, die hierbleiben wollen, die meisten gehen irgendwo studieren oder auf weiterführende Schulen. Kevin merkt das jetzt auch langsam. Schade, wenn diese Einsicht früher gekommen wäre, dann ... Na ja, Schreiner werden auch gebraucht und nicht jeder kann Doktor werden.«

»Ja, da haben Sie recht«, antwortete Trevisan.

»Was machen wir jetzt?«, fragte Lisa, als sie im Wagen Platz genommen hatten.

»Wir fahren zu Rosi Meierling«, antwortete Trevisan. Er warf einen Blick auf sein Handy und aktivierte die Tastensperre, doch das Display blieb dunkel, der Akku war leer. Er dachte schon, dass er den Anruf von Hanna verpasst hatte, auf den er sehnsüchtig wartete.

41

Viertel nach neun. Dunkle Wolken hatten sich über dem kleinen Ort am Steinhuder Meer zusammengebraut und legten sich wie ein Schleier über das Land. Trevisan parkte den Wagen gegenüber dem Wohnhaus von Rosi Meierling.

»Hast du dein Handy bei dir?«, fragte er Lisa. »Mein Akku ist leer.«

Lisa zeigte nach hinten in den Kofferraum. »Im Koffer, soll ich es holen?«

Trevisan schüttelte den Kopf und warf einen Blick auf das geräumige Wohnhaus in der Höhingstraße. Aus der Küche drang Licht nach draußen. Bevor er allerdings die Treppen zur Haustür hinter sich brachte, schaute er sich den Parkplatz und die einfachen Betongaragen an, die Rosi Meierling auf ihrem Grundstück für ihre Gäste hatte aufstellen lassen. Enttäuscht musste Trevisan feststellen, dass die Garagen noch nicht einmal über Fenster verfügten. Rosis Auto, ein gelber Ford Ka, war der einzige Wagen, der auf dem geschotterten Platz neben ihrem Haus stand.

Lisa wartete an der Treppe, bis Trevisan heftig atmend zurückkehrte. »Und, hast du was entdeckt?«, fragte sie, doch er zuckte im Schein der Straßenlaterne nur mit der Schulter.

»Jetzt werden wir Rosi mal richtig auf den Zahn fühlen«, sagte er entschlossen. Gemeinsam gingen sie auf den Treppen des Hanghauses nach oben und traten vor die hölzerne Tür.

Trevisan klingelte und wartete, doch aus dem Haus war nichts zu hören. Er klingelte erneut, klopfte schließlich auch noch gegen die Tür und rief Rosis Namen. Beinahe fünf Minuten vergingen, ehe sie Schritte hörten und die Tür einen Spalt geöffnet wurde.

Rosi Meierling hatte eine Sicherheitskette vorgelegt. Im Schein der Hausbeleuchtung sah Trevisan, dass ihre Miene finster war. »Was willst du?«

»Ich muss mit dir reden.«

Rosi Meierling warf Lisa einen geringschätzigen Blick zu. »Wer ist das, deine Tochter?«

Trevisan schüttelte den Kopf. »Ich bin dienstlich hier«, entgegnete er. »Das ist meine Kollegin.«

Rosi wandte sich wieder ihm zu. »Ich will aber nicht mit dir reden.«

Sie schickte sich an, die Tür zu schließen, doch Trevisan trat einen Schritt vor und schob seinen Fuß in den Türspalt. »Ich werde nicht gehen, ich werde hier stehen bleiben«, sagte er kalt. »Und wenn du die Tür zuschlägst, dann werde ich Verstärkung holen und die Tür aufbrechen lassen.«

Rosi Meierling wurde unsicher. »Dazu hast du kein Recht.«

»Ich soll dir Grüße von Sarah ausrichten«, fiel ihr Trevisan ins Wort.

Rosi Meierling zögerte.

»Das Gespräch mit ihr war sehr interessant«, fuhr Trevisan fort. »Was ist nun?«

Die Frau überlegte und senkte den Blick zu Boden, schließlich atmete sie tief ein und nestelte an der Sicherheitskette. Trevisan nahm den Fuß wieder aus dem Türspalt. Rosi Meierling öffnete, wandte sich wortlos um und ging den Flur entlang in Richtung Küche. Trevisan warf Lisa einen Blick zu, schließlich folgten sie ihr.

Als Trevisan am Bad vorbeikam, warf er einen verstohlenen Blick durch die halb geöffnete Tür, vor der Waschmaschine stand ein leerer Wäschekorb. Sie betraten die Küche, wo Rosi Meierling vor dem Küchenschrank ein Bügelbrett aufgestellt hatte und Wäsche bügelte. Während Lisa an der Tür stehen blieb, trat Trevisan vor das Bügelbrett. Rosi schaute nicht auf, sie bügelte einfach weiter. Schließlich stellte sie das Eisen in die Halterung und begann sorgsam, die weiße Bluse zusammenzufalten.

Trevisan schwieg und beobachtete die Frau genau, doch keine Regung in ihrem Gesicht verriet, was sie gerade dachte. Schließlich legte sie die Bluse auf einen Stapel Wäsche.

»Wie geht es Sarah, wo ist sie?«, fragte sie und breitete ein neues Wäschestück auf dem Bügelbrett aus.

»Ihr geht es nicht besonders gut, sie leidet.«

Rosi griff zum Bügeleisen. »Was willst du?«

»Ist er hier?«, fragte Trevisan.

Einen Augenblick hielt Rosi inne, einen einzigen Lidschlag lang, doch dann setzte sie unbeirrt ihre Arbeit fort. »Ich weiß nicht, wovon du sprichst.«

»Ich habe deine Aussage von damals gelesen. Auch die Aussagen der beiden älteren Ehepaare, die damals bei dir zu Gast waren. Aber du hast nicht alles erzählt, du hast gelogen. Also, was ist, ist er hier?«

»Wen meinst du?«

»Ich rede von deinem Stammgast«, erklärte Trevisan. »Ich rede davon, dass du mir mit Schuhen und Kleidung ausgeholfen hast, als ich meine Sachen am Bannsee ruiniert hatte.«

»Ja, und?«, fragte sie kalt. »Ich sagte doch, das waren Sachen von meinem Mann.«

»Es waren relativ neue Schuhe und die Kleider passten mir«, fiel ihr Trevisan ins Wort. »Dein Mann hatte beide Beine verloren und ich glaube nicht, dass er noch Schuhe brauchte. Außerdem war er einen ganzen Kopf kleiner als ich, also hör auf, mich zu belügen.«

»Manchmal bleibt eben was von den Feriengästen liegen, ich kann nicht alles hinterherschicken.«

Trevisan schlug mit der flachen Hand auf den Bügeltisch und Rosi Meierling zuckte zusammen. »Die Wahrheit!«, fuhr er die Frau an. »Warum schützt du deinen heimlichen Gast? Du weißt, was er getan hat, ist er es wirklich wert?«

Rosi Meierling lief eine Träne über die Wange. »Ich habe alles gesagt …«

»Gar nichts hast du, du lügst«, raunte Trevisan. »Und du hast deine Tochter dafür geopfert und auch diesen armen Jungen, Sven, also: Was liegt dir an diesem Kerl?!«

Sie sank in sich zusammen und rang mit den Tränen.

»Sag jetzt endlich die Wahrheit!«

Bevor Rosi Meierling antworten konnte, polterte es im Flur. Trevisan fuhr herum und sah den Schatten, der durch die Tür sprang und nach Lisa griff, die ihm den Rücken zuwandte. Sie schrie gellend auf. Trevisan griff unter die Jacke, doch ehe er seine Pistole greifen konnte, hatte der Schatten Lisa in seinem unbarmherzigen Griff. Ein Messer lag in seinen Händen und es war nur knapp einen Zentimeter von Lisas Hals entfernt.

»Ich will die Hände sehen, Bulle!«, fauchte der Schatten. Trevisan zog seine Hand unter der Jacke hervor.

*

Ungeduldig blickte Hanna auf die Uhr. Es war bereits weit nach neun und Trevisan war noch immer nicht auf die Dienststelle zurückgekehrt, dabei hatte ihr gesagt, dass er die Informationen heute noch brauchte. Mehrmals hatte sie inzwischen versucht, Trevisan anzurufen, doch bei seinem Handy war offenbar die Mailbox aktiviert und Lisa war ebenfalls nicht erreichbar. So langsam machte sie sich Sorgen

Sie hatte Trevisans Auftrag ausgeführt und einige überraschende Dinge herausgefunden. Sie brannte darauf, Trevisan über die Neuigkeiten zu informieren. Glücklicherweise hatte sie in den Behörden relativ zügig Ansprechpartner gefunden, denn oft rief man vergeblich in den Ämtern an oder bekam nur fadenscheinige Auskünfte. Dennoch, die letzte Antwort, eine Anfrage an das PK 11, der Wache im Hamburger Stadtteil Sankt Georg, war erst vor knapp einer Stunde bei ihr eingegangen.

Nachdem Trevisan telefonisch gebeten hatte, alles über Rosi Meierling in Erfahrung zu bringen, hatte Hanna sich zuerst gewundert und noch einmal die Ermittlungsakte der Soko Radtour durchgesehen. Rosi Meierling war eine absolut unverdächtige Person, ebenso die Feriengäste, die sich zum Zeitpunkt der Tat bei ihr aufgehalten hatten. Einmal handelte es sich um ein älteres Ehepaar aus Süddeutschland, das bei der routinemäßigen Befragung angegeben hatte, den Tag in

Hannover verbracht zu haben. Das andere Paar, ebenfalls um die siebzig Jahre alt, hatte zusammen mit einer organisierten Wandergruppe einen Ausflug in die Moor- und Sumpfgebiete im Norden unternommen und ebenfalls keine sachdienliche Hinweise geben können.

Hannas Telefon-Odyssee durch die Behördenlandschaft Norddeutschlands hatte mit einem Anruf beim Einwohnermeldeamt in Neustadt begonnen und im Standesamt von Hamburg geendet.

Roswitha Meierling, geborene Warmuth, war am 3. Mai 1959 in Hamburg geboren und hatte im Stadtteil Harburg ihre Kindheit verbracht. Sie hatte 1982 Johannes Meierling geheiratet. Ein Jahr später war ihre Tochter Sarah geboren worden, und im Jahr 1986 war die Familie nach Tennweide gezogen. So weit war nichts Auffälliges zu entdecken. Doch vom Standesamt in Hamburg erhielt Hanna eine weitere Auskunft, und die ließ sie aufhorchen. Denn neben der Tochter Sarah gab es ein weiteres Kind, einen unehelichen Jungen, den Rosie im Alter von sechzehn Jahren zur Welt gebracht hatte. Er war ihr mit fünf Jahren wegen ihres unsteten Lebenswandels weggenommen worden. Vom Jugendamt Harburg erfuhr Hanna, dass der Junge, Peter Warmuth war sein Name, in einem Heim aufgewachsen und vergeblich bei mehreren Pflegefamilien untergebracht worden war, wo er immer wieder ausriss. Als Jugendlicher war er früh mit dem Gesetz in Konflikt geraten. Ladendiebstähle, Leistungserschleichungen und Körperverletzungsdelikte hatten sich in seinem Strafregister angesammelt. Mit sechzehn folgte die erste Jugendstrafe wegen Verstoßes gegen das Betäubungsmittelgesetz. Vier Monate saß er in Hahnöfersand ein, doch seiner Karriere als Kleinkrimineller tat das keinen Abbruch.

Er war danach noch mehrfach aufgefallen, und eine zweite, diesmal einjährige, Jugendstrafe folgte. Nach einem Raubüberfall auf einen Lottoladen in Heimfeld knapp ein halbes Jahr nach seiner Haftentlassung war er zu einer Haftstrafe von drei Jahren in der JVA Billwerder verurteilt worden. Dort hatte er an einer Ausbildung zum Schreiner teilgenommen. Über das Gefangenenhilfswerk war ihm im Stadtteil St. Georg eine Wohnung in einer Wohngemeinschaft vermittelt worden, dennoch war er immer wieder wegen seiner Rauschgiftsucht mit dem Gesetz in Konflikt gekommen.

Hanna schüttelte den Kopf, als sie das Strafregister aus Hamburg zugefaxt bekam. Über vierzig Fälle waren inzwischen registriert, zumeist Delikte im Kleinkriminellenbereich. Bei den letzten zehn Eintragungen tauchten immer wieder zwei weitere Namen als Tatgenossen auf: Mehmet Aydin und Stefan Scheering, zwei gleichaltrige Mitbewohner der Wohngemeinschaft, mit denen er wegen einiger Ladendiebstähle aufgefallen war. Einer der Diebstähle war nicht in Hamburg, sondern vor etwa einem Jahr in Wunstorf begangen worden.

Hanna forschte weiter und erfuhr, dass kein Wagen auf Peter Warmuth registriert war. Doch als sie die beiden Personen im Warmuths Umfeld überprüfte, stieß sie auf einen schwarzen Toyota, der auf Stefan Scheering zugelassen war.

Erneut versuchte sie vergeblich, Trevisan zu erreichen. Sie überlegte, was sie tun konnte. Schließlich entschloss sie sich, Engel in die Sache einzuweihen, doch noch bevor sie den Telefonhörer in der Hand hielt, klingelte es. Die Kollegen aus Hamburg meldeten sich.

»Moin«, grüßte der Polizist am anderen Ende. »Sie hatten die Anfrage wegen den Personen Scheering und Aydin?«

Hanna bestätigte.

»Nun, der Scheering wohnt noch unter der eingetragenen Adresse, aber den anderen, den Aydin, den gibt es nicht mehr. Der liegt schon zwei Meter tiefer.«

Hanna wurde hellhörig. »Wie das?«

»Hatte Pech im Hafen«, erläuterte der Kollege. »Hat sich wohl mit den Falschen eingelassen. Ein Messerstich in die Leber, die Täter sind zwei Albaner und sitzen. Ging wohl um Rauschgift, aber ihr kennt das ja, da ist nichts rauszubekommen aus denen.«

»Haben Sie neue Erkenntnisse über Peter Warmuth, läuft da noch ein Verfahren oder was ähnliches?«

»Es liegt ein Haftbefehl gegen ihn und seinen Kumpel Scheering vor«, antwortete der Kollege. »Hat die Fahndung auf dem Tisch, weil die Kerle seit ein paar Wochen nicht greifbar sind. Drei Monate Strafvollstreckung wegen Ladendiebstahls. Die sind wohl ausgerückt. Die Kollegen von der Fahndung meinen, wenn sie bis zum Wochenende nicht auftauchen, schreiben wir sie im Fahndungssystem aus.«

»Ich habe das Register hier vor mir liegen, aber schwere Gewalttaten sind bis auf drei Körperverletzungsdelikte nicht erfasst. Kennen Sie die Typen persönlich?«

»Na ja, wir hatten schon ein paarmal mit denen zu tun. Typische Streuner, die wohl noch eine ganze Weile brauchen, bis sie endlich erwachsen werden.«

»Die sind bereits Mitte zwanzig«, wandte Hanna ein.

»Ich sag doch, die benehmen sich noch wie Straßenkids, haben wohl in ihrem Leben noch nicht viel dazugelernt. Jeden Tag Party bis zum Abwinken. Vielleicht hätte man da mal richtig Ernst machen müssen, aber ihr kennt doch unsere Justiz. Bevor man einen umbringt, passiert nichts.«

Hanna fuhr sich durch ihre langen Haare. »Würden Sie den beiden zutrauen, jemanden umzubringen?«

Der Kollege zögerte. »Normalerweise sind die harmlos, aber wenn sie getrunken haben, sind sie unberechenbar.«

Hanna bedankte sich und bat um Übersendung der Haftbefehle. Erneut warf sie einen Blick auf die Uhr. Es war beinahe halb zehn. Engel war längst schon zu Hause. Sie überlegte, was sie noch tun konnte, schließlich fiel ihr Oberkommissar Klein ein. Sie suchte die Telefonnummer aus der Akte. Bedächtig wählte sie und nach dreimaligen Klingeln ertönte eine tiefe, brummige Stimme.

»Hier spricht Hanna Kowalski vom LKA, mein Kollege Trevisan wollte mit Ihnen reden, könnte ich …«

»Der ist schon seit über einer Stunde weg«, antwortete Klein.

»Wissen Sie, wohin er gegangen ist? Ich kann ihn per Handy nicht erreichen.«

»Da war noch eine Kollegin bei ihm, ich glaube, die wollten zu Rosi, ich meine Frau Meierling, hier im Ort.«

Hanna biss sich auf die Lippen. »Hören Sie, Herr Klein. Ich weiß, dass ich angesichts der Situation viel von Ihnen verlange, aber meine Kollegen könnten sich in ernsthafter Gefahr befinden. Ich müsste umgehend wissen, ob sie noch in Tennweide sind. Nur habe ich keine Ahnung, welchen Wagen er fährt. Es muss ein …«

»Ich habe ihn wegfahren sehen«, fiel ihr Klein ins Wort. »Und ich bin auch immer noch Polizeibeamter. Ich rufe Sie zurück, wenn Sie mir die Nummer geben.«

»Passen Sie auf, lassen Sie sich nicht sehen«, mahnte Hanna. »Nur der Wagen, bitte!«

»Keine Angst, ich weiß, was ich tue«, antwortete Klein und legte auf.

*

Er hielt Lisa im Würgegriff und drückte ihr ein Stilett an den Hals. Ihre Augen waren schreckensstarr geweitet, sie war zu keiner Bewegung fähig. Trevisan nahm langsam die leere Hand aus seiner Jacke und streckte dem jungen Mann, der keine zwei Meter vor ihm stand, die Handflächen entgegen.

»Mach keinen Scheiß, Bulle!«

Trevisan versuchte angesichts der Bedrohung seiner jungen Kollegin ruhig zu bleiben. »Ganz vorsichtig«, sagte er leise.

Der junge Mann trug eine Jeans und ein dunkles Kapuzenshirt. Eine dunkle Strähne fiel in seine Stirn. Er hatte etwa Trevisans Figur. Eine Narbe prangte an seiner rechten, unrasierten Wange. Ein Schneidezahn war abgebrochen, nur noch der dunkle Stummel war zwischen seinen Lippen zu erkennen. Trevisan dachte an die Zeichnungen von Sven Thiele, zweifellos stand ihm hier der Schatten gegenüber. Margot hatte sich nicht getäuscht. Dieser Schatten war real, ein Mensch aus Fleisch und Blut.

»Er … er ist mein Sohn«, stammelte Rosi Meierling leise.

»Halt die Klappe«, fuhr sie der junge Mann an. »Halt bloß deine dumme Fresse.«

Der Kerl war sichtlich nervös und Trevisan versuchte die angespannte Situation zu entschärfen, in dem er einen Schritt zurückging.

»Bleiben Sie ruhig und niemandem wird etwas passieren«, sagte er besänftigend. »Lassen Sie meine Kollegin los und wir werden einfach gehen.«

»Was willst du, du Wichser, du glaubst wohl, du kannst mich verarschen«, zischte er. »Niemand geht hier, ich kenne euch. Sobald ihr draußen seid, kommen die Kerle mit den schwarzen Helmen. Bleib bloß ruhig und nimm langsam deine Knarre raus, sonst stech ich die Nutte ab, klar?«

Trevisan nickte stumm und fasste langsam mit spitzen Fingern unter seine Jacke. Vorsichtig nahm er seine Heckler und Koch aus dem Schulterhalfter und hielt sie in die Höhe.

»Wirf sie rüber!«

Trevisan schüttelte den Kopf und legte sie neben sich auf den Küchenstuhl. »Das ist zu gefährlich, sie kann losgehen, wenn sie zu Boden fällt. Wäre nicht das erste Mal.«

»Du willst mich wohl verarschen«, antwortete Rosis Sohn. »Geh in die Ecke, los!« Er drückte das Messer noch ein Stück tiefer an Lisas Hals, so dass ihre Haut nachgab, und dirigierte Trevisan nach links in Richtung Küchenschrank. Lisa stöhnte.

»Peter, hör auf damit«, stammelte Rosi Meierling.

»Halt die Klappe.« Er wandte sich Trevisan zu, der direkt am Küchenschrank angekommen war. »Bleib stehen, genau da, und keinen Mucks!«

Trevisan hob beschwichtigend die Hände. »Was haben Sie davon? Meine Kollegen wissen Bescheid. Es ist nur eine Frage der Zeit, bis sie hier auftauchen.«

Peter Warmuth schob Lisa vor sich her und ging auf den Küchenstuhl zu, auf dem Trevisan seine Dienstwaffe abgelegt hatte.

»Wenn Sie uns umbringen, dann machen Sie alles nur noch

schlimmer. Legen Sie einfach das Messer weg und wir reden, was meinen Sie? Wir reden in aller Ruhe über die Sache«, mahnte Trevisan, doch eine Antwort erhielt er nicht.

»Wo sind eure Handschellen?«, blaffte Peter Warmuth.

»Im Wagen«, antwortete Trevisan wahrheitsgemäß.

»Mutter, du wirst den Kerl jetzt fesseln, hol ein Seil und dann binde ihn irgendwie zusammen, hast du mich verstanden?«

Rosi Meierling stand wir paralysiert hinter ihrem Bügelbrett.

»Los, besorg eine Schnur!«, befahl er.

Rosi zuckte zusammen. Schließlich nickte sie kurz, kam hinter dem Bügelbrett vor und rannte durch die Tür.

»Warum haben Sie damals die Mädchen umgebracht?«, versuchte Trevisan einen Schuss ins Blaue.

»Halt die Klappe, das geht dich einen Scheißdreck an.«

»Es war keine Absicht, oder?«

»Schnauze!«

Trevisan schwieg und beobachtete Peter Warmuth, der direkt vor dem Stuhl mit der Waffe darauf stand, sich aber offenbar nicht traute, Lisa loszulassen, um das Messer gegen die Pistole zu tauschen.

Im Haus polterte es, die Haustür fiel ins Schloss und Peter Warmuth zuckte zusammen. Das Messer hinterließ einen deutlichen Striemen auf Lisas Haut. Schritte drangen über den Flur und ein weiterer junger Mann, mit blonden langen Haaren und einem ungepflegten Dreitagebart, betrat die Küche, um schlagartig stehen zu bleiben und mit offenem Mund auf Peter Warmuth und seine Geisel zu starren. »Bist du verrückt geworden?!«

»Das sind Bullen«, entgegnete Peter Warmuth. »Die sind hinter uns her.«

»Blödsinn, es weiß doch keiner, dass wir hier sind.«

»Nimm die Knarre«, befahl Warmuth.

Der Blonde ging zögerlich an ihm vorbei und nahm die Pistole in seine Hand. »Ich brauch den Schlüssel, die Garage ist abgeschlossen.«

»Das kann warten, wir müssen sie fesseln!«

Der Blonde ging zum Schrank und zog die einzelnen Schubladen auf. In einer fand er eine Paketschnur. Er nahm sie heraus.

»Wie habt ihr uns gefunden?«, fragte er, als er auf Trevisan zuging, die Waffe anhob und auf seinen Bauch zielte.

»Der schwarze Wagen«, antwortete Trevisan knapp.

»Scheiße«, seufzte der Blonde und wandte sich seinem Kumpan zu. »Ich hab es dir gesagt, der Schreiberling hat die Fotos schon an seine Zeitung geschickt, aber du wolltest ja nicht hören. Wir hätten einfach nur verschwinden sollen, die wären nie auf uns gekommen.«

Trevisan verstand zwar nicht genau, was der Blonde meinte, doch angesichts der tödlichen Bedrohung seiner Kollegin und weil er nun zwei Gegner vor sich hatte, verhielt er sich ruhig, denn die Chancen für einen Überraschungsangriff standen nicht zum Besten.

»Los, umdrehen!«, befahl der Blonde. »Hände auf den Rücken!«

Trevisan tat wie ihm geheißen und spürte einen beißenden Schmerz, als sein Widersacher seine Hände ergriff und die Paketschnur um die Handgelenke wickelte. Rosi Meierling kam in die Küche zurück, sie hielt eine dicke Schnur in ihrer Hand.

»Du gehst ins Wohnzimmer und schaust auf die Straße«, befahl ihr Sohn. »Sobald sich draußen was tut, gibst du uns Bescheid, verstanden!«

Rosi Meierling nickte stumm und verschwand.

Als Trevisan gefesselt war, drückte ihn der Blonde zu Boden. »Hinsetzen!«, befahl er.

Erst als Trevisan saß, ließ Peter Warmuth seine Geisel frei. Auch Lisa wurde von dem Blonden gefesselt und dann neben Trevisan auf dem Boden platziert. Die Situation entspannte sich leicht, als sich Warmuth einen Stuhl heranzog und sich niedersetzte.

»Was machen wir mit denen?«, fragte der Blonde.

Peter Warmuth zuckte mit der Schulter.

42

Hanna hatte Engel informiert, ihm die Situation geschildert und ihn gebeten, auf die Dienststelle zu kommen.

»Was soll ich da jetzt machen?«, hatte er geantwortet. »Es ist ja nur eine Vermutung, dass die beiden in Gefahr sein könnten. Wahrscheinlich sind sie längst zu Hause und schlafen, schließlich haben sie ja eine lange Fahrt hinter sich. Ich verstehe überhaupt nicht, warum er schon zurück ist, die Dienstreise war doch mit Übernachtung geplant.«

»Zu Hause sind sie nicht, da habe ich schon angerufen«, fuhr ihn Hanna am Telefon an. »Fakt ist, er ist in Tennweide und er wollte zu Rosi Meierling und Rosi Meierling hat einen Sohn, den sie während der gesamten Ermittlungen verschwiegen hat und dieser Sohn ist mehrfach vorbestraft.«

»Das rechtfertigt aber noch keinen Einsatz der Spezialkräfte«, widersprach Engel.

»Trevisan ist in Gefahr, ich spüre es, und wenn ihm etwas passiert, dann … dann …«

»Gut, ich komme!«, antwortete Engel barsch.

Ungeduldig saß sie in dem geräumigen Konferenzzimmer und überlegte, was sie tun konnte. Die Zeit schlich dahin. Sie fühlte sich schwach und hilflos. Noch bevor Engel eintraf, rief Oberkommissar Klein zurück.

»Ich stehe in der Nähe von Rosis Haus«, berichtete er. »Im Haus brennt Licht und der rote Audi, den ihr Kollege fuhr, steht direkt gegenüber.«

»Ist sonst etwas zu erkennen?«, fragte Hanna hastig.

»Nein, ich bin noch gut fünfzig Meter entfernt«, entgegnete Klein. »Wenn ich näher rangehe, dann sieht man mich.«

»Bleiben Sie bitte dort, ich … ich rufe Verstärkung.«

»Weshalb glauben Sie, dass sich Ihre Kollegen in Gefahr befinden?«, fragte Klein.

Hanna schilderte ihm, was sie über Rosi Meierling und ihren unehelichen Sohn herausgefunden hatte.

»Davon hat niemand im Ort gewusst«, antwortet er überrascht.

»Bleiben Sie bitte dort und melden Sie sich, wenn sich etwas tut, bitte.«

»Da ist noch was«, sagte Klein. »Ihr Kollege fragte mich nach einem schwarzen Wagen.«

»Ja«, fragte Hanna ängstlich.

»Hinter dem Haus vor den Garagen steht ein schwarzer Toyota«, berichtete Klein. »Das Kennzeichen lautet... Moment ... HH-NK 2253.«

Hanna schrieb das Kennzeichen mit und verglich es mit ihren Aufzeichnungen. HH-NK 2253, der Wagen, der auf Stefan Scheering zugelassen war.

»Ich schicke sofort Verstärkung!« Sie legte auf. Ihre Vermutung war nun Gewissheit und Hanna zögerte keinen Augenblick. Sie wählte die Nummer der Zentrale und verlangte nach dem Einsatzleiter vom Dienst. Sie schilderte ihm die Lage.

»Wir brauchen das SEK und Zivilstreifen, die das Haus observieren«, sagte sie bestimmt.

»Das SEK ist in etwa vierzig Minuten einsatzklar, wir müssen von einer Geiselnahme ausgehen«, bestätigte der Einsatzleiter. »Zwei Zivilstreifen sind auf dem Weg.«

Hanna legte auf und schlug die Hände vor das Gesicht. Sie griff nach ihrem Handy und den Wagenschlüssel, doch noch bevor sie das Konferenzzimmer verlassen hatte, kam Engel durch die Tür.

»Sie sind ja vollkommen aufgelöst«, sagte er, als er Hanna musterte.

»Die Kerle sind in Tennweide und sie haben Trevisan und Lisa. Ich habe den Einsatzleiter vom Dienst informiert, das SEK ist auf dem Weg.«

»Sie haben was?«, fragte Engel entgeistert. »Hätten wir nicht erst ...«

»Hören Sie, das sind eiskalte Mörder und sie haben Trevisan und Lisa in ihrer Gewalt.«

»Das sind Vermutungen, Frau Kowalski«, entgegnete Engel. »Reine Spekulation.«

»Wir sitzen hier nicht im warmen Büro und können unsere Entscheidungen tausendmal überdenken! Das ist die Realität der Straße, da müssen wir handeln, improvisieren, manchmal auch intuitiv und ich weiß, dass sich Trevisan in großer Gefahr befindet, Herr Kriminaloberrat«, antwortete sie bissig. Sie ließ Engel einfach stehen und ging an ihm vorüber.

»Was machen Sie denn, wohin gehen Sie?«, rief er ihr hinterher.

»Nach Tennweide, wohin sonst!«

*

Sie hatten Lisa und Trevisan an die Heizung gefesselt und sich versichert, dass die Schnüre auch halten würden, ehe sie die Küche verließen.

»Pass auf sie auf!«, befahl Warmuth seiner Mutter. »Und wenn sie sich rühren, dann ruf uns.«

»Was habt ihr vor?«, fragte Rosi Meierling.

»Wir packen alles zusammen und verschwinden von hier, solange wir noch können«, antwortete ihr Sohn. »Raus aus dem Land. Ich habe keine Lust, den Rest meines Lebens im Knast zu verbringen. Hast du Geld?«

»Zweihundert Euro vielleicht.«

»Mehr nicht?«

Rosi schüttelte den Kopf.

Peter Warmuth wandte sich Trevisan zu. »Aber ihr habt doch sicherlich etwas Startkapital für mich?« Er ging einen Schritt auf Trevisan zu. Er tastete ihn ab und anschließend durchsuchte er auch Lisas Taschen, doch er fand nichts. »Keine Kohle, so eine Scheiße. Keiner geht ohne Kohle aus dem Haus, noch nicht mal die Bullen – also, wo habt ihr euer Geld?« Er fuchtelte bedrohlich mit der Pistole vor Lisas Gesicht herum.

»Draußen im Wagen«, antwortete Trevisan.

Peter Warmuth wandte sich ihm kalt lächelnd zu und griff ihm in die Jackentasche, um den Autoschlüssel herauszuholen. »Na, geht doch«, sagte er frech. Er sah den Anhänger der Firma Europcar. »Was ist das, müsst ihr Bullen jetzt schon die Autos leihen?«

Trevisan schwieg.

»Hey Steve«, rief Warmuth seinem Komplizen zu. »Schau mal in der Bullenkarre nach, ob du da Kohle findest.«

Der Blonde kam durch die Tür und fing geschickt den Schlüssel auf, den ihm Warmuth zuwarf.

»Bleibt ruhig, wenn ihr am Leben bleiben wollt!«, zischte Warmuth, ehe er durch die Tür verschwand und dem Blonden folgte.

Trevisan wartete, bis die Schritte im Gang verklungen waren. Schließlich wandte er sich Rosi zu, die am Tisch Platz genommen hatte und mit tränengeröteten Augen vor sich hinstarrte.

»Warum?«, fragte Trevisan.

Rosi Meierling reagierte nicht.

»Sag mir, warum du ihm hilfst und so lange geschwiegen hast«, wiederholte Trevisan.

Rosi schaute auf und seufzte. »Er ist mein Sohn und ich habe ihn schon einmal im Stich gelassen. Ich habe geschworen, dass ich es kein weiteres Mal tue.«

»Er hat zwei junge Mädchen umgebracht«, sagte Trevisan. »Er hat einen Journalisten beinahe ermordet und er ist daran schuld, dass Sarah von hier geflüchtet ist. Ist es das wert?«

»Er hat mir geschworen, dass er die Mädchen nicht umgebracht hat«, antwortete Rosi hölzern. »Sie waren im Rausch und haben dort gefeiert. Es war ein Unfall, aber mein Sohn ist es nicht gewesen, es war dieser Mehmet, mit dem er damals herumzog. Ich habe ihm gesagt, er soll sich fernhalten von ihm, der hat einen schlechten Einfluss auf ihn.«

»Du hast ihm geglaubt?«

»Er ist mein Sohn und … und … ich bin ihm etwas schuldig … Ich habe ihn einfach … einfach zurückgelassen.« Rosi

Meierling liefen Tränen über die Wangen, ein Zittern lief durch ihren Körper. Sie nahm die Hände vor das Gesicht. »Ich bin schuld daran, dass er so wurde, wie er ist und er hat das nicht verdient, ich ... ich ... ich bin schuld. Vor fünf Jahren tauchte er hier auf, er hatte nachgeforscht und herausgefunden, wo ich lebe. Er kam zu mir und ich musste ihn zurückweisen, Johannes hätte nie ... Er hätte nie zugestimmt ... So kam Peter heimlich, als Feriengast oder wenn Johannes wieder einmal auf Kur oder im Krankenhaus war. Niemand im Dorf durfte davon erfahren. Da habe ich ihn das zweite Mal verstoßen. Ich bin seine Mutter und Blut ist dicker als Wasser. Ich trage die Schuld an dem, was passiert ist und an dem, was aus ihm wurde.«

»Du musst mich losbinden!«, forderte Trevisan. »Du weißt, dass es sonst keine Rettung für ihn gibt. Er ist zu weit gegangen. Das Sondereinsatzkommando wird kommen und wird ihn erschießen, wenn er nicht aufgibt, das weißt du doch, oder?«

Rosi nickte fast unmerklich. »Er wird gehen, er wird einfach verschwinden, er wird leben ... Er muss leben ...«

»Wenn er nicht aufgibt, wirst du ihn nicht retten können«, antwortete Trevisan.

Lisa lag apathisch da, sie zitterte am ganzen Körper und schwieg. Mit leeren Augen starrte sie auf den Boden. Trevisan warf ihr einen mitleidigen Blick zu. Er schalt sich einen Idioten, in welche Situation hatte er seine Kollegin nur gebracht!

Er unternahm einen erneuten Versuch, Rosi zu überzeugen, die Fesseln zu lösen, auch wenn er nicht wusste, was er gegen zwei bewaffnete Gegner unternehmen sollte. »Was ist mit ihr, willst du, dass wir alle sterben, willst du auch schuld an unserem Tod sein?«

»Er wird euch nichts tun, er wird gehen, er ... er ist nicht böse ... Er ist ... ist ... er ist nur einsam«, stammelte Rosi Meierling.

Schritte drangen durch den Flur und der Blonde tauchte in der Küche auf. »Was ist denn hier los?«, fragte der Blonde, der das betretene und unheilvolle Schweigen bemerkte.

»Sie werden sterben«, sagte Trevisan kalt. »Sie wissen, dass Sie keine Chance haben. Bald wird das Sonderkommando diese Wohnung stürmen und die verstehen keinen Spaß. Wollen Sie sterben, Steve?«

Der junge Mann warf Trevisan einen verunsicherten Blick zu. »Hören Sie, Mann, wir verschwinden, bevor das Rollkommando anrückt. Draußen ist alles ruhig, kein Mensch ist da draußen. Ihnen wird nichts passieren. Ich tue nur, was Pit sagt und Sie sollten auch ruhig bleiben, dann ist das hier in einer halben Stunde vorbei.«

»Täuschen Sie sich da mal nicht«, nahm ihm Trevisan den Wind aus den Segeln. »Sie haben schon einmal auf Ihren Freund gehört. Damals vor drei Jahren im Wald da draußen. Und da starben zwei junge unschuldige Mädchen. Und der Journalist, das war wohl auch seine Idee und Sie haben mitgemacht. Sehen Sie jetzt, wohin das führt? Egal wohin Sie gehen, in den Norden oder den Süden, man wird Sie jagen und man wird Sie zur Strecke bringen. Und am Ende werden Sie sterben, wenn Sie weiter auf ihn hören.«

»Das da draußen war ein Unfall, wir waren besoffen und bekifft, als die beiden auf ihren Rädern vorbeikamen. Wir wollten doch nur unseren Spaß und mit ihnen feiern, aber dann ist Pit ausgetickt.«

»Wo sind die Leichen? Sagen Sie mir wenigstens, wo ihr die Leichen versteckt habt, damit die Angehörigen endlich Ruhe finden können«, bat Trevisan.

Der Blonde überlegte einen Augenblick. Schließlich atmete er tief ein. »An einem See, wir haben sie an einem See begraben. Nördlich von hier.«

»Wie weit von hier entfernt?«

»Weit, wir sind die Landstraße entlanggefahren, einfach so drauf los. Das ganze Blut, ich war … Da war eine Stadt in der Nähe. Ich glaube, sie hieß Verden oder so ähnlich, da gibt es einen See, rechts der Straße. Da haben wir sie vergraben, im Schlamm.«

Trevisan nickte ihm dankbar zu.

»Steve!«, hallte es durch den Flur. »Wo bleibst du?«

»Komme schon!«, antwortete der Blonde und verließ die Küche.

Trevisan ließ sich zurücksinken. Rosi saß noch immer weinend am Tisch und hielt die Hände vor das Gesicht.

»Jetzt siehst du es selbst«, sagte Trevisan. »Dein Sohn ist ein reißender Wolf. Er sagte seinen Freunden, wo es lang geht, und er benutzt dich, das ist seine Rache für die verlorene Kindheit. Er nutzt dich nur aus und er hat einen Keil zwischen dich und Sarah getrieben.«

Noch bevor Trevisan das letzte Wort gesprochen hatte, spürte er die Hände, die unter seinen Körper glitten. Er wandte den Kopf. Lisa zwinkerte ihm zu.

*

Der blaue Bus der mobilen Einsatzleitung des Sonderkommandos hatte vor dem Ort abseits der Landstraße in einem kleinen Waldstück Position bezogen. Neben dem Bus waren weitere Fahrzeug abgestellt. Auch Hanna hatte ihren Dienstwagen dort geparkt, ehe sie den Bus betrat.

Der Einsatzleiter stand vor dem kleinen Klapptisch und beugte sich über einen Ortsplan. Er erklärte seinen Truppführern das weitere Vorgehen. Inzwischen hatten mehrere Zivilbeamte in der Nähe des Hauses Position eingenommen und Klein abgelöst. Drei Beamte des technischen Zuges hatten sich im Schutz der Dunkelheit verdeckt an das Haus vorgearbeitet und versuchten, Stethoskopkameras an den Fenstern zu installieren. Ein hochempfindliches Mikrofon übertrug inzwischen dumpfe Geräusche und Stimmen aus dem Inneren, doch hier und da waren nur verschwommene Wortfetzen zu vernehmen. Das Haus war inzwischen hell beleuchtet und die Kollegen hatten berichtet, dass ein junger Mann mit langen, blonden Haaren herausgekommen und zu Trevisans Leihwagen gegangen war, um nach einer etwa fünfminütigen Suche im Wageninneren wieder in das Haus zurückzukehren.

»Wir gehen von zwei jungen Männern aus und wir müssen damit rechnen, dass sie bewaffnet sind«, sagte der Einsatzleiter.

»Wir wissen doch noch überhaupt nicht, was da drinnen vor sich geht«, wandte Engel ein.

»Wollen Sie reingehen und fragen?«, scherzte der bullige SEK-Beamte. »Wir gehen grundsätzlich vom Schlimmsten aus, da machen wir keinen Fehler. Zwei junge Männer, die Hausbewohnerin und Mutter eines der Täter und zwei Kollegen als Geisel. Das heißt auch automatisch, dass die Täter über mindestens zwei Pistolen verfügen. Wir werden also das Überraschungsmoment ausnutzen und das Gebäude über die Terrasse und über das Schlafzimmer stürmen. Die Geiseln halten sich in den Zimmern auf, die zur Straßenseite liegen.«

»Sollten wir nicht doch besser verhandeln?«, unternahm Engel noch einen schwachen Versuch, den Einsatzleiter von seinem Vorhaben abzubringen.

»Dann kann aus dieser stationären Lage ganz leicht eine mobile werden und da lassen sich die Gefahren für die Geiseln, für uns und für Passanten nicht mehr kalkulieren. Sobald die Teams in Position sind, machen wir den Zugriff. Es gibt zwei verdeckte Wege, die unmittelbar ans Haus führen. Einmal über die Terrasse und der andere über das Schlafzimmer an der Rückfront.«

Der Einsatzleiter teilte seine Kräfte ein und gab dann den Marschbefehl. Engel würdigte er keines Blickes. Nur der besorgten Hanna warf er einen aufmunternden Blick zu. »Wir halten die Gefahr für die Kollegen so gering wie möglich«, versicherte er, ehe er den Transporter verließ.

*

Lisas Theaterspiel war unbemerkt geblieben. Inzwischen war es ihr gelungen, Trevisans Fesseln mit ihren Fingern so weit zu lösen, dass er seine Hände befreien konnte. Nur die Fußfesseln behinderten ihn noch, doch auch dort hatte er den Knoten schon gelöst. Anschließend kümmerte er sich um Lisas Fesseln, die glücklicherweise locker saßen und bei denen sich der Blonde nicht so viel Mühe gegeben hatte wie bei ihm. Als Lisa sich aufrichten wollte, hielt Trevisan sie zurück. Rosi Meierling, die noch immer zusammengesunken am Küchentisch saß, hatte von alledem nichts mitbekommen.

»Wir warten ab, ob sie verschwinden«, flüstere er Lisa zu.

Lisa nickte und ließ sich wieder zurücksinken. Schritte waren zu hören und Peter Warmuth betrat die Küche.

»Wir hauen ab«, sagte er zu seiner Mutter, ging an ihr vorüber und blieb direkt vor Trevisan stehen. »Niemand weiß, dass ihr hier seid«, sagte er. »Da draußen steht ein Leihwagen aus Kempten. Ich glaube, du hast meine Halbschwester besucht. Hat die euch den ganzen Bullshit erzählt?«

Trevisan schwieg.

»Na ja, egal. Ich weiß jetzt aber, dass euch keiner vermisst. Draußen ist es absolut ruhig. Also, rede, wer weiß von uns, seid es nur ihr beide?«

»Die Fahndung läuft bereits«, antwortete Trevisan mit gespielter Sicherheit. »Aber wir haben nicht gedacht, dass ihr wieder hier auftaucht.«

»Denken sollte man den Pferden überlassen«, antwortete er und warf einen Blick auf die Küchenuhr. Es war kurz vor elf. »Niemand sucht nach euch, sonst wäre schon längst jemand aufgetaucht.«

Der Blonde kehrte zurück. »Es ist alles im Wagen, wir können. Was machen wir denn nun mit denen?«

Peter Warmuth lächelte zynisch. »Die werden uns begleiten, wir können sie ja schlecht hier bei meiner Mutter lassen.« Er reichte seinem Komplizen die Waffe. »Pass auf die beiden auf, ich fahr noch unsere Karre in die Garage, ich will nicht, dass man sie hier so einfach findet. Wenn wir kurz vor der Grenze sind, lassen wir die beiden laufen. Aber wenn sie Quatsch machen, knall sie einfach ab.«

Der Blonde nickte und griff nach der Heckler. »Bleib aber nicht zu lange!«

»In zwei Minuten bin ich wieder da. Aber lass dich nicht einwickeln, verstanden!«

Peter Warmuth verließ die Küche. Trevisan hörte, wie eine Tür im Flur geöffnet und anschließend wieder geschlossen wurde. Schließlich beugte sich der Blonde zu Lisa hinunter, fasste sie an der Schulter an und zog sie zu sich heran.

»Los, aufstehen!«, befahl er.

»Geben Sie mir die Pistole und verschwinden Sie, solange noch Zeit ist!«, mahnte Trevisan, doch der Blonde schüttelte den Kopf.

»Wir gehen jetzt raus zum Wagen«, sagte er entschlossen. »Euch passiert nichts, wir lassen euch laufen, wenn wir weit genug weg sind.«

Er zog weiter an Lisas Schulter. Plötzlich löste sich die Schnur. Der Blonde zuckte zusammen. »Hey, was ist …«

Weiter kam er nicht, Lisa trat ihm mit beiden Beinen kräftig gegen das Knie. Der Blonde taumelte und Trevisan löste seine Fesselung. Er sprang auf, doch der Blonde ging nicht zu Boden, sondern richtete sich wieder auf und nahm die Waffe in Anschlag. Trevisan sprang auf ihn zu. Der Blonde wich aus. Ein Schuss löste sich und schlug knapp neben Lisa im Küchenschrank ein. Trevisan prallte gegen das Bügelbrett, das nachgab und zu Boden stürzte.

»Was ist los, Steve!«, ertönte Peter Warmuths Stimme im Flur.

»Sie wollen abhauen!«, rief der Blonde und wandte sich Trevisan zu. Noch bevor er sich ganz zu ihm herumgedreht hatte, griff Trevisan nach dem Bügeleisen und holte aus. Der Blonde riss die Waffe nach oben, doch es war zu spät für ihn, das Bügeleisen traf ihn direkt am Kinn. Blut spritzte und der Blonde stieß einen erstickten Schrei aus, bevor er die Waffe fallen ließ und zu Boden taumelte. Plötzlich tauchte Peter Warmuth in der Tür auf. Er zog sein Messer, um sich auf Trevisan zu stürzen. Trevisan ließ sich fallen. Es krachte laut und ein greller Blitz zuckte durchs Zimmer. Trevisan bekam die Pistole zu fassen und riss sie hoch. Er schoss in die Richtung, aus der Warmuth auf ihn zugestürzt war, und rollte zur Seite. Für Sekunden sah er nicht viel mehr als helle Flecken und dunkle Sterne, doch ein gellender Schrei verriet ihm, dass er getroffen hatte.

*

Der Knall der Blendgranate war kaum verhallt, als die Terrassentür mit lautem Krachen aufflog und das Glas mit hellem Klirren barst. Auch aus dem hinteren Teil des Hauses drang das Geräusch von splitterndem Glas in die Küche. Peter Warmuth umklammerte seine Schulter, wo sich ein kleines Rinnsal aus Blut gebildet hatte, doch das Projektil hatte ihn nur gestreift. Die Blendgranate hatte bei ihm die Wirkung verfehlt, da er mit dem Rücken zum Flur gestanden hatte. Seine Starre löste sich, als er das laute Brüllen hörte. Er machte auf dem Absatz kehrt und hetzte aus der Küche in den Flur.

»Dort, Verdächtiger voraus!«, rief eine hektische Stimme.

Peter Warmuth wandte sich nach rechts und rannte mit großen Sätzen die Treppen hinauf in das Obergeschoss.

»Er flieht nach oben, nehmen Verfolgung auf!«, brüllte eine Stimme hinter ihm.

Er hetzte voran, die Schusswunde spürte er wohl schon nicht mehr. Er nahm drei Stufen auf einmal, bis er ganz oben unter dem Dach ankam.

Er erreichte den Speicher und rannte zu dem Dachfenster auf der Westseite. Draußen trampelten Stiefel die Treppenstufen hinauf. Er öffnete das Fenster und schob eine Kiste unter die Öffnung. Mit letzter Kraft zog er sich hinauf und kletterte hinaus. Aus den Augenwinkeln erkannte er den schwarz gekleideten Polizisten, der sich, eine Maschinenpistole im Anschlag, in den Speicher vortastete.

»Er ist auf dem Dach!«, rief der Polizist.

Peter Warmuth richtete sich auf und balancierte über die Ziegel. Beinahe sieben Meter hoch erstreckte sich das Dach zur Straße hin. Aber wenn er es bis zum südlichen Ende schaffte, konnte er über den Balkon und die Garagendächer entkommen. Er ließ alle Vorsicht außer Acht und rannte über die glatten Ziegel. Plötzlich erfasste ihn ein Scheinwerfer.

»Geben Sie auf!«, hallte es durch ein Megaphon. »Sie haben keine Chance! Gehen Sie zurück zum Dachfenster!«

Peter Warmuth verlangsamte seine Schritte, schließlich blieb er stehen. Das Haus war umstellt. Er schaute nach unten in das gleißend helle Licht des Scheinwerfers.

»Gehen Sie zurück!«, befahl die Stimme noch einmal.

Er zögerte, schließlich wandte er sich um, kam ins Straucheln, verlor den Halt. Er kippte vornüber. Mit dem Kopf voraus rutschte er die Ziegel hinab, bis das Dach endete. Verzweifelt versuchte er sich festzuhalten, doch seine Finger griffen ins Leere. Er schrie gellend auf, als er fiel.

Epilog

Peter Warmuth überlebte den Sturz vom Dach, aber er blieb von der Halswirbelsäule bis in die Beine gelähmt.

Stefan Scheering wurde mit einer schweren Schädelprellung und einem Kieferbruch in das Gefängniskrankenhaus nach Lingen eingeliefert und vier Wochen später in die JVA Celle verlegt, wo er auf seinen Prozess wartete. Im Rahmen der Ermittlungen stellte sich heraus, dass die DNA-Spur am Rucksack von ihm stammte, so dass er es vorzog, die Gunst der Stunde zu nutzen und zu reden. In seiner Vernehmung erzählte er, was damals vor mehr als drei Jahren im Wald am Bannsee passiert war. Er beschuldigte Peter Warmuth, der ausgerastet war, als die Mädchen sich gegen seine Annäherungsversuche zur Wehr setzten. Auch bei dem Überfall auf den Journalisten war Peter die treibende Kraft gewesen. Ein Foto am Bokenloher Baggersee war dem Journalisten zum Verhängnis geworden, denn er hatte den schwarzen Toyota der Täter fotografiert.

Eine Woche nach der Vernehmung von Stefan Scheering wurden die Leichen der vermissten Radfahrerinnen aus einer Grube am See unweit von Verden geborgen, beinahe sechzig Kilometer vom Tatort entfernt.

Trevisan war überrascht, wie gut er die Stunden in der Gewalt der Mörder von Tennweide überstanden hatte und auch an Lisa schien die Geiselnahme spurlos vorübergegangen zu sein. Im ganzen Kriminalamt gab es niemanden, dem sie die Geschichte von der Festnahme der Täter in Tennweide nicht mit blumigen Worten und mit allerlei Ausschmückungen erzählte. Und Hanna war froh, dass die Sache glimpflich für ihre Kollegen, vor allem aber für Trevisan ausgegangen war.

Sarah Meierling hatte am nächsten Tag angerufen und nach Trevisan verlangt. Sie erzählte ihm von ihrem Stiefbruder, wie er die Familie unter Druck gesetzt hatte und selbst vor einer

Vergewaltigung seiner Halbschwester nicht zurückschreckte. Das war damals der Grund gewesen, dass sie dem Dorf so eilig den Rücken gekehrt hatte. Wenn du auspackst, denke daran, dass ich deine Mutter habe, hatte er ihr gedroht und sie hatte geschwiegen.

*

Es war Sonntag, als Trevisan nach Langenhagen fuhr, um Paula abzuholen, die von ihrem Trip aus Irland zurückgekehrt war und eine Woche zu Hause verbringen sollte. Trevisan hatte Urlaub genommen und Engel hatte selbstverständlich zugestimmt. Trevisans Vorgesetzter war froh, dass niemand seiner Leute verletzt worden war, und verschwieg, dass er anfangs gezögert hatte, das SEK zu alarmieren.

Als Paula voller Freude zu Trevisan in den Wagen stieg, umarmten sie sich lang und innig. Während der Fahrt nach Davenstedt redete sie unablässig von ihrem Irlandtrip, von den Booten auf dem Shannon, von den üppigen grünen Wiesen und den unzähligen Kühen und Schafen, von ihren Freundschaften, die sie auf der Reise geschlossen hatte, und von den Iren, die sie kennengelernt hatte.

Als Trevisan den Wagen vor seiner Wohnung auf dem Stellplatz parkte, war sie noch immer nicht fertig, doch schließlich hielt sie inne und musterte ihren Vater mit großen Augen. »Und jetzt erzähl von dir, wie ist der neue Job?«

»Geht so«, antwortete Trevisan.

»Was treibst du da den ganzen Tag?«

Trevisan lächelte. »Ach, weißt du, es ist ein Bürojob. Wir gestalten das Layout für die Fahndungsplakate und kleben Bilder von Vermissten auf Milchtüten.«

»Klingt aufregend«, antwortete Paula.

»Ist es auch.«

Paula beugte sich zu ihm herüber. »Schön, ich freu mich, wenn es dir gut geht. Und du hast es verdient, dass du es etwas gemütlicher in deinem Job hast.«

Trevisan neigte den Kopf zur Seite. »Ja, ich glaube, das habe ich mir verdient.«

Ende …

Christiane und Benno,
vielen Dank

Ulrich Hefner wurde 1961 in Bad Mergentheim geboren. Er wohnt in Lauda-Königshofen im Taubertal (Baden Württemberg), ist verheiratet und Vater zweier Kinder. Hefner arbeitet als Polizeibeamter und ist freier Autor und Journalist. Er ist Mitglied in der *IGdA* (Interessengemeinschaft deutschsprachiger Autoren), im *DPV* (Deutschen Presseverband) und im *Syndikat*. Weiterhin ist er Gründungsmitglied der Polizei-Poeten (www.polizeipoeten.de). Die Polizei-Poeten veröffentlichten inzwischen vier Bücher (u.a. *Die erste Leiche vergisst man nicht* und *Notruf 110 –Einsatz in Niedersachsen*) die nicht nur in Polizistenkreisen auf großes Interesse stießen. Neben der Krimiserie um den Ermittler Martin Trevisan, die mit dem erfolgreichen Band *Der Tod kommt in Schwarz-Lila* begann und inzwischen aus fünf Bänden besteht, sind inzwischen mit *Die dritte Ebene*, *Die Bruderschaft Christi* und *Mutiert* drei Thriller erschienen, die bereits in mehreren Sprachen übersetzt wurden. www.ulrichhefner.de und www.autorengilde.de.

Foto: J. Besserer, Lauda

Ulrich Hefner
Der Tod kommt in Schwarz-Lila
Inselkrimi
978-3-939689-04-1
9,90 Euro

Ulrich Hefner
Die Wiege des Windes
Inselkrimi
Taschenbuch
978-3-934927-69-8
9,90 Euro

Ulrich Hefner
Das Haus in den Dünen
OstFrieslandkrimi
978-3-939689-07-2
9,90 Euro

Ulrich Hefner
Das Lächeln der toten Augen
Frieslandkrimi
978-3-939689-17-1
9,90 Euro

Regine Kölpin
Krähenflüstern

OstFrieslandkrimi
978-3-934927-95-7
8,90 Euro

Maeve Carels
Zur ewigen Erinnerung
Ostfrieslandkrimi
978-3-939689-08-9
9,90 Euro

Manthey/Peterssen
Pfingstschmerz
Kriminalroman
Hamburg
978-3-86412-003-9
9,90 Euro

Gundula Thors
Köhlbrand sehen
und sterben
Hamburg-Krimi
978-3-939689-61-4
9,90 Euro

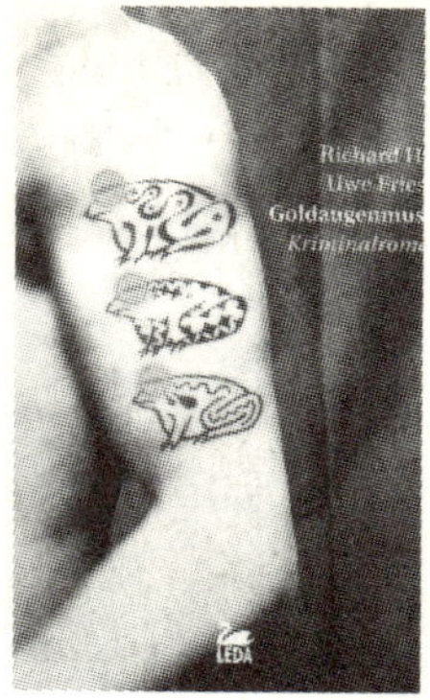

Hey/Friesel
Goldaugenmusiki
Kriminalroman
Hamburg, Berlin
978-3-934927-74-2
9,90 Euro

Dietrich Petersen
Strandraub
Inselkrimi
Fehmarn
978-3-934927-96-4
9,90 Euro

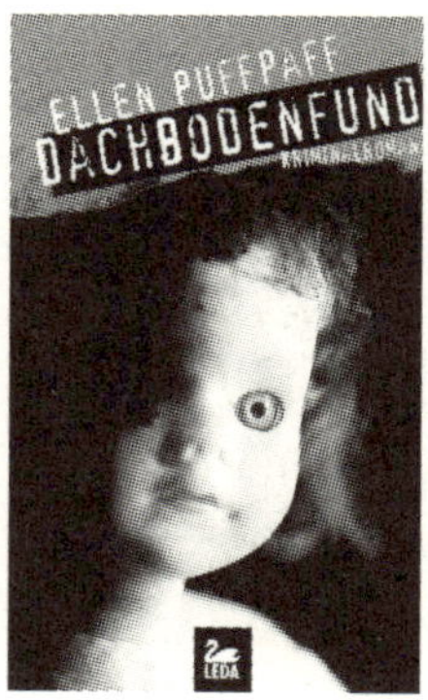

Ellen Puffpaff
Dachbodenfund
Kriminalroman
Schleswig-Holstein
978-3-86412-009-1
9,90 Euro

Anette Hinrichs
Die fünfte Jahreszeit
Kriminalroman
Hamburg
978-3-86412-005-3
9,90 Euro

Peter Gerdes
Zorn und Zärtlichkeit
Kriminalroman
978-3-939689-64-5
10,90 Euro

Maeve Carels
Nur ein Schatten
Kriminalroman
978-3-939689-81-2
10,90 Euro

Ulrike Barow
Baltrumer Bitter
Inselkrimi
978-3-86412-000-5
9,90 Euro

Barbara Wendellen
Tod an der
Blauen Balje
Inselkrimi
978-3-939689-78-2
10,90 Euro

Tatjana Kruse
Pizza, Pasta,
Sanddorngrog
Inselkrimi
978-3-86412-001-5
8,90 Euro

Monika Detering
Langeooger
Liebestöter
Inselkrimi
978-3-86412-002-2
9,90 Euro